Ugly Ronney

UGLY RONNEY

SANDRA KISS

Sandra Kiss

France

Copyright © 2021 by Sandra Kiss

Le code de la propriété intellectuelle interdit les copies ou reproductions destinées à une utilisation collective. Toute représentation ou reproduction intégrale ou partielle faite par quelque procédé que ce soit, sans le consentement de l'auteur ou de ses ayant cause, est illicite et constitue une contrefaçon, aux termes des articles L.335-2 et suivant du Code de la propriété intellectuelle.

Ce livre est une fiction. Toute référence à des événements historiques, des personnages ou des lieux réels serait utilisée de façon fictive. Les autres noms, personnages, lieux et événements sont issus de l'imagination de l'auteure, et toute ressemblance avec des personnages vivants ou ayant existé serait totalement fortuite.

Avertissements aux lecteurs :

Ce livre comporte quelques scènes violentes et érotiques qui peuvent heurter la sensibilité des plus jeunes, ainsi que des personnes non averties. Âge conseillé : à partir de seize ans.

ISBN : 9798729021147

À ma mère à qui j'ai interdit de lire ce roman, mais qui le lira sûrement en cachette. Maman referme ce livre, il n'est pas pour toi.

Pour toutes les Ronney de ce monde : vous êtes intelligentes, fortes et magnifiques. Ne laissez pas la société vous dire le contraire.

Prologue

Assises dans la cour de récréation avec mes deux amies, Sophia et Jenyfer, nous dessinions avec des craies sur le sol.

— Ronney ? m'interpella soudain une voix derrière moi.

Je me levai doucement en prenant soin de remettre les plis de ma jupe à leur place. Emmanuel, un camarade de ma classe de dernière année de primaire se tenait devant moi. Malgré ses oreilles décollées et un visage bouffi, il était le garçon le plus populaire de notre section.

— Euh… nous jouons à Action ou Vérité avec les autres, là-bas.

Mon regard se porta aussitôt au-dessus de son épaule et se posa sur le groupe, un peu plus loin, qui pouffait de rire sans se cacher.

— J'ai choisi Action, continua Emmanuel, hilare. Et je dois te dire que je te trouve très moche !

Ces mots violents me giflèrent le visage. Mon cerveau se mit sur pause. Paralysée par la honte, je regardai Emmanuel repartir en direction de sa bande d'amis en sautillant d'un pied sur l'autre. Une graine d'amertume se planta en moi.

Je me retrouvai la seconde d'après dans ma salle de cours, vidée de ses lycéens. Le sol sentait l'eau de Javel. Les battements de mon pouls s'affolèrent et je me mis à ranger mes affaires le plus vite possible. Je courus en direction de la porte, au fond de la salle, mais celle-ci était verrouillée. J'entendis leurs pas se rapprocher. Paniquée, je cherchai désespérément des yeux un endroit où me cacher. La porte de devant s'ouvrit pour laisser entrer leurs rires gras à l'intérieur de la pièce. Je m'étais repliée sur moi-même en me cachant le visage avec mes mains.

— *Non, laissez-moi, laissez-moi.*

Je me réveillai en sueur de ce cauchemar. C'était toujours le même.

1

Je me recroquevillai à l'arrière du van qui roulait à toute allure sur une route semée de gravier, le coude posé dans l'encart de la vitre ouverte. Pourquoi avais-je accepté de les suivre ? *Car tu es tout simplement incapable de dire « non » !* me grogna ma conscience. Je remontai mes lunettes qui glissaient continuellement sur mon nez trop fin. Elle n'avait pas tort. Je venais de fêter mes vingt-cinq ans hier, et rien n'avait changé. Mes cousins prenaient encore un malin plaisir à se moquer de moi, que ce soit dans mon dos ou ouvertement.

— Ronney, tu ne veux toujours pas essayer de tirer sur cette cigarette ?

Louis, au volant, tendait son bras vers le haut afin de me proposer son joint presque fini. Mélissa, assise à côté de moi, repoussa violemment sa main.

— Laisse-la ! Tu sais très bien que Ronney ne supporte pas l'odeur.

— Elle n'aime rien à part Elvis Presley dans son vieux baladeur à cassette, intervint Gabriella, installée à l'avant, côté passager.

Ma cousine, immobile, n'avait pas pris la peine de se retourner pour me regarder. Elle avait prononcé ces paroles sur un ton à la fois calme et méprisant.

— Putain, mais qui se promène encore avec un baladeur à casette à la ceinture, à notre époque ?

— Notre idiote de cousine ! ricana Gabriella tout en refaisant pour la centième fois sa queue de cheval. Elle est de l'époque des dinosaures cette fille-là.

— Comme son appareil dentaire qu'elle se traîne depuis des années, renchérit Louis.

Je me mordis profondément l'intérieur de la joue et augmentai le volume de mon baladeur afin de ne plus entendre leurs méchancetés ni leurs rires tonitruants qui résonnaient dans l'habitacle. La voix d'Elvis m'aida alors à m'évader. Mélissa ne disait rien, comme d'habitude. C'était la plus gentille de mes nombreuses cousines. Gentille, car elle ne me faisait jamais de remarque méchante ou déplacée. Elle laissait les autres le faire, sans jamais prendre ma défense. Son silence n'était pas moins douloureux.

Au bout de quelques minutes, mon regard se perdit dans le merveilleux paysage sauvage du sud de la Californie. L'air surchauffé de Sheryl Valley était presque étouffant en ce mois de septembre. Mes pensées nostalgiques se mirent à vagabonder jusqu'à venir me torturer de nouveau avec Caleb, l'homme que j'avais aimé durant quelques mois et que j'aimais toujours. La rupture avait été violente et insoutenable, mais encore une fois, j'avais tout gardé pour moi. Je redessinai les traits de son visage au teint blême, presque livide. Son nez allongé, sa bouche, ses yeux verts. Lorsque mon cœur se serra au point de me faire mal, je secouai la tête pour le chasser de mon esprit. *Il t'a quittée, Ronney ! Laisse-le s'en aller.*

Les secousses de la voiture diminuèrent à mesure que le van ralentissait sur le gravier. Je revins doucement à la réalité.

Louis se gara devant une villa que l'on ne distinguait pas à cause de l'immense portail, mais tout le monde connaissait le nom de la propriétaire. Ma respiration se bloqua et un sentiment de panique paralysa tous mes membres. J'enlevai mon casque et balbutiai :

— Non, je ne peux pas. Je ne peux pas.

— Ronney, ne commence pas à faire chier !

Mon regard se posa sur Gabriella qui s'était retournée vers moi en explosant de colère. Elle me fixait d'un air mauvais.

— Nous sommes tous passés par là. Tu as vingt-cinq ans : tu dois te plier à la tradition.

Je déglutis en la suppliant du regard. C'est alors que je sentis la main de Mélissa se poser sur mon épaule.

— Écoute, Ronney. Ce n'est pas bien méchant. Tu as juste à sonner, te présenter et inventer une excuse pour entrer dans la villa des Khan. Tu sais aussi bien que moi qu'on t'enverra bouler dans la seconde. Tu feras alors demi-tour et remonteras dans le van, avec nous.

— Moi, j'ai eu pire comme gage que ça il y a deux ans ! s'exclama Louis, le regard tourné vers l'immense bâtisse. Je ne souhaite à personne de ramasser la bouse d'un éléphant. Quand j'y repense... Merde ! J'en ai encore l'odeur dans les narines.

— Cette famille est réputée comme étant l'une des plus dangereuses du pays. Ce sont, paraît-il, des mafieux. Et s'ils décidaient de me tuer ?

Mon pouls allait exploser dans ma poitrine.

— Bouge-toi ! m'ordonna Gabriella, les traits toujours sévères. Nous n'allons pas dormir ici. J'ai hâte de pouvoir faire autre chose de ma journée, moi.

Mélissa m'encouragea avec un petit sourire réconfortant. Je pris une profonde inspiration avant de sortir de la voiture et de m'avancer d'un pas hésitant vers l'immense portail gris.

Mes doigts s'arrêtèrent à quelques centimètres de l'interphone. Je me retournai vers le véhicule garé un peu plus loin, l'air inquiet. Mélissa, angoissée, me fit un petit signe de tête à travers la vitre tandis que Gabriella levait les yeux au ciel, exaspérée par mon attitude. Je déglutis.

— Allez, Ronney, murmurai-je à moi-même. Juste un petit coup sur cette sonnette. Avec un peu de chance, personne ne répondra un dimanche.

Je comptai jusqu'à trois dans ma tête et enfonçai le bouton, toujours le cœur battant. Les secondes semblèrent durer une éternité dans le lourd silence qui s'installait autour de moi. Les battements de mon cœur ralentirent au fur et à mesure que le temps passait : il n'y avait personne. Soulagée, je tournai les talons pour repartir lorsque soudain, une voix rude et féminine se fit entendre dans l'interphone. Mon sang quitta mon visage et je me mis à bégayer :

— Ronney Jimenez, madame.

— C'est pour quoi ?

Alarmée par la question, je cherchai désespérément de l'aide autour de moi. L'allée était vide et les villas très éloignées les unes des autres. Impossible de repartir en courant dans le van. Mes cousines et Louis me le reprocheraient pendant des mois, voire des années. Ce serait encore une occasion de plus pour se moquer de moi au sein de la famille. En plus d'être « Ronney la moche », je deviendrais « Ronney la trouillarde ». Bon sang ! Je serrai la mâchoire de toutes mes forces.

— Que voulez-vous ? s'agaça la voix à l'autre bout de l'appareil.

— Je viens pour le poste, répondis-je sans réfléchir en espérant que la bonne femme m'envoie balader.

— Quoi ? Un dimanche !

Je l'entendis soupirer derrière le gros boîtier en métal, puis bougonner quelques paroles que je ne compris pas.

— Porte de droite, derrière le patio.

Avant que je ne puisse répondre quoi que ce soit, le portail s'ouvrit lentement, sans bruit. Paniquée, je me retournai vers le van, prête à m'enfuir. Les mains de Gabriella s'agitèrent dans le vide pour me contraindre à rester où j'étais. C'est alors que Louis sortit de la voiture, le doigt pointé vers moi. Il parlait assez fort pour que je l'entende :

— Tu dois faire le gage jusqu'au bout ! Tu n'as le droit à aucun traitement de faveur, Ronney. Nous l'avons tous fait dans la famille.

— J'en ferai un autre, c'est promis. Laissez-moi revenir.

— Non ! Sois courageuse pour une fois.

Qu'est-ce qu'il connaissait du courage, lui ? Furieuse et tourmentée, je n'avais pas d'autre choix que d'aller jusqu'au bout de ma mission, pour que mes tortionnaires me laissent enfin tranquille avec cette stupide tradition du vingt-cinquième anniversaire. Je franchis le portail, la boule au ventre, priant pour que ce cauchemar se termine au plus vite.

Sous le soleil éclatant, l'allée de la villa était verdoyante et l'atmosphère y était paisible. Les pavés, abondamment fleuris, entouraient l'immense demeure qui se dressait devant moi. Celle-ci, tout en pierre et à l'allure ancienne, était lovée dans un drap de verdure et possédait des vignes grimpantes. Sur la gauche, beaucoup plus loin, je devinai une cuisine ouverte qui donnait sur le parc derrière la villa. J'aurais pu profiter de ce lieu au paysage éblouissant dans d'autres circonstances, mais pour l'heure, je me battais à dénouer les nœuds dans mon ventre.

Je m'engouffrai dans une petite cour sur la droite et découvris le patio au charme méditerranéen traditionnel, avec une fontaine centrale qui apportait beaucoup de fraîcheur à cet endroit. Ce petit salon à ciel ouvert prenait les traits d'une pièce de réception estivale. Après avoir marché sans me presser, je m'arrêtai au milieu de ce lieu et me mis à regarder tout autour de moi, les yeux ébahis par cette architecture tout simplement sublime.

— Vous êtes la jeune femme pour le poste d'assistante ?

Surprise par le son de la voix qui venait de troubler le doux silence de la nature, je sursautai avant de me retourner vers elle, puis bafouillai :

— Oui, mais je peux repasser un autre jour si vous préférez.

Je remontai mes lunettes, puis tortillai mes doigts, mal à l'aise, devant cette gouvernante de petite taille. Ses cheveux blonds tirés en arrière dans un chignon impeccablement coiffé accentuaient son air strict sur son visage oblique. Je priai au fond de moi pour que cette femme me congédie le plus rapidement possible. Elle posa ses yeux sur mon baggy trop grand, puis sur mon tee-shirt informe avant de planter ses yeux clairs perçants dans les miens. Je vis alors dans son regard de la consternation face à mon apparence repoussante. Après une seconde de réflexion, elle hocha la tête avant de déclarer sur un ton sec :

— Autant en finir maintenant ! Je pense que l'entretien avec madame Khan ne sera pas long.

Elle pivota sur elle-même avant de me faire signe de la suivre. Maladroitement, je pressai le pas pour la rejoindre.

— Madame Khan ? Je vais réellement la rencontrer ?

La gouvernante s'arrêta dans le hall avant de se retourner vers moi, puis leva les yeux au ciel.

— Peter a vraiment le chic pour choisir les candidats. Il est logique que vous fassiez l'entretien avec elle, puisque vous allez travailler *pour* elle.

Puis de nouveau, elle m'examina de haut en bas avant de reprendre :

— Enfin… passer l'entretien ne sera pas mal. Madame Khan a déjà vu des dizaines de candidats et, sans vous offenser, vous n'avez pas le profil.

Un soupir de soulagement m'échappa en entendant ces reproches à peine voilés. J'avais hâte de revenir à ma journée normale, dans un monde normal. Face à mon attitude un peu trop réjouie, la gouvernante me regarda avec un air suspicieux. Elle allait ajouter quelque chose quand une voix grave, en provenance du fond du couloir, l'interrompit :

— Miss Abigaëlle, où en êtes-vous ? Camilia s'impatiente.

— Nous arrivons, Pierre. Annoncez, s'il vous plaît, l'arrivée de Ronney Jimenez.

L'employé était parti avant même que j'eus le temps de l'apercevoir.

Les murs sombres et étroits du couloir étaient ornés de portraits de famille qui montaient jusqu'au haut plafond. J'avais la désagréable impression d'être observée. Plusieurs générations me fixaient sur mon passage. Le sol au carrelage noir et blanc rendait cet endroit assez froid. À la fin du long corridor, les portraits de famille étaient plus chaleureux. Je reconnus les filles Khan : Aaliyah, Ghita et Cyliane, véritables stars sur les réseaux sociaux et dans le monde des *people*. Impossible d'ignorer ces prénoms, le pays entier connaissait le moindre de leurs faits et gestes. Elles étaient magnifiques. Le portrait d'Hadriel suivait. Il était le second fils de Camilia. Lui aussi, très en vue et suivi sur la toile. Les publicitaires s'arrachaient son nom. Milliardaire à tout juste vingt-huit ans, il avait fait la Une du magazine *Forbes* cette année. Cette famille était richissime. *Qu'est-ce que je fais ici, moi ?*

Je m'arrêtai subitement sur la dernière photo et plissai mes yeux comme pour mieux observer chaque contour du visage de l'homme qui posait dessus. Il me disait quelque chose, mais je n'étais pas sûre. J'inclinai la tête.

— Est-ce… ?
— Oui, c'est le fils aîné, Yeraz.

La voix de la gouvernante était teintée d'impatience, mais il m'était impossible de détacher mes yeux de ce visage magnétique.

Yeraz était l'aîné de cette fratrie. Très discret, il n'apparaissait jamais dans le tourbillon médiatique dans lequel était plongé le reste de sa famille. Toujours muni de ses grosses lunettes noires, personne ne pouvait le reconnaitre en public. C'était la première fois que je le voyais à visage découvert et c'en était presque déstabilisant.

— Miss Jimenez, Camilia Khan est une femme pressée, il ne faut pas la faire attendre.

Abigaëlle fit un petit signe de tête en direction de la porte fermée. Elle parut subitement moins sûre d'elle. Mon pouls s'accéléra de nouveau. La matriarche, qui était surnommée « l'Ogresse » dans tous les journaux, se trouvait juste derrière cette cloison. Je ne pouvais plus revenir en arrière, le cauchemar continuait.

La pièce était chaleureuse, contrairement à l'entrée de la demeure. Les couleurs vives des murs et du tapis complétaient la décoration déjà bien chargée avec encore de nombreuses photos de famille, ainsi que des trophées et des couvertures de magazines. Derrière l'imposant bureau en style ancien se tenait une femme pleine de grâce et à la coupe de cheveux très courte. Son visage ovale, sans aucune ride et parfaitement lisse, ne me permettait pas de lui donner un âge. Ses lunettes rondes étaient placées au bout de son nez menu et ne paraissaient pas la gêner. Sa robe pâle, au goût impeccable, moulait le haut de sa silhouette parfaite.

Assise au fond de son fauteuil, elle me scrutait avec attention et inspectait en détail chaque millimètre de mon apparence avant d'arrêter son regard sur mon baladeur à cassette, accroché à ma ceinture. Madame Khan se pinça les lèvres, puis ses mains se refermèrent sur ses avant-bras nus. Je semblais l'intriguer.

— Peter a dû oublier d'annuler cette candidate pour le poste d'assistante, intervint la gouvernante avec une voix hésitante. Voulez-vous que…

Sa patronne leva la main pour lui demander de se taire. Pendant qu'elle triait des dossiers, j'observai furtivement la pièce.

— Où est sa fiche ? Je ne la trouve pas dans le dossier de Peter.

Miss Abigaëlle souleva ses épaules, l'air embarrassé, avant de baisser ses yeux et de fixer le sol. Madame Khan soupira avant de déclarer sur un ton calme, mais agacé :

— En plus d'être absent aujourd'hui, Peter se permet de nous envoyer des candidates un dimanche sans aucune fiche ni information sur celle-ci.

Cette dernière me considéra avec un sourire aimable, mais évasif. Elle avait visiblement du mal à comprendre le choix de son assistant. De mon côté, j'avais les mains si moites que je les dissimulais derrière dans mon dos. Je me forçai à respirer calmement même si j'étais sur le point de m'évanouir. Je posai mes yeux sur la grande horloge Rolex accrochée au mur, derrière elle. Les minutes défilaient lentement. J'étais pressée de partir d'ici.

— Je vous en prie, miss Jimenez, asseyez-vous.

Non ! Ce n'est pas possible. J'obtempérai à la demande de madame Khan, les traits crispés par la déception. La matriarche jeta un coup d'œil par-dessus mon épaule et j'entendis les pas de la gouvernante quitter discrètement la pièce pour nous laisser seules. La femme d'affaires en face de moi enleva ses lunettes et plongea ses yeux au fond de moi. Je me sentis alors complètement nue. Mal à l'aise, je baissai automatiquement mon regard sur mes mains et serrai mon baggy de toutes mes forces.

— Qui êtes-vous, miss Jimenez ?

Avait-elle deviné la véritable raison de ma présence ici ? Son ton glacial et suspicieux m'arracha un frisson. Je fermai un instant les yeux et attendis que les battements de mon cœur ralentissent. Je les rouvris au bout de quelques secondes et pris une profonde inspiration :

— Qui suis-je ? Euh, une jeune femme normale ou presque. Enfin, je crois.

Je me raclai la gorge et repris en essayant de regarder le plus possible mon interlocutrice qui me fixait toujours avec son regard perçant.

— J'ai eu vingt-cinq ans hier. Pour tout vous dire, je ne connais rien au métier d'assistante.

Mes paroles lui firent soulever un sourcil.

— Comment ça ? Pourquoi voulez-vous ce poste, alors ? Vous comprenez que je ne peux pas laisser n'importe qui entrer chez moi. C'est un travail avec énormément de responsabilités.

— Oui, bien sûr, je comprends. Je pense que c'était une erreur de me présenter ici, aujourd'hui.

Madame Khan sembla décontenancée par mon attitude. Ses doigts se mirent à monter et à descendre nerveusement le long de son cou. La femme d'affaires se leva brutalement de son fauteuil et fixa le plafond pour se ressaisir. Il n'y avait rien pour troubler le silence autour de nous. De mon côté, j'essayai tant bien que mal de maîtriser les tremblements de ma jambe. À cet instant, j'étais persuadée qu'elle allait me demander de partir. La matriarche fit le tour de son bureau.

— Que faites-vous dans la vie, Ronney ?

Ronney ? Elle m'appelait soudain par mon prénom. Était-ce une stratégie pour me tirer les vers du nez ?

Jusqu'ici, personne ne s'était encore intéressé à ma vie, à part peut-être Caleb, et encore ! Je n'en étais pas vraiment sûre.

— Le week-end, je suis doubleuse de voix.

— Ça consiste en quoi ?

— Je transforme, ou plutôt, je prête ma voix aux personnages d'animation. Ce sont principalement des dessins animés.

Madame Khan parut à la fois surprise et soulagée d'avoir finalement quelqu'un de normal en face d'elle.

— Vous aimez ?

Drôle de question. Ce que j'aimais avait-il de l'importance ? Je balayai la pièce du regard avant de répondre timidement :

— Oui, ça me permet de m'échapper de mon quotidien. C'est ce que je sais faire de mieux.

Madame Khan hocha lentement la tête. Elle venait de perdre un peu de la raideur qu'elle avait jusqu'à présent. Je ne voyais pas une Ogresse devant moi, bien au contraire. Non, il y avait en cette femme de l'humanité, chose très rare que peu de gens possédaient ici-bas.

— Et la semaine ?

— J'aide mes parents dans un restaurant qui se trouve dans le Bakery District.

Madame Khan hocha de nouveau la tête avec un air désolé. Elle connaissait la mauvaise réputation de ce quartier : pauvre et dangereux.

— Vous avez fait des études ?

— Non.

De nouveau, je me renfermai sur moi-même et baissai mon regard.

— J'ai arrêté le lycée dès ma première année.

— Ronney, je peux vous poser une question ?

Sérieusement ? Vous ne faites que ça depuis déjà plusieurs minutes ! Je relevai la tête avec difficulté.

— Êtes-vous célibataire ?

Surprise et gênée, je remontai mes lunettes et répondis à voix basse :

— Pour être honnête, je sors d'une relation compliquée. Il m'a quittée et… c'est tout.

— Oui, je comprends.

Non, vous ne comprenez pas ! Je voulus crier. L'homme que j'aimais m'avait quittée pour ma cousine, il y avait près d'un an, maintenant. Ils vivaient heureux, tandis que moi, c'était à peine si j'arrivais à marcher tellement la douleur était encore vive.

— Oui, vraiment, je comprends, insista cette dernière qui devinait mes pensées.

Je vis à mon tour, au plus profond d'elle, une tristesse absolue.

— Mon mari est mort il y a presque quatre ans, et je n'ai toujours pas fait mon deuil.

Je me rappelais encore la Une des tabloïdes qui nous apprenait l'assassinat de Yanis Khan. Je n'avais plus l'impression d'être là pour un entretien. Cette femme me touchait réellement. Nous étions de deux mondes complètement différents, mais pendant un instant, nous partagions quelques bribes de nos vies.

— Je suis vraiment désolée. C'est une terrible épreuve que vous avez vécue.

Au fond de ses prunelles tristes se reflétaient toutes les nuances de couleurs miel et marron.

— Êtes-vous fille unique ?

— Non, j'ai un frère aîné, Elio, qui vit en ce moment avec mes parents.
— Et vous vivez seule ? En appartement ou dans une maison ?

Sa double question me prit une fois de plus de court.
— En colocation. Il n'y a pas assez de place chez mes parents, et mon frère reçoit de lourds soins à cause de son cancer au poumon.
— Oh.

La femme d'affaires serra ses lèvres et m'adressa un regard compréhensif.
— J'imagine que les frais de santé doivent être astronomiques pour votre famille.

Je répondis avec un léger hochement de tête sans rien ajouter. Ma vie devait sembler bien triste vue de l'extérieur, et elle l'était.
— Vous devriez trouver quelqu'un de plus compétent et de plus disponible pour le poste. Être votre assistante doit sûrement demander beaucoup de temps.
— Et vous n'en avez pas ?

Je secouai vigoureusement la tête. Madame Khan tira sur sa robe pour la remettre en place et croisa de nouveau ses bras sur sa poitrine.
— Je ne recherche pas une assistante pour moi, c'est pour mon fils, Yeraz. C'est pour un contrat de six mois, jusqu'à la date de son trente-et-unième anniversaire.

Un frisson glacial me parcourut le dos.
— Est-ce si difficile de lui en trouver une ?
— Difficile n'est pas le mot, je dirai que c'est… impossible. Mon fils est un homme qui n'a pas toujours de bonnes convictions et il est entouré de mauvaises personnes.

Madame Khan retourna s'asseoir sur son fauteuil et balaya, avec sa main, la mèche devant ses yeux. Son visage s'était de nouveau fermé. Ses traits parfaits se crispèrent.

— Il a besoin d'être bien entouré, continua-t-elle. Surtout en ce moment. Trouver une assistante qui lui tient tête et qui me fait un rapport détaillé chaque fin de semaine est *a priori* introuvable. Soit mon fils finit par coucher avec ses assistantes, soit il s'acharne sur ses employées jusqu'à les pousser à la démission.

— Et les hommes ?

— C'est pire.

Son articulation était parfaite et hérissa les poils de mes bras.

— Madame Khan ? Pourquoi ai-je l'impression que vous me proposez ce poste ?

Elle hésita un instant avant de répondre :

— Les hommes tels que mon fils ne voient malheureusement pas la beauté intérieure des femmes.

Ses paroles ne me contrarièrent pas. Je n'étais pas jolie et acceptais cet état de fait. Il me fallait, à l'heure actuelle, beaucoup plus pour m'atteindre.

— Il ne sera donc pas tenté de vous séduire, Ronney, pour vous instrumenter par la suite. En revanche, il essaiera par de multiples façons de vous pousser à la démission. Il cerne vite les gens et trouve facilement leurs points faibles. Ses remarques sont…

— Je suis habituée aux remarques, madame Khan, et ce, depuis que je suis en âge d'avoir des souvenirs. La méchanceté ? Je vis avec chaque jour. La seule chose que je peux vous assurer, c'est que ce ne sont pas les enfants les plus cruels, car, contrairement à eux, les adultes le sont avec malveillance. Regardez-moi. À votre avis, qu'est-ce qui peut m'atteindre ? J'ai déjà tout entendu.

Les mains jointes, elle me fixa longuement et m'offrit un visage aussi impénétrable que ses prunelles scintillantes.

— Voulez-vous ce poste ? finit-elle par lâcher d'une voix tranchante.

— Non !

Ma réponse ferme, sans l'once d'une hésitation, me surprit moi-même.

— Je vous laisse vos week-ends pour que vous puissiez continuer à exercer le métier de doubleuse que vous avez l'air d'apprécier.

— C'est gentil, mais…

— Trois semaines de congés payés.

— Madame Khan, avec tout le respect que je vous dois…

— Une assurance de santé.

Je secouai la tête en me battant avec ma conscience.

— Et un salaire mensuel de douze mille dollars pour commencer.

J'ouvris la bouche, mais aucun son n'en sortit. C'était beaucoup d'argent.

— Ronney, pensez à votre frère. Le salaire couvrirait les frais médicaux et le traitement dont il a absolument besoin. Vous pourriez aussi aider vos parents avec les factures du restaurant.

Je remontai mes lunettes.

— Pourquoi moi ? Beaucoup de personnes tueraient pour avoir ce job. Je n'ai aucune compétence dans ce domaine.

— C'est la première fois que je rencontre quelqu'un qui n'est pas intéressé. Mon instinct me dit que vous allez changer les choses.

Madame Khan baissa la tête et rassembla des feuilles éparpillées un peu partout sur son bureau, le visage toujours fermé.

— Vous dégagez une aura que je n'ai encore jamais vue chez personne. Vous êtes sûrement ma dernière chance. Pouvons-nous maintenant parler des modalités, miss Jimenez ?

Le grand portail se referma sans bruit derrière moi. Le soleil, bas dans le ciel, indiquait que la nuit n'allait pas tarder à tomber. Quelle journée ! Bien sûr, le van avait filé sans m'attendre. Je saisis mon casque pour le caler sur mes oreilles, puis mis en route mon baladeur pour entendre la voix d'Elvis Presley. Il était temps de quitter le quartier huppé d'Asylum et de retourner à Bakery District. À défaut de ne pas être en mobylette aujourd'hui, je décidai de commander un Uber.

2

L'atmosphère du salon était chargée du parfum de Cologne très volatile de ma colocataire. Je laissai le courrier sur la petite table à l'entrée de celui-ci avant de poser mon regard sur Bergamote, bien installée dans le vieux canapé, devant sa série préférée. Ses nombreuses rides creusaient sa petite figure douce toujours bien poudrée. À quatre-vingt-six ans, cette vieille dame avec de beaux cheveux, blancs et bien coiffés, aimait prendre soin d'elle.

— Comment s'est passée ta journée de l'Enfer ? me demanda-t-elle, sentant mon regard sur elle.

Bergamote ne prit pas la peine de détourner les yeux de l'écran, trop absorbée par sa série.

— C'était horrible, mais il s'est passé quelque chose de bizarre. J'ai été embauchée comme assistante personnelle pour le compte d'un richissime homme d'affaires.

Il n'y avait qu'un mot important dans cette phrase pour arriver à faire lever les yeux de Bergamote de son émission de télévision.

— Tu as dit « richissime » ?

Toujours debout dans la pièce, je remontai mes lunettes puis enfournai mes mains à l'arrière de mon pantalon. Ensuite, je secouai la tête.

— Tu sais ? Le gage qu'on fait faire aux autres dans ma famille, quand ils ont vingt-cinq ans… Eh bien, le mien était de me présenter aux portes d'une villa, à Asylum chez les Khan.

— Les Khan ?

La voix d'Alistair surgit derrière moi. Mon second colocataire apparût, le journal à la main, l'air à la fois effrayé et étonné. Sa silhouette menue, mais robuste, s'arc-boutait sous la pression de ses grandes bretelles qui tenaient son pantalon. Son regard bleu vif donnait à son visage abîmé par le temps, une impression d'austérité. Le plus souvent, il était dans son coin à la table de la cuisine en train de bricoler ou de lire.

— Je commence demain matin. Au début, je ne voulais pas du poste que me proposait madame Khan. J'ai refusé à plusieurs reprises, mais quand elle m'a parlé du salaire de douze mille dollars, je n'ai pas hésité. J'ai vraiment besoin de cet argent.

— Douze mille dollars ! murmura Bergamote qui avait fait complètement abstraction du poste de télévision.

Alistair referma son journal et passa sa main sur son crâne chauve avant d'ajouter :

— Cette famille saoudienne n'a pas bonne réputation, Ronney. Ce sont des mafieux. Ils font partie de la Mitaras Almawt.

— Camilia Khan a tout à fait l'air normale. Je peux démissionner à tout moment et puis les journaux racontent beaucoup de choses.

Je me sentais obligée de me justifier face à l'inquiétude qui les habitait subitement.

— Les soins médicaux d'Elio sont exorbitants. Mes parents n'auraient plus besoin de se tuer au travail pour les payer.

Alistair, tracassé par cette nouvelle, partit s'asseoir aux côtés de Bergamote. Il se frotta le menton du doigt et déclara :

— Ça ne changera rien sur le fait que la Rosa Negra en aura toujours après le restaurant de ton père. Il continuera de se faire racketter tous les mois. Que pensera-t-il de ton nouveau travail avec les Khan alors que lui-même est victime d'une mafia puissante dans son quartier ?

Je remontai mes lunettes et me mis à arpenter la petite pièce en réfléchissant. Tout se mélangeait dans ma tête : les remarques blessantes des membres de ma famille, les traits fatigués de mon père, Elio et ses nombreuses chimios… Caleb. Au moment où je m'arrêtai de marcher, une douleur désormais familière se réveilla en moi. J'avais besoin d'autre chose dans ma vie.

— Je ne suis pas obligée de leur dire pour ce nouveau travail. Le studio m'a donné plus d'heures et c'est tout.

Je soulevai mes épaules et continuai :

— Yeraz est un homme d'affaires très discret. Les *paparazzis* n'en ont pas après lui.

— C'est surtout qu'ils en ont la trouille. Et c'est quoi ses affaires à ce Yeraz ?

Bergamote avait haussé le ton sur les derniers mots. Quelqu'un d'autre que moi l'aurait sûrement envoyé balader, mais j'en étais incapable. Je n'étais pas comme ça et toutes ses questions partaient d'une bonne intention : celle de me protéger. Mes deux colocataires saugrenus étaient devenus, avec le temps, des gens importants dans ma vie. Et avec eux, je me sentais normale.

Je passai ma langue sur mes lèvres.

— C'est un entrepreneur. L'aîné des Khan possède le club de nuit *« Le Dream Diamond »* et il est aussi dans le secteur du bâtiment et de l'immobilier.

Mes deux interlocuteurs s'échangèrent un regard lourd de sens, puis Alistair se leva brusquement.

— Ronney, fais juste attention à toi. Nous ne voulons pas que tu te mettes dans une situation dans laquelle tu n'arriveras plus à t'en sortir.

Il baissa les yeux et chercha ses mots. Bergamote se leva à son tour et déclara, le sourire aux lèvres :

— Ali a réparé la pompe à carburant de ta mobylette, tu pourras de nouveau l'utiliser dès demain.

— Merci, ça me sera utile ce week-end pour aller au studio. Madame Khan préfère que j'utilise les services Uber pour mes déplacements, en semaine. Tous les frais seront à sa charge.

Mon colocataire s'éclaircit la voix et claqua dans ses mains pour clore cette discussion.

— Bon, je crois qu'il ne nous reste plus qu'à célébrer ça ! Tu as trouvé un boulot qui va te rapporter assez pour payer ce fichu loyer. J'espère que tu ne comptes pas nous foutre dehors.

Bergamote se mit à rire franchement avant de s'avancer vers l'entrée du salon.

— Je vais réchauffer les lasagnes et ouvrir une bonne bouteille pour le diner.

J'allais la suivre dans la cuisine quand Alistair m'attrapa par le bras pour m'attirer au milieu de la pièce.

— Un petit *Twist*, Ronney.

Je me plaignis à voix basse pour le dissuader d'allumer le tourne-disque :

— Non, Ali. Je suis épuisée et je ne danse que le *Rock*, tu le sais bien.

En vain, Alistair sortit un trente-trois tours de sa collection de vinyles et plaça le disque sur la platine. La voix de Chubby Checker résonna alors contre les murs de tout l'appartement.

— Regarde, Ronney. Tout est dans la hanche. Essaye !

Devant la bonne humeur de mon ami et de son déhanché désarticulé, je ne pus cacher plus longtemps mon sourire. Du haut de ses quatre-vingt-deux ans, Alistair était un danseur qui aimait prendre des risques. Je remontai mes lunettes et me laissai entraîner par le titre *« Let's Twist Again »*. Même si mes pas de danse étaient mal assurés, je prenais plaisir à décompresser enfin de ma folle journée. Bergamote nous rejoignit pour danser elle aussi, avec son tablier rose et sa cuillère en bois à la main.

J'essuyai la buée sur le miroir de la salle de bain. Mon reflet affligeant me désespérait. Les yeux noisette qui me fixaient paraissaient trop grands sur mon visage aux cernes violacés. Ils tombaient sur le côté, me donnant toujours un air triste comme les Bulldogs. Mes sourcils, encore jamais épilés, étaient broussailleux. Sur cette partie, je ne pouvais pas utiliser de rasoir et la pince à épiler me rebutait.

Avant de partir me coucher, je défis ma patate-chignon pour libérer ma chevelure noire et épaisse. À l'avant de mon crâne, de petits cheveux qui ressemblaient plus à des poils pubiens qu'à autre chose donnaient toujours l'impression que je venais de me faire électrocuter. Ma mère me demandait souvent de les plaquer en arrière avec du spray fixant ou du gel, mais ça faisait longtemps que je n'écoutais plus ses conseils beauté. Avec cet appareil dentaire en place depuis plus de six ans et mes grosses lunettes à double foyer, l'envie de prendre soin de moi n'était plus à l'ordre du jour. Le maquillage empirait les choses : on pouvait alors me confondre avec un clown ou le Joker dans *Batman*. Extrêmement mince, prendre un kilo relevait du parcours du combattant. Pour échapper aux critiques et aux moqueries de ma famille, je cachais mon apparence derrière de larges tee-shirts et des pantalons baggy.

Je traversai ma chambre, titubant de fatigue, avant de m'écrouler de tout mon long dans mon lit. Ni Louis ni Mélissa ne m'avait rappelée pour prendre de mes nouvelles et savoir ce que j'étais devenue. Pourtant, ils m'avaient vue m'engouffrer dans l'allée de la villa. Pour ne pas laisser entrer le vague à l'âme en moi, je décidai de laisser courir mes pensées afin de retrouver Caleb. Nos réveils ensemble et nos discussions me manquaient. Était-il heureux dans les bras de ma cousine Carolina ? Visiblement, oui. Ce fut avec le cœur encore lourd que je fermai les paupières à cette heure déjà bien avancée de la nuit.

La sonnerie de mon téléphone me réveilla en sursaut. Ma main tâtonna ma table de chevet à la recherche du mobile tandis que l'autre attrapait mes lunettes. Je les mis à toute vitesse sur le nez et jetai un coup d'œil sur l'écran de mon portable : une heure dix du matin ! C'était quoi cette blague ? Je m'empressai de répondre avec une voix pâteuse à ce numéro qui m'était inconnu.

— Oui ?

À l'autre bout du fil, la voix douce et gênée d'une jeune femme répondit :

— Miss Jimenez, je suis Ashley Cooper, votre assistante. Monsieur Khan est au club et il exige votre présence immédiatement.

— Il exige ? balbutiai-je. Je ne comprends rien. Mes nouvelles fonctions ne commencent que demain, lundi.

Embarrassée, la jeune femme insista :

— Miss Jimenez, nous sommes lundi, mais il est très tôt, c'est vrai.

Je passai une main sur mon front et laissai ma tête retomber en arrière sur mon oreiller.

— J'arrive tout de suite, finis-je par lâcher avec un soupir avant de raccrocher.

Je me levai à la hâte en courant aux quatre coins de la pièce pour chercher une tenue convenable. Dans ma commode, j'attrapai un baggy jaune propre que j'accrochai avec une ceinture à la taille afin qu'il ne glisse pas le long de mes hanches. Puis, je saisis un tee-shirt gris et violet dans le panier à linge sale, car les autres n'étaient pas encore secs.

Dans la salle de bain, je me frottai énergiquement les dents en maudissant ce Yeraz et ce bizutage. En effet, je le soupçonnai de commencer déjà sa technique d'intimidation envers moi. *Ronney, il va falloir avoir les nerfs solides*, m'encourageai-je intérieurement. *Ça a l'air d'être un sacré connard, celui-là !* Dans ma vie, j'avais eu affaires à beaucoup de personnes dans son genre : ce n'était pas lui qui réussirait à m'atteindre.

Je jetai ma serviette dans le lavabo avant de me dépêcher d'enfiler mes converses et de sortir en trombe de l'appartement.

Postée devant l'entrée du Dream Diamond dans la nuit encore fraîche, je ne savais pas si je devais composer le numéro de cette Ashley, sonner à la porte ou entrer directement dans le club. Seigneur ! Jamais je n'aurais imaginé me retrouver dans un endroit pareil un jour. Bien que le quartier était branché et sûr, je n'avais aucune envie de rester plantée là. Mon doigt écrasa le bouton de l'interphone et une voix grave et masculine me demanda de m'identifier.

— C'est... je suis l'assistante de monsieur Khan, Ronney Jimenez, essayai-je de prononcer avec une voix assurée, mais celle-ci s'étrangla dans ma gorge.

La porte s'ouvrit sur une entrée à l'ambiance très feutrée, aux murs capitonnés de soie. Des lustres descendaient du plafond tout le long de cette allée à la décoration classe et luxueuse. La musique cognait derrière ces murs sans toutefois être assourdissante.

— Miss Jimenez ? m'interpella une voix au bout du corridor.

Une femme, dont les cheveux blonds et bouclés lui descendaient jusqu'aux épaules, me fit signe de la rejoindre. Les regards silencieux et pleins d'interrogations des agents de sécurité présents me suivaient sur mon passage.

— Bonjour, je suis Ashley Cooper. C'est moi qui vous ai appelée. Je suis désolée de ce dérangement très matinal, mais ce sont les inconvénients de ce métier.

La jeune femme d'une trentaine d'années, perchée sur d'immenses talons aiguilles, se tenait droite devant moi avec plusieurs gros dossiers qu'elle tenait fermement contre sa poitrine. Son tailleur sombre, impeccablement taillé, dessinait sa silhouette mince et élancée. Son teint lumineux et frais à cette heure-ci me surprit. Elle paraissait complètement acclimatée à ce rythme de travail.

— Je n'ai pas encore l'habitude, avouai-je en passant mes mains dans les cheveux pour faire mine de me recoiffer. C'est une urgence ?

Ashley me dévisagea, déroutée, en essayant de dissimuler comme elle le pouvait son malaise vis-à-vis de moi. Elle se retourna et commença à marcher au pas de course. Malgré mes converses à semelle plate, je la suivais avec difficulté. Comment faisait-elle pour déborder autant d'énergie ?

— Aucune urgence. Monsieur Khan souhaitait rencontrer sa nouvelle assistante avant la réunion de neuf heures ce matin, chez lui.

La jeune femme s'arrêta devant les portes d'un ascenseur et appuya à deux reprises sur le bouton d'appel avant de se retourner vers moi. Je remontai mes lunettes et déclarai d'une voix calme, mais peu amène :

— Et ça ne pouvait pas attendre quelques heures ?

Mon assistante souleva les épaules et répondit :

— Il faudra s'habituer à ça avec ce patron. Du lundi au vendredi, vous n'aurez aucun temps de répit.

Arrivées au quatrième étage, Ashley me tendit les dossiers.

— Voici votre planning de la semaine, les comptes rendus des réunions des dix derniers jours, ainsi que les rendez-vous à prendre avec les investisseurs d'ici demain.

J'attrapai les feuilles maladroitement et continuai de suivre Ashley avec une démarche désordonnée.

— Et vous ? En quoi consiste votre boulot ?

— Je suis votre assistante avec Timothy. Nous sommes là pour vous aider dans votre travail sans jamais mettre un œil dans les dossiers confidentiels de monsieur Khan. Seule vous êtes autorisée à avoir une collaboration étroite avec lui.

Je ne comprenais pas en quoi mes deux assistants pouvaient me servir. Deux, c'était beaucoup. Je n'eus pas le temps d'ajouter quoi que ce soit : Ashley s'arrêta devant une porte et ferma ses paupières quelques secondes, avant de souffler un petit coup comme pour se donner du courage. *Bon sang, c'est quoi ça ?* J'ouvris la bouche, mais la refermai aussitôt au moment où elle toqua fermement contre l'entrée. Elle leva la tête au plafond et tira sur sa veste pour la remettre correctement en place, puis entra sans attendre qu'on lui réponde.

Des gardes du corps se tenaient juste derrière la porte. La pièce aux murs gris et à la décoration très peu chargée était vaste avec de larges banquettes en cuir noir. Malgré l'épaisse fumée de cigare, je distinguai au fond une baie vitrée qui surplombait le club et la piste de danse. Le bruit sourd de la musique qui provenait d'en bas arrivait à peine jusqu'à nous. Des hommes d'affaires, assis confortablement sur des banquettes et en pleine discussion, n'eurent pas l'air de remarquer notre présence. Certains s'envoyaient des rails de cocaïne tout en regardant des femmes à moitié nues danser devant eux. Choquée, je détournai les yeux et parcourus l'endroit du regard jusqu'à ce que mes yeux se posent sur un homme posté devant les grandes fenêtres. Il se tenait de dos. Ashley, avec un petit signe de tête, m'invita à la suivre.

— Les présentations doivent être brèves, déclara-t-elle anxieuse à mon oreille avec une voix qui partait dans les aigus. Ne lui posez aucune question. Soyez réactive à ce qu'il demande.

Le regard paniqué de cette dernière ne me rassura pas. Mon cœur se mit à s'emballer et une boule grandissante obstruait ma gorge.

La jeune femme se racla la gorge avant d'interpeller d'une petite voix l'homme au costume noir qui ne prit pas la peine de se retourner.

— Monsieur Khan, voici Ronney Jimenez, votre nouvelle assistante.

Ce dernier agita légèrement son verre avant d'en boire une longue gorgée et de le tendre à Ashley qui s'empressa de le récupérer. Yeraz se retourna doucement et s'adossa contre la baie vitrée, les mains dans les poches. Mon regard se posa d'abord sur ses cheveux brun foncé avec des reflets roux, coupés très courts avec un dégradé à blanc sur les côtés. Une coupe militaire. Je devinai, malgré ses grosses lunettes aux verres opaques, qu'il me détaillait scrupuleusement de la tête aux pieds. Sa barbe de quelques jours, très bien entretenue, lui donnait une certaine classe et affirmait sa virilité.

— Bonjour, joli endroit.

J'avais prononcé ces mots machinalement, complètement paralysée par la peur. J'esquissai un petit sourire courtois qui ne provoqua aucun effet sur mon interlocuteur. Cet homme ne donnait pas l'impression d'avoir envie de serrer des mains ni d'être embrassé avec une accolade chaleureuse.

— C'est donc vous que ma mère a choisi pour le salut de mon âme.

La rudesse de sa voix se voulait blessante. Mal à l'aise, je remontai mes lunettes et osai demander à demi-mot :

— Maintenant que les présentations sont faites, puis-je retourner chez moi ?

Ashley changea brusquement de visage, choquée par ma question. Les joues rouges, écarlates, elle paraissait au bord du malaise.

— Monsieur Khan, intervint mon assistante.

Elle fut sommée de se taire. Yeraz baissa sa main dans le vide, puis se tourna vers un de ses gardes du corps à la carrure colossale et prononça quelques mots en arabe. L'homme obtempéra immédiatement, attrapa son téléphone dans sa poche et sortit, sûrement dans l'optique de passer un coup de fil.

— Miss Cooper, vous pouvez disposer. Je vais rentrer avec miss Jimenez.

Son ton hostile n'annonçait rien de bon. Je blêmis et manquai subitement d'oxygène. Je ne voulais pas rester avec cet homme. Tous mes sens étaient en alerte. J'aurais voulu courir, m'enfuir, mais j'avais l'impression que le sol se dérobait sous mes pieds. Jamais je n'avais détesté aussi vite une personne. *Pense à Elio,* me murmura une voix à l'intérieur de moi. *C'est pour lui, pour tes parents, et pour le restaurant.* Je déglutis et suppliai Ashley du regard de rester avec moi. L'homme qui était parti quelques instants plus tôt revint dans la pièce avec une perceuse à la main, accompagné d'un homme menu et barbu. Ces deux protagonistes installèrent des bâches de chantier sur les murs du fond, puis le colosse amena une chaise sur la bâche qui recouvrait aussi le sol. Autour de nous, personne ne prêtait attention à ce remue-ménage. Comme si faire des travaux à cette heure-ci de la nuit était normal.

— Je vais conduire miss Jimenez à votre véhicule, monsieur Khan.

Ce dernier hocha la tête pour donner son accord à la jeune femme. Mon assistante agrippa mon bras pour me faire sortir d'ici le plus vite possible. La porte s'ouvrit avant que l'on puisse franchir le seuil. Un cri d'effroi s'échappa de moi. Un homme au visage tuméfié était traîné de force à l'intérieur de la pièce par deux autres costauds. Tétanisée, je me collai contre le mur. Impossible de bouger. La scène qui se déroulait sous mes yeux était insoutenable. J'avais le cœur au bord des lèvres et manquai de m'évanouir. L'homme blessé suppliait Yeraz en sanglots de le laisser partir.

— Où sont passés les dix millions de dollars ? demanda Yeraz d'une voix placide.

Il s'approcha du pauvre type d'un pas nonchalant.

— Je vous jure que je ne sais pas. S'il vous plaît. Je peux tout arranger. Pitié.

Yeraz réfléchit un instant avant de montrer la chaise à ses deux hommes.

— Je ne veux aucune tache.

Les hommes obtempérèrent. Yeraz repartit observer la foule qui dansait et festoyait en bas, dans son club. Ashley me tira le plus fort possible pour me sortir de là. En état de choc, je titubai jusque dans le couloir.

— Que vont-ils lui faire ? Qu'est-ce qui va lui arriver ?

— Ce sont leurs affaires, miss Jimenez. Nous ne sommes que des employés. Nous ne voyons rien, nous n'entendons rien.

Le bruit de la perceuse se fit entendre à travers la porte, suivi de cris abominables. Je mis mes mains sur les oreilles.

— La police. Il faut appeler la police.

J'étais dépassée, hystérique. Ashley se posta devant moi et posa une main sur mon épaule.

— Nous sommes à Sheryl Valley. C'est la police qui obéit à la mafia, ici. Vous le savez autant que moi. Maintenant, nous devons y aller !

— Ashley, ne me laissez pas, je vous en supplie.

Mon assistante ouvrit la porte coulissante de l'impressionnant van aux vitres teintées.

— Monsieur Khan est un homme ingérable et paranoïaque. N'espérez pas le voir rire un jour, n'espérez rien de lui. Ronney, vous devrez être courageuse. Je ne pense pas que vous ayez les épaules pour ce boulot, d'ailleurs, personne ne les a. Tenez le coup le plus longtemps possible en vous préservant. C'est une affaire de six mois.

La jeune femme, consciente que j'étais complètement terrorisée, essayait de me rassurer tant bien que mal, mais ce fut l'effet inverse qui se produisit.

— Combien y en a-t-il eu avant moi ?

Mon assistante se pinça les lèvres et soupira.

— Miss Jimenez…

— Ronney. Appelez-moi Ronney, comme vous venez de le faire à l'instant.

— Beaucoup. Je ne peux pas vous dire.
— Vous avez tenu, vous. Comment ?
— Je suis l'assistante de son assistante. Je n'ai quasiment aucun contact avec lui, contrairement à vous.

Ashley s'arrêta de parler et balaya le parking des yeux avant de reprendre :

— Vous devez monter à l'intérieur du van, Ronney. Ne faites pas de vague et adressez-lui la parole seulement quand il vous la donnera. Tout se passera bien si vous faites ce que je vous dis.

Elle posa sa main sur mon épaule et m'adressa un petit sourire. Mon physique disgracieux ne semblait plus la déranger. À cet instant, je lui accordai bizarrement toute ma sympathie. J'espérais ne pas me tromper.

Yeraz donnait les dernières directives à son équipe. Assise sur la banquette en cuir, à l'arrière du véhicule, je fermai les yeux et me massai les tempes, sentant le mal de crâne arriver. Ce fut le bruit de la porte qui me fit rouvrir les paupières. Cet homme, d'une perfection irréelle, tiré dans son costume à quatre épingles, était là, en face de moi. Il avait ôté ses lunettes. Je remarquai alors sa grosse chevalière qui représentait une tête de mort, signe d'appartenance à la Mitaras Almawt. Je tressaillis à peine, mais Yeraz perçut ce mouvement infime. Le coin de sa lèvre se retroussa légèrement. Quelque chose d'inquiétant passa dans son regard d'un noir intense, profond. Il n'y avait personne d'autre que nous à l'intérieur du van, mis à part le chauffeur qui ne semblait pas prêter attention à nous.

Assis en face de moi, le jeune homme me fixait comme s'il essayait de déchiffrer une énigme impossible à résoudre. Au premier abord, il fallait avouer que tout en imposait dans sa personne : sa stature, son charisme. Les manches de sa chemise un peu remontée laissaient apparaître des avant-bras musclés aux veines saillantes et l'on pouvait deviner les contours de la musculature de son torse. *Caleb est loin d'être bâti ainsi,* pensai-je presque troublée. Je regrettai aussitôt de planter à nouveau mes yeux dans les siens. Yeraz me toisait de son regard le plus noir.

— Alors, quel est le plan de ma mère cette fois-ci pour que j'accepte de lui remettre les clefs du royaume de mon père ?

Je remontai mes lunettes et me tortillai d'une fesse sur l'autre. Je n'arrivais pas à m'enlever de la tête l'image très amochée de l'homme que j'avais croisé au club. Ça me revenait à coups de flashs.

— Il n'y a peut-être aucun plan. Une mère reste une mère, vous savez.

J'avais prononcé ces mots d'une voix basse, mais sincère. Yeraz émit un soupir puis un éclat de rire silencieux. Il détacha ses yeux sombres des miens et regarda à travers la vitre. Le véhicule longeait Jalen Avenue à toute vitesse.

— Vous ne la connaissez pas. Elle contrôle tout de la vie de mon frère et de mes sœurs. Manageuse et mère, cela ne va pas ensemble.

Il semblait être plein de rancune à son égard. Je plissai les yeux derrière mes verres à doubles foyers et essayai de prendre un peu plus d'assurance, mais ma voix restait hésitante.

— Vos assistantes ne restent jamais longtemps. Pourquoi ?

Yeraz revint planter son regard ténébreux dans le mien et ma maîtrise de moi-même s'envola en une seconde. Le coin de sa bouche se releva en un étrange sourire, tandis que l'ombre des lumières de la ville dansait sur son visage en se mêlant à l'obscurité de la nuit.

— Il y a une clause dans le contrat, à la dernière page. L'avez-vous lue, miss Jimenez ?

Sa voix basse aux intonations séduisantes provoqua en moi sans le vouloir un effet d'étourdissement.

— Non, non pas encore, monsieur Khan. Je dois voir le contrat en fin de semaine, vendredi.

Yeraz se cala au fond de la banquette. Il semblait prendre plaisir à m'intimider. C'était sans nul doute le genre de personne habitué à tout posséder et contrôler en hypnotisant son auditoire avec son charme naturel.

— Mes assistantes ont *toutes* outrepassé la première et la deuxième clause du contrat.

— Quelles sont-elles ?

— Vous le découvrirez assez tôt, miss Jimenez. Mais avec vous, il sera impossible de dépasser les règles du jeu. Ma mère a tout prévu !

— Et pour vos assistants ? Pourquoi ont-ils démissionné ? Est-ce pour la même raison que les femmes ?

Yeraz émit un petit rire mauvais avant de reprendre son sérieux.

— Non ! Nous avons tous des choses à cacher, des secrets inavoués. J'aime fouiller dans la vie des personnes qui m'entourent et qui me conseillent dans mon travail. Je dépoussière les cadavres de leur placard et me sers d'eux pour les renvoyer à la moindre erreur. La médiocrité m'exaspère.

Ses dernières paroles coururent dans mes veines. Je sentais bien, à son ton, qu'elles étaient pour moi. Le mot *médiocre* était pourtant le mot le plus gentil que l'on avait prononcé pour me définir, mais ça, monsieur Khan l'ignorait. Pour me blesser, il m'en fallait davantage.

— Les gens que j'ai en face de moi sont souvent mal à l'aise, continua-t-il. Je lis de l'admiration dans leurs yeux, de la peur, de l'envie ou même la certaine fascination que je leur inspire, mais vous, c'est différent. Vous n'êtes habitée par aucun de ces sentiments. Ce que je vois, c'est du mépris, voire même un dégoût intense à mon égard.

Ses iris me fixaient désormais avec une hostilité évidente. Les flashs me revinrent en rafale.

— Vous vous trompez. Jamais… non ! Je ne me permettrais pas un instant de vous…

— De me juger ?

Désarçonnée, je bafouillai comme un bébé. Yeraz paraissait lire en moi comme dans un livre ouvert.

— Je n'envie personne dans ma vie, c'est vrai. Chacun suit son chemin. Je veux juste faire mon travail et ne cherche rien en retour, monsieur Khan.

— Je doute que vous puissiez le faire sans motivation. Il y a forcément quelque chose qui vous habite.

— C'est exact, le coupai-je sans le vouloir. J'ai mes motivations personnelles.

Soudain suspicieux, Yeraz plissa les yeux, puis allait ouvrir la bouche quand son chauffeur l'interrompit :

— Vous êtes arrivé, monsieur.

Quelques secondes d'un lourd silence s'installèrent dans l'habitacle. Yeraz cherchait toujours l'énigme à résoudre au plus profond de moi. Sa mâchoire se crispa. Au moment où je crus mon heure arrivée, la porte du van s'ouvrit pour libérer ce fauve en proie à ses démons intérieurs. Je me redressai un peu rapidement et trébuchai maladroitement sur lui. Les mains du jeune homme se refermèrent sur mes poignets avec une poigne d'acier et il me repoussa brutalement sur la banquette.

— Ne me touchez plus jamais !

Yeraz sortit du véhicule. Les membres tremblants, je secouai la tête pour remettre mes idées en place tout en respirant profondément. J'étais soulagée de ne plus me trouver en face de cet homme que je trouvais à la fois mystérieux, détestable et complexe. Je n'avais jamais ressenti une atmosphère aussi polaire avec quelqu'un d'autre. Nous n'avions été, durant tout le trajet, à même pas un mètre de distance l'un de l'autre et pourtant, cet espace qui me séparait de lui m'avait paru infini.

Subjuguée, je restai plantée au milieu du hall d'entrée spacieux de ce manoir à l'aspect de château médiéval. Un immense escalier en ivoire, à double volée, desservait l'étage. Cet endroit plein de poésie et de grandeur me captiva.

— Miss Jimenez ?

La voix lointaine de Yeraz me ramena soudainement à l'instant présent.

Dans le salon richement agencé de meubles d'époque raffinés qui s'ouvrait sur une immense terrasse dans le jardin, monsieur Khan se servait un verre de scotch. Il regardait sur l'écran de télévision les derniers chiffres de la bourse, ainsi que le fil d'actualité des informations.

— Ashley vous a-t-elle donné le planning de mes rendez-vous ?

— Oui, je l'ai avec moi.

— Annulez-les tous et recasez-les dans la semaine.

Je parcourus l'agenda des yeux en vitesse.

— Mais, vous n'avez que très peu de disponibilités cette semaine. Vos journées sont surchargées. Il n'y a même pas…

Je relevai la tête en entendant les pas du jeune homme venir vers moi. Sa démarche ordonnée et assurée semblait se retenir pour ne pas me sauter à la gorge.

— Vous croyez que j'ai du temps à perdre ? Vous me servez à quoi si vous n'êtes pas capable de faire ce que je vous demande ? Ne m'embêtez plus avec vos analyses stupides !

La rudesse dans sa voix se voulait menaçante. La lenteur mesurée de celle-ci était teintée d'une tranquillité inquiétante. Un rictus arrogant se dessina au coin de ses lèvres. Je blêmis et restai interdite devant lui en battant des paupières, à défaut de ne pas savoir quoi faire à cet instant. Cet homme me fichait la trouille et si rien ne m'avait retenue, j'aurais déguerpi sur-le-champ sans ne jamais plus donner signe de vie. Je posai mon regard sur le verre de scotch. N'était-il pas trop tôt pour commencer à boire ? Ou trop tard ? Tout dépendait de la façon de voir les choses. Yeraz était-il un homme alcoolique en plus d'être dangereux ?

— Ça m'aide pour arriver à vous regarder et à vous tolérer auprès de moi.

Il avait deviné mes pensées avec une telle facilité que j'en restais interloquée. Yeraz tourna les talons pour aller s'asseoir dans le canapé d'angle, en face de la cheminée moderne qui longeait tout le mur. Elle détonnait sur ce décor mélangeant ancien et nouveau.

— Installez-vous dans le salon d'à côté. Je vous ai assez vue. Envoyez les mails. Après, nous partirons à Sian Diego. J'ai… quelque chose à régler là-bas.

Sa tête retomba lourdement en arrière, puis il ferma les paupières, exténué lui aussi. Je compris que le sujet était clos et que je ne devais pas me risquer à lui poser une seule question. Pourtant, j'en avais des milliers en tête.

Dans la pièce voisine, les murs de couleur bleu nuit donnaient une douce teinte à cet endroit épuré et bien rangé. À travers les fenêtres, je distinguai au loin une somptueuse piscine qui se dressait au milieu d'une végétation luxuriante au cadre digne des contes des mille et une nuits.

— Ronney ?

Plongée dans mes pensées, je n'avais pas entendu Ashley entrer.

— Dieu merci ! m'exclamai-je soulagée.

Elle avait le blanc des yeux jaunâtre et les traits fatigués. Je l'avais tirée de son sommeil quelques instants plus tôt pour lui faire part de mon désarroi. Bien qu'épuisée, elle était d'une beauté parfaite sans aucune fausse note dans sa tenue.

— Ashley, je suis tellement désolée, mais Yeraz ne veut absolument rien savoir ni comprendre que ce qu'il me demande est tout bonnement impossible.

Mon assistante posa son Mac sur la table ainsi que son sac à main en cuir d'une marque de luxe et me lança un regard désapprobateur.

— Vous ne devez rien demander à monsieur Khan. Faites juste ce qu'il vous demande, ce qui inclut : lui décrocher la lune s'il vous la demandait !

— Mais la vie est faite de limites, de…

— Pas pour les gens comme lui ! Timothy et moi sommes là pour vous aider dans vos fonctions. C'est ensemble que nous devons trouver des solutions.

Je m'installai autour de la table et pris ma tête entre mes mains.

— Je n'y arriverai jamais.

— Vous n'avez pas le choix, Ronney. Vous venez d'entrer dans un monde où les requins se feront une joie de faire de vous leur festin.

La jeune femme tapota sur son ordinateur, puis tourna l'écran dans ma direction.

— C'est le planning de cette semaine de monsieur Khan. Êtes-vous prête pour le casse-tête chinois ?

Je hochai la tête en soupirant. Ashley s'équipa d'une feuille et d'un crayon puis nous commençâmes à déplacer et replacer les dizaines de rendez-vous sur l'agenda de Yeraz. Heureusement qu'Ashley était là. Je me sentais vraiment minable à ses côtés. Pourquoi n'était-ce pas elle qui était à ce poste, à ma place ? En effet, elle semblait se débrouiller comme un chef.

Un parfait silence se fit dans ma tête. Après plusieurs heures sur le planning et un tas de courriels envoyé, nous avions enfin terminé de plancher là-dessus.

— Monsieur Khan vous a-t-il expliqué en quoi résultait le programme de la journée ?

— Il m'a fait part d'un rendez-vous important, au sud.

— Rien d'autre ?

— Non et malheureusement, je doute que vous puissiez venir avec moi.

— Exact ! Vous serez seule avec lui, mais ça ira.

Ashley tenta de sourire comme si tout allait bien dans le meilleur des mondes, pourtant je sentais bien qu'elle ne pensait pas ce qu'elle disait.

— Bon, nous avons un peu de temps avant qu'il se réveille. Monsieur Khan est quelqu'un qui dort très peu. La nuit, il est au club. Il rentre ensuite se reposer trois heures, puis enchaîne les réunions avec les promoteurs, les partenaires commerciaux, les investisseurs et bien d'autres personnes importantes. En début d'après-midi, il a son cours de Krav-Maga avec un prof personnel. Monsieur Khan consulte ensuite ses mails dans son bureau, passe des coups de fil, gère des dossiers, puis repart en rendez-vous jusqu'à tard dans la soirée avant de rejoindre de nouveau le club.

L'endroit où il torture les gens. Je frémis de peur rien qu'en repensant à la scène de cette nuit. Mon assistante sortit une tablette numérique de son sac et me la présenta. Elle fit défiler de nombreuses photos des filles Khan.

— Je vais vous présenter la famille. Vous allez devoir retenir toutes les informations que je vais vous dire. Elle, c'est Aaliyah, elle a vingt-trois ans. Ce n'est pas la plus riche des trois. La célébrité la pèse et se plaint sans cesse de son statut. Elle a une fille de quatre ans, Jalen. Le père n'est pas présent dans sa vie. Son rôle de mère passe avant *tout*. Elle est très gentille, très simple et très écolo !

Concentrée sur les paroles d'Ashley, je hochai la tête pour lui montrer que je suivais bien. Pour l'instant, je n'avais pas besoin de prendre de notes, la description était simple.

— Aaliyah est souvent prise en grippe par ses deux autres sœurs qui jugent qu'elle manque d'ambition. Ghita est la seconde, elle a votre âge. C'est elle, la tête pensante des trois.

Cette révélation ne me surprit pas. Ghita faisait de nombreuses apparitions publiques et participait à beaucoup plus de shows télévisés que ses sœurs. Sa ligne de vêtements et de cosmétiques se vendait très bien.

— Ghita est une femme très intelligente, continua Ashley. Nous ne savons jamais ce qu'elle pense. Elle n'est pas méchante, mais très exigeante dans son travail et dans celui des autres. Elle gère parfaitement sa communication. Rien, *jamais* rien, n'est laissé au hasard avec Ghita.

Mon assistante pointa ensuite la troisième du doigt.

— Cyliane, vingt ans, la cadette de la famille. La petite protégée de ses deux frères. Elle a sa chaîne You Tube…

— *Paranormal Life* ! Elle aime les univers paranormaux. Je regarde de temps en temps.

— Sa chaîne compte des millions d'abonnés. C'est une des personnalités les plus suivies au monde. Elle traque les fantômes, les esprits, tout ça. Je vous avoue que ça a le don d'agacer Camilia, qui est la manageuse de ses trois filles. Elle pensait que ce ne serait qu'une passade pour Cyliane, mais il n'en est rien. Même si son train de vie est décalé comparé à ses deux autres sœurs, elle gère son quotidien d'une main de maître. Sa réussite dépasse les frontières. Du haut de ses vingt ans, Cyliane a créé un empire et son nom est devenu une marque mondiale.

Ashley éteignit la tablette et commença à rassembler toutes les feuilles étalées sur la table. De mon côté, j'essayai fiévreusement de retenir toutes ces informations.

— Et Hadriel ?

Elle s'arrêta net et jeta un regard en direction de la porte fermée. Son ton changea subitement. La voix plus dure, elle ajouta :

— Il n'est pas méchant, mais il n'est pas charmant non plus. Il faut éviter de réunir les deux frères dans la même pièce.

Je me levai pour l'aider à ranger tout notre travail de ces dernières heures.

— Lui et Yeraz ne s'entendent pas ? me hasardai-je.

— On peut dire ça. Leur relation est très compliquée depuis…

Ashley n'eut pas le temps de finir sa phrase : Yeraz entra dans le bureau, les mains occupées à fermer ses boutons de manchettes. Il s'était changé et portait encore un costume foncé. Le jeune homme tenait sa paire de lunettes entre ses dents. Mon assistante baissa immédiatement les yeux, priant sûrement pour qu'il n'ait rien entendu de notre conversation.

— Appelez Isaac. Nous partons.

Sans une attention ni une seule parole pour Ashley, il mit sur son nez ses larges lunettes et tourna les talons. J'allais ouvrir la bouche pour lui poser une question, mais mon assistante secoua vigoureusement la tête pour que je me taise. Quand il disparût de la pièce, elle se précipita vers moi.

— Ronney, aucune question ! Vous allez finir par me faire perdre mon boulot à force de ne pas écouter ce que je vous dis.

— Mais, Isaac, qui est-ce ? Comment veut-il que je l'appelle s'il ne me dit pas de qui il s'agit ?

Je chuchotai pour être sûre de ne pas être entendue.

— C'est le chauffeur. Tenez, prenez la tablette. Dedans, il y a toutes les photos des gens qui font partie de la vie de monsieur Khan, ainsi que ses collaborateurs les plus proches.

Je pris l'appareil et le rangeai dans mon gros sac à bandoulière. En relevant la tête, je crus voir une lueur d'exaspération dans le regard d'Ashley.

— Qu'y a-t-il ?

— Votre tee-shirt, il est taché. Vous devez vous changer.

Mince ! Je n'avais pas vu la tache de pistache. Je plaquai la sangle de mon sac dessus et déclarai, gênée :

— Je n'en ai pas d'autres. Cette nuit, quand je suis sortie de chez moi, je n'avais pas prévu que ma journée se déroulerait ainsi.

Ashley ferma les yeux et passa ses mains dans ses cheveux en soupirant profondément. Quand elle les rouvrit, elle se mit à fouiller dans son sac à main pour en sortir un joli débardeur blanc avec un gros nœud sur le devant.

— Non, je ne peux pas mettre ça, bafouillai-je.

— Je pense que vous n'avez pas le choix. On ne sort pas avec monsieur Khan dans un état pareil.

Mes mains tiraient sur le bas de ce haut trop moulant, trop court, trop tout.

— Vous avez un joli décolleté.

Ashley regretta aussitôt ses paroles et se pinça les lèvres en redoutant ma réaction.

— Je ne suis pas à l'aise. À vrai dire, je n'ai jamais porté une tenue pareille avant aujourd'hui.

— C'est juste pour quelques heures. Il vous va très bien.

Mon assistante essayait de me rassurer comme elle pouvait. Elle me tendit ensuite un téléphone.

— Sa batterie est pleine, vous ne tomberez pas en panne dans la journée. J'ai créé une adresse mail et inscrit le numéro de Yeraz dans le répertoire. Seuls lui et vos assistants sont autorisés à vous contacter dessus. Il est géolocalisé. Veillez toujours à l'avoir sur vous.

Je hochai la tête, toujours surprise par l'efficacité de la jeune femme. Comment faisait-elle ? Soudain, une voix fluette, mais autoritaire, se fit entendre de l'autre côté des portes du bureau.

— Où est-elle ? Miss Jimenez ?

Un homme d'une cinquante d'années au crâne partiellement dégarni et de petite taille entra dans la pièce tel un ouragan. Son visage ovale au teint bronzé laissait paraître une certaine froideur. Visiblement en colère, il fronçait ses sourcils broussailleux en accent circonflexe.

— Peter ? s'étonna Ashley avec de gros yeux.

Ce prénom me disait vaguement quelque chose. Camilia l'avait prononcé lors de notre entretien. C'était son assistant. Peter s'occupait des candidatures pour ce poste d'assistant. Mon sang quitta mon visage et je m'appuyai contre la table pour ne pas m'effondrer. Il venait pour moi.

— Cooper, laissez-nous !

Ashley obtempéra et disparut à toute vitesse sans rien dire. Ce Peter semblait avoir tous pouvoirs. La présence de monsieur Khan dans les lieux ne le dérangeait pas. Il se mit à marcher autour de moi, les yeux plissés par la colère. Sa veste à carreau et son pantalon en velours contrastaient sur le style très raffiné des Khan.

— Alors, c'est vous la personne que j'aurais soi-disant recommandée ? Vous êtes une usurpatrice !

Son mépris vis-à-vis de moi me désarçonna. J'aurais voulu disparaître à cet instant. L'homme continua de tourner autour de moi, tel un lion autour de sa proie.

— Je vous assure, j'ai refusé à plusieurs reprises cette proposition.

Peter s'arrêta juste en face de moi. Ses petits yeux marron me transpercèrent.

— Pourtant vous êtes ici. J'ai mis au service de Yeraz Khan une jeune femme qui ne connaît rien à ce métier, rien à ce monde et qui se moque royalement des codes de la beauté et de la mode.

Je répondis d'une voix faible :

— Je doute que la beauté et mon style vestimentaire puissent avoir un impact sur le quotidien de monsieur Khan.

L'homme recula son visage, surpris par mes mots. Il me ricana au nez avec mépris.

— Si, miss Jimenez. Et vous allez vous en rendre compte bien assez tôt. La seule chose qui me ravit, c'est que les goûts de monsieur Khan en matière de femmes sont d'un niveau très supérieur à vous. Vous, au moins, vous ne passerez pas sous le bureau !

Peter tourna les talons, satisfait des fléchettes qu'il venait de me lancer. J'étais heureuse d'apprendre que je n'étais pas au goût de monsieur Khan. Le contraire m'aurait étonnée, voire même effrayée. J'espérai ne pas être confrontée à un défilé de subalternes tel que lui toute la journée. Avant de franchir la porte, il se retourna et me lança sur un ton mauvais :

— Démissionnez, Jimenez. Vous rendrez service à tout le monde et surtout à vous-même.

Yeraz me rejoignit à l'arrière de la berline quelques minutes plus tard. Deux hommes qui l'accompagnaient montèrent dans une autre voiture, devant nous. Heureusement, ce véhicule ne possédait pas de banquettes l'une en face de l'autre. Il ne pouvait donc pas m'observer comme la dernière fois. Je ne savais pas s'il avait remarqué mon nouveau haut, si c'était le cas, il ne fit aucune remarque là-dessus et je l'en remerciai.

— Chez Saleh, ordonna-t-il à son chauffeur.

Il tourna son visage vers sa fenêtre et s'adressa à moi d'une voix froide :

— J'ai reçu le nouveau planning que vous m'avez fait parvenir par mail. Il n'y a aucun rendez-vous pour samedi.

J'émis quelques sons inintelligibles pour finir par :

— Je ne suis pas disponible le week-end.

Yeraz tourna la tête vers moi. Ses jolis traits étaient d'une impassibilité glaciale et déroutante.

— Vous avez des avantages que peu de monde autour de moi arrive à obtenir, miss Jimenez. Vous avez de la chance de pouvoir vous reposer.

Je voulus riposter, mais ma nature profonde prit le dessus. *Me reposer ?* J'accumulais les petits boulots depuis l'âge de seize ans et ma seule distraction était le studio d'enregistrement les week-ends. De plus, ce travail me demandait beaucoup d'efforts. *Me reposer ?* Je le maudis de me juger ainsi, juste parce que je n'étais pas à sa disposition. Cet homme arrivait à me mettre dans un état émotionnel comme je ne l'avais jamais été. J'aurais préféré encore être en compagnie de mes cousins ou écouter les réflexions incessantes de ma mère sur ma personne, plutôt que d'être assise à ses côtés en ce moment même.

Je serrai la mâchoire et décidai de faire abstraction de Yeraz tout le long du trajet. La tablette d'Ashley allait m'aider. Je me concentrai sur mon travail pour enregistrer en mémoire tous les visages et les fonctions des personnes qui étaient répertoriés à l'intérieur.

3

J'étais heureuse d'arriver enfin à destination. Ce trajet aux côtés de Yeraz m'avait paru durer une éternité. La grande bâtisse ancienne au milieu de cette nature sauvage paraissait sortir tout droit d'un film romantique d'Hollywood. Les deux hommes en costumes noirs nous suivaient de près. Il n'y eut aucune présentation, mais je reconnus les deux colosses que j'avais vus en photo quelques minutes plus tôt dans la tablette d'Ashley. Miguel avait les yeux noirs, le visage étroit et allongé avec des arcades sourcilières proéminentes, tandis que Fares, lui, était légèrement plus mince, le nez en bec d'aigle. Son visage carré recouvert d'une mince barbe renvoyait une certaine rudesse. Contrairement à Miguel, Fares avait les cheveux longs et attachés en arrière dans une queue de cheval.

Nous fûmes reçus tous les quatre par un jeune maître de maison à l'allure impeccable et doté d'un très bon sens de l'accueil. Son uniforme élégant, mais discret, renvoyait l'image d'une propreté et d'une bonne tenue de ce lieu exceptionnel. Jamais de ma vie je n'avais vu autant de domesticité à l'intérieur d'une maison.

Yeraz semblait bien connaître cet endroit. Il venait d'enlever ses lunettes de soleil et suivait le jeune homme avec une démarche ordonnée et assurée, sans même jeter un regard autour de lui. En haut de l'escalier, au premier étage, le maître d'hôtel se retourna vers nous pour vérifier si nous le suivions toujours avant de nous escorter à destination.

Les voix masculines cessèrent subitement quand nous entrâmes dans le salon privé après que son majordome nous eut annoncés. Mal à l'aise, j'aurais voulu qu'ils se volatilisent tous à cet instant précis. Le lieu pimpant, sans aucune fenêtre, était équipé de nombreux fauteuils placés devant un immense bureau. Derrière celui-ci, un homme en âge d'être à la retraite, trapu et à l'air antipathique, fumait son cigare sans détacher son regard sombre de nous. Ses cheveux de couleur poivre et sel plaqués avec une raie sur le côté lui donnaient un air sévère et froid.
— Bonjour Hamza. Voici mon assistante, Ronney Jimenez.

L'homme me salua d'un signe de tête, mais ne se leva pas pour nous accueillir. Sa main indiqua deux sièges libres à sa gauche, près de son bureau. Traverser la salle aux murs de couleur cinabre, sous le regard appuyé et hostile de ces hommes plus intimidants les uns que les autres relevait d'une véritable torture que je m'infligeai à moi-même. J'imaginai le choc que je devais produire sur ces gens avec ma tenue négligée, mes converses abîmées et mes cheveux affreusement coiffés.

Yeraz attendit que je sois bien installée dans mon fauteuil avant de s'asseoir à mes côtés. Au moins, il lui restait quelques bonnes manières. Hamza m'examina de la tête aux pieds avant de déclarer d'une voix sourde et rocailleuse :

— Nous avons un problème sur le complexe « les Baléares ». La construction prend du retard. Nous avons énormément investi dans ce projet. J'ai envoyé Asad à Chicago afin qu'il…

Hamza s'arrêta subitement et tourna sa tête vers moi. Je levai mon stylo de mon bloc-notes en attendant la suite, mais le regard lourd et sévère de l'homme en face de moi me glaça le sang. Yeraz poursuivit :

— Les fruits et les légumes, c'est meilleur quand c'est de saison, nous le savons tous.

— Je préfère ne pas les mélanger dans le même panier. Certains pourrissent trop vite.

Je compris que les deux hommes parlaient en langage codé. Ainsi, je ne pourrais rien transmettre à Camilia sur les affaires de son fils. Derrière nous, des hommes prirent le relais en continuant avec les produits frais du marché et de la ferme.

En sortant de la pièce, je crus que ma tête allait exploser. Ça faisait des heures que nous étions enfermés dans ce bureau et je n'avais pas compris un seul mot de ce qui s'était dit durant toute la réunion. Dans le couloir, les discussions continuaient entre ces hommes d'affaires. Miguel et Fares restaient plus loin, en retrait avec les autres gardes du corps. Je regardai ma montre. Il était une heure de l'après-midi.

Yeraz était à l'écart. Il ne décolérait pas. Son désaccord avec Hamza quelques instants plus tôt l'avait plongé dans de sombres pensées. Le maître de maison qui déambulait entre les convives lui proposa un verre de whisky qu'il accepta sans hésiter. Je pris une grande inspiration avant de m'approcher de lui.

— Monsieur Khan ? Allons-nous rester ici encore longtemps ?

Le jeune homme fourragea dans ses cheveux avec rage avant de me répondre avec une nuance d'impatience dans la voix :

— Oui, miss Jimenez. Pourquoi ? Vous avez mieux à faire ?

Mes joues se teintèrent de rose. Son autorité impressionnante me déstabilisa. Je cherchai au plus profond de moi les dernières miettes de courage qu'il me restait.

— Je n'ai pas dormi de la nuit et rien avalé depuis ce matin. Monsieur Khan, je suis au bord du malaise.

Yeraz regarda au-dessus de mon épaule et, avec un petit geste vif de la main, appela le maître de maison.

— Un siège et un repas pour mon assistante.

Le domestique obtempéra immédiatement.

— Merci, soufflai-je à mon bourreau, reconnaissante qu'il ne me laisse pas mourir de faim.

Yeraz siffla son verre et son regard se brouilla de nouveau.

Dans le couloir, de petits groupes s'étaient formés, mais personne ne vint se joindre à nous. Ces hommes plus ou moins vieux semblaient craindre Yeraz et son humeur facilement changeante. Je remarquai, en mangeant ma salade copieuse, qu'ils portaient tous la même chevalière au doigt. Cette tête de mort était sans aucun doute leur signe de ralliement.

— Miss Jimenez, regardez les derniers chiffres de la bourse et plus particulièrement celui du groupe *« Fidutive »*. Comparez-les à ceux de la semaine dernière.

Je posai ma salade sur mes genoux et m'exécutai aussitôt pendant qu'il s'activait sur son téléphone tout en grognant entre ses dents :

— Peut-être que j'arriverai enfin à lui faire entendre raison avec ça !

Un petit rire forcé s'échappa de moi. Je repris immédiatement mon sérieux et me mis à tapoter sur la tablette d'Ashley, tout en évitant soigneusement de relever ma tête vers mon interlocuteur.

— La situation vous fait sourire à ce que je vois.

— Non, monsieur.

— Il y a une chose que je déteste par-dessus tout, miss Jimenez. La désobéissance et l'insolence.

Ça en fait deux. Je préférai garder cette remarque pour moi, en constatant le sang-froid que Yeraz essayait de retenir. Je me confondis en excuses pour apaiser la situation.

— Ce n'est pas pour vous, monsieur Khan. Je ne voulais pas. C'est juste que vous trouvez une situation compliquée qui, pour moi, n'en est pas une.

Bon Dieu, pourquoi avais-je balancé ça ? J'aurais dû me taire et laisser passer l'orage. Maintenant, ses yeux noirs me fusillaient. Il était à ce moment-là d'une beauté terrifiante. Je me mis à regarder tout autour de moi. À part ce grand couloir, il n'y avait nulle échappatoire en vue. Yeraz, toujours debout à côté de moi, ferma les yeux en se pinçant l'arête du nez.

— Vous n'avez pas compris un seul mot de cette réunion, mais vous pensez être capable de résoudre un problème qui vous dépasserait si vous aviez toutes les informations à votre disposition.

— Parfois, il suffit d'examiner la personne qui se trouve en face de nous pour la comprendre. La gestuelle permet d'en apprendre beaucoup plus sur elle que le discours qu'elle peut avoir.

— Une de vos théories ?

Son ton plein de mépris me gifla le visage. Je baissai les yeux sur ma tablette et ajoutai, à mi-voix :

— Monsieur Saleh est un homme avec un esprit d'enfant. Il suit son instinct avant tout. Si vous voulez qu'il vous écoute, soyez le dernier à quitter la pièce.

Je repris le travail de recherches que Yeraz m'avait demandé. Le poids de son regard sur moi pesait des tonnes. Bizarrement, il n'ajouta rien.

La pause dura encore quelques minutes, puis il fallut retourner dans le bureau discuter de poireaux, d'aubergines et d'œufs dans les paniers.

Le soleil commençait déjà à décliner dans le ciel. Postée en haut des marches de l'entrée, j'observai le mimosa au fond de la cour. La réunion m'avait semblé durer une éternité. J'avais retranscrit sur mon cahier tous les noms de code sous forme de symboles afin d'essayer de déchiffrer le thème de la discussion d'aujourd'hui. Camilia voulait un rapport complet. Je ne me voyais pas lui donner une feuille blanche en lui disant que je n'avais absolument rien compris de ce qui s'était dit lors de cette rencontre entre monsieur Saleh et ses disciples. La sonnerie de mon téléphone me tira de mes pensées. Au plus profond de moi, j'espérai que c'était Caleb. Un sentiment de déception m'envahit lorsque je vis la photo de ma mère s'afficher à l'écran.

— Bonjour, maman.

— Ma chérie, ça va ? Nous n'avons pas eu de tes nouvelles depuis que tu es partie de ta fête d'anniversaire, hier.

Je me pinçai les lèvres et me creusai la tête pour trouver une excuse qui pourrait me resservir plus tard. Il était hors de question que je lui dise que j'étais en ce moment même chez un certain Hamza Saleh avec un Khan.

— Hum, c'est vrai, je suis désolée. Je suis au studio. La chef de projet m'a annoncé que l'équipe aurait besoin de moi à temps plein pour quelques mois afin de terminer la saison commandée de *Minnie la petite souris*.

— C'est fantastique !

Ma mère était enthousiaste face à cette nouvelle. De mon côté, cette façon de lui mentir me mit mal à l'aise, mais il me semblait plus intéressant de lui présenter les choses ainsi, plutôt que de lui révéler la vérité.

— Et le salaire ?

J'essayai de prendre le ton le plus enjoué possible.

— Ils me proposent un salaire très confortable. Je pourrai vous aider pour les frais médicaux et le traitement d'Elio, mais le mauvais côté, c'est que je serai moins disponible pour le restaurant.

— Ne t'en fais pas pour ça. Nous sommes heureux pour toi. Tu aimes tellement ce travail. Je vais appeler tes tantes pour leur faire part de cette bonne nouvelle. Je vais pouvoir me vanter de quelque chose, moi aussi.

Je fis une petite grimace avant de déclarer :

— Je passerai vous voir cette semaine. Embrasse papa et Elio pour moi.

Je raccrochai rapidement puis fermai les paupières.

— Une brebis au milieu des loups.

La voix derrière moi me fit sursauter. Les tempes battantes, je me retournai vers celle-ci et vis un homme à peine plus vieux que moi, à la tenue impeccable et sûrement hors de prix, venir à ma rencontre.

— Les assistantes de Yeraz me donnent toujours cette impression. Je suis Lucas, l'avocat de la famille Khan.

Le jeune homme aux prunelles d'un vert profond me regardait de toute sa hauteur. Ses cheveux épais, coiffés de façon désordonnée, et sa grosse barbe, renvoyaient une image sauvage qui me faisait penser à celle d'un Viking. Nous restâmes ainsi à nous regarder quelques secondes. Je ne bougeai plus, je ne respirai plus, jusqu'à ce qu'un courant d'air frais me surprenne.

— Je suis Ronney Jimenez. J'attends monsieur Khan qui s'entretient en ce moment même avec monsieur Saleh.

— Il a donc écouté votre conseil.

Je levai un sourcil en l'interrogeant du regard.

— Dans le couloir, je n'étais pas loin de vous. J'ai entendu votre conversation avec Yeraz. Il a enfin une assistante compétente qui lui prodigue de bons conseils.

Je remontai mes lunettes, embarrassée par ce compliment. À l'avenir, je devrais être plus discrète. Mes yeux se posèrent sur son tatouage, derrière son oreille. Les numéros dans la bouche du serpent me firent comprendre que ce Lucas devait lui aussi appartenir à un clan.

— Ces réunions sont-elles fréquentes ?

L'homme m'adressa un regard curieux de côté puis répondit :

— Oui. Les Saleh travaillent en étroite collaboration avec les Khan. Les rencontres sont donc souvent nécessaires. Préparez-vous à de longues nuits blanches.

Était-il sérieux ou sarcastique ? À son ton, c'était impossible à deviner.

— Et tous ces gardes du corps à l'intérieur de la maison ? Est-ce vraiment indispensable ?

Après m'avoir considérée quelques instants, le regard de Lucas se posa sur le bloc-notes que je tenais contre moi. Il fronça les sourcils et déclara avec une voix qui avait perdu toute spontanéité :

— Toutes les personnalités importantes, influentes et connues ont un garde du corps dans ce pays. C'est plus souvent une question d'image. Vous êtes à ce poste depuis quand ?

— Aujourd'hui. C'est pour une durée de six mois.

Le jeune homme retrouva son demi-sourire du début.

— Personne ne reste à ce poste autant de temps, miss Jimenez. Vous finirez par partir avant, comme les autres. Yeraz n'est pas quelqu'un qui garde ses employés très longtemps auprès de lui.

Je l'observai attentivement et constatai qu'il ne mentait pas. J'eus soudain du mal à avaler ma salive.

— Ces notes que vous tenez… c'est pour quoi ?

— Des rébus !

Ma boutade l'amusa. Un sourire lui prit toute la figure et, pour la première fois de la journée, j'arrivai à rire, consciente que ma réponse n'était pas crédible une seule seconde. Nous entendîmes alors la porte s'ouvrir brusquement. Nos regards se tournèrent vers l'entrée de la maison et nous vîmes Yeraz apparaître avec une prestance quasi aérienne, comme irréelle, avec ses lunettes noires sur le nez. Miguel et Fares le suivaient de près. Il passa devant nous sans s'arrêter en prenant soin de saluer Lucas sur son passage. Celui-ci murmura quelques mots inaudibles en réponse à son bonjour, puis me regarda en opinant la tête, l'air navré, avant d'entrer à l'intérieur de la demeure.

En bas des marches, Isaac, debout à côté de la portière, attendait que je rejoigne son boss. À ce moment, la peur revint m'envahir jusqu'à effacer tout le reste. Je soupirai. Il fallait tenir six mois. Six mois à ses côtés. Ça serait sûrement les mois les plus longs de toute ma vie !

Les secousses de la berline sur les graviers me réveillèrent. Malgré la poussière qui entourait le véhicule, je reconnus l'allée. Nous étions rentrés à Asylum. Je me tournai vers Yeraz qui consultait son MacBook tout en prenant des notes.

— Je dois assister demain soir à la huitième représentation des *Entrepreneurs Student*. J'aurai besoin d'une tenue pour l'occasion.

Il ne prit pas la peine de lever les yeux de l'écran de son ordinateur. La voiture s'arrêta.

— Pour la tenue, il me faudrait votre taille, ainsi que...

Je n'eus pas le temps de finir ma phrase que Yeraz était déjà sorti du véhicule. Je compris qu'il ne comptait pas m'aider. Ashley m'avait pourtant prévenue à plusieurs reprises : je ne devais poser aucune question.

Les gardes du corps attendirent que j'entre dans la luxueuse demeure pour fermer les portes derrière moi. Je fus surprise d'être accueillie par un homme blond, plutôt élancé au visage détendu et souriant. Son pantalon en cuir et son haut ultra moulant me firent lever un sourcil.

— Bonjour, miss Jimenez, je suis Timothy, votre assistant.

Sa bonne humeur communicative raviva mon moral. J'étais heureuse de rencontrer des gens différents de Yeraz. D'ailleurs, où était-il passé celui-là ?

— Comment se passe votre journée ? me demanda mon assistant visiblement soucieux de mon bien-être.

— Pour être franche, je rêve d'un café et d'un bon bain.

— Pour le bain malheureusement ça ne sera pas possible, mais pour le café, suivez-moi.

Timothy partit en direction de la cuisine. Je levai les yeux et remerciai le ciel de l'avoir mis sur mon chemin.

La cuisine était deux fois plus grande que mon appartement lui-même et équipée d'une profusion d'appareils électroniques. L'odeur âcre de l'eau de Javel me souleva le cœur et me ramena à mes mauvais souvenirs. Je remontai mes lunettes et m'appuyai sur l'îlot central, là où Timothy préparait mon café.

— Ça fait longtemps que vous travaillez pour monsieur Khan ? me hasardai-je.

— Dieu merci, je ne travaille pas pour lui. Je suis au service de ses assistants depuis plus de huit ans et Ashley, trois.

Il me tendit ma tasse avec toujours ce grand sourire. Je regardai autour de moi pour être sûre que nous étions seuls.

— Je ne sais pas si je m'habituerai à avoir des assistants. Je ne suis pas du genre à donner des ordres.

Timothy s'appuya sur ses avant-bras et me dévisagea avec une intensité redoublée.

— Vous êtes différente de toutes les personnes que nous avons pu voir jusqu'à présent.

— Je veux bien vous croire, répondis-je dans un murmure avant de prendre une petite gorgée de ma boisson chaude.

Le jeune homme se redressa et contempla sa montre.

— Ashley devrait bientôt être là. La journée est loin d'être finie.

Je fronçai les sourcils et secouai la tête.

— Ma boîte mail est déjà pleine à craquer. Monsieur Khan m'a donné une tonne d'instructions en plus de la tenue à lui prendre pour la représentation de demain soir.

— Savez-vous quel genre de représentation ?

Je fis une légère grimace avant de répondre :

— Je n'ai même pas eu le temps de prononcer deux mots qu'il avait déjà disparu de mon champ de vision.

Un sourire apparut au coin des lèvres de mon assistant.

— Désolé, ma question était stupide. Ashley devrait mieux s'en sortir que moi avec les costumes de monsieur Khan. Elle s'en occupera. Bon, maintenant je vais vous montrer vos quartiers qui sont à l'étage.

— Mes quartiers ?

La suite était incroyablement lumineuse avec sa grande terrasse ouverte sur le parc. Différents tons d'ocre dominaient les pièces, renvoyant une image propice à la détente. Difficile de se sentir à l'étroit dans cet appartement privé. Dressing, bureau, salle de bain et autres nombreux détails étaient pensés pour satisfaire et optimiser la productivité des employés de monsieur Khan.

— C'est là que vous habitez la semaine ? demandai-je en contemplant la hauteur du plafond.

— Non, cette suite n'appartient qu'à vous. Monsieur Khan souhaite que son assistante soit disponible à toute heure du jour et de la nuit.

Je posai mon sac sur un fauteuil et pris l'air le plus dégagé que possible en avançant avec un maximum de prudence :

— Ça ne sera pas possible. J'ai déjà un endroit où dormir et je ne peux pas laisser tomber Alistair et Bergamote.

Le jeune homme, surpris, m'interrogea du regard.

— Ce sont mes colocataires.

— C'est votre choix, mais je doute que monsieur Khan soit d'accord avec cette décision.

— J'ai déjà tout vu avec Camilia, Yeraz devra...

La voix d'Ashley m'interrompit. Elle entra dans la pièce les bras chargés de classeurs et d'enveloppes qui menaçaient de s'écraser sur le sol. Je courus à sa rencontre pour l'aider.

— Je suis passée récupérer les invitations pour la grande réception de Thanksgiving. Les filles Khan et Camilia ont validé tous les noms ce matin.

— Oh non, gémit Timothy. Dis-moi que les plans de tables sont déjà faits.

Ashley posa le reste des fournitures sur le bureau en décrochant un regard de travers à son interlocuteur, qui fit mine de sangloter en se jetant au sol sur les genoux. Mon assistante leva les yeux au ciel avant de se tourner vers moi :

— OK, Ronney. Quel est le reste du programme de la journée ?

Je sortis mon téléphone de ma poche et consultai les mails de Yeraz avant de répondre :

— Timothy et moi pouvons commencer à nous occuper des envois des invitations pour la réception et vous, vous pourriez vous occuper de cette liste de courses.

Je tendis mon téléphone à Ashley qui se mit à parcourir la longue liste, l'air sérieux.

— Très bien, transférez-la-moi. En revanche, pour tout ce qui concerne le pressing et… euh… le dernier article, c'est de votre ressort. La mention *privée* à côté indique que seule l'assistante de monsieur Khan peut se charger de cette course.

En lisant l'expression gênée sur le visage d'Ashley, je repris le téléphone dans les mains pour voir de quoi elle parlait.

— Douze chemises, quatorze pantalons, vestes. Récupérer le dossier KB-13 chez Alfonso. Deux boîtes de préservatifs *« Condomz »*.

Je m'arrêtai subitement et me raclai la gorge.

— Yeraz ne peut pas s'occuper de sa boîte de, enfin de… tout seul ?

— Vous le voyez entrer dans une pharmacie et demander ce genre de truc ? me répondit Timothy, les bras croisés.

— Non, pas du tout. Je ne le vois même pas avec une femme, pour tout vous avouer. Yeraz paraît si insociable et froid.

Mes joues se mirent à me brûler. Je secouai la tête afin de chasser l'image de cet homme dans les bras d'une femme. Le rire léger de Timothy vint détendre l'atmosphère. Il frappa dans ses mains en déclarant :

— Qui sait ? Peut-être que sa froideur pourrait bien cacher des passions insoupçonnées ? Aïe !

La petite claque d'Ashley derrière son crâne le fit revenir à la réalité.

— Je me charge de la première partie de courses. N'hésitez pas à me joindre sur mon téléphone en cas de besoin.

Mon assistante attrapa son sac et disparut à toute vitesse de la pièce, toujours perchée sur ses talons aiguilles.

— Cette fille est géniale, soufflai-je. Je ne comprends pas pourquoi elle n'est pas à ma place.

Le regard rivé sur l'entrée, j'entendis à peine les mots de Timothy :

— À cause de la règle numéro deux !

Le reste de la journée fila à toute vitesse. Timothy et moi étions assis par terre, noyés au milieu des cartons d'invitations qui attendaient d'être mis sous enveloppe.

— La famille Wilson ?

Je pris une seconde pour réfléchir avant de répondre à mon assistant :

— Sophia et Aaron, mariés depuis trente-six ans et ont deux jumelles : Angèle et Jacqueline.

— Famille Al Jasser ?

— Famille recomposée. Monsieur Gavin Al Jasser s'est remarié trois fois. Il a eu, avec sa dernière épouse Madeline, un garçon, ce qui lui fait sept enfants au total.

— Bravo, Ronney ! Beau travail. Vous êtes prête à entrer dans le grand monde.

Je m'arrêtai de découper les cartons.

— Ce monde-là ne m'intéresse pas. Il m'effraie en vérité.

Je fixai Timothy et osai enfin lui poser la question qui me brûlait les lèvres depuis le début de la journée :

— Vous connaissez les Khan depuis pas mal d'années. Ils ont une dangereuse réputation dans le pays. On dit même qu'ils font partie de la Mitaras Almawt. J'ai vu la chevalière de Yeraz.

Le regard du jeune homme s'assombrit. Il détourna ses yeux des miens et continua son travail avec des gestes plus secs.

— Cette famille traîne une légende noire à cause de son passé. Bien sûr qu'ils ont eu des liens avec la mafia, mais c'était il y a fort longtemps. Ça remonte à quelques générations déjà. Camilia fait tout pour laver son nom.

— Yeraz est toujours dans le monde des affaires, je veux dire que ses missions restent très opaques. Il a torturé un homme avec une perceuse. Je ne l'ai pas vu, j'ai entendu, mais c'était horrible. Si l'ombre de la mafia ne plane plus sur cette famille, alors pourquoi Camilia engage-t-elle quelqu'un pour surveiller ses occupations ? Il y a beaucoup de choses qui me laissent penser que...

— Ronney, laissez tomber !

Surprise du changement de comportement de Timothy, je hochai la tête mécaniquement avant de remonter mes lunettes. Il me semblait superflu d'exprimer une opinion quelconque de plus sur ce sujet. Le jeune homme ferma les yeux quelques secondes, puis reprit sa respiration.

— Je suis désolé. Les gens racontent tout et n'importe quoi sur cette famille. Elle a ses défauts comme tout le monde, mais elle est tout à fait respectable.

Je remontai mes lunettes et déclarai avec un certain embarras :

— Oui, je veux bien vous croire. Mon but n'était pas de ternir sa réputation. Je vais aller m'occuper de cette liste de courses avant que tout ne soit fermé.

— Je m'occupe des derniers cartons d'invitations. Nous pourrions commencer les plans de tables demain ?

— C'est parfait.

Je sortis de la suite en sachant que je ne tirerais plus rien de Timothy aujourd'hui.

Il faisait doux en ce début de soirée, même si le vent soufflait fort sur le parking du restaurant. Je restai là un petit moment, à regarder l'établissement de loin. Toutes les lumières à l'intérieur étaient allumées et ça grouillait de monde. C'était une bonne adresse pour la population de Sheryl Valley. Le restaurant marchait bien et attirait au passage des investisseurs dont mon père avait toujours refusé chaque proposition, mais aussi la mafia espagnole, la Rosa Negra, installée dans ce quartier pauvre. Le gros John était à la tête de cette organisation.

Je marchai sur des jambes qui ne me tenaient presque plus debout jusqu'au fond du restaurant, là où se tenait mon père, derrière le grand comptoir. Toute la décoration venait principalement du Costa Rica. Le client pouvait ainsi avoir l'impression de s'évader, le temps d'un bon repas avec le buffet à volonté.

— Ronney ! Je suis heureux de te voir. Viens par ici.

Mon cœur s'allégea en voyant la joie inonder le visage de mon père, éclairant ses yeux bruns luisants. À peine âgé de cinquante ans, il paraissait n'en avoir que quarante. Mon regard se posa sur ses cheveux sombres et épais, superbes, rejetés puissamment en arrière. Il me tenait ouvert le battant de la porte afin que je le rejoigne. Au loin, des mains de fidèles clients me saluaient, contents de me voir aussi. Ma mère, quant à elle, s'activait à ravitailler le buffet qui se vidait à toute vitesse. De là où j'étais, je ne distinguai que sa longue chevelure noire qui coulait le long de sa nuque et venait s'écraser au milieu de son dos.

— Alors, comment se passe le travail ?

Tout en me parlant, mon père s'occupait de préparer les cocktails. Machinalement, je lui apportai mon aide et lui tendis les tranches d'ananas.

— J'ai juste envie de pleurer de fatigue. Le restaurant, à côté, c'est beaucoup moins usant. Plus jamais je ne me plaindrai.

Mon père me jeta un regard inquiet à la dérobé.

— Vraiment ? Tu dois faire attention. La santé avant tout ! Écoute, si c'est pour l'argent que tu t'inquiètes, il ne faut pas. Nous nous sommes toujours débrouillés jusqu'à présent.

Sa main pressa mon bras. Après un court silence, il ajouta :

— Tu dois faire ta vie. C'est important.

Je m'efforçai de garder le moral devant lui. Mon mutisme ne le surprit guère. Je n'étais pas du genre à m'étaler sur mes sentiments ni sur les détails de mon existence. Je me dirigeai vers l'entrée de la cuisine et de nombreux souvenirs surgirent dans ma mémoire. De beaux moments de lorsque j'étais petite. J'aimais essuyer la vaisselle, ici, avec ma mère. À cette époque, la maladie de mon frère n'avait pas encore frappé à la porte de nos vies.

— Elio dort déjà ?

Je me retournai vers mon père et attendis sa réponse.

— Non, je ne pense pas. Monte le voir, ça lui fera plaisir.

Les meubles de la chambre n'avaient pas bougé depuis mon départ. Le vieux tissu jaunâtre sur le mur commençait à se détacher à certains endroits. D'ici, je pouvais entendre les bruits et les voix me parvenir du restaurant. La chambre, comme toutes les pièces sommaires de l'étage, n'était quasiment pas isolée, mais dans le Bakery District c'était courant. Les logements de ce quartier étaient réputés pour la plupart insalubres du fait de sa pauvreté. Celui que je partageais avec Bergamote et Alistair ne dérogeait pas à la règle.

— Que fais-tu près de la fenêtre ? Tu contemples les étoiles ?

Mon frère apparut dans la pièce, un bonnet sur la tête. Les cernes violacés autour de ses yeux montraient à quel point il était épuisé par ses séances de chimiothérapie qu'il devait désormais enchaîner. Malheureusement, la radiothérapie n'avait pas eu l'effet escompté sur lui. Mon cœur se serra.

— Oui, tu sais comment est ta pauvre sœur : une éternelle rêveuse. J'aime faire des vœux et croire qu'ils se réaliseront un jour.

Un sourire arriva à peine à illuminer son visage blême. Il s'assit sur son lit pour économiser ses forces.

— Tu sais ? Quand je serai là-haut, je les réaliserai, moi, tes vœux.

À mon air, il comprit qu'il avait mal choisi ses mots. Je plaquai ma main contre ma bouche pour étouffer mes sanglots et me retournai vers la fenêtre.

— Ne dis pas ça, murmurai-je, la voix chevrotante.

— Ronney, je suis désolé. Les parents et toi mettez tellement d'espoirs dans ma guérison que vous en oubliez le plus important.

— Qu'est-ce qui est plus important que ça ?

Ma voix me parut soudain extrêmement sèche.

— Mais vivre ! C'est ça que vous devez faire. Va explorer le monde, Ronney. Construis-toi des projets. Trouve l'amour.

Je haussai les épaules et secouai la tête avant de tirer la chaise qui se trouvait près du bureau sur ma droite pour m'asseoir face à Elio.

— Papa ne t'a rien dit ? Red Channel envisage de m'employer à plein temps. C'est pour un gros projet avec beaucoup d'argent à la clef. Nous pourrons enfin payer les frais de ton traitement.

Elio leva les yeux au ciel, respira à grands coups avant de me fixer longuement avec un air sévère.

— C'est hors de question que tu acceptes quoi que ce soit juste pour mon traitement. Ronney, tu es de ces gens rares pour qui l'argent demeure sans saveur. C'est une de tes nombreuses qualités. Ne change pas ça, s'il te plaît.

Je répondis juste de la tête afin de ne rien lui promettre ni lui mentir davantage. Il se tut quelques secondes, puis changea de sujet :

— Il y a la cousinade dimanche après-midi, chez tante Maria. Tu n'as pas oublié ?

Un petit grognement s'échappa de ma gorge et je fis une grimace en mettant mes deux mains sur les yeux.

— Non, je n'ai pas oublié. Je déteste toutes ces cousinades avec la famille. Il y aura Caleb avec Carolina.

— Caleb est un imbécile ! C'est lui qui a perdu au change. Si j'avais assez de force, je lui écraserais sa jolie petite gueule contre le mur.

— Les sentiments, ça ne se contrôle pas. Les choses qui doivent arriver arrivent. Je ne lui jette pas la pierre, ni à lui ni à Carolina. Samedi, j'ai mon rendez-vous chez l'orthodontiste.

— Cette camée est un escroc. Combien lui as-tu donné depuis toutes ces années ? Elle invente toujours une excuse pour ne pas t'enlever cet appareil dentaire.

Je contemplai ma montre et remontai mes lunettes avant de me lever difficilement de ma chaise pour aller embrasser mon frère. Il était temps pour moi de rentrer.

— Je lui demanderai quand elle compte me le retirer. Qui sait, peut-être que samedi sera le grand jour ?

Avant de franchir la porte, Elio m'interpella :

— Maman aurait dû prendre plus souvent ta défense face à notre famille, mais aussi face à ce Bryan. Tout ce que tu as enduré, c'est… ce n'est pas normal.

Après un court silence, je quittai la pièce où régnait une odeur de tombe. Les derniers mots de mon frère m'avaient ébranlée.

Dans ma chambre, je lisais et relisais ces notes prises à la réunion de ce matin. Une dizaine de pages de dessins, de signes et de ratures s'étalaient sur les feuilles blanches.

Je pris une bouchée de mon sandwich préparé par Bergamote qui s'était doutée que je ne resterais pas à table avec eux, ce soir. Alistair et elle n'étaient pas des colocataires envahissants et bavards. Une qualité que j'appréciais beaucoup chez eux. Cependant, je savais qu'ils attendraient le week-end pour me poser toutes sortes de questions sur ma semaine et plus particulièrement sur Yeraz Khan.

Je remontai mes lunettes puis commençai à essayer de deviner la signification de chaque symbole. Une tâche minutieuse qui allait s'ajouter à mes longues journées harassantes de travail. Mon compte rendu pour Camilia devait être prêt pour vendredi. Mon ressenti à cet instant était une impression de tomber dans un tourbillon obscur et sans fin.

4

Programmation des évènements, recrutement du personnel de service de maison, agencement des tâches de comptabilité, gestion des nombreuses factures de la semaine, organisation des plannings…

Cela faisait quatre jours que je travaillais comme une esclave, qu'on me réveillait en pleine nuit, que je passais mes soirées à essayer de décortiquer ces fichues notes codées de la réunion de lundi, que Yeraz m'inondait d'appels et de mails à n'importe quelle heure du jour et de la nuit. Il voulait me voir craquer, il voulait me voir partir et Dieu sait que je le voulais aussi. Je déléguais certaines de mes missions à Timothy et Ashley, mais beaucoup restaient confidentielles, et donc à ma charge.

J'arrivai ce vendredi matin chez Yeraz après être passée récupérer ses affaires au pressing. C'était le jour de congé d'Ashley, je devais faire ce qu'elle faisait d'habitude en plus de mon travail.

— Ça a été ?

Timothy m'accueillit les bras chargés d'un immense bouquet de roses blanches et de gypsophiles. Je répondis tout en me dirigeant dans le séjour :

— Oui, j'ai attendu près de vingt minutes dehors que la personne arrive. Je suis en retard pour finir le budget avec le paysagiste.

Je déposai les affaires sur le canapé et sortis mon téléphone pour consulter les nouveaux mails de Yeraz.

— Qu'il me foute la paix, celui-là ! grommelai-je en tapotant sur les touches de mon portable.

Frappée par le silence de la pièce, je relevai mes yeux sur Timothy qui me regardait, la bouche de travers. Après quelques jours passés avec lui, je savais ce que cet air voulait dire.

— C'est vendredi, je t'en supplie, épargne-moi les changements de plan de dernière minute.

J'expirai. Je ne m'étais pas rendu compte que je retenais ma respiration. Mes mains agrippèrent la racine de mes cheveux mal coiffés et trop secs.

— Je suis désolé, Ronney. Ghita t'attend.
— Quoi ? Mais pour quoi faire ?
— Elle inaugure aujourd'hui une nouvelle boutique de lingerie. Ce bouquet est de la part de monsieur Khan.

Dans une main, il me flanqua les fleurs, puis dans l'autre, trois grands tubes en carton.

— Et ça, ce sont les plans du nouveau projet de BTP pour l'architecte.

J'inclinai ma tête sur le côté, l'air désespéré. Timothy souleva les épaules comme pour s'excuser.

— Tu m'appelles un chauffeur ?
— Il t'attend déjà devant.

Je remerciai Timothy d'un signe de tête et essayai de sourire sans réellement y arriver.

La berline longeait la forêt qui entourait Sheryl Valley, en contrebas. L'immense lac séparait cette cité en deux parties. Les eaux, d'un bleu profond, scintillaient au contact de la lumière du jour. D'ici, la ville à l'ambiance Far West encore endormie semblait si paisible. Pourtant, sur les chaînes d'information du pays on parlait de ce lieu pour désigner son turbulent cœur populaire, où se multipliaient les excès en tout genre. Une ville réputée comme l'une des plus corrompues au monde. Les habitants cohabitaient depuis tellement longtemps avec la mafia et ces guerres entre quartiers qu'ils n'y prêtaient plus attention.

Le véhicule s'arrêta dans une allée, juste en retrait de la forêt, devant une fastueuse résidence victorienne où se mêlaient pierre de Jérusalem et bois clair. Pas trop excentré d'Asylum, ce quartier chic était parfait pour prendre de la hauteur et s'éloigner des tumultes de Sheryl Valley.

Une jeune femme à la peau bronzée m'ouvrit la porte et m'invita à entrer. Sa bouche souriait en dessinant gracieusement la mince ligne rouge de ses lèvres. Ses jolies pommettes rosies se creusèrent de deux petites fossettes.
— Salut, je suis Paige, l'assistante de Ghita. Tu dois être Ronney.
Je hochai la tête en lui tendant l'encombrant bouquet de fleurs.
— Je suis l'assistante de Yeraz.

Les pupilles de la jeune femme se rétrécirent. Son front se plissa et un petit air compatissant traversa son joli visage. Elle n'avait pas l'allure d'une assistante. D'ailleurs, moi non plus je ne ressemblais pas à une employée avec mon gros pull difforme et mon baggy trois fois trop grand. La jeune femme habillée d'un bustier blanc sans manches et moulant avec un short scandaleusement très court avait des jambes sans fin. Elle se déplaçait dans ses baskets blanches avec une aisance et un déhanché incroyables. Ses longs cheveux châtain foncé et brillants tombaient jusqu'au bas de son dos.

— Ghita se prépare en haut. Suis-moi.

— Je pensais juste vous apporter les fleurs puis repartir.

Il y avait dans mes gestes une tension que je n'arrivais pas à dissimuler. Paige se retourna en bas des escaliers, resta sans voix quelques secondes, puis déclara avec une tonalité exceptionnellement douce :

— Ronney, Ghita souhaite vous rencontrer. Vous serez amenée à croiser les sœurs K régulièrement. Autant faire les présentations maintenant.

Le couloir exposait des œuvres artistiques dans un décor psychédélique avec un mélange de Versace et de Louis Vuitton. Les pièces, plaisantes, confortables et épurées dans des tonalités de beige, offraient une généreuse perspective dans toute la propriété. Paige m'indiqua que celle-ci possédait aussi une piscine intérieure, une salle de fitness ainsi qu'un cinéma. J'avais l'impression de me trouver dans la quatrième dimension.

J'enlevai mes converses à l'entrée de la chambre. Le sol était recouvert d'une magnifique moquette épaisse de couleur crème qui donnait à la pièce une douce atmosphère. Au fond, un homme mince, de taille moyenne et une femme à la chevelure blonde, élancée, s'occupaient d'une jeune femme assise devant de grands miroirs. L'ambiance paraissait bon enfant à entendre les rires qui résonnaient au sein de ces murs.

— Ghita, elles sont de la part de Yeraz.

Lorsque la maîtresse des lieux se retourna pour faire face à son assistante, j'eus le souffle coupé. Elle était encore plus belle en vrai. J'étais devant une des femmes les plus connues au monde et que je n'aurais jamais pensé rencontrer un jour. Ses traits étaient d'une symétrie parfaite et ses grands yeux noirs en amande, soulignés d'un trait d'eye-liner, paraissaient sortir tout droit d'un film d'animation tant ils étaient éblouissants. La jeune femme toucha son abondante chevelure coiffée en arrière puis interrogea Paige du regard qui s'empressa de faire les présentations :

— Miss Ronney Jimenez, l'assistante de votre frère.

Ghita sourit, révélant une parfaite rangée de dents blanches.

— Heureuse de faire ta connaissance. Tu es du coin ?

L'homme et la femme continuaient de la coiffer et de la maquiller en se lançant des regards. Je savais que ça parlerait sur moi dès que je sortirais de la pièce.

— Oui, Bakery District, de l'autre côté du lac.

— Paige, amène une chaise à Ronney, elle ne va pas rester debout. Voici mes deux assistants, Adèle, ma maquilleuse et Adriano, mon coiffeur.

— Non, non, je dois y aller. Votre frère m'a donné un millier de choses à faire.

Je commençai à me sentir très mal à l'aise, pas à ma place ici. Mais avant que je puisse ajouter un mot de plus, j'étais assise sur un fauteuil à la couche moelleuse et rebondie.

— Je m'occupe de mon tordu de frère, ne t'inquiète pas. Aaliyah va bientôt arriver.

— Et Cyliane ? demanda Paige, debout à côté de moi.

— Je ne sais pas ce qu'elle fabrique. Elle est sûrement dans la forêt en train de parler avec un arbre, ou dans un cimetière à essayer de réveiller un mort.

Un homme, allongé sur le lit de la jeune femme un peu plus loin, éclata de rire, suivi de ses assistants qui étaient agglutinés autour de lui. Je n'avais pas fait attention à Hadriel en entrant dans la pièce. Le jeune homme me fit un petit signe de la main pour me saluer et détourna aussitôt son regard sur son téléphone. Il émanait de sa personne une parfaite assurance, une insolence déplaisante. Contrairement à son frère, Hadriel avait les cheveux légèrement plus longs et aucune barbe. Même sa silhouette paraissait moins imposante. Seule la couleur de leurs yeux était identique.

— Non, mais c'est vrai, dit Ghita avec un sourire renversant. Cyliane est tellement hors du temps ! Et dire que c'est la chouchoute de mes frères…

Elle avait prononcé ses dernières paroles lentement en observant Hadriel qui ne réagissait pas face à ce reproche non dissimulé. Au contraire, il souriait sans nous regarder. Ghita baissa ses yeux sur l'impressionnant bouquet qu'elle tenait dans ses mains et ajouta :

— Elles sont magnifiques. Peter est dans le bureau, en bas. Je vais l'appeler pour qu'il les mette dans un vase.

Paige tendit le téléphone à Ghita. Je n'avais aucune envie de voir ce Peter. Quelle excuse pouvais-je bien trouver pour partir d'ici avant qu'il débarque dans la chambre ? Et, bon sang ! Que faisait-il dans cette baraque ? C'était l'assistant de Camilia et non des sœurs Khan. Le temps que mon cerveau élabore un plan de fuite, l'homme frisant l'âge mûr était déjà là avec deux paires de chaussures dans les mains. Quand nos yeux se croisèrent, il m'examina de nouveau de la tête aux pieds avec mépris.

— Je pensais que Yeraz l'avait déjà virée, marmonna Peter sans me regarder.

Il posa les chaussures près de Ghita qui inclina le visage en fronçant les sourcils.

— Je ne veux pas de ça, Peter. Pas chez moi !

L'atmosphère dans la pièce se tendit subitement. Les joues cramoisies, je gigotai sur ma chaise en priant pour que cet homme ne fasse pas de scandale maintenant. Ulcéré, il prit le bouquet et protesta avec véhémence :

— Alors ça y est ? Ronney a pris la place de Peter dans ton cœur, ma chérie ? Je ne suis rien pour toi.

Il posa ensuite le bouquet sur la coiffeuse. Ghita leva les yeux au ciel avant de plonger son regard rempli de tendresse dans celui de son interlocuteur.

— Ne dis pas de bêtise. Tu as dégoté pour mon frère la meilleure des assistantes. Il n'y avait que toi pour la trouver.

Peter se tourna vers moi, les yeux plissés et la mâchoire serrée. Je baissai la tête et fixai mes chaussettes noires.

— Oui, j'ai trouvé Ronney dans un restaurant de nachos. Elle prenait tellement bien les commandes que je me suis dit : « Oh, Peter, cette fille est incroyable. Elle fera une assistante idéale. Il faudra juste faire abstraction de la ferraille qu'elle porte sur les dents et de ses lunettes immondes sans marque ! »

— Peter ! s'écria Paige, outrée.

Ghita, choquée par le comportement de l'assistant de sa mère, se leva brusquement, obligeant ses assistants muets à arrêter leur travail.

— Non ! Tu vas trop loin. Mais qu'est-ce que tu as depuis lundi ?

L'homme croisa les bras et me fixa avec un air accusateur.

— Je ne peux malheureusement pas vous le dire. Même moi, je n'y comprends rien.

Il tourna ensuite son visage avec une moue boudeuse.

— Ghita, nous avons fini, dit Adèle fière de son travail.

La jeune femme se recula un instant pour admirer le résultat sous la lumière du projecteur. À la contempler, je devinai que tout ceci faisait partie d'une routine rigoureuse et exigeante. Satisfaite, elle s'assit pour mettre des sandales aux talons vertigineux. Je ne pus retenir un soupir.

— Ne me dis pas que tu n'as jamais marché avec des talons hauts, Ronney ? demanda Ghita, amusée devant mon si grand ahurissement.

— Cent billets que la réponse est non ! cria son frère depuis le fond de la chambre.

— Ne t'inquiète pas Hadriel, personne ne te contredira là-dessus, grommela Peter d'un ton aigre en se massant les tempes avec ses pouces.

Tous les yeux, arrondis comme des billes, se tournèrent vers moi. Je remontai mes lunettes et murmurai :

— Je n'ai jamais porté de talons de ma vie. C'est inconcevable pour moi d'en mettre un jour.

Mes aveux ne parurent étonner personne, sauf Ghita.

— Comment ça, c'est inconcevable ?

Étonné par la question, Peter répliqua vivement en écartant les bras de son corps :

— Non, mais tu l'as bien regardée ? Enfin ! Elle n'a aucune grâce. Ne me dis pas que tu la vois sur des échasses ?

— Tu es nul, Peter, pesta Paige.

Piquée au vif, je baissai de nouveau les yeux vers le sol. Ghita s'accroupit près de moi et releva mon visage avec sa main qui sentait bon la crème.

— Tu as raison. Je préfère moi aussi porter des baskets ou des converses. Tout ça, c'est superficiel.

— Pour ma part, c'est Peter qui m'a appris à marcher avec des *échasses*, déclara Paige amusée.

— Moi aussi, ajouta Adèle avec un sourire.

Ghita se releva et se mit à défiler comme une déesse dans toute la pièce, puis se tourna ensuite vers Peter :

— Tu vois ce que tu dois apprendre à Ronney.

— Grand Dieu, c'est hors de question ! répondit ce dernier, consterné. Je préférerais encore apprendre à un hippopotame comment danser.

— Tu l'as fait pour nous toutes ! s'exclama Paige en tapant dans ses mains, surexcitée.

Peter secoua vigoureusement la tête, les yeux fermés.

— C'est le meilleur des relookeurs. J'adore Adriano et Adèle, mais Peter est un génie de la perfection. Il connaît tout sur la mode. Nous le consultons avant chacune de nos sorties importantes.

L'homme, flatté par les propos de Ghita, se détendit peu à peu et un sourire béat apparut sur ses lèvres. Il souleva les épaules :

— Oui, c'est vrai que je me débrouille bien. La beauté des femmes m'obsède. Je vois chez chacune d'entre elles la lumière et la grâce qu'elles dégagent.

Peter s'arrêta soudain de parler et me jeta un regard condescendant avant de se tourner vers Ghita et les autres :

— Mais pas chez Ronney ! Chez Ronney, je ne vois rien.

Agacée que toute l'attention soit portée sur moi et sur mon physique peu avenant, je me levai brusquement, tout en faisant semblant de consulter ma montre. Je pris alors un ton poli, mais peu assuré :

— Je suis désolée, mais je dois vraiment y aller. Il se fait tard. De plus, j'ai mon entretien avec Camilia afin de savoir si je garde ce travail ou pas. Vous voyez, Peter, peut-être que lundi vous serez débarrassé de moi.

Au moment de sortir de la pièce, une femme qui ressemblait étrangement à Ghita fit son entrée. Il s'agissait de sa sœur, Aaliyah. Je détournai le plus vite possible mes yeux de ses seins, plantés bien haut sous son chemisier en soie déboutonné et ajusté près du corps. La chirurgie esthétique ne devait plus avoir de secret pour les sœurs Khan. Son bassin, moulé dans un slim en jeans taille haute, révélait des formes généreuses. Ses cheveux aussi longs que ceux de sa sœur étaient coiffés de façon désordonnée et tenaient ainsi avec une tonne de spray fixant à l'intérieur. Ghita fit les présentations depuis le fond de sa chambre :

— Aaliyah, je te présente Ronney, l'assistante de Yeraz. Elle s'apprêtait à partir après les réflexions déplacées de notre cher Peter.

Le sourire éclatant d'Aaliyah se fana immédiatement pour foudroyer ce dernier du regard. Il balbutia quelques mots incompréhensibles pour se défendre avant d'envoyer balader poliment les deux jeunes femmes.

— Je suis heureuse de faire ta connaissance, Ronney. Es-tu sûre de ne pas vouloir rester ?

Son petit clin d'œil chaleureux me détendit. Je relâchai mes épaules contractées depuis plusieurs minutes et répondis timidement :

— J'ai beaucoup de travail qui m'attend. Ashley n'est pas là pour m'aider, aujourd'hui.

La mine d'Aaliyah s'assombrit subitement.

— C'est vrai, nous sommes vendredi. Le jour préféré d'Ashley. Elle doit être à cet instant précis en pleine cabriole !

Je devinai au son de sa voix une hostilité latente à son égard.

— Bientôt, elle viendra manger à notre table et dira tout haut ce qu'elle pense de vous.

Ça, c'était Hadriel.

— Jamais de la vie ! rétorqua vigoureusement Ghita. Ma mère rêve de s'en débarrasser et nous aussi.

Peter hocha la tête pour approuver ses paroles. Soudain, mon téléphone sonna avec cette affreuse alarme que je détestais par-dessus tout. Mon pouls s'accéléra au moment de répondre.

— Oui, monsieur Khan ?

— Que foutez-vous, Jimenez ? L'architecte a besoin des plans. Il attend depuis plus d'une heure !

J'enfilai à toute allure mes converses.

— Je suis en chemin. J'étais chez votre sœur.

— Vous travaillez pour moi. Vous n'êtes pas payée pour boire le thé et manger des toasts !

— Dis-lui d'aller se faire foutre, chuchota Aaliyah amusée à côté de moi.

Je collai ma main sur le micro du téléphone en secouant vigoureusement la tête. Ghita, elle, explosa de rire. Je raccrochai et m'excusai auprès du monde réuni dans la grande chambre :

— Je dois partir. Merci pour votre accueil.

Je rejoignis au pas de course la voiture qui m'attendait dans l'allée. Pour la première fois, avec les sœurs Khan, j'avais senti qu'on m'avait considérée autrement qu'avec dégoût et mépris. En revanche, avec Peter, c'était différent. Il allait me donner du fil à retordre. J'étais à ses yeux une petite menteuse, une imposture.

Timothy et moi avions travaillé toute la journée d'arrache-pied et je voyais enfin le week-end arriver. Oui, dans moins de deux heures, j'éteindrais ce foutu téléphone et serais loin de Yeraz que j'avais à peine vu cette semaine, mais dont l'ombre menaçante me suivait partout. Il me faudrait des années pour vaincre cette peur que j'avais de lui.

— Tenez, Ronney, nous l'avons bien mérité.

Assise en bas des marches des escaliers, Timothy me tendit un verre de vin rouge que je m'empressai d'avaler d'une traite.

— Comment arrivez-vous à rester ici ? Moi, je rêve de m'enfuir et de ne jamais revenir dans cette maison.

Mon assistant rit d'un air entendu avant de me répondre :

— Pour la même raison que vous : le salaire. On se dit toujours qu'on va partir et puis on finit par rester. Vous vous habituerez, Ronney.

— Je ne pense pas. Il est tout ce que je déteste. J'ai l'impression que son rêve est de m'enterrer dans le parc, derrière la maison, au milieu d'autres corps, bredouillai-je dans une vaine tentative de sarcasme.

Mon assistant respira un grand coup. Ses traits se durcirent.

— Donc, vous aussi vous allez jeter l'éponge, comme tous les autres.

— Non, pas moi, Timothy. Camilia a de quoi me tenir ici, elle l'a bien compris. Et puis… je ne risque pas de coucher avec son fils. Nous nous écœurons l'un et l'autre.

— Vous êtes le dernier atout de Camilia. Dans quelques mois, Yeraz sera libre de ses chaînes et actionnaire majoritaire de toutes les affaires de son défunt père. Vous et moi, nous serons mis à la porte. Trinquons à ça.

Mon assistant se resservit un verre. Nous étions seuls dans la maison comme la plupart du temps. À l'inverse des membres de sa famille, le fils aîné ne s'encombrait pas de personnel.

— Timothy, pourquoi Yeraz et son frère Hadriel ne s'entendent-ils pas ?

Mon assistant hésita un instant à me répondre :

— Le boss a couché avec la fiancée de son frère quelques jours avant leur mariage. Je pense que c'est une raison suffisante pour lui en vouloir.

— Vous parlez de la mannequin russe ?

— Oui. Hadriel a annulé le mariage. Je ne vous dis pas l'ambiance qui régnait au sein de ces murs les jours qui ont suivi cette annonce.

Mes traits se décomposèrent. Yeraz n'avait rien d'humain en lui, c'était un être sans foi ni loi. Je me rappelai alors que je devais terminer de rédiger le compte rendu de la réunion de lundi. Il me restait moins de deux heures avant mon entrevue avec Camilia.

— Pouvez-vous me laisser, Timothy ? J'ai besoin de me retrouver seule un moment.

Le jeune homme rejeta sa mèche rousse en arrière avant de se lever. Je le regardai battre doucement en retraite vers le salon avec un coup d'œil curieux dans ma direction avant de disparaître. Je partis chercher mon calepin dans mon sac, posé sur le meuble de l'entrée, puis me remis dans ce travail fastidieux et ennuyeux de rédaction qui commençait enfin à prendre forme.

— Timothy ! criai-je en rangeant précipitamment toutes mes affaires. Appelez-moi un chauffeur, je suis en retard. Camilia m'attend.

Le nez plongé dans mes notes, je n'avais pas vu le temps passer. Encore sous le choc de ce que j'avais entre les mains, je n'arrivai pas à me décider. Devais-je rendre ce rapport à la mère de Yeraz ? C'était un sujet brûlant. Il n'y avait plus aucun doute possible, j'avais infiltré le réseau des plus grands mafieux et criminels de Sheryl Valley. Impossible d'expliquer la terreur que je ressentais à ce moment-là. Une peur suffocante mêlée à un sentiment de certitude. Je devais partir, m'enfuir, m'éloigner le plus loin possible de cette famille.

Abigaëlle parut étonnée de me revoir quand je me présentai à la résidence de Camilia. Son air strict restait incrusté sur son visage. Je la suivis dans la vaste demeure jusqu'au bureau de la femme d'affaires déjà installée dans son fauteuil.

— Veuillez nous laisser, Abigaëlle, merci. Et dites à Peter de préparer mes effets personnels pour mon diner de ce soir.

— Oui, madame.

Je rentrai d'un pas hésitant à l'intérieur de la pièce et me figeai en voyant Yeraz adossé au mur, près de la fenêtre. Il me fixa de son regard glacial sans m'adresser la moindre parole. Je regrettai qu'il ne porte pas ses grosses lunettes noires.

— Bonjour, Ronney.

Camilia commença ses questions sur ma semaine passée auprès de son fils. Le visage en feu, j'arrivais à peine à répondre. Je sentais le regard pesant de Yeraz dans mon dos.

— Timothy vous convient-il comme assistant ?

— Oui, bredouillai-je. Ashley et lui sont très compétents.

En entendant le prénom de mon assistante, Camilia hocha la tête, l'air excédé.

— Si ça ne tenait qu'à moi, cette Ashley serait en train de distribuer des flyers sur Jades Boulevard.

Elle avait le même mépris pour elle que ses filles. Je ne comprenais pas d'où pouvait provenir toute cette animosité envers cette jeune femme qui m'était d'une aide précieuse.

— Elle est bien plus compétente que moi pour ce poste. Pourquoi n'est-elle pas à ma place ?

Yeraz eut cette sorte de rire plein de mépris. J'essayai de ne pas prêter attention à cet odieux personnage. Camilia fit claquer sa langue et dit :

— Elle a outrepassé la règle numéro deux inscrite sur le contrat. Depuis, c'est moi qui choisis les premiers assistants de mon fils.

— Malheureusement, grommela Yeraz qui vint s'asseoir sur le fauteuil d'à côté.

Je ne lui prêtai aucune attention. La femme de prestance enleva ses lunettes et passa ses mains sur son visage. Elle avait l'air fatiguée, elle aussi.

— Bon, miss Jimenez, qu'avez-vous comme informations à me donner concernant les affaires de mon fils ?

Soudain mal à l'aise, je clignai des yeux. L'atmosphère devint irrespirable. *Si tu ne lui donnes rien, tu retrouves la liberté. C'est ce que tu veux, non ?* L'image de mon frère s'imposa à cet instant à moi. Le stylo de Camilia tapotait nerveusement sur les feuilles éparpillées devant elle.

— Ronney ?

À côté, j'imaginais le sourire triomphant sur les lèvres de Yeraz. Il devait se délecter de la situation.

— Ronney ?

La voix insistante de Camilia me ramena à l'instant présent.

— Oui, voici le rapport de la réunion avec Hamza Saleh et les collaborateurs présents ce jour-là, chez lui.

Intriguée, Camilia remit ses lunettes en place et prit mes notes. Elle était visiblement pressée de les lire. Le menton haut, les traits calmes, elle commença la lecture de mon rapport. La tête collée au dos du fauteuil, Yeraz garda la mâchoire serrée durant tout le résumé de mon compte rendu. Il y faisait référence de blanchiment d'argent et d'appels d'offres trafiqués pour permettre à la Mitaras Almawt de monter plusieurs sociétés frauduleuses. Le rapport faisait le détail d'une expédition punitive menée par plusieurs organisateurs dont Yeraz contre l'un de ses collaborateurs pour avoir transmis des informations sensibles sur plusieurs de leurs missions à un juge corrompu du camp adverse de la mafia albanaise.

À la fin de la lecture, Camilia garda le silence durant de longues secondes. Son teint était blême. Elle ne lutta plus. Son corps se tassa. Elle leva les yeux vers son fils qui évitait soigneusement de la détailler. Jamais un regard ne m'avait si vivement frappée.

— Tu as sous-estimé ton assistante. Pour la première fois depuis des années, je comprends ce qui se trame derrière mon dos.

Yeraz se leva si brutalement que j'eus un mouvement de recul. Il passa ses mains sur son front avant de se reprendre et de recouvrer tout son calme.

— Je dois continuer là où mon père s'est arrêté. C'est notre famille. Nous ne pouvons pas leur tourner le dos. C'est mon héritage.

— Ton père est mort, et tout ça, c'est parti avec lui. La mafia n'a plus de place dans nos vies. Tes sœurs et moi nous nous acharnons à redorer notre image pendant que toi tu la ternis. Je ne te laisserai pas faire, Yeraz. J'ai, moi aussi, des actions sur les affaires de ton père et mon mot à dire !

— Pour quelques mois seulement, car à mes trente-et-un ans, tout me reviendra.

La conversation devenait de plus en plus orageuse. Je décidai de me retirer dans un coin, près de l'entrée de la pièce, pour les laisser régler leur différend.

La scène était horrible, Camilia essayait de faire entendre raison à son fils, lui disant à quel point elle souffrait de cette situation, qu'elle ne voulait pas de cette vie pour lui. Yeraz, lui, ne voulait rien entendre. Il accusait sa mère de ne pas respecter les souhaits de leur défunt père, qu'il ne faisait rien de mal et que c'était la vie qu'il avait toujours connue et qu'il avait choisie.

— Je ne te laisserai pas faire, conclut Camilia en menaçant son fils du doigt. À partir d'aujourd'hui, Ronney ne te quittera plus. Chaque minute, chaque seconde de la semaine, elle les passera avec toi. Elle me fera un rapport complet à chaque fois.
— C'est une blague ?
— Non ! Je saurai tout de tes faits et gestes. Cette chevalière, signe de ton appartenance à la Mitaras Almawt, je l'aurai le jour de ton trente-et-unième anniversaire, quitte à te dénoncer aux autorités de la ville.

Yeraz se redressa et domina sa mère de toute sa hauteur. Un sourire faux comme le Diable apparut sur ses lèvres. Il déclara d'une voix à peine audible :
— Je tiens dans mes mains chaque juge de cet État. La politique a besoin de la mafia. Je suis l'éminence grise, le relais entre Sheryl Valley et le reste de ce pays.
— Plus pour longtemps, répondit Camilia sur le même ton.

Ils se défièrent du regard quelques instants, puis Yeraz, furieux, tourna les talons pour rejoindre la sortie. Arrivé à ma hauteur, il se pencha vers moi et déclara d'une voix mauvaise et inquiétante :
— Pourquoi n'êtes-vous pas restée en retrait de tout ça comme tout le monde avant vous ?

Je remontai, tremblante, mes lunettes. Un frisson de peur me parcourut l'échine. J'avais rarement eu l'occasion d'observer un visage d'aussi près, surtout celui d'un homme, hormis Caleb bien sûr, mais il n'était pas aussi parfait. Yeraz était si près que je pouvais sentir l'odeur de sa peau. Son implacable autorité rehaussée par un regard aussi noir que la nuit cherchait à m'intimider et ça fonctionnait. Il inclina son visage et ajouta avant de partir :

— Bienvenue dans mon monde, miss Jimenez. Croyez-moi, j'aurais préféré vous épargner tout ça !

La porte se ferma sur lui avec fracas. Camilia, toujours livide, m'invita à m'asseoir en face d'elle. Je repris ma respiration.

— Je sais que vous avez les épaules pour ça, déclara la femme d'affaires après un long silence. Yeraz est compliqué, il l'a toujours été. À ses trente-et-un ans, toutes les actions de son père lui reviendront. Il deviendra l'un des hommes les plus puissants de la Mitaras Almawt et influents dans le milieu de la pègre.

Je commençai à comprendre.

— Qu'attendez-vous de moi exactement ?

— Si je suis au courant de ce que fait Yeraz ou ce qu'il prévoit de faire, je pourrai alors mettre mon grain de sel dans les affaires de mon fils. Mon vote compte encore un peu. Je veux détruire cette organisation et sauver mon fils.

— Mais, madame Khan…

— Appelez-moi Camilia.

Je hochai la tête et continuai :

— Camilia, n'avez-vous pas peur qu'il s'en prenne à vous ? Sheryl Valley est une véritable pépinière de mafiosi. Cette mafia est invisible donc d'autant plus dangereuse. Ils ont ce sentiment inégalé de toute-puissance.

— Je sais, mais je ne peux pas laisser Yeraz avec cet héritage empoisonné. J'aurais dû m'éloigner de tout ça avant, quand mes enfants étaient encore petits, mais Yanis, leur père, ne m'aurait jamais laissée partir avec eux. Je ne peux pas non plus compter sur l'entourage de mon fils qui trempe aussi dans ce milieu. C'est le jeu du chat et de la souris que je vous demande de faire.

— Les chats ressemblent plus à des loups dans votre jeu. Si j'avais le choix, je vous donnerai immédiatement ma démission, mais malheureusement, je ne l'ai pas.

— À cause de votre frère ?

Je fis oui de la tête. Camilia me tendit un dossier.

— Votre contrat. Si vous êtes d'accord, signez-le. Tant que vous respectez la règle numéro un, vous resterez à ce poste. Je doute qu'elle puisse vous concerner un jour, mais j'ai préféré la noter par souci de transparence.

Je feuilletai le dossier à la recherche de ce paragraphe qui se trouvait à la fin :

Règle 1 : Monsieur Yeraz Khan et son assistante personnelle ne devront pas tomber amoureux l'un de l'autre afin d'éviter de futurs conflits au sein de leur travail. L'assistante n'est pas en droit de s'immiscer dans la vie sentimentale de monsieur Yeraz Khan.

Règle 2 : L'assistante personnelle ne doit en aucun cas avoir de relation sexuelle avec monsieur Yeraz Khan. La nature des relations entre l'assistante et monsieur Yeraz Khan doit rester uniquement professionnelle et…

Ashley !

Je m'arrêtai net de lire à voix haute les clauses du contrat et écarquillai les yeux. En temps normal j'aurais sûrement ri, mais les mots étalés sur le papier eurent à cet instant l'effet inverse. Même en ingurgitant une bouteille cul sec de vodka et en étant ramassée comme une pistache, il était hors de question que je finisse comme Ashley. J'avais l'impression d'avoir atteint le sommet de l'absurdité. Face à cette situation embarrassante, je pris un air atterré et lâchai d'une voix étranglée, dissonante :

— Euh, franchir ces règles est inconcevable pour moi. Enfin, excusez-moi, mais rien au monde ne pourrait m'attirer dans les bras de votre fils.

Silence. Un léger sourire erra sur les lèvres pulpeuses de Camilia. Elle se leva lentement et commença à rassembler ses affaires.

— Je suis heureuse de l'apprendre, Ronney. À partir d'aujourd'hui, votre seule priorité s'appelle Yeraz. N'oubliez pas, vous travaillez pour moi et non pour lui ! Vous avez carte blanche et gérez comme bon vous semble vos journées avec mon fils. La seule chose que je vous demande c'est de le chaperonner pour me dire tout ce qu'il fait, les personnes qu'il voit, ses rendez-vous et ses projets.

La femme d'affaires me tendit un stylo puis posa ses mains sur sa taille. J'eus l'impression de vivre la scène d'Ursula et d'Ariel dans *La petite sirène* au moment de la signature de leur marché. Elle comptait sur moi pour désamorcer une bombe à retardement, et cette bombe, c'était Yeraz.

Sitôt la porte franchie du bureau de Camilia, je m'appuyai contre le mur pour tenter de calmer les battements ardents de mon cœur. Je restai plantée là, silencieuse, en songeant au désespoir que j'avais vu quelques instants plus tôt sur le visage de cette femme. En l'espace d'une semaine, j'avais basculé dans l'autre camp. Mes pauvres parents ne devraient jamais l'apprendre. De toute façon, personne ne me croirait. *Bon sang ! Quelle semaine de dingue !* Je remontai mes lunettes et sortis avec hâte de la résidence, le contrat signé dans mon sac.

5

Satisfaite, je retirai mon casque. Alistair avait fait un super travail sur ma mobylette. Le bruit émis par le pot d'échappement restait assez bruyant, mais elle roulait de nouveau et j'étais arrivée à destination sans aucun souci. Décoiffée, je plaquai mes cheveux rebelles en arrière, mais ils avaient décidé de n'en faire qu'à leur tête. Je n'insistai pas.

J'étais ivre de joie de pousser les portes de cette bâtisse. L'odeur de ce lieu assez ancien m'avait manqué. L'atmosphère ici était apaisante, je connaissais le moindre recoin de cet immeuble où j'avais l'habitude de venir depuis l'âge de cinq ans. Malheureusement, l'établissement menaçait de s'effondrer, et nous, les comédiens de doublage, les équipes de son et les chefs de projets devrions certainement déménager dans un avenir proche.

— Ronney, où étais-tu passée ? Tu aurais déjà dû être là depuis une bonne demi-heure !

Logan, mon binôme sur ce projet, me tenait la porte de la salle du studio. Ses doux yeux gris reflétaient une certaine inquiétude. Je l'appréciais beaucoup. À peine plus âgé que moi, il était aimable et son visage pâle était empreint d'une réelle empathie pour les gens.

— Oui, je sais. Je suis désolée, la semaine a été particulièrement difficile et je n'ai pas entendu mon réveil, ce matin. Je travaille pour une peau de vache depuis plusieurs jours.

Logan paraissait compatir à ma situation. Je retirai mon poncho à la hâte et le posai avec mes affaires sur le canapé bien affaissé. J'attachai mes cheveux en une sorte de patate-chignon, puis m'installai à ma place devant un écran blanc. Logan me rejoignit.

— Nous n'avons toujours pas fait la chanson du générique, on va commencer par ça. Tonio va nous passer la boucle plusieurs fois, puis nous poserons dessus.

Je remontai mes lunettes avant de régler mon micro.

— Ça ne devrait pas être long, je dois juste bien ajuster ma voix pour coller au personnage de *Minnie la petite souris*.

À cet instant, Tonio, le chef opérateur, entra dans la pièce avec un sandwich à la main. Il n'était même pas onze heures qu'il mangeait déjà. Proche de la soixantaine avec une bonne calvitie, il faisait bien son âge. Tout était rond chez lui : ses yeux, son visage, son corps. Son pantalon usé s'accordait avec le ton de la pièce.

Tonio se plaça sur un petit tabouret derrière nous, puis déclara avec un fort accent texan :

— Ronney, ne t'en fais pas pour la chanson. Elle dure moins d'une minute. N'oublie pas, on veut une voix bien ronde. Tiens, ton verre d'eau.

Il le posa sur la table à côté de moi et s'adressa ensuite à Logan :

— Pour Popo l'Hippo, c'est pareil. Je lance la première ébauche que Logan vient d'enregistrer. Et toi, Ronney, tu poses dessus.

Je hochai la tête. Mon collègue partit baisser l'éclairage du studio tandis que Tonio lançait le générique à l'écran. Le texte écrit sur la bande mère me permettait d'analyser le débit verbal et m'indiquait par des signes les mouvements des lèvres, mais aussi le rythme de la respiration à adopter. *Minnie la petite souris* avait une voix assez aigüe, contrairement à Popo l'Hippo, et elle parlait vite, ce qui avait tendance à appuyer sur mes cordes vocales. En plus de cela, je devais faire attention à bien articuler afin que les enfants la comprennent.

Nous étions à la deuxième prise et j'avais bien assimilé le texte sur la bande rythmo qui défilait sous les images. Le générique serait fini en moins de temps qu'il faudrait.

Au troisième et dernier couplet, je vis la porte du studio s'ouvrir. Je reconnus la coupe au carré blonde de Mackenzie, la directrice artistique. Poliment, elle invita quelqu'un à entrer dans le studio. C'est alors que le monde s'arrêta de tourner autour de moi. Ma voix ralentit, puis se brisa lorsque j'aperçus Yeraz franchir le seuil de la porte. *Putain de merde, mais qu'est-ce qu'il fout ici ?* J'avais l'impression d'être en plein cauchemar tellement la scène était horrible.

Ce dernier se tenait bien droit en face de moi dans son polo noir parfaitement repassé, il ne portait pas ses lunettes de soleil. Je me pressai les tempes des deux mains, persuadée que j'hallucinai. Lorsque je relevai la tête,

Yeraz me fixa avec son petit sourire de connard professionnel, sans éclat.

Mackenzie appuya sur un bouton situé sur la table de mixage et sa voix résonna dans toute la pièce :

— Je vous présente Giovanni Cucitore. Ce généreux investisseur vient de racheter Red Channel. Grâce à lui, une grande partie de l'immeuble sera rénové et nous pourrons rester ici.

Logan et Tonio accueillirent la nouvelle avec de grandes exclamations et des applaudissements.

— Bienvenue dans cette famille, monsieur Cucitore ! s'écria Tonio, les yeux brillants de joie. Vous êtes donc notre nouveau boss.

Un sentiment de panique et de colère me serra la gorge. *Giovanni ? Mais c'était quoi encore cette connerie ?* Yeraz tourna vers moi un visage hermétique. À quoi jouait-il ? Mackenzie venait d'inviter le Diable en personne. Je ne pouvais pas lui en vouloir. Sans ses lunettes, le fils Khan n'était pas reconnaissable. Soudain inquiète, elle s'adressa à moi :

— Ronney, ça va ? On dirait que tu as vu un fantôme.

C'est pire que ça, pensai-je. Yeraz pencha sa tête sur le côté en me scrutant intensément. La panique remonta le long de mon épine dorsale. Mackenzie et les autres étaient comme hypnotisés par cet homme au charisme hors du commun. Il était vrai qu'il suffisait que Yeraz respire pour remplir une pièce de sa présence, mais, à moi, il ne m'inspirait que haine et dégoût.

— J'aimerais rester ici, le temps de la séance d'enregistrement, déclara le jeune homme d'un ton mielleux qui m'exaspérait. J'ai toujours été fasciné par les coulisses de ce métier.

J'ai toujours été fasciné par les coulisses de ce métier, répétai-je dans ma tête sur un ton niais. *Pourquoi ne leur dis-tu pas que ce sont les armes et l'odeur du sang qui t'aident à dormir ?* Mackenzie, qui avait le double de son âge, paraissait être revenue dans l'adolescence. Ses yeux papillonnaient comme ceux d'une petite fille devant les vitres d'une boutique de pâtisserie et ses joues ne cessaient de rosir. J'avais envie de vomir. *Allez Mackenzie, dites non. C'est interdit dans le règlement.*

— Bien sûr ! Vous êtes maintenant chez vous, monsieur Cucitore. Logan et Ronney sont nos meilleurs doubleurs dans les films d'animation, c'est plaisant de les regarder. Installez-vous donc avec eux.

Je remontai mes lunettes et levai discrètement les yeux au ciel devant l'attitude de Mackenzie. Elle posa une main sur son épaule un peu trop longtemps, ce qui permettait facilement de comprendre une tout autre invitation silencieuse.

Nous nous défiâmes du regard lorsqu'il passa devant moi pour aller s'asseoir derrière avec Tonio.

— OK, Ronney, nous reprenons depuis le début.

Une légère grimace traversa mon visage. Je sentais le regard lourd de Yeraz dans mon dos. Il voulait me déstabiliser, me ridiculiser, faire de moi sa marionnette comme il l'avait fait avec les autres assistants avant moi. Il était le meilleur à ce petit jeu. Les lèvres pincées et les doigts noués comme des cordes, je pris une grande respiration, achevai mon verre d'eau et commençai l'enregistrement.

— Mais qu'est-ce qu'il t'arrive aujourd'hui, Ronney ? Nous en sommes à la huitième prise et tu n'arrives toujours pas à caler correctement la voix de *Minnie la petite souris* !

Tonio était furieux. Il arpentait la pièce en levant les bras, prêt à jeter l'éponge.

— Un peu d'indulgence, répliqua Logan. C'est la première fois que Ronney a du mal avec une séance d'enregistrement. Elle doit être fatiguée. Sa semaine a été harassante et en plus, elle travaille pour un sacré connard !

Je faillis m'étouffer sur place. Avec un petit sourire crispé et forcé, je remerciai mon collègue de venir à mon secours sans oser tourner mon visage vers Yeraz.

— Oui, je le vois bien qu'elle est fatiguée. Elle a des cernes aussi profonds que des tranchées, on dirait une échappée du camp d'Auschwitz !

J'aurais voulu leur expliquer que l'homme qui se trouvait avec nous était la raison de ma déconcentration. Partager l'air que je respirais avec lui m'étouffait, et entendre ses petits ricanements pendant que je doublais Minnie m'insupportait. Mais une fois encore, je choisis le silence. Je ne me défendis pas. Je remontai mes lunettes et laissai Tonio me mettre en pièces avec ses mots. Je devais me reprendre, sinon Yeraz réussirait en moins de temps qu'il faudrait à me faire virer de Red Channel.

Je gagnai la sortie de l'immeuble au bord de la crise d'hystérie. Toute cette mascarade m'avait coupé l'appétit.

— Alors, où allons-nous, maintenant ?

Toi, ta gueule ! Je mis rageusement mon casque sur ma tête et me retournai vers Yeraz en lui décrochant un regard lourd d'avertissements. Un rictus provocateur se dessina au coin de ses lèvres. Je répondis sur un ton le plus modéré possible :

— Nous n'allons nulle part ensemble ! Je rentre chez moi et vous, allez tuer qui vous voulez en attendant.

Bouillante de rage, je montai sur ma mobylette, sûre de moi, et la démarrai, mais elle choisit de m'abandonner à ce moment-là.

— J'ai l'impression que votre carcasse vient de rendre l'âme.

Il était encore là.

— Non ! Elle est juste capricieuse.

J'espérais que mon ton acide suffirait à le faire dégager du trottoir, mais Yeraz resta planté là, à savourer chaque seconde du spectacle. *Allez, démarre. Tu ne peux pas me laisser comme ça, avec LUI.*

Je descendis de ma mobylette et sortis mon téléphone de mon sac pour commander un Uber.

— Je vais vous ramener.

Suspicieuse, je le regardai en coin. Était-ce moi qui me faisais des films ou semblait-il avoir du mal à m'abandonner dans ces conditions ? Finalement, je dus me résoudre à accepter sa proposition à contrecœur. Le risque que mon paiement soit refusé était trop gros et j'aurais été encore plus ridicule dans ce cas.

Je fus une fois de plus étonnée lorsqu'il m'ouvrit la porte d'une Bentley d'un rouge flamboyant. Il avait visiblement de bonnes manières incrustées en lui. Il s'assit ensuite au volant du véhicule et démarra le moteur qui rugit au premier coup d'accélération. Je n'étais toujours pas calmée. En fait, j'étais plus en pétard que jamais, mais je pris sur moi pour essayer de ne pas le montrer.

— Vous n'avez pas peur de vous faire abîmer votre voiture dans ce quartier peu fréquentable ?

Il éluda un instant la question, puis répondit lentement, les yeux rivés sur la route :

— Je plains la personne qui osera la toucher.
— À la prochaine, il faudra tourner à droite.

Yeraz mit le clignotant sur la gauche.

— Mais que faites-vous ? Vous avez dit que vous me rameniez chez moi !

— Je le ferai quand je l'aurai décidé.

Je fermai les yeux comme si j'avais mal entendu avant de les rouvrir, agacée.

— Où allons-nous, et de quel droit venez-vous envahir ma vie privée ?

Ma voix était cette fois-ci froide et ferme. Je remontai mes lunettes et attendis sa réponse.

— Ronney, nous sommes pieds et poings liés tous les deux. Vous envahissez mon espace en semaine, j'ai décidé de faire pareil le week-end.

Je tombai des nues. Il comptait me gâcher ces deux jours merveilleux de liberté. Étais-je condamnée à rester auprès de cet homme chaque jour du reste de mon existence ?

— Démissionnez et vous n'entendrez plus parler de moi.

— J'en rêve ! m'insurgeai-je. Mais je ne peux pas. J'ai besoin de cet argent. Qu'est-ce que vous croyez ? Que je me lève le matin en dansant dans ma salle de bain, heureuse de venir vous retrouver ?

Les yeux toujours fixés sur la route, il attendit, comme pour se laisser le temps d'assimiler mes paroles, puis répondit :

— Ça ne m'enchante pas plus que vous. Pour être franc, en plus d'être une femme pas jolie et d'un ennui terrible, vous êtes naïve et sans aucun intérêt pour moi. Et c'est quoi cette voix ridicule que vous prenez lors de ces doublages ? Ça a été une véritable torture pour mes oreilles.

Yeraz attendait sûrement que je proteste, blessée par ses mots, mais ce n'était pas le cas. Je tournai ma tête pour regarder le paysage défiler à travers la vitre et décidai de passer outre. Ce n'était pas marrant de se disputer avec moi, car je ne me mettais jamais en colère, même si, au fond, une Ronney révoltée hurlait de toutes ses forces. Le temps était splendide, mais tout était gris en moi. Je devais me reprendre.

— Où allons-nous ?

— Déjeuner.

La tête toujours tournée vers la vitre, mes pensées m'emmenèrent là où je ne voulais pas aller : Caleb. Ma tête se remplit d'images de nous deux, de ces longues balades que nous faisions dans les collines de Sheryl Valley, de ces couchers de soleil romantiques, de ses baisers, de sa peau…

Ma portière s'ouvrit. Le visage grave et le regard profond de Yeraz me ramenèrent trop brutalement à la réalité. Je n'arrivai pas à croire ce qu'était devenue ma vie. Ma compagnie se résumait désormais aux ténèbres. Je croisai les bras, la mine boudeuse, et refusai de sortir de la voiture.

— Je ne veux pas rester avec vous. Vous ne pouvez pas me forcer, sinon…

— Sinon quoi ?

Le jeune homme s'appuya sur la carlingue de la Bentley et se pencha vers moi. Les mille nuances de son regard si noir me figèrent sur mon siège. Sa beauté à la fois terrifiante et magnétisante me dérangeait. Derrière ses traits absolument parfaits se cachait une laideur que j'avais perçue dès notre première rencontre.

— Sinon, j'appelle la police.

Ma voix s'entendait à peine.

Yeraz eut ce mauvais ricanement que je haïssais. Il me tendit alors son téléphone.

— Vous trouverez le numéro d'Ernesto Marconie, le chef de la police, dans mes contacts. Nous étions encore, ce matin, au téléphone ensemble.

Je blêmis intérieurement.

— La justice, c'est nous. La politique, c'est nous et l'ordre, c'est nous. Soyez donc toujours du bon côté. J'espère que mon petit conseil vous servira à l'avenir.

Yeraz se redressa en me jetant un regard peu amer avant de tourner les talons. Il se dirigea ensuite vers l'entrée d'un restaurant à la façade sobre, élégante et magnifique, de style Art nouveau. Je descendis de la voiture et regardai, désemparée, tout autour de moi. J'étais de retour à Asylum.

L'endroit cosy était peu fréquenté à cette heure déjà bien avancée de l'après-midi. J'étais mal à l'aise avec tous les regards curieux de la clientèle tournés vers nous. Les gens de cette classe sociale devaient se demander comment une femme comme moi pouvait se trouver en compagnie d'un des plus beaux spécimens de la gent masculine. Je levai les yeux au ciel intérieurement. J'aurais préféré être en train de déjeuner dans le restaurant de mes parents ou sur un banc dans le parc à deux pas de celui-ci. Le serveur lui-même parut déstabilisé par ma présence lorsqu'il vint prendre notre commande. Yeraz fut comme à son habitude : inébranlable.

Je repris une bouchée de mon carré d'agneau rôti en croute. La subtilité de ce plat calma un temps ma colère.

— Allez-vous vraiment aider à la rénovation de l'immeuble ?

Yeraz se resservit un verre de vin rouge, puis me répondit sèchement :

— Je m'y suis engagé.

Je secouai la tête et me pinçai la lèvre jusqu'au sang pour ne pas exploser.

— Ce n'est pas un peu exagéré ? Il y avait d'autres moyens que celui-ci pour m'atteindre, non ?

Le jeune homme regarda quelques instants autour de lui. Il paraissait chercher ses mots. Cela ne lui ressemblait pas.

— J'avoue, c'est un peu exagéré. J'aurais dû laisser cet endroit à son sort. On peut dire que je suis dans mon bon jour.

— Quelle grandeur d'âme ! déclarai-je sur un ton ironique.

Yeraz me jeta un regard glacial avant de se retrancher dans le silence.

— Nous n'avons pas besoin de votre argent. Je ne veux pas que vos pratiques douteuses s'immiscent dans ma vie.

Il soupira, exaspéré par mes propos. Ses doigts fins vinrent caresser lentement le bord de son verre.

— Cet arrangement a été fait en respectant toutes les formalités administratives et a été rédigé sous les formes les plus légales. Il m'arrive, bien plus que vous le croyez, de respecter les règles. Vous avez d'autres questions ?

— Parce que vous me répondrez ?

— J'essaierai !

Ses traits prirent une expression grave. Il me remplit mon verre vide. Je détournai le regard, agacée par ses bonnes manières. Je le trouvai presque charmant et attirant à cet instant. Je poussai mon assiette vide et remontai mes lunettes avant de joindre mes deux mains sur la table.

— Pourquoi Camilia pense-t-elle encore pouvoir vous sauver ? Comment arrive-t-elle encore à croire que vous renoncerez à votre appartenance à la Mitaras Almawt ?

Le jeune homme se laissa aller contre le dossier de sa chaise.

— Votre frère est malade, c'est bien ça ?

Interloquée par sa soudaine question, je pris quelques secondes avant d'y répondre :

— Oui, vous êtes bien renseigné.

Ma voix basse et tremblante trahissait toute la tristesse qui m'habitait. À ma grande surprise, les traits du visage de Yeraz se radoucirent.

— A-t-il un traitement ?

— Pas encore, mais c'est pour bientôt, enfin je l'espère.

Je dois juste garder ce poste d'esclave.

— Si demain les médecins disaient à votre mère qu'il n'y avait plus rien à faire pour son fils, qu'il fallait le laisser partir, que ferait-elle ?

Les larmes me montèrent aux yeux. Je remontai mes lunettes puis me mis à regarder partout autour de moi. Finalement, je revins planter mon regard désespéré dans celui de Yeraz. Je comprenais où il voulait en venir.

— Elle ne lâcherait rien. Je ne lâcherais rien, non plus. Nous y croirions toujours, jusqu'à son dernier souffle.

Ses yeux glissèrent sur mon tee-shirt délavé, inélégant, avant de revenir sur moi. Il me fixa quelques secondes, comme s'il m'évaluait. Son visage demeurait impassible.

— Il y a un grand nombre d'actes que je pourrais faire pour aller à l'encontre de ma mère. Si je le voulais, ses actions demain ne pourraient plus rien valoir, mais je veux lui éviter tout ça. Je ne vais pas lui voler ces quelques mois. Elle en a encore besoin pour se faire à l'idée et pour me laisser partir.

Il marqua un temps d'arrêt avant de poursuivre :

— J'ai eu de nombreux assistants, personne n'a jamais pu rendre un seul rapport de mes réunions à Camilia. Je me demande encore comment vous avez pu y parvenir. Ces informations sont sensibles et peuvent mettre beaucoup de monde en danger, y compris vous.

Ces derniers mots restèrent suspendus dans l'air. Son regard pénétrant était indéchiffrable. La bile me brûla la gorge.

— Combien ?

Sa question me surprit. Je me mis à bégayer :

— Combien, quoi ?

— Tout a un prix, Ronney. Combien pour que vous démissionniez de ce poste ? Combien pour le traitement de votre frère ?

Je restai sans voix. Mon mutisme ne parut pas le surprendre. Yeraz était prêt à tout pour se débarrasser de moi et moi, j'étais prête à tout pour rester le plus loin possible de cet homme. Pourtant, une force en moi résistait. À Sheryl Valley, les avis d'expulsion étaient nombreux ainsi que les abus de contraventions qui servaient de techniques d'intimidation sur la population ou encore les saisies de nos biens pour telle ou telle raison sans parler du racket. Toutes les administrations, jusqu'au plus haut de l'état, étaient corrompues et le peuple soumis.

— Non, tout n'a pas un prix, Yeraz.

Le jeune homme, surpris, fronça les sourcils. Sa mâchoire se contracta et il éclata d'un petit rire mauvais. Son attitude froide et sarcastique m'agaçait. Je pris le ton le plus ferme possible, aidée par les verres de vins rouges bus quelques instants plus tôt :

— Je ne travaille pas pour vous, mais pour Camilia. Vous ne m'achèterez pas avec vos millions.

Yeraz se rembrunit. Son poing, posé sur la table, se referma.

— Je ne coucherai jamais avec vous et ne tomberai encore moins amoureux. Alors, nous sommes condamnés à nous supporter. Je vais vous rendre la vie impossible, Ronney.

Il avait articulé chaque lettre de mon prénom comme je l'avais fait pour le sien. Son regard noir était désormais menaçant. Je passai ma langue sur mes lèvres asséchées et répondis d'une voix posée et juste :

— Même si la survie de l'humanité dépendait de nous, je ne coucherai jamais avec vous non plus. Vous représentez tout ce que je déteste. Je ferai mon boulot, car je ne laisse pas tomber les gens, même mon pire ennemi. Je ne suis pas comme ça.

J'avais l'impression que le temps s'était figé autour de nous. Nous nous défiâmes du regard, puis Yeraz déclara, la mâchoire serrée :

— Nous devons y aller, je dois honorer une réunion d'affaires.

Sa voix était dépourvue de toute amabilité.

— Allez-vous encore me kidnapper ou allez-vous vous décider à me ramener dans le tiers-monde ?

Il fit un petit signe de la main sans me lâcher de son regard glacial et le serveur arriva dans la seconde. Sans lui laisser le temps de me répondre, je me levai de ma chaise, pressée de quitter ce lieu.

Impossible de rester assise dans cette salle d'attente contiguë. J'arpentai la pièce en me refaisant le film de mon déjeuner avec Yeraz. Cet homme avait le don de me faire sortir de mes gonds. Perdue dans mes pensées, je n'avais pas entendu mon orthodontiste, madame Wolfe, m'appeler.

— Ronney ? insista-t-elle.

Je sursautai quand sa main toucha mon épaule.

— Tout va bien ?

Une vague d'inquiétude traversa les traits resplendissants de cette femme d'âge mûr, toujours impeccablement coiffée.

— Oui, ça va.

Madame Wolfe hocha la tête avec un sourire poli. Son visage au teint clair était rehaussé de lèvres parfaitement peintes.

— Suivez-moi, je vais vérifier le travail du mois dernier.

Sa voix, basse et douce, trahissait un léger accent british. Étonnée, je remarquai que pour une fois, elle n'avait pas l'air d'être sous l'emprise de stupéfiants.

Un air de musique classique flottait dans la pièce. Madame Wolfe sifflotait pendant qu'elle préparait les instruments. Mince et d'apparence fragile, cette dernière débordait toutefois d'une grande énergie. Allongée sur le fauteuil en cuir, je pris une grande inspiration avant d'oser lui poser ma question :

— Savez-vous combien de temps encore je dois porter mon appareil ?

Madame Wolfe se pencha au-dessus de moi, l'air concentré, et plaça correctement la lampe pour éclairer mon visage.

— Je vous dirai ça après la consultation. Maintenant, ouvrez la bouche.

Dans le bureau de Wolfe, j'observai chaque expression de son faciès d'un œil inquiet. Elle tapotait sur le clavier de son ordinateur, les sourcils froncés. *Allez, Ronney, repose-lui la question en exigeant une réponse !* Je remontai mes lunettes et redressai mes épaules, comme si ma posture pouvait changer les choses. J'ouvris la bouche, mais la refermai aussitôt en regrettant de ne pas être une de ces clientes prétentieuses, non commodes. Un comportement comme celui-ci aurait pu m'aider dans de nombreuses situations.

— Bon, Ronney, je vous mets un rendez-vous pour le mois prochain. Un samedi, à la même heure.

Je hochai la tête, terriblement déçue. Déçue de repartir avec cet appareil dentaire, déçue de ne pas arriver à lui extorquer les réponses à mes questions. Je m'agaçais moi-même.

À l'extérieur, la nuit venait de tomber sur la ville. J'étais soulagée de ne pas trouver Yeraz devant l'entrée du cabinet ni au coin de la rue. L'air s'était rafraîchi, mais je pris le temps de savourer ma liberté retrouvée. Les grondements sourds de l'orage annonçaient son arrivée. Demain, il pleuvrait sûrement toute la journée. Bizarrement, cette idée me réconforta. J'adorais la pluie et plus encore lorsque Sheryl Valley était plongée sous un temps à l'allure apocalyptique. Les gens ordinaires aimaient le soleil, la chaleur, mais moi, c'était tout le contraire. Peut-être parce que la pluie était mal aimée. Quoi qu'il en soit, j'étais ravie qu'elle se présente aux portes de la ville.

Les rues étaient pratiquement vidées de leurs habitants. Il n'y avait pas de couvre-feu, mais tout le monde savait qu'il n'était pas bon de traîner dehors, la nuit. Je me dépêchai de rejoindre à pied Alistair et Bergamote à la maison de santé en regardant systématiquement derrière moi toutes les dix secondes. La peur de voir surgir Yeraz me tiraillait l'estomac. J'avais l'impression qu'il allait apparaître de nulle part et m'emmener, comme il l'avait fait le matin même. Cet homme m'avait montré qu'il était capable de tout. Pour un samedi, j'avais eu très peu de temps libre et mes rendez-vous avec Daphné étaient précieux.

L'établissement se trouvait dans le quartier le plus ancien de la ville. Cet immeuble d'une dizaine d'étages en briques orange possédait à l'arrière deux grandes échelles métalliques scellées au mur permettant d'accéder directement au toit où la vue panoramique de Sheryl Valley était magnifique. Je respirai profondément, puis me mis à grimper en faisant attention à ne pas glisser.

— Ronney ! s'écria Alistair en me voyant apparaître sur la terrasse. Dépêche-toi, Daphné va bientôt danser.

Bergamote et lui m'invitaient avec des gestes pressés à venir m'asseoir avec eux. Je m'exécutai, heureuse de n'avoir rien raté du spectacle. La voix d'Édith Piaf, une célèbre chanteuse française d'une autre époque et au timbre unique, résonnait dans le tourne-disque de Alistair.

— Espérons que la pluie n'arrive pas tout de suite, dit Bergamote en me tendant un sandwich. J'ai pris un parapluie au cas où les choses tourneraient mal.

D'ici, nous dominions toute la ville. Les lumières de la cité se reflétaient sur le lac figé et sur l'horizon, donnant une atmosphère unique au temps qui passe. Cet endroit, à la vue exceptionnelle sur les toits ocre des maisons, était mon sanctuaire. Ici, j'avais l'impression d'être plus proche du ciel que de la terre. Les soucis du quotidien, eux, étaient restés au pied de l'immeuble.

— J'imagine que tu as profité de chaque seconde de cette journée, Ronney.

Alistair n'attendait pas vraiment de réponse. Tout comme Bergamote, son regard était tourné vers les grandes baies vitrées un peu plus loin, en contrebas. À travers, nous pouvions voir les danseuses étoiles s'échauffer avant de commencer leur cours de danse.

— Pas vraiment, répondis-je tout doucement. Un évènement désagréable est venu s'immiscer dans ma journée qui s'annonçait pourtant parfaite.

Je repris une bouchée de mon sandwich. Bergamote tourna sa tête vers moi avec un regard insistant, rempli d'interrogations.

— Yeraz est venu à Red Channel et m'a kidnappée quelques heures.

— Yeraz Khan ? s'écria Alistair, abasourdi et en colère.

Mes colocataires, curieux, attendaient de connaître les moindres détails de mes heures passées avec le jeune homme. Pendant quelques minutes, je leur racontai ma séance d'enregistrement désastreuse au studio, le rachat de l'immeuble, ma rage devant ma mobylette qui ne voulait pas démarrer et sa proposition autour du déjeuner dans ce restaurant hors de prix.

Les yeux ronds, Bergamote me demanda de sa voix douce légèrement trainante :

— Tu n'as pas pensé à appeler la police ?

— Il m'a presque proposé de composer le numéro de téléphone à ma place. Khan pourrait tirer sur la foule en plein centre-ville, il sortirait de cellule dans la minute qui suit. Il est intouchable.

— Tout ça me paraît dangereux, Ronney. Tu devrais abandonner ce poste. N'est-ce pas, Bergamote ?

Cette dernière hocha la tête, la mine sévère. Je repensai à la proposition de Yeraz : me donner l'argent nécessaire pour le traitement de mon frère contre ma démission. Je pris la dernière bouchée de mon sandwich et mâchai rageusement.

— Non, toute ma vie j'ai fui. J'ai baissé la tête au lieu de la relever. Il me faut un exutoire et mon exutoire, ce sera lui !

— Je ne suis plus tout jeune, mais je peux te donner un coup de main, me proposa Alistair, l'air malicieux en me servant un verre de vin rouge.

— Attention, le cours commence !

Bergamote changea soudain d'attitude et laissa place à un visage complètement épanoui. Je tournai la tête vers les grandes fenêtres. Les danseuses commençaient leur danse avec une grâce et une sûreté que le commun des mortels n'aurait pour la plupart jamais. Un sourire béat se dessina sur mon visage. Leurs gestes, d'une élégance rare, caressaient l'air avec une parfaite coordination. Dix-sept danseuses s'élançaient avec impétuosité dans la salle parfaitement éclairée.

Ce ratio exceptionnel allait se produire dans quelques semaines, le jour de Thanksgiving, sur la plus grande scène de Sheryl Valley. Mes deux colocataires et moi avions économisé presque toute l'année pour pouvoir nous offrir ces places. Chaque samedi, nous les regardions s'entraîner dans le plus grand secret depuis ce toit. Cet endroit était le jardin d'Eden d'Alistair depuis des décennies et ils nous avaient montré ce lieu chargé de magie pour partager avec nous un moment de paix intérieure et de communion avec l'esprit. C'était notre rendez-vous du samedi soir.

— Daphné arrive ! s'exclama Alistair en se levant, suivi de Bergamote.

Notre meilleure danseuse commença son solo en inclinant sa tête sur la gauche puis sur la droite. Elle était éblouissante, vêtue tout en blanc. Les reflets de la lumière scintillaient sur sa peau noire, la rendant encore plus majestueuse qu'elle ne l'était déjà. La musique ne nous parvenait pas d'ici, mais nous nous laissions transporter par chaque geste, chaque pas que Daphné faisait. Elle nous hypnotisait.

Finalement, la soirée se terminait plutôt bien. Nous étions tous les trois à notre rendez-vous le plus important de la semaine, avec notre Daphné.

6

Postée devant la porte de la maison de ma tante Maria, j'essayais d'ignorer le regard de ma mère posé sur moi. C'était un regard à la fois lassé et agacé. Cet air sur son visage ne s'affichait jamais pour quelqu'un d'autre. Non, il m'était uniquement réservé.

— Tu aurais pu mettre autre chose que ce gros pull marron, il ne te met pas du tout en valeur, s'indigna-t-elle.

Je laissai échapper un soupir avant de remonter mes lunettes.

— Si tu continues avec tes remarques, maman, je te préviens que je préfère partir immédiatement.

Elle souleva ses épaules avant de murmurer assez fort pour que je l'entende :

— Je sais bien que c'est un jour de pluie, mais bon, nous ne sommes pas au pôle Nord.

Devant mon regard menaçant, elle finit par changer de sujet :

— Bon sang ! Que fait ta tante ? Cette baraque n'est pas un château !

— Tout le monde est à l'arrière de la maison, dans le jardin. Laisse-lui le temps d'arriver.

Elle me répondit sèchement :

— Tu trouves toujours des excuses à tout le monde, Ronney. Tu es trop gentille, tu l'as toujours été. Savoir que Caleb est à l'intérieur aux côtés de ta cousine Carolina, et que tu vas encore le laisser s'en tirer à bon compte, ça me sidère.

La voilà qui recommençait à pestiférer contre mon ex. C'était une chance que cette histoire n'ait pas divisé toute ma famille en deux. Ma mère rêvait que je crève les yeux de cet homme ou que je lui jette de l'eau ébouillantée au visage. Hors d'elle, elle continuait de débiter un flot de paroles rageant à l'encontre de Caleb.

— Maman ! grognai-je pour la faire taire avant qu'elle me pousse à bout.

À cet instant, la porte s'ouvrit. Ma tante Maria nous accueillit avec un sourire éblouissant qui fendait son visage oblique en deux. Elle ressemblait beaucoup à ma mère avec ses yeux noirs en amande, mais elle avait des traits plus chaleureux. Ses longs cheveux foncés et épais retombaient dans son dos.

— Bienvenue au Costa Rica, chantonna-t-elle avant de se mettre à danser devant nous.

— Maria, arrête de faire le clown, râla ma mère en entrant dans la maison. J'ai préparé le dessert. Accompagne-moi dans la cuisine.

— Ronney, va dans le jardin. Tout le monde t'attend.

Les paroles de ma tante me firent sourire, car en réalité, personne ne m'attendait.

Seule dans le séjour aux cloisons tapissées de mauve pâle, j'inspirai profondément avant de me décider à rejoindre le reste de ma famille, dehors.

Je traversai la pelouse clairsemée. Mes tantes et mes oncles me saluèrent à mon passage avec des accolades débordantes d'affection et des paroles bienveillantes. Je les remerciai avec un petit sourire timide. Devant tous ces visages souriants, j'essayai tant bien que mal de cacher ma gêne. Je partis rejoindre mes cousins au fond de l'abri monté pour nous protéger de la pluie.

— Salut, Ronney. Je ne pensais pas que tu viendrais aujourd'hui.

Ça, c'était Hailey. Sa chevelure blonde faisait ressortir ses taches de rousseur parsemées un peu partout sur son visage. De toutes mes cousines, c'était elle qui avait les plus beaux yeux. Ils oscillaient entre l'or, le marron et le vert.

— Personne ne pensait que tu ressortirais vivante de la résidence de l'ogresse, se moqua Mélissa en faisant référence à mon gage de dimanche dernier.

La nouvelle avait déjà fait le tour de la famille. Je m'assis sur le banc en bois, inconfortable, en face d'Olivia. Elle me scrutait d'un regard noir, mauvais. Contrairement à Mélissa et Hailey, cette dernière aimait abuser du maquillage et surtout du rouge à lèvres. Ses cheveux bruns remontés en queue de cheval comme Mélissa lui tiraient les paupières.

— Je n'y suis pas restée longtemps, déclarai-je à voix basse.

— As-tu vu Camilia ? Comment est-elle en vrai ?

Les filles attendaient ma réponse comme si j'allais leur fournir un scoop.

— Non. La gouvernante m'a fait attendre dans la cour un bon moment avant de finalement me renvoyer chez moi.

Déçues, mes cousines se jetèrent un regard en coin.

— Et voilà un Mojito comme tu les aimes.

Aïdan, le grand frère de Louis, apparut derrière moi avec un gobelet à la main. J'étais heureuse de le voir ici. Cela faisait plusieurs mois qu'il avait déserté les cousinades ainsi que les autres évènements familiaux à cause de son nouveau boulot. Il travaillait très dur dans un restaurant dans le quartier de Campton. D'ailleurs, ses traits tirés sur son teint bronzé indiquaient son état de fatigue.

— Alors, prête à affronter Caleb au bras de Carolina ?

Je bus une bonne gorgée de mon Mojito avant de répondre à la question de Aïdan.

— Bien sûr, mentis-je avec un sourire forcé.

Je détournai mon regard qui s'en alla au loin, sur les massifs de camélias rouges devant la maison. Les enfants s'amusaient à se courir après en poussant des cris. Ils ne craignaient ni la pluie ni le vent. J'enviai leur insouciance.

— Aïdan, fous-lui la paix ! s'exclama Hailey. Ronney vient d'arriver et tu l'embêtes déjà avec Caleb.

— Oh, c'est bon, intervint Olivia. Ce n'était pas vraiment une histoire d'amour. Ça faisait quoi… trois mois qu'ils étaient ensemble ?

Non, huit ! Je me mordis l'intérieur de la joue pour me retenir de répondre. Elle continua :

— Ronney est spéciale, on ne peut pas dire le contraire. Elle ne peut pas se permettre de faire la difficile avec les hommes. Ne jetez pas la pierre à ce pauvre Caleb.

J'écarquillai les yeux et fixai ma cousine, choquée par ses déclarations sanglantes prononcées avec une si grande gravité. Je n'avais pas spécialement d'affinité avec elle et sa façon de me provoquer à chaque fois commençait vraiment à m'irriter. À ce moment-là, je sentis tous les regards de ma famille se poser sur moi et pour cause : Carolina et Caleb venaient d'arriver, suivis de près par Gabriella et Louis.

Mon cœur s'arrêta quand je les vis s'approcher de nous, main dans la main. Ils prirent le temps de saluer tout le monde avant de venir vers notre table. *Pitié, non. Ils ne vont pas s'asseoir avec nous* ? Je me rappelai de respirer à nouveau. Caleb me lança un regard quelque peu gêné tandis que Carolina, elle, était plus radieuse que jamais. Il la rendait heureuse comme il l'avait fait avec moi. Je retins mes larmes. Il était hors de question que je m'effondre maintenant. Non, je ne voulais pas leur donner ce plaisir.

— Ronney, comment se passe le travail au studio ?

Hailey me posa brutalement la question avant que le petit groupe de quatre arrive jusqu'à nous. Sa tentative pour détendre l'atmosphère tomba à l'eau. Je m'éclaircis la voix, mais mes mots eurent du mal à sortir :

— L'équipe et moi travaillons sur le générique. Ce n'est pas facile…

— Salut, tout le monde. Il manque un peu de musique, ici.

Louis poussa Olivia et vint s'asseoir en face de moi, me cachant la vue sur les camélias.

— Ronney, je suis désolé de ne pas t'avoir attendue la dernière fois, devant la résidence des Khan, mais nous avions tous un millier de choses à faire.

— Ce n'est pas grave, Louis, répondis-je crispée.

— Visiblement, tu es toujours en vie !

— Malheureusement, murmura Gabriella.

Tout le monde éclata de rire, sauf Caleb qui, tête baissée, ne disait pas un mot. Un air renfrogné obscurcit son visage et ses yeux d'un vert limpide se remplirent d'ombre.

Après une heure cauchemardesque à essuyer les remarques méchantes et mesquines de ma famille, je me creusai la tête pour trouver un moyen de m'extirper d'ici discrètement. C'est alors que la sonnerie de mon téléphone m'indiqua un appel. Je ne reconnus pas le numéro, mais peu importait. Je décidai de répondre, tellement heureuse de me lever de ce banc bancal pour partir à l'écart du groupe.

— Allô ?

— Bonjour, Sidney. Quel est ton film d'horreur préféré ?

J'aurais reconnu cette voix parmi mille autres. Je ne cachai pas mon agacement.

— Yeraz, foutez-moi la paix !

Je raccrochai brutalement, mais il rappela dans la seconde.

— C'est dimanche. Vous aurez tout le temps de me torturer demain. Bonne fin de journée !

— Pourquoi ne pourrions-nous pas rester un peu ensemble à parler tous les deux ?

— Sûrement pas ! J'ai une vie. Arrêtez votre harcèlement et vos techniques d'intimidation. Vous n'avez pas mieux à faire ? Je ne sais pas, comme une banque à braquer par exemple.

— Mais pour qui me prenez-vous, Ronney ? Enfin, je ne suis pas un délinquant de bas étage.

— Vous avez commandé une bonne quantité de préservatifs. Servez-vous-en et laissez les gens tranquilles.

— Non, Ronney, ne raccrochez pas.

La voix de Yeraz se durcit. L'ordre qu'il venait de me donner sonnait comme une menace.

— Sinon quoi ?

— Sinon, je débarque chez vous comme hier, au studio.

— Je m'en fous, je ne suis pas chez moi !

Je raccrochai rageusement. Mon cœur battait à tout rompre. Heureusement, personne ne m'avait entendue. Je restai un petit instant dans le coin de l'abri, attendant que mon pouls ralentisse. Je n'avais pas besoin de dose d'héroïne pour ressentir des sensations fortes. En effet, le cas Yeraz me retournait complètement. *Sidney ?* Je levai les yeux au ciel en repensant à ces paroles stupides qui faisaient référence au film d'horreur *Scream*.

Une fois calmée, je retournai à ma place en finissant mon gobelet avec une longue gorgée. Mince ! Mon père venait d'arriver dans le jardin. Il installait, avec mon oncle Carlos, une grosse enceinte pour la musique. J'étais désespérée de ne pas pouvoir quitter la petite fête maintenant. La musique eut l'effet de détourner l'attention de mes cousins de moi, ce que bien sûr, je ne regrettai pas.

Au bout de la table, Caleb roucoulait tranquillement avec Carolina. Je détournai mon regard, de peur qu'il remarque à quel point j'étais triste. Mes yeux se portèrent alors au-dessus de l'épaule de Louis, et je crus faire à cet instant une crise cardiaque. Moi qui pensais que les choses ne pouvaient pas être pires, en réalité elles le pouvaient. Yeraz se tenait au milieu du jardin. Les mains de ma mère étaient posées sur son bras. Elle le présentait fièrement au reste de ma famille.

Oh, putain de merde ! Je me mis à chercher des yeux n'importe quoi sur la table qui me permettrait de me suicider sans douleur, mais ne trouvai rien de vraiment très utile.

— Hey, c'est qui ce mec ? demanda Olivia à sa sœur, visiblement très intéressée.

Mes cousines, à l'exception de Carolina, se mirent à gesticuler et à se recoiffer, les hormones en ébullition.

— Pourquoi est-il avec ta mère, Ronney ? Bon sang, tu le connais ce type ?

— Euh… c'est compliqué. Comment vous dire ?

— Ça se trouve, ce n'est que le livreur, déclara Aïdan agacé par les petits cris surexcités des filles.

— Ce n'est pas grave, il peut être qui il veut.

La remarque de Gabriella fit rire le reste du groupe. Ma mère s'approchait de nous comme si elle rapportait un trophée des *Emmy Awards*. Ses petits clins d'œil à mon attention me firent grincer les dents. Je suffoquai un peu plus de colère à chaque pas qu'elle faisait vers moi. À cet instant, je n'avais qu'une envie : foncer sur Yeraz, tête baissée, pour lui rentrer dedans comme ces catcheurs à la télévision.

— Bonjour, les filles, déclara ma mère, le regard plein d'amour pour ce crétin. Je vous présente Giovanni Cucitore, le petit ami de ma fille, Ronney.

C'était la débandade dans ma tête, un tsunami, la tempête Giovanna (si elle existait).

— Aïdan, apporte-moi deux verres de Mojito, s'il te plaît. Surtout, n'hésite pas sur le rhum, réussis-je à articuler malgré la boule qui obstruait ma gorge.

Mon cousin s'exécuta sans ajouter une remarque. Les filles autour de la table avaient la mâchoire qui leur tombait jusqu'au décolleté. Je ressentais toute la force d'attraction qu'il dégageait inconsciemment.

— Ronney, tu aurais pu nous dire que tu viendrais avec… ce charmant jeune homme.

Ma mère, complètement envoûtée par Yeraz, n'arrivait pas à cacher sa joie. Tous les regards braqués sur moi me mettaient terriblement mal à l'aise. Je vis mon père arriver du fond du jardin, les mains chargées de pâtisseries.

— N'en voulez pas à Ronney. Elle m'avait demandé de ne pas venir, mais elle me manquait tellement. Je ne l'ai pas écoutée. Tu m'en veux, bébé ?

Face aux paroles de Yeraz, je m'intimai l'ordre de rester calme. Les yeux de mes cousines étaient presque humides devant cette déclaration débordante d'affection.

— Yer… Giovanni, j'avoue que c'est une surprise.

Je mis l'accent sur le mot « surprise » avant d'ajouter sur un ton faussement mielleux :

— Ce n'est pas raisonnable, tu as une tonne de travail qui t'attend.

— Allez donc vous asseoir aux côtés de ma Ronney.

Ma Ronney. J'étais donc soudain devenue la fille que ma mère avait toujours rêvé d'avoir. Mon père arriva avec un sourire jusqu'aux oreilles.

— Bonjour, je suis Miguel, le papa.

Yeraz le salua avec une poignée de main franche avant de venir s'asseoir à côté de moi. Son délicat parfum m'envahit les narines. Presque collée à lui, je me rendis compte que je n'avais jamais été aussi proche physiquement de cet homme. Cette proximité me troublait un tant soit peu. Contrairement à moi, Yeraz paraissait tout à fait à l'aise.

— J'ai l'impression de vous avoir déjà vu quelque part, dit Gabriella en plissant les yeux.

— C'est possible. Sheryl Valley est une petite ville.

— Voulez-vous boire quelque chose ? proposa mon père avec enthousiasme. Mojito, un verre de Guaro ?

— Non, merci. Je ne bois plus d'alcool. Je suis sobre depuis plusieurs semaines maintenant.

Ma famille parut soudain gênée par cette révélation. Je levai discrètement les yeux au ciel. Yeraz se faisait passer pour un ancien alcoolique au sein de ma famille. J'étais à ce moment au fond du trou. Mon père jeta un petit coup d'œil à ma mère qui s'efforçait de sourire le plus naturellement possible.

— Chaque être humain sur Terre a le droit à une seconde chance dans la vie, finit par déclarer mon père. Nous ne sommes pas là pour juger qui que ce soit.

Tout le monde acquiesça d'un hochement de tête en soutien à mon nouveau partenaire. Je pris le gobelet qu'Aïdan m'avait servi, mais Yeraz me l'enleva des mains avant que mes lèvres n'aient pu goûter ce délicieux cocktail sur lequel j'avais beaucoup misé pour me faire oublier ce cauchemar dans lequel je me trouvais.

— Toi aussi, ma douce, tu devrais un peu freiner sur l'alcool.

Yeraz regarda les membres de ma famille, l'air faussement inquiet, puis ajouta à voix basse :

— Ronney a tendance à boire beaucoup la journée.

Je hurlai intérieurement. Rouge de colère, je fixai Yeraz avec haine. Mes parents se regardèrent, l'air embêté, tandis que les murmures de mes cousins montaient en crescendo.

— Tu exagères, arrête ! finis-je par lâcher d'une voix calme, mais aux intonations menaçantes. Giovanni aime plaisanter. Je ne bois jamais pendant le service.

Je levai une main en l'air pour jurer. Un soupir de soulagement s'échappa de mes deux parents.

— À quoi joues-tu ? grommelai-je tout bas.

— Je t'ai dit que je ne te lâcherai pas. Je vais être ton plus grand cauchemar ces prochaines semaines.

Yeraz sourit aimablement pour donner le change.

— Qu'ils sont mignons, entendis-je ma mère déclarer tout bas à mon père.

Ils comptaient rester là, debout, à nous regarder. Ma mère se tordait nerveusement les doigts. Sans doute avait-elle peur que je gâche tout avec ce nouveau petit ami qu'elle voyait comme une chance inespérée pour sa fille au physique si disgracieux.

— Comment vous êtes-vous rencontrés ? demanda Olivia.

Silence. Je me mis à bafouiller.

— Au travail de Ronney, intervint Yeraz d'une voix sûre.

— Ah bon ? s'étonna mon père. Mais que faisiez-vous au studio ?

— Il a racheté l'immeuble des studios Red Channel.

— Une partie, corrigea Yeraz.

— Non... vous avez sauvé cette entreprise historique ? balbutia mon père sous le choc de la nouvelle.

— Comment ça, sauvé ?

— Ronney..., commença mon père embarrassé. Red Channel était amené à disparaître dans l'année. L'immeuble était en ruine. Une société d'assurances devait le racheter et le rénover. C'est le bruit qui courrait. Nous ne voulions pas t'en parler pour ne pas t'inquiéter.

— Quoi ?

Abasourdie, je tournai la tête vers Yeraz qui évitait soigneusement de me regarder.

— Je l'ignorais.

— Par amour, un homme est capable de tout, lâcha ma mère dans un soupir.

Je retins un gémissement. Si seulement ils savaient la vraie raison de sa présence et qui il était en réalité.

— Et que faites-vous dans la vie ?

Le ton amer de Caleb me tira de mes sombres pensées. Mon pouls s'affola et un infime espoir renaquit en moi. S'il me connaissait vraiment, il aurait vu que Yeraz n'était pas mon type d'homme, que quelque chose clochait. Il me sauverait de ses griffes et me confierait à quel point il regrettait de m'avoir laissé tomber. Je remontai mes lunettes. Yeraz se redressa. Je sentis son corps glisser contre le mien. Aussi vite que possible, je chassai des images insensées qui venaient court-circuiter mon esprit.

— Je gère les mises en relation entre les entreprises et investisseurs, répondit-il avec une prudente diplomatie.

— C'est du domaine public ? continua de creuser Caleb.

— Privé. Ce sont de gros marchés.

— Comme ?

Yeraz répondit d'une voix trop calme, comme s'il luttait pour ne pas envoyer balader cet interlocuteur qu'il jugeait certainement trop curieux :

— J'utilise des entreprises de couverture pour m'infiltrer dans des chantiers en mode fantôme. Ils donnent toujours lieu à d'incroyables détournements de fonds.

Tout le monde se regarda quelques instants dans un silence complet, la mine effarée avant que mon père n'éclate finalement de rire, suivi par le reste de ma famille, à l'exception de Caleb qui scrutait Yeraz d'un regard impénétrable. Yeraz leva son gobelet en direction de mon ex petit ami et ajouta :

— Je remercie le destin d'avoir mis Ronney sur ma route. Ma vie n'a jamais été aussi trépidante.

Il s'exprimait avec une telle ironie qu'on ne savait pas s'il était en train de se moquer ou pas. Son attitude condescendante parut irriter Caleb. Bizarrement, voir ses yeux sortis pratiquement de leurs orbites me fit particulièrement plaisir.

— Au bienfaiteur de cette ville, répondit Caleb d'une voix blanche en levant son verre.

Son regard défia Yeraz comme s'il lui promettait de percer un jour ses secrets.

Mes parents nous avaient laissés tranquilles. Yeraz jouait le jeu en répondant aux questions de ma famille. Pour ma part, j'extrapolai toujours un plan pour m'échapper de cette cousinade.

— As-tu déjà vu Ronney enregistrer au studio ?

Olivia avait posé cette question avec plein d'animosité.

— Une fois. D'ailleurs, j'ai bien rigolé ce jour-là. Elle a dû croire que je me moquais d'elle.

— Ça ne surprendrait personne, intervint Gabriella avec un rire mauvais. Ça doit valoir le détour.

J'allais baisser les yeux, vexée, mais c'est Gabriella qui le fit avant moi, presque tétanisée. Je connaissais trop bien ce visage. Beaucoup de gens affichaient cet air après s'être entretenus avec Yeraz, lors d'une réunion ou d'un repas d'affaires. Gabriella venait de recevoir le regard le plus noir et le plus impitoyable qui soit, celui qui faisait courber l'échine sans même ajouter une parole.

— Ronney est une merveilleuse comédienne. L'entendre m'a fait oublier quelques instants mon quotidien. C'était une jolie parenthèse dans cette journée un peu sombre.

Je cessai de respirer. Même s'il jouait son rôle à la perfection, ses paroles prononcées avec une pointe de tristesse, me remuèrent tout entière. Il tourna sa tête dans ma direction pour plonger son regard si profond dans le mien. Une vague de mélancolie semblait déferler sur lui.

Durant plus d'une heure, Yeraz continua d'endurer les questions de mes cousines, même les plus indiscrètes. Il répondait le plus souvent brièvement ou lançait des bribes de renseignements avant de passer à un autre sujet.

— À son quatrième anniversaire, Ronney a reçu la poupée d'Ariel. Le personnage de *la petite sirène* dans Disney. Seigneur, elle regardait ce film d'animation en boucle, raconta Aïdan.

De mon côté, je me remémorai ces bons souvenirs de mon enfance avec nostalgie.

— Qu'est-ce qu'elle a pu nous casser les pieds avec ça ! ajouta Carolina d'une voix déplaisante.

Aïdan ne prêta pas attention à la remarque de notre cousine et continua :

— Elle promenait cette poupée partout avec elle. C'est Ariel qui lui a donné cette passion pour les doublures de voix des films d'animation.

— Et cette poupée, qu'est-elle devenue ? demanda Yeraz.

— Louis lui a rasé la tête avant de la décapiter avec un couteau de cuisine.

La révélation de Carolina amusa tout le monde, sauf moi. Je me souvins alors de l'immense douleur que j'avais ressentie quand ma mère avait jeté ma poupée devant moi, à la poubelle, sans une seule parole réconfortante à mon égard.

La sonnerie de téléphone de Yeraz retentit à cet instant. Il le sortit de sa poche et fronça les sourcils, l'air contrarié. Il hésita un instant à répondre. Finalement, il s'excusa auprès du petit groupe, puis se leva pour prendre cet appel, visiblement important.

— Eh bien, Ronney. Tu nous as tous surpris aujourd'hui avec ton Giovanni, déclara Olivia avec une pointe de jalousie dans la voix.

Les doigts allongés devant ses yeux, elle admirait son vernis.

— Elle a peut-être payé ce mec pour qu'il se pointe ici, pour se venger de quelqu'un en particulier, répondit Louis sur un ton sarcastique.

Tous les regards se tournèrent vers Carolina et Caleb. Les joues du jeune homme s'empourprèrent. Ma cousine souleva les épaules avec un petit sourire mauvais avant de lancer :

— Ronney n'a pas un rond et ce mec n'est sûrement pas avec elle pour son argent.

— Ni pour son physique, ajouta Gabriella.

Les rires fusèrent de plus belle. Je me levai brutalement du banc et partis sans même répliquer. Carolina retint Caleb pour éviter qu'il me suive.

Je m'assis sur les marches du perron, à l'entrée de la maison de ma tante Maria. Les larmes aux yeux, je mis le casque de mon baladeur sur les oreilles. La voix d'Elvis me calma aussitôt. Mes mains s'arrêtèrent de trembler et j'arrivai de nouveau à respirer calmement. Yeraz devait déjà être parti. Je ne l'avais pas vu à l'intérieur de la maison et sa voiture n'était pas garée devant. Tant mieux ! Il avait, une fois de plus, gâché ma journée. La pluie avait laissé dans l'air une odeur aux petites notes florales. Je respirai profondément et posai ma tête sur mes genoux. *Quel week-end de merde !* pensai-je.

— Vos cousins ne sont pas des enfants de chœur avec vous.

Non, il était encore là. Mais d'où sortait-il ? Je ne fis pas l'effort de relever la tête, tout simplement parce que je n'avais aucune envie de le voir. Yeraz s'assit à côté de moi.

— Je comprends mieux pourquoi mes remarques ne vous touchent pas. Vous devez être plus que blindée pour survivre au sein de cette famille.

J'augmentai le son de mon baladeur pour ne plus entendre sa voix. Malheureusement, ce vieil appareil manquait de puissance et couvrait peu le bruit autour de moi.

— Pourquoi ne les envoyez-vous pas se faire foutre ?

Je relevai doucement mon visage vers lui et enlevai le casque de mes oreilles.

— C'est ma famille, Yeraz !

Nous n'étions que tous les deux et son prénom m'avait échappé. Il ne me reprit pas.

— Et alors ? Il faut apprendre à dire non dans la vie.

Je rêvai. Yeraz Khan me donnait des leçons sur la façon dont je devais me comporter en société. Je promenai mes yeux tout autour de moi avant de revenir sur lui.

— Si c'est la seule façon pour eux de se sentir mieux dans leur vie, alors je veux bien endosser le rôle du vilain petit canard. Je préfère qu'ils s'acharnent sur moi plutôt que sur une autre de mes petites cousines. Parce que moi je peux le supporter, pas elles.

Quelque chose traversa le regard de Yeraz, une expression que je ne connaissais pas.

— Mon monde est dangereux, Ronney. Si je vous traite aussi durement c'est que je ne veux pas que vous en fassiez partie.

Je levai les yeux au ciel.

— Merci, je l'avais bien compris. Mais j'ai besoin de cet argent et je ne veux pas du vôtre. Alors, quoi faire pour que vous arrêtiez de me suivre partout durant mes week-ends ?

Yeraz détourna son regard du mien. Il respira profondément avant de me scruter bien en face avec un air de défi.

— Apprenez à dire non !

— Pardon ?

— Oui, Ronney. Je vous laisserai tranquille quand vous aurez appris à répliquer et à dire non.

Je remontai mes lunettes et secouai ma tête.

— Impossible.

— Donc nous sommes destinés à passer tous nos week-ends ensemble jusqu'à la fin de votre contrat.

Au moment d'ouvrir la bouche pour riposter, la porte s'ouvrit derrière nous. Ma mère et ma tante apparurent dans l'encart de la porte, soulagées de nous trouver ici.

— Ronney, ma chérie, je te cherchais partout. Pourquoi restez-vous sur le perron ? Venez à l'intérieur.

— Madame Jimenez, je vais devoir y aller.

Ma mère ne cacha pas sa déception.

— Déjà ? Mais vous reviendrez ?

Ma tante et elle s'inquiétèrent soudain de voir ce prince charmant partir pour ne plus jamais revenir.

— Oui, nous allons avoir le plaisir de nous revoir très prochainement, déclara Yeraz sur un ton rempli de promesse.

J'essayai de dissimuler mon désappointement à l'idée de passer tout mon temps avec lui.

— Nous sommes ravies.

Ma mère jeta un regard satisfait à ma tante.

— Ronney ?

— J'arrive, maman.

Les deux femmes saluèrent celui qu'elles considéraient comme mon petit ami avant de nous laisser de nouveau seuls.

— Vous ne voulez pas que je vous ramène ?

Yeraz se releva et enfouit sa main dans sa poche pour en sortir son téléphone. Je me redressai également et refusai poliment sa proposition. Je n'avais pas envie d'être embarquée de nouveau de force. Il composa rapidement un message sur son portable et même pas une minute après, Isaac apparut au volant d'une grosse cylindrée noire.

— À demain, miss Jimenez.

Je croisai les bras sur moi et le regardai s'éloigner vers la voiture. La nuit commençait à tomber. Dans quelques heures, je le retrouverais dans son monde, comme il aimait me le rappeler. Soudain, une force instinctive s'empara de moi.

— Yeraz ?

Je descendis les marches du perron et le rejoignis à grandes enjambées sur la chaussée. Il m'attendait devant sa portière déjà ouverte. Face à son imposante stature, je me forçai à faire abstraction de son charme étourdissant.

— Vous en avez appris beaucoup sur moi aujourd'hui, tandis que de mon côté, je ne sais pratiquement rien de vous. Pourquoi vous êtes-vous attaché à cette vie alors que vous aviez une chance de vous en sortir à la mort de votre père ?

Je guettai sa réponse. Yeraz ferma la portière et me répondit avec une tranquillité inquiétante :

— Quand vous avez reçu votre poupée à votre quatrième anniversaire, au mien, j'ai reçu un fusil 22 long rifle. Si vous me demandez quel était mon dessin animé préféré lorsque j'étais petit, je serai incapable de vous répondre, car je n'en ai jamais vu un seul, sauf hier, à votre studio.

Yeraz rouvrit la portière de la voiture et monta à l'intérieur, l'air plus sombre que jamais. Avant de la refermer, il mit sur son nez ses lunettes aux verres opaques que je détestais tant. Méduseé par ses paroles, je restai là, immobile.

La grosse cylindrée partit dans la nuit en me laissant sous le choc, au milieu de la route.

7

Je remontai l'allée du parc d'un pas lourd. Je n'avais quasiment pas fermé l'œil de la nuit. Une nuit atroce où Bryan avait une fois de plus transformé mes rêves en cauchemar. J'avais passé mon temps à me réveiller.

Je n'avais aucune envie de me retrouver ici, dans la résidence de Yeraz. Après qu'il m'eut laissée sur le bord de la route, hier, j'étais restée un bon moment toute seule, dehors. Finalement, j'étais partie de la cousinade sans dire au revoir à personne. Depuis, ma mère me bombardait de messages et d'appels afin de savoir si tout allait bien.

Le ciel était gris, mais la pluie avait cessé. Le soleil menaçait de percer les lourds nuages. Mon regard se posa sur le jardinier, un peu plus loin dans le parc. Il était tôt, le personnel arrivait de bonne heure et se mettait sans tarder au travail. L'homme poussait, le dos courbé, une brouette. Ses cheveux blancs flottaient dans l'air tout en se confondant avec son uniforme. Soudain, je le vis trébucher et tomber sur la pelouse. Sans réfléchir, je posai par terre la pile de journaux que j'avais dans les mains et courus dans sa direction.

— Vous allez bien ?

L'homme d'un certain âge, au corps usé, se releva, catastrophé. Ses outils et des pots cassés de fleurs avaient atterri sur le sol, transformé en boue à cause de la pluie d'hier.

— Je vais enfin donner l'occasion à monsieur Khan de me virer.

La voix paniquée du vieillard m'obligea à le rassurer.

— Je pourrai lui dire que vous n'y êtes pour rien. J'étais là, j'ai tout vu.

— Il rêve de me voir partir à la retraite et je lui donne une bonne excuse avec mes bêtises.

Voir cet homme se tuer au travail sans, visiblement, aucune reconnaissance me fit de la peine.

— Pourquoi ne voulez-vous pas quitter ce travail ?

Je m'accroupis pour l'aider à ramasser les pots.

— Je suis dans la famille depuis tellement d'années. J'ai vu tous les enfants Khan grandir et Camilia se fait beaucoup de soucis pour son fils. Moi aussi.

Il leva ses yeux vitreux vers la demeure de Yeraz. Un voile de tristesse se déposa sur ses traits ridés. Malgré son âge, il avait encore de la force pour relever sa brouette. Il ramassa avec moi les morceaux cassés. Heureusement, certains pots étaient encore intacts.

— Vous êtes toute sale et vos chaussures aussi, par ma faute.

Je claquai des mains pour chasser la boue collée sur ma peau.

— Ce n'est pas grave. Le principal est que nous avons réussi à tout remettre sur la brouette.

— Merci. Vous êtes une bonne personne.

Le jardinier me sourit chaleureusement puis repartit à ses tâches. J'avais fait ma bonne action de la journée, pourtant, je n'arrivais pas à enlever cet homme de ma tête. Il avait l'air si fatigué, si vieux.

— Où étiez-vous passée ?

La voix angoissée et haut perchée de Timothy m'indiqua le degré de l'urgence. Je déposai sur la table du séjour tous les journaux de presse que j'avais pris ce matin à l'aube dans l'un des kiosques à côté de chez moi. Yeraz parcourait chaque article à la loupe.

— Mince ! Il y a de la boue sur les journaux. Yeraz va me tuer.

Timothy se tourna vers moi et mit ses mains sur ses joues en poussant un petit cri.

— Vous en êtes recouverte, Ronney. Vous ne pouvez pas passer le reste de votre journée comme ça. La réunion avec les collaborateurs a lieu dans moins d'une heure.

Mon assistant agita ses bras en l'air.

— OK, bon, j'appelle Ashley qui est en ville. Elle vous apportera de quoi vous changer.

Soudain, nous entendîmes une porte claquer. Timothy et moi nous précipitâmes à l'entrée. Une femme brune tout en jambe sortait du bureau de Yeraz. D'abord surprise de nous voir là, elle sourit en dévoilant une rangée de dents parfaitement blanches. Elle portait un tailleur bleu pâle et un chemisier mal reboutonné. Le crayon noir sous ses yeux coulait jusque sur ses joues. La femme s'arrêta devant moi et, avec son index, essuya le bord de sa bouche.

— Désolée, chérie, il ne reste plus rien.

Vu le regard qu'elle jeta sur mes vêtements, je compris à quel point je n'étais pas présentable. Elle m'adressa ensuite un petit clin d'œil complice avant de se précipiter à l'extérieur dans un grand envol. Je me retournai sans voix vers Timothy qui haussa les épaules et déclara avec un air inspiré :

— La comptable.
— C'était quoi, ça ?
— Vous vous habituerez. Les femmes, ici, aiment la compagnie de Yeraz.
— Mais, elle n'a même pas essayé de… oh mon Dieu ! C'est dégoûtant. On aurait cru une de ces prostituées camées à la fin d'une longue nuit de travail.

Timothy repartit au salon puis réapparut pour me charger les bras de la pile de journaux. J'étais toujours sous le choc.

— Allez donner ça au boss et priez pour qu'il ne vous jette pas dehors avec vos habits complètement tachés.

Je soupirai et regardai mon assistant comme si je portais tout le poids du monde sur les épaules. Timothy m'adressa un sourire pincé et me tapota l'épaule comme s'il n'allait plus me revoir. Je tournai les talons pour rejoindre le bureau de Yeraz.

Son regard glissa et finit par se fixer sur mes converses rouges qui ne l'étaient plus vraiment. Yeraz, assis derrière son bureau, rangeait des piles de dossiers qu'il entassait devant lui. J'essayai de l'imaginer avec sa comptable. Comment les choses avaient-elles dégénéré ? Étaient-ils restés là ? Ou bien… Je chassai mes pensées déviantes de mon esprit. Il n'avait pas l'air gêné. Son chemisier noir à manches longues était parfaitement reboutonné. Peut-être qu'il n'avait baissé que son pantalon ou…

— Miss Jimenez ! répéta Yeraz. Je vous parle.

Il venait de m'appeler par mon nom, c'était mauvais signe. Je balbutiai des paroles incompréhensibles pour m'excuser tout en déposant les journaux sur son bureau. Yeraz essaya d'adopter une expression aimable, mais son ton était inflexible.

— Que vous est-il arrivé ? Vous êtes dans un état pitoyable ! Encore pire que d'habitude.

Je décelai l'impatience et l'exaspération dans sa voix. Mon cerveau se remit en route en jonglant avec plusieurs scénarios possibles pour me pondre finalement le plus approprié.

— Je suis tombée dans la cour, dans l'herbe. Devant chez vous.

Finalement, je ne savais pas si c'était le meilleur scénario, mais je ne pouvais pas parler du jardinier. Je ne voulais pas que Yeraz le vire. Il poussa un juron et me tendit une chemise verte cartonnée :

— Le dossier de présentation. Il concerne les versements de commissions à un intermédiaire dans le cadre des marchés publics liés à Roskuf. Ma comptable a validé les chiffres.

— Oui, avec la bouche !

Mince, ma remarque avait jailli de mes lèvres sans que je puisse la retenir. Espérons qu'il n'avait rien entendu. Je feuilletai le dossier de présentation, les joues en feu. Je ne voulais pas relever mon visage. Croiser son regard était soudain devenu insupportable. Je me raclai la gorge et déclarai, le regard toujours baissé sur les feuilles :

— La véritable nature des paiements n'a pas été enregistrée correctement. Tous ceux que je vois ne respectent pas les règles ni les exigences légales de système de contrôle comptable interne.

Silence. Je relevai ma tête pour interroger Yeraz du regard. Surpris par ma rapide introspection, il prit la parole avec un air sérieux :

— Vous avez du potentiel, miss Jimenez. Pour quelqu'un qui n'a pas fait d'études, vous vous débrouillez bien avec les chiffres.

— Je suis bien obligée, pour faire fonctionner le restaurant de mes parents.

Yeraz hocha la tête et s'enfonça au fond de son siège. Sa main droite jouait nerveusement avec un crayon. Ses yeux noirs vinrent se vriller dans les miens à la recherche de quelque chose qui paraissait le dépasser.

— En effet, en ce qui concerne ces paiements que vous voyez inscrits, vous pouvez les qualifier de frais de courtage faisant bénéficier le groupe pétrolier Roskuf d'une déduction fiscale illégale aux yeux de la loi. Ça répond à vos interrogations ?

Je refermai le dossier et remontai mes lunettes.

— N'y a-t-il pas d'autres moyens plus légaux pour vous associer à ce groupe ?

Yeraz se leva et vint s'appuyer au bord de son bureau, juste en face de moi. D'ici, je contemplai ses traits d'une régularité parfaite. Devant sa beauté non négligeable, je résistai de toutes mes forces pour soutenir son regard rempli de colère. Son humeur taciturne ne le quittait jamais.

— Miss Jimenez, je ne vous demande pas votre avis. Votre boulot consiste à rendre des comptes à ma mère et non à trouver des solutions subalternes sur le contrôle de mes firmes et le recyclage de l'argent sale qui en découle.

Sa voix sèche et fort agressive me déstabilisa. Un frisson de panique parcourut tout mon corps. Rien ne déstabilisait Yeraz. Chaque jour, je découvrais un peu plus la noirceur de sa personne. J'ouvris la bouche pour répondre à demi-mot, dans un souffle à peine audible :

— Quand avez-vous perdu votre âme ?

Son regard intense se désintégra. Il parut soudain désarçonné. Pour la première fois, son assurance s'envola. Il se reprit très vite et se redressa bien droit devant moi.

— Quand j'ai arrêté d'avoir peur du noir, articula Yeraz avec une profonde irritabilité dans la voix.

Il marqua une pause et me considéra un instant avec dédain avant de conclure :

— Miss Cooper vient d'arriver. Changez-vous et rejoignez-moi à la réunion !

Je n'étais plus miss Jimenez. Et comment savait-il qu'Ashley devait m'apporter mes affaires ? Même s'ils couchaient ensemble, Yeraz ne devait pas être le genre d'homme à envoyer de petits mots doux à longueur de journée à ses conquêtes.

Figée sur place, je le regardai quitter la pièce. C'est là que j'aperçus la crosse de son arme dépasser à l'arrière de son pantalon. Une vague de frayeur viscérale s'empara de moi. Yeraz représentait à lui seul les ténèbres. Comment Camilia pouvait-elle encore croire qu'il y avait au fond de son fils, cette flamme pas encore éteinte ?

Je remerciai Ashley pour les vêtements de rechange qu'elle m'avait apportés, même si je trouvais que le tee-shirt vert citron était trop voyant et moulant à mon goût.

— Allez, filez à l'étage, vous êtes en retard.

Ashley paraissait s'inquiéter pour moi. Elle m'enleva des mains mon pantalon sale et le plia soigneusement. Timothy, qui était resté avec nous pendant que je me changeais, ouvrit les portes du séjour.

— Vous êtes sûrs que ça va comme ça ?

Je remontai mes lunettes puis tirai sur le bas de mon tee-shirt en espérant l'allonger un peu plus. Heureusement, le pantalon n'épousait pas mes courbes.

— Vous êtes parfaite ! répondit Timothy d'un air peu convaincu.

Je pris une profonde inspiration et relevai la tête avec une autorité impérieuse avant de partir rejoindre Yeraz. Dans quelques minutes, je serais au milieu des lions.

J'eus l'impression de me pétrifier sur place lorsque tous les regards se tournèrent vers moi. Je refermai doucement la porte pour ne pas troubler le lourd silence qui régnait dans le lieu. La pièce était baignée dans la lumière du jour qui s'infiltrait par les grandes fenêtres, le long du mur. Une dizaine d'hommes, réunis autour d'une grande table ovale, m'examinèrent de la tête aux pieds avec un air empreint de pitié puis s'échangèrent des coups d'œil consternés.

Hamza, en bout de table, s'agitait. Il s'adressa à Yeraz en arabe. L'homme semblait désapprouver ma présence avec véhémence. Les rides s'accentuèrent sur le front de

Yeraz. Avec un signe de main, il m'indiqua un siège vide, à côté de lui.

Les yeux tournés vers la fenêtre de la cuisine, j'entendis à peine la question de Timothy. C'est quand il posa sa main sur la mienne que je revins à moi. Mon assistant me regardait d'un œil perplexe.

— Les dossiers que vous m'avez demandé d'imprimer, c'est pour monsieur Khan ?

— Non, c'est pour Camilia.

— Mais, monsieur Khan est-il au courant ? C'est que je ne veux pas avoir d'ennuis avec le boss.

Timothy jeta un coup d'œil autour de lui comme s'il avait peur d'avoir été entendu. Je soupirai puis remontai mes lunettes avant de piquer avec ma fourchette le bœuf aux carottes dans mon assiette.

— Je ne rends pas de comptes à Yeraz, mais à Camilia. Et vous, vous travaillez pour moi, donc merci d'imprimer ce dossier avant la fin de la journée.

Mon ton avait été plus sec que je ne l'aurais voulu. Timothy n'y pouvait rien si mon cerveau menaçait d'exploser après la réunion tendue de ce matin.

— Je suis désolée. Mon week-end a été un peu chamboulé. Passer mon temps avec Yeraz… Il est complètement différent en dehors de ces murs.

Un silence stupéfait accueillit mes paroles. Le visage de Timothy changea aussitôt d'expression. J'ouvris la bouche en secouant la tête pour me rattraper, mais aucun son n'en sortit.

— Attendez une minute. Vous et monsieur Khan vous êtes vus durant le week-end ?

— Oui, mais ce n'est pas ce que vous pensez Timothy.

— Oh, mais, je ne pense rien.

Merde, je m'enfonçai.

— Il essaie de m'intimider afin que je démissionne de ce poste.

Le jeune homme hocha la tête, ce qui fit bouger légèrement sa mèche rousse sur son front.

— Eh bien, vous êtes encore là aujourd'hui. Ça prouve que vous êtes bien plus forte qu'on peut le penser.

Timothy partit d'un pas agité me chercher ma tasse de café. Le fait d'être servie ainsi me mettait mal à l'aise, mais mes assistants refusaient que j'accomplisse certaines tâches moi-même. Lorsqu'il revint se poser en face de moi, il tordit sa bouche et me tendit ma tasse de café d'un air embarrassé. Je l'interrogeai du regard.

— À vrai dire, commença-t-il, je ne pensais pas vous revoir cette semaine. Nous avons vu passer beaucoup de monde avant vous, mais vous êtes la seule à ne pas redouter les conséquences de mettre le nez dans les affaires de monsieur Khan. Il ne va pas vous rendre la vie facile, vous savez.

— J'en suis consciente, mais je n'ai rien à perdre. Ma vie est déjà un chaos absolu. Il ne peut rien faire de plus.

Je bus une gorgée chaude de mon café puis changeai de sujet :

— Où est Ashley ?

— Partie repérer les lieux pour le gala de Thanksgiving. La décoratrice a besoin des mesures exactes de la salle et de plus de photos. Elle est chargée de tout organiser avec elle.

J'avais envie de lui poser des questions au sujet d'Ashley et de Yeraz, mais leur relation ne me regardait pas. Je me demandais juste si je pouvais avoir une totale confiance envers mon assistante qui couchait avec le patron.

— Demain, je dois rencontrer les cadres nationaux et internationaux de Roskuf. Pour préparer cette rencontre, j'ai besoin de consulter les dernières rédactions de correspondances commerciales avec cette société et les analyses de rapports.

Timothy jeta un coup d'œil rapide sur sa montre et commença à débarrasser l'îlot.

— C'est dans les archives. Je vais vous montrer comment marche le logiciel avec lequel monsieur Khan travaille et ensuite vous devrez vous débrouiller seule. Vous êtes la seule à être autorisée à consulter ces fichiers.

J'allais le remercier quand soudain, nous entendîmes la porte d'entrée s'ouvrir. Timothy et moi nous regardâmes, surpris. Yeraz n'attendait personne. C'est alors qu'un visage, qui commençait à me sembler familier, surgit juste dans l'encart de la porte de la cuisine.

— Peter, merci de vous présenter quand vous débarquez à l'improviste, admonesta Timothy en portant une main sur son cœur.

Peter fit tourner sa main en rond dans les airs.

— Vous plaisantez, j'espère. Je suis plus chez moi ici que vous.

Son regard se porta ensuite au-dessus de l'épaule de mon assistant pour me détailler avec insistance. J'étais incapable d'esquisser un seul mouvement. La paire d'escarpins vert anis à hauts talons qu'il tenait dans sa main droite attira mon attention.

— Vous avez besoin de quelque chose ? s'impatienta Timothy.

— Oui, j'ai besoin de Ronney. Si vous saviez dans quoi je me suis embarqué, vous n'en reviendriez pas. Souhaitez-moi bonne chance. Je vais en avoir besoin.

La voix lasse de Peter indiquait presque un début de dépression nerveuse. Timothy se retourna vers moi en s'adressant à notre invité :

— Désolé, nous avons encore beaucoup de travail et…

Sans attacher d'importance à la remarque de Timothy, Peter tourna les talons.

— Ronney, je vous attends à l'étage, dans vos quartiers. Je n'ai pas beaucoup de temps à perdre avec vous, alors dépêchons-nous.

Sur ce, il s'éloigna dans l'entrée et monta les escaliers. Peter me faisait penser à un acteur sur la scène d'un théâtre. Il paraissait toujours en représentation en faisant ressortir son côté gay jusqu'à son paroxysme.

Timothy claqua des mains et dit :

— Tu devrais y aller. Il vaut mieux ne pas le faire attendre. Je vais ranger tes emails dans l'ordre d'urgence à traiter et commencer à y répondre.

J'étais sur le point de riposter, de refuser de monter cet escalier, mais je me rendis compte que je n'avais pas d'autre choix que de rejoindre Peter. On ne disait pas *non* à cet homme.

Postée au milieu de la chambre, je me concentrai sur les détails de la pièce. Les rideaux, ainsi que les draps du lit en soie n'avaient pas été changés depuis la semaine dernière. Pas étonnant, vu que je ne les utilisais pas. Assis sur une chaise, les jambes croisées, Peter me scrutait de la tête aux pieds avec de temps à autre de petits grognements comme s'il prenait des notes à mon sujet. Je refusais de me laisser impressionner, mais c'était plus fort que moi. Je m'appuyai nerveusement sur un pied puis sur l'autre.

Soudain, ses grognements s'interrompirent. D'un air pensif, il prit son menton dans sa main et se leva en s'avançant lentement vers moi. Peter commença à me tourner autour comme il l'avait fait lors de notre première rencontre. Son visage, couleur cendre, était crispé par la concentration.

— Bon, alors, pourquoi sommes-nous là, ensemble, dans cette chambre ?

J'aurais voulu prendre une voix plus assurée. Peter m'observait avec la même attention qu'un maton surveillant un prisonnier. Puis, d'un bref mouvement de tête, il désigna la paire de chaussures posée au pied du fauteuil.

— Aaliyah, Ghita et Hadriel m'ont mis au défi de vous apprendre à marcher avec ça !

Peter poussa un gémissement et cacha son visage dans ses mains quelques secondes avant de relever la tête. Il me fixa d'un air consterné puis continua :

— Aaliyah et Ghita pensent que vous en êtes capable. Hadriel et moi ne sommes pas du tout de cet avis.

— Ne vous donnez pas cette peine. Je suis du même avis que vous. Si être ou devenir une femme signifie marcher avec ces chaussures aux pieds, je préfère rester comme je suis jusqu'à la fin de ma vie.

Je surpris alors sur ses traits un léger étonnement. Peter s'avança vers moi et prit dans ses doigts une mèche sèche qui s'était échappée de mon horrible chignon-boudin, planté au-dessus de ma tête.

— Quand avez-vous décidé de ne jamais prendre soin de vous ? Ça vous ferait perdre trop de temps de vous préparer pour séduire le monde extérieur ?

Je plantai mon regard dans le sien et répondis en détachant chaque mot :

— Je passe la plupart de mon temps à m'occuper d'être invisible, et je vous assure que ce n'est pas facile.

Une légère moue affaissa le coin de sa bouche. J'étais marquée au fer rouge par toutes les remarques négatives que j'avais reçues sur mon physique tout au long de ma vie. Ronney la moche, Ronney la maigre, Ronney la bigleuse. Je savais que je ne vendrais jamais du rêve à un homme. J'avais jeté ma féminité dans les orties à l'aube de mon adolescence. Je ne savais pas si mes sentiments se trahissaient sur mes traits, mais Peter me lança un regard chargé de reproches. Il se recula puis se mit à arpenter la pièce.

— Je n'étais pas convaincu à l'idée de devenir votre guide, miss Jimenez.

— Mon guide ?

— Aux yeux des autres, je suis un faiseur de miracles. Je connais les envies de chacun avant même qu'ils en aient conscience. Je trouve une solution à chaque problème. Tout ce que je touche se transforme en or. C'est pourquoi je suis au service de cette famille depuis si longtemps.

Muette, je regardai Peter se laisser choir dans le fauteuil et continuer à raconter la vision de sa vie et de son monde.

— Je suis les yeux et les oreilles de chaque membre de cette famille. Pour Camilia, mon avis a plus de poids que les grands maîtres de la mode. Elle pense que je vous ai recommandée personnellement, c'est pourquoi elle vous a engagée à ce poste d'assistante. Bien sûr, votre physique disgracieux a aidé à cela. Alors, soyez honnête avec moi, miss Jimenez. Pourquoi êtes-vous ici ?

Je pris une grande inspiration avant d'avouer, honteuse :

— Un pari.

— Oh seigneur !

Peter ferma ses paupières de toutes ses forces puis les rouvrit, plus en colère que jamais.

— Un pari ? Je vais être viré comme un chien à cause d'un foutu pari !

— Non, je ne laisserai personne payer pour ce… malentendu.

Peter se leva brusquement et posa une main sur sa calvitie apparente. Dépité, il déclara en détachant chaque mot :

— Toute ma vie résumée à un pari ! Je suis piégé dans ce jeu mesquin avec vous.

Il continuait de s'apitoyer sur son sort tandis que je regardai ma montre en pensant à Yeraz qui serait fou de rage en ne me voyant pas terminer les nombreuses tâches qu'il me restait à faire d'ici la fin de la journée. Je n'avais aucune envie de l'accompagner au club cette nuit, pourtant c'est ce qu'il risquait d'arriver si je restais là, à écouter Peter se lamenter sur lui-même.

— Je vais réussir, le coupai-je brutalement.

Ce dernier arrêta sa supplique et me regarda avec des yeux ronds.

— Je vais enfiler ces Louboutin hors de prix et je vais m'entraîner sérieusement. Vous allez montrer à tout le monde que votre réputation n'est plus à faire. Vous allez faire de moi une nymphe sortie de la forêt. Je vais être votre plus belle réussite.

Les mots étaient sortis de ma bouche sans même en prendre la mesure. J'étais tellement pressée d'en finir avec tout ça.

Peter, surpris, me regarda avec un regard en biais. Une lueur étrange traversa son visage. Visiblement, je venais de lui donner le challenge le plus excitant de toute sa vie et il était prêt à le relever.

En désespoir de cause, je glissai mes pieds à l'intérieur des chaussures et me retrouvai avec quelques centimètres en plus. Mes yeux firent le tour de la pièce, j'avais soudain l'impression que la chambre était différente. Peter, lui, paraissait encore plus petit. Penchée en avant, j'hésitai à me redresser de peur de perdre l'équilibre.

— Miss Jimenez, tenez-vous droite, je vous prie !

Un soupir d'exaspération s'échappa de ses lèvres, puis il me fit signe d'approcher. D'un pas mal assuré, j'avançai lentement, les bras écartés, comme si j'étais sur une poutre en équilibre.

Peter claqua dans ses doigts à plusieurs reprises pour capter mon attention.

— Un point fixe, vous devez toujours avoir un point fixe. Le talon doit d'abord toucher le sol puis tout le reste de la chaussure. Les hanches doivent se balancer avec un rythme parfait. C'est très simple, on casse la démarche. Regardez-moi !

C'est alors que Peter posa une main sur sa hanche puis commença à défiler devant moi avec vigueur.

— On casse la démarche, on casse la démarche, répéta-t-il à chaque pas.

Il se retourna vers moi et me demanda si j'avais compris. Je hochai la tête d'un air grave, mais non convaincue, puis m'élançai comme si ma vie en dépendait.

Le pochoir à glace sur ma cheville me soulagea immédiatement. Peter me considérait avec un œil perplexe. Son silence éloquent en disait long sur la situation. De mon côté, j'avais l'impression d'avoir couru un marathon sur des échasses en me rétamant au sol à chaque foulée.

— Bon, pour une première, nous ne pouvions pas espérer de miracle.

Je lui lançai un regard qui lui hurlait de se taire.

— Nous allons devoir nous entraîner tous les jours pour relever le défi.

Je bondis de mon fauteuil.

— Hors de question ! Ce n'était pas une bonne idée. Je ne peux pas risquer de terminer à l'hôpital. Tout ça, c'est n'importe quoi.

Peter me regarda d'une drôle de façon. Impossible de deviner le fond de sa pensée. Sans tenir compte de mes paroles, il déclara :

— Je vous retrouve ici, à la même heure, demain.

Il se retourna et d'un pas ferme, quitta la pièce en fermant la porte derrière lui. Je soufflai, soulagée que cette séance de torture soit enfin terminée. Je me rejetai en arrière sur le fauteuil et fermai les yeux quelques instants pour les rouvrir aussitôt en entendant la porte s'ouvrir.

— Timothy ?

Son regard terrifié n'indiquait rien de bon.

— Ronney, monsieur Khan nous attend en bas. Je préfère vous prévenir, il est d'une humeur détestable.
— Sans blague, grognai-je à voix basse.

J'entrai dans le séjour en essayant de boiter le moins possible. Ashley était là et nous attendait. Elle avait beau s'envoyer en l'air avec le boss, elle était aussi inquiète que nous. Surprenant, quand même. Yeraz était assis sur le canapé et regardait fixement en face de lui. Il ne tourna pas la tête en nous entendant arriver. J'observai les lignes de son visage. De profil, il était tout aussi parfait.
— Où étiez-vous ?
Timothy et Ashley tournèrent leurs yeux vers moi. Un frisson me parcourut le corps. *Dis-lui d'aller se faire foutre,* me lança ma mauvaise conscience.
— Peter avait besoin de moi.
— Ah bon, lâcha Yeraz d'une voix glaçante. Pour quoi faire ?
Il m'apprend à marcher avec des talons et nous nous fendons la poire ensemble à chaque fois que je m'écroule par terre ! Pétrifiée, j'étais incapable de lui répondre. J'étais redevenue cette adolescente de treize ans qui se cachait dans les toilettes de son établissement scolaire à chaque récréation pour éviter les sévices de mes camarades, dotés d'une méchanceté écœurante.
— Miss Jimenez, vous avez raté deux appels importants de mes plus fidèles collaborateurs. Vous n'imaginez pas les conséquences.
— Je suis désolée, murmurai-je.
— Monsieur Khan, Peter ne lui a pas laissé le choix. Il est arrivé et…

Yeraz leva sa main dans les airs pour indiquer à Timothy de se taire puis il se leva du canapé et se tourna vers moi. Il resta là, bien droit, à me toiser de son regard le plus noir.

— Je dois me rendre à New York dans les plus brefs délais et être de retour pour vendredi avant que le conseil se réunisse. Préparez tout ça, miss Jimenez.

— Vous devez partir pour quelle heure ? hésitai-je à lui demander.

Vu son expression, il paraissait à deux doigts de me descendre. Yeraz s'approcha de moi et proféra d'un ton menaçant :

— Dans l'heure !

Furieux, il me bouscula et sortit du séjour tel un ouragan. Dans son sillage, il emporta tout avec lui.

Tandis que ses paroles tournoyaient encore dans ma tête, Ashley prit les devants.

— Je m'occupe des billets d'avion. Timothy, tu réserves la suite et tu trouves le chauffeur.

Mon assistant hocha la tête et sortit son téléphone sans perdre une seconde.

— Ronney ? Ronney ? Regardez-moi ! Allez dans la chambre de Yeraz et préparez ses affaires.

— Ses affaires ?

— Il vient de se rendre à l'étage pour s'isoler dans son bureau, sûrement pour passer quelques coups de fil. Dans une valise, vous mettrez ses affaires de toilettes, choisissez six vestes et surtout, n'oubliez pas de mettre son cahier de notes. C'est le beige. Il est toujours posé sur la table, à droite de la fenêtre. Timothy et moi n'avons pas le droit d'accéder à sa chambre.

Mon assistant jeta un coup d'œil à Ashley qui leva les yeux au ciel, consciente de ce qu'elle venait de dire. À cet instant, j'imaginai la jeune femme enlacée dans les bras de Yeraz, se noyant au milieu des draps en soie. J'essayai de bannir ces pensées de mon esprit et de revenir à l'instant présent. Je secouai la tête et me précipitai à l'étage, le cœur battant à tout rompre.

Je passai en revue le planning de la semaine tout en pilotant l'agenda de Yeraz à distance. J'étais laminée par toute l'agitation de cette journée. Il se faisait tard et il était temps que je retourne dans mon monde. Je vérifiai avant de partir que mon téléphone avait encore assez de batterie. Je ne devais surtout pas manquer un seul appel de Camilia ou de son fils.

Je rejoignis Ashley et Timothy dans la cuisine. Ils étaient tous deux installés autour de l'îlot central. Mon assistante me tendit une part de tarte au saumon et Timothy, un verre de vin que je ne refusai pas. Ils se montraient vraiment agréables et pleins d'attentions avec moi, mais ça ne suffisait pas pour que j'arrive à me sentir bien.

— Ça va ?

Ashley me regardait avec inquiétude. À bout de forces, je bus une gorgée du liquide bordeaux et soulevai mes épaules.

— Je ne sais pas trop. Toute cette pression est difficile à gérer. Je le déteste.

La fin de ma phrase n'était plus qu'un murmure.

Ashley consulta Timothy du regard avant de revenir sur moi.

— Je ne sais pas si je devrais vous parler de ça, mais je connais une famille qui n'habite pas loin d'ici. Monsieur et madame Porter sont les propriétaires d'une des plus grandes agences de publicité du pays. J'ai gardé leurs enfants il y a déjà plusieurs années de ça et nous sommes restés en contact. Ce sont des personnes formidables. Ils cherchent une assistante pour leur agence et le poste est très bien payé. Je peux vous recommander si vous sentez que rester ici est au-dessus de vos forces.

— Ronney, intervint Timothy, réfléchissez bien avant de prendre votre décision. Ne partez pas sur un coup de tête. Laissez-vous, je ne sais pas, un mois avant de décider de démissionner ?

Je remontai mes lunettes et passai mes mains dans mes cheveux en tirant sur mes racines. L'idée de m'enfuir d'ici et la proposition d'Ashley étaient si tentantes. Mes yeux firent des va-et-vient entre ces deux personnages qui me regardaient comme personne ne l'avait encore jamais fait auparavant. C'est-à-dire : avec compassion.

— Trois semaines, je me laisse trois semaines encore pour décider si je reste ou si je pars d'ici, même si je sais au fond de moi que la décision ne sera pas difficile à prendre.

Timothy poussa un soupir de soulagement. Ashley sourit et déclara :

— Parfait, on attend un petit peu. Yeraz sera absent quelques jours, ça vous permettra dans un premier temps de souffler et d'y voir un peu plus clair.

Quelques jours sans lui, quel bonheur ! pensai-je en mon for intérieur. Enfin, nous aurons la paix.

Allongée sur mon lit, les jambes posées le long du mur, la voix d'Elvis Presley m'aidait à me détendre. Je tenais dans mes mains le papier avec les coordonnées des Porter inscrites dessus. J'imaginais l'air victorieux de Yeraz en lui annonçant ma démission et le visage implorant de sa mère qui me supplierait de rester. Ce soir-là, au diner, j'étais si déprimée que Bergamote et Alistair eurent du mal à me remonter le moral. Je leur avais parlé de l'occasion à saisir chez les Porter et ils m'avaient encouragée dans ce sens. Dans ma tête, c'était un foutoir sans nom.

Cette nuit-là, j'eus du mal à trouver le sommeil et je me refusai de penser à Caleb pour y arriver. Je refusai de penser à Yeraz et à son attitude de gros con. Je refusai de penser à ma vie. Ce fut la voix de Peter qui m'aida finalement à m'endormir. *On casse la démarche, Ronney. On casse la démarche!* Le rythme entraînant de ses paroles m'envoya directement dans les bras de Morphée.

8

Quatre semaines que je passais quasiment toutes mes journées avec Yeraz. Je venais de vivre le mois le plus étrange de ma vie, au cours duquel j'avais gagné plus d'argent que durant mes vingt-cinq dernières années réunies. Malgré ça, mon salaire partait dans les soins d'hôpitaux et le nouveau traitement pour mon frère. Au bout du compte, je n'étais pas plus riche qu'avant.

Yeraz avait tenu sa promesse et passait tous ses samedis et dimanches avec moi. J'avais cependant constaté qu'on me témoignait plus de respect lors des fêtes de famille quand il était présent. Je n'avais que mes soirées pour souffler un peu. J'avais beau essayer de le semer ou de le planter dans Sheryl Valley, il arrivait toujours à me trouver. Je changeais mon emploi du temps, je coupais mon téléphone, mais c'était peine perdue. On aurait dit qu'une flèche géante clignotait au-dessus de la ville en indiquant exactement ma position. Son attitude condescendante et le ton de ses paroles laissaient entendre qu'il n'éprouvait envers moi aucune sympathie, et ça ne s'arrangeait pas au fil des jours qui passaient. Les cours de Peter s'étaient intensifiés. Il se mettait chaque fois dans la peau d'un professeur tyrannique et ne me faisait aucun cadeau. Pourquoi les femmes s'infligeaient-elles cette torture ? Il me faudrait une vie entière pour apprendre à marcher avec des escarpins aux talons vertigineux.

Ce soir, comme chaque soir, je fixai depuis mon lit le papier avec les coordonnées des Porter posé sur mon bureau. Je l'avais plié de façon qu'il prenne la forme d'un cygne, un cygne comme Daphné. Rester ou partir, la balance pesait plus lourd d'un côté que de l'autre et demain, j'avais décidé de donner ma démission.

Comme chaque vendredi, je revins du pressing, les bras chargés de chemises. Je montai à l'étage, dans la chambre de Yeraz, pour y ranger ses affaires. J'avais toujours peur de le trouver là ou de le surprendre au lit avec une femme. Mon imagination était sans limites et souvent en roue libre. Pourtant, je savais bien qu'il passait le plus clair de son temps dans son bureau ou chez monsieur Saleh.

Je frappai à la porte, mais il n'y avait personne. Soulagée, je me glissai à l'intérieur de la pièce. L'atmosphère feutrée et intimiste était agréable. La décoration sobre, soulignée par la couleur grise des murs, lui conférait toute son élégance. La cheminée électrique murale, enfoncée dans le mur, paraissait vraiment réchauffer le lieu. Je me dirigeai vers le dressing et accrochai les chemises noires sur les cintres. Mes yeux s'attardèrent dessus puis sur les chaussures et pour finir, sur les montres posées sur un meuble à côté de moi. Une pénible impression m'enveloppa à cet instant. Dans quelques minutes, je devrais parler à Timothy, et j'espérais qu'il ne me retiendrait pas. J'enfouis ma main dans la poche de mon vieux baggy et sortis le cygne en papier. Je ne voulais pas me laisser corrompre par l'univers de Yeraz ni disparaître dans la profondeur et l'immensité de sa noirceur.

— Miss Jimenez ?

La voix de Peter me tira de ma torpeur. Je me retournai si brusquement que je faillis perdre l'équilibre. Je me dépêchai de remettre le papier dans ma poche et sortis du dressing comme si de rien n'était.

Peter se tenait dans l'encart de la porte. C'était son heure habituelle pour ma séance d'entraînement. Le menton levé, il semblait me demander des comptes.

— Je ne peux pas aujourd'hui, Peter. Je dois voir Camilia dans une heure.

— Je suis au courant !

Sa voix étrange m'interpella. Il me regardait, le visage impassible.

— Vous avez demandé à la voir pour une raison que j'imagine importante.

Incontestablement, Peter avait insisté sur le mot « importante ». Je rougis, gênée. J'avais l'impression que ses yeux pouvaient voir à travers la poche de mon pantalon et lire le nom des Porter inscrit sur le papier que je gardais précieusement avec moi depuis des semaines. Ses paroles me revinrent en mémoire : *je suis les yeux et les oreilles de chaque membre de cette famille*. Mais moi, je ne faisais pas partie de cette famille. Je déglutis lorsqu'il plissa ses yeux. Il tourna la tête en direction du couloir pour vérifier que nous étions seuls et entra en regardant tout autour de lui comme s'il découvrait cette pièce pour la première fois. Le silence était lourd. Peter savait que je partais ce soir, c'était certain.

— La première fois que je vous ai vue, j'avoue que je vous ai jugée sévèrement, dit Peter tout en contemplant la cheminée. Votre style et votre physique m'avaient un tant soit peu déstabilisé. Comment Camilia avait-elle pu croire un seul instant que j'avais pu vous recommander ?

— Je ne vous en veux pas.

S'il avait besoin d'entendre ces mots pour se sentir mieux, je préférais alléger sa conscience avant mon départ. L'air parfaitement calme et maître de lui-même, il s'avança vers moi.

— J'ai compris, il y a seulement quelques jours, pourquoi elle vous avait choisie. Camilia a vu cette lumière presque imperceptible que personne ne voit et qui pourtant, émane de vous. Celle qui manque dans le royaume du prince des ténèbres.

J'ouvris la bouche, mais aucun son n'en sortit, je ne comprenais pas où il voulait en venir. En fait, je ne comprenais rien du tout. Peter se pinça les lèvres et ajouta à voix basse :

— Camilia ne vous a pas engagée uniquement pour mettre le nez dans les affaires de son fils. Les jeux sont déjà faits depuis longtemps. Elle vous a engagée pour une tout autre chose.

Je fronçai les sourcils.

— Je ne vous suis pas. Quelle est alors la raison de ma présence ici ?

— Rien ne peut abîmer un diamant, sauf s'il entre en collision avec un autre diamant.

J'interrogeai Peter du regard.

— Suivez-moi, miss Jimenez. J'aimerais vous montrer quelque chose.

Nous descendîmes au salon. J'entendis Timothy depuis la cuisine qui s'agaçait au téléphone à propos des menus du week-end qui n'étaient toujours pas livrés. Peter, les bras croisés, se posta devant la bibliothèque aux étagères remplies de DVD, puis s'adressa à moi :

— Savez-vous ce que fait monsieur Khan, le dimanche ?

— Oui, il aime me harceler et jouer au gendre parfait avec mes parents, répondis-je, la voix gonflée de sarcasme et de hargne.

Un rictus se dessina au coin de sa bouche.

— Merci pour cette information. Vous m'apprenez quelque chose.

— C'est vrai ?

— Bien sûr que non !

J'aurais dû m'en douter, il s'agissait de Peter. Il savait tout.

— Je reformule ma question. Savez-vous ce que monsieur Khan fait les dimanches soir, quand il n'est pas avec vous ?

— Il regarde des photos de moi ?

Peter me lança un regard en coin, agacé de ma mauvaise volonté. Puis, sa main m'indiqua les DVD. Je m'approchai de la bibliothèque et commençai à regarder le nom des films de plus près. Il y avait de tout, des documentaires historiques aux films d'action. Pas de porno ni de comédie, et encore moins de film romantique. J'en pris quelques-uns dans mes mains puis les reposai. Il y en avait certains que j'avais déjà vus. Je m'accroupis pour regarder ceux d'en bas. Soudain, les DVD cachés à l'arrière de la première rangée attirèrent mon attention. La couleur me disait quelque chose. J'allongeai mon bras pour en attraper un.

Je ne pouvais pas en expliquer la raison, mais mon cœur se serra instantanément. Mon regard n'arrivait pas à se détacher de la boîte que je tenais dans mes mains.

— *Minnie la petite souris* a un pouvoir insoupçonné sur monsieur Khan. Qui l'aurait cru ?

La voix de Peter semblait provenir de très loin. J'étais trop stupéfaite, sous le choc, pour lui répondre. Je m'accroupis à nouveau et enlevai tous les DVD de la première rangée. À l'arrière, la première saison de *Minnie, la petite souris* était au complet. Pas un seul épisode ne manquait.

— Ce n'est pas possible, murmurai-je avant de me redresser et de m'adresser à Peter les yeux écarquillés. Que fait-il avec tout ça ?

Ce dernier leva un sourcil. Ma question était stupide, je l'avouai.

— Qu'est-ce qu'il me prépare comme coup cette fois ?

Un élan de panique me submergea.

— Eh bien, je me suis posé la même question lorsque je l'ai surpris à regarder ce dessin animé.

Peter jeta un coup d'œil derrière lui pour s'assurer que Yeraz n'était pas là puis il approcha son visage du mien et déclara à voix basse :

— Il rit.

— Pardon ? Il quoi ?

Peter haussa les épaules avant de répondre, incrédule :

— Je n'ai jamais vu rire monsieur Khan. Son rire m'a fait penser à un début de démence tellement c'était bizarre de l'entendre. Un dimanche soir, je suis passé lui déposer un dossier qu'il avait expressément demandé. Il ne m'a pas entendu frapper. Quand je suis entré dans le salon, il était là, à regarder ce film d'animation comme un gosse.

— Vous a-t-il vu ?

— Non ! Heureusement. Imaginez le malaise que ça aurait créé entre nous.

Peter décroisa les bras. Il semblait relâcher une pression énorme.

— Il n'y a pas que du mauvais en lui. Je le pensais perdu. Je ne comprenais pas l'acharnement de Camilia à vouloir le sauver, mais vous avez fissuré quelque chose en lui. Je vous assure que quand on connaît monsieur Khan, c'est inespéré.

Il s'arrêta et ferma les yeux comme s'il cherchait ses mots. Quand il les rouvrit, il paraissait presque me supplier :

— Toute décision, même la plus minime qui soit, a toujours des conséquences. Alors, réfléchissez bien, miss Jimenez. Quelle personne voulez-vous voir dans le miroir ce soir ?

Mon regard se laissa tomber au sol. Les paroles de Peter venaient de m'assommer.

— Je vais réfléchir à tout ça, murmurai-je.

Après un long silence, j'entendis les pas de Peter s'éloigner de moi. Cet homme venait de me donner l'argument le plus pertinent pour me convaincre de rester à ce poste. Cette journée avait soudain pris un tournant inattendu.

D'un geste machinal, je me décidai à jeter mon origami dans la poubelle de la cuisine. Timothy sourit pour signifier sa joie face à ma décision.

— Vous avez fait le bon choix, dit-il, le téléphone encore dans les mains. Les autres ne vous arrivent pas à la cheville.

Je remontai mes lunettes.

— Je suis complètement folle de faire ça. J'espère que je ne le regretterai pas.

Timothy allait me dire quelque chose, mais Yeraz entra à ce moment-là dans la cuisine. Ma bonne humeur se volatilisa aussitôt.

— Miss Jimenez, ma mère veut vous voir tout de suite.

Je regardai ma montre, ce n'était pas l'heure de mon rendez-vous. Avait-elle eu vent de mon intention de démissionner ? Avais-je fait une bêtise cette semaine ?

— Juste un souci avec mes sœurs, déclara Yeraz qui devinait mes pensées.

Nous nous regardâmes quelques instants. Savoir qu'il soignait sa vie mélancolique avec le son de ma voix me renvoyait une image totalement différente de celle que je m'étais faite de lui au fil des semaines. Je restai pour lui, mais il l'ignorait.

— Très bien, je pars maintenant. Timothy, appelez-moi Isaac, s'il vous plaît.

— J'ai besoin d'Isaac, c'est mon chauffeur, répliqua sèchement Yeraz.

Il fronça les sourcils, attendant que je reprenne mon ordre pour en donner un autre à Timothy. À la place, je me dirigeai vers la sortie de la cuisine en réitérant mes paroles d'une voix appuyée tout en ne lâchant pas Yeraz du regard :

— Appelez-moi Isaac. Vous travaillez pour moi, Timothy.

Mon œillade assassine fonctionna. Je sortis de la pièce en laissant un Yeraz désorienté, complètement dépassé par la situation.

Dehors, je faillis cracher mes poumons tellement j'avais retenu ma respiration. Jamais de ma vie je n'avais pris autant mon pied. Mon pouls battait à cent à l'heure, mais cette fois-ci, c'était jouissif.

───────⁓⁓⁓───────

Abigaëlle m'accueillit soulagée. D'un geste esquissé, elle me désigna l'étage. Des cris provenaient d'en haut.
— Que se passe-t-il ?
La gouvernante, excédée, répondit :
— Montez vite, miss Jimenez. Les filles sont en train de s'entretuer.
Sans attendre, je me précipitai en haut de l'escalier sans prendre le temps de me débarrasser de mes affaires. Je parcourus à grands pas le couloir en suivant les éclats de voix. Camilia sortit d'une chambre et agita ses mains en me voyant.
— Oh mon Dieu, Ronney. Ghita et Aaliyah sont en train de se quereller.
Avant d'entrer dans la pièce où les injures pleuvaient, je me tournai vers Camilia :
— Mais que voulez-vous que je fasse ? Je ne sais pas comment arrêter cette dispute.
Nous nous baissâmes toutes les deux en même temps pour éviter une chaussure qui volait dans les airs. Je me décidai à entrer, le dos courbé, tous les sens en alerte.

Ghita tenait dans sa main une robe et de l'autre une chaussure qui pouvait lui servir de projectile. Aaliyah, les griffes sorties, s'apprêtait à bondir sur sa sœur.

— J'avais choisi cette robe avant toi, pétasse ! hurla Aaliyah.

L'objet de leur dispute ne pouvait pas se résumer à une robe. Il devait forcément y avoir quelque chose de plus grave derrière. Je pris une grande inspiration et m'interposai entre elles.

— OK, tout le monde se calme. C'est quoi le problème ? Je suis quelqu'un de complètement neutre et juste. Je trancherai.

— Ma sœur veut cette robe de chez Kalpitia, mais elle était pour moi. C'était convenu avec l'équipe.

Aaliyah s'adressa directement à moi pour répliquer aux paroles de Ghita, excluant complètement sa sœur :

— Elle n'en voulait plus ! Ghita en a même choisi une autre et elle veut soudain la reprendre. Je me suis déjà positionnée sur cette robe pour le défilé de la *Fashion Tradition* à New York de fin décembre.

— Mais c'est une blague ? balbutiai-je.

Les mots m'échappèrent plus vite que je ne l'aurais voulu.

— Votre évènement est dans deux mois. Aaliyah, vous avez tout le temps d'en retrouver une autre, non ?

— Ronney, sais-tu au moins combien de temps il faut pour concevoir une robe de créateur sur mesure ?

— Celle-ci n'est pas à ta taille, intervint Ghita qui relança la dispute. Tu es plus petite que moi et sans formes.

Je soulevai un sourcil. Sans formes ? Les corps des deux sœurs étaient tous deux retouchés et gonflés à bloc.

— Et si vous portiez la même robe ?

Les deux sœurs se tournèrent vers moi, l'air ahuri.

— Impossible, Ronney. C'est l'évènement de l'année avec le gala de Thanksgiving. Chaque créateur choisit sa muse pour la faire défiler dans la plus belle de sa création. Kalpitia m'a choisie. Ghita doit sélectionner son styliste et travailler avec lui. Le problème, c'est que ma sœur est *incapable* de travailler. Ça a toujours été comme ça.

Ghita saisit d'un geste adroit le bras d'Aaliyah qui riposta en essayant de la mordre.

— Poufiasse ! Je t'interdis de dire une chose pareille. Ta grosse tête devrait dégonfler avec ton gros cul, hurla Ghita entre deux sanglots.

Elles en venaient maintenant aux mains. Camilia lança les siennes en l'air en suppliant ses filles d'arrêter leur querelle. Elle vint m'aider à les séparer, mais les deux harpies continuaient à s'échanger des coups et des insultes avec rage. Soudain, une main s'écrasa sur ma joue et fit voler mes lunettes à travers la pièce. Tout le monde se figea sur place et un silence assourdissant envahit la chambre. Je ne voyais plus rien. Je m'accroupis sur le sol et me mis à chercher à tâtons mes lunettes. Camilia, énervée, ordonna à ses filles de m'aider :

— Bravo, mesdemoiselles, vous pouvez être fières de vous !

— Là-bas ! s'écria Ghita.

J'entendis des pas courir tout autour de moi.

— Merde ! chuchota Aaliyah.

Mon sang ne fit qu'un tour. Pourquoi personne ne parlait ? Debout, j'attendais impatiemment de pouvoir remettre mes lunettes sur mon nez. À part des silhouettes, je ne distinguais rien.

— Oh non, Ronney. Je suis désolée, mais vos lunettes sont cassées.

La voix de Camilia était sans appel.

— Mais comment vais-je faire ? Je ne vois strictement rien.

Les larmes me montèrent aux yeux. J'étais paniquée à l'idée de devoir rester ainsi durant plusieurs jours.

— J'en commande tout de suite une autre paire, dit Aaliyah. Je mettrai l'argent qu'il faudra pour que tu les aies d'ici ce soir. Ghita, donne-moi le numéro d'un bon opticien.

Je rétorquai la voix pleine de sanglots :

— Non, non, ça ne marche pas comme ça. Il faut des jours pour recevoir les verres avec la bonne correction. Ce n'est pas un accessoire de mode.

Camilia posa une main sur mon épaule. Touchée par ma détresse et dans un éclair de lucidité, elle s'exclama :

— Peter !

— Oui, Peter, reprit Ghita.

— Il n'y a que Peter qui peut arranger ça, déclara Aaliyah. Je l'appelle.

Des murmures montaient dans la pièce. Camilia mettait la pression à son assistant afin qu'il trouve le plus vite possible une solution pour que je recouvre la vue. Des doigts frais me prirent le visage et le levèrent légèrement. Je reconnus la voix de Peter :

— Je ne connais personne qui peut lui faire ou lui prêter des lunettes aujourd'hui avec une correction aussi importante que la sienne.

— Donc ? Qu'est-ce que tu suggères ? s'impatienta Camilia.

— Aaliyah ? Ton ami qui confectionne et qui vend ces lentilles de contact, un peu partout en Californie, est-il encore en ville ?

— Jordan ? Oui, il est là en ce moment. Bien sûr, je n'avais pas pensé à lui.

— Des lentilles ? Mais je n'en ai jamais porté. Je ne sais pas si j'arriverai à les mettre ou même à les supporter.

Le ton de Peter se durcit :

— Malheureusement, miss Jimenez, vous n'avez pas vraiment le choix.

Il me lâcha le visage et ajouta dans un soupir :

— J'espère que le résultat ne sera pas pire qu'avec vos lunettes.

Tout le monde me dévisageait dans le restaurant de mes parents. Il y avait foule ce vendredi soir. Mon père qui, comme à son habitude, préparait les cocktails, n'arrivait pas à détacher cet air surpris sur son visage quand il s'adressait à moi.

— Tu es sûr que tu n'as pas besoin d'un coup de main ?

— Non, me répondit-il. Tu as déjà beaucoup travaillé aujourd'hui. Pourquoi ne rentres-tu pas te reposer ? Je t'assure que tout va bien ici.

C'était vrai. Les journées de travail passées au service de Yeraz étaient plus efficaces qu'un somnifère pour s'endormir le soir. Mon père s'arrêta et murmura les dents serrées :

— Le gros John est passé hier récupérer son satané fric. Je le lui ai donné cette fois-ci sans rien dire. Il est venu avec du renfort pour être sûr que je ne fasse pas d'histoire comme la dernière fois.

— Pourquoi ne m'as-tu pas appelée ? Je t'ai dit que je voulais être présente chaque fois qu'il venait ici. Papa, il faut que ça s'arrête !

Une colère sourde grondait dans ma voix.

— Non, je ne veux pas te mettre en danger. Ces gens sont capables du pire. La mafia est le cancer de cette ville et personne n'est capable de les arrêter.

— Donc nous sommes contraints de leur donner ce qu'ils veulent toute notre vie ? Vous vous tuez à la tâche pour une bande de malfrats qui terrorise Sheryl Valley.

Mon père, résigné, baissa la tête.

— Oui, c'est ça.

Il mit les verres sur un plateau et changea brutalement de sujet :

— Qu'est-il arrivé à tes lunettes ?

— Rien, je devais faire corriger les verres. Les lentilles, c'est juste en attendant.

Mon père souleva les épaules et déclara d'une voix hésitante :

— Ça te va bien, je trouve. Tu as l'air différente comme ça. Ce Giovanni a visiblement un bon effet sur toi.

J'essayai de sourire le plus naturellement possible, mais mes yeux proclamèrent toute mon hostilité à l'égard de cet homme. Je tournai mon visage pour regarder le monde dans la salle.

— Je vais rester manger là.

— Va te servir au buffet, tu es chez toi.

Mon père m'indiqua avec un signe de tête une table un peu plus loin.

Assise, je pris enfin le temps de souffler. Je voulus remonter mes lunettes, mais mon doigt arriva directement dans mon œil.

— Aïe ! Merde.

Je n'étais pas encore habituée à ce petit changement. Je pris une fourchette de mon entrée, mais celle-ci resta suspendue devant ma bouche quand la chaise en face de moi se tira lentement. Yeraz s'assit comme si de rien n'était. Comme d'habitude, ses yeux sombres avaient une expression sévère et sans joie. Je me mis à jeter des regards furtifs à gauche et à droite avant de reposer ma fourchette.

— Bon sang, mais que fais-tu ici ? grognai-je. Nous ne sommes pas encore samedi !

— Et alors ?

Il inclina la tête avec une expression comique sur le visage. Le son de sa voix était à la fois monotone, exaspérant et terrifiant. Dans le restaurant, tout le monde nous dévisageait.

— Yeraz, pourrais-tu juste une seule fois me foutre la paix ?

— Bien sûr, Ronney, quand tu auras démissionné.

Il se mit à regarder tout autour de lui puis son regard se radoucit. Il se pencha vers moi. Je détournai mes yeux de lui pour ne pas contempler sa mâchoire carrée et ses traits émaciés.

— Cette journée m'a donné faim, à moi aussi. On partage ?

— Non ! Va te servir au buffet comme tout le monde. Ma journée de travail est finie, je ne suis plus à ton service.

— Quand l'es-tu, miss Jimenez ? J'ai plus l'impression d'avoir un agent d'approbation dans les pattes qu'autre chose.

Je ne répondis pas et continuai de manger, mais sans appétit.

— Je n'avais jamais remarqué jusqu'à maintenant la couleur de tes yeux.

Je plantai mon regard dans le sien. Pour la première fois, le ton de sa voix n'était pas condescendant ni déplaisant. Déstabilisée, je rougis et baissai mon regard sur mon assiette. Il se leva, sûrement pour aller se servir. Mon téléphone vibra à cet instant dans ma poche. J'attendis que Yeraz soit assez loin pour consulter le message. C'était Caleb. Mon cœur se mit à s'accélérer, ma respiration se coupa. Je venais d'entrer dans un état de stress et d'excitation intense. J'hésitai à l'ouvrir, mais ma curiosité l'emporta.

« C'est bientôt l'anniversaire d'Olivia. Je sais que je n'ai pas le droit de te demander ça après ce que je t'ai fait, mais je ne sais pas quoi lui offrir. Pourrais-tu me donner une idée, s'il te plaît ? Merci ».

Je portai une main à ma bouche pour étouffer un petit cri de douleur. Comment pouvait-il oser m'envoyer un message pareil ? Sous le choc et la tête bourdonnante, je fixai l'écran de mon téléphone sans arriver à le ranger. J'étais devenue pour lui une bonne copine.

Yeraz réapparut avec un plateau chargé de nourriture, entrée, plat et dessert confondus. Je ne voulais pas changer d'humeur, je venais de recevoir le pire message de ma vie. Malgré ça, un rire nerveux montait en moi. J'aurais dû éclater en sanglots, mais la scène qui se déroulait sous mes yeux prit le dessus. Un fou rire s'empara de moi, laissant un Yeraz incrédule. Il devait penser à cet instant que je craquai complètement. Entre deux spasmes, je réussis à articuler quelques mots :

— Ça se voit que tu n'as pas l'habitude de ce genre de restaurant.

Yeraz m'interrogea du regard, gêné par la situation. Je parvins à me calmer, mais je pouvais repartir à tout moment dans mon fou rire.

— OK, cher monsieur Khan. Le buffet est un concept dont l'avantage est d'aller se servir à *vo-lon-té*. Pour faire court, les êtres humains du tiers-monde peuvent se lever, aller chercher leur entrée, se rasseoir puis aller chercher leur plat et ainsi de suite.

Yeraz se rassit, mal à l'aise.

— C'est un concept pratique. À vrai dire, je ne... je n'ai jamais...

— Oui, ça se voit !

Je contins difficilement mon rire. Yeraz se redressa sur sa chaise et secoua la tête avec une moue craquante, hilare de la situation. C'était la première fois que je le voyais sourire, vraiment sourire. Je ne pouvais pas dire ce qu'il se passait à cet instant, mais j'avais l'impression de le voir vraiment. Je le regardais et c'était comme si le temps s'arrêtait. Durant un bref moment, il venait de me faire oublier une vieille douleur intense au creux de ma poitrine.

Il se reprit assez vite et le voile noir se rabattit doucement au fond de ses yeux afin de me cacher ce monde qu'il ne me laissait pas voir. Son regard glissa brièvement sur moi avant de disparaître au-dessus de mon épaule.

— Bonsoir.

Chose rare, mon frère était sorti de sa chambre, ce qui prouvait que le traitement fonctionnait bien. Il salua poliment Yeraz qu'il n'avait encore jamais vu puis prit une chaise à la table d'à côté pour venir s'asseoir avec nous. Je lui trouvai meilleure mine, même si ses traits étaient encore tirés avec d'immenses cernes sombres sous les yeux. Toutes les lueurs de lassitude et de résignation se lisaient clairement sur son visage au teint gris.

— Comment vas-tu ? lui demandai-je, anxieuse.

— Beaucoup mieux. Je suis heureux de rencontrer ton petit ami. Désolé, je ne me suis pas présenté, Elio, le grand frère de Ronney.

Je les regardai tous les deux avec la peur que Yeraz lui réponde avec le même mépris qu'il aimait m'accorder d'habitude. Mais ce ne fut pas le cas, il resta courtois, peut-être par pitié, ou pour mieux entrer dans la peau de son personnage. Je relâchai la pression qui pesait sur mes épaules le plus discrètement possible. Mon frère se transforma alors en un avocat au prétoire et commença à lui poser un millier de questions. Yeraz ne se défila pas et ne fit pas un seul faux pas. Tous les deux paraissaient se connaître depuis toujours. Elio réussit même à lui faire décrocher un rire. Même si je savais qu'il retrouverait sa froideur et sa raideur en passant les portes du restaurant, je pris cet instant pour le graver au fond de moi. Voir Yeraz lâcher prise était la seule image que je voulais garder de lui une fois que mon contrat avec Camilia serait terminé.

Elio passa une main devant mon visage sans le toucher et me demanda :

— Tu as cassé tes lunettes ? La dernière fois que je t'ai vue sans, tu devais avoir six ans.

Je me revis à cet instant courir dans la cour devant la maison de ma tante Maria. Olivia et Hailey avaient pris de mes mains ma poupée Ariel, et s'amusaient à l'envoyer en l'air en se faisant des passes.

— Ronney, la bigleuse ! Ronney, la bigleuse ! criaient-elles.

Le croche-pied d'Olivia m'avait fait tomber sur les gravats coupants. Les verres de mes lunettes s'étaient brisés sous le choc. Cet acte complètement gratuit n'en était qu'un parmi toutes les vacheries et les méchancetés que j'avais subies de la part des autres enfants. Ce souvenir intact restait présent dans ma mémoire. Je gardais une peine infinie de mon enfance et de mon adolescence. Il n'y avait absolument rien d'heureux dans mon passé.

La voix de Yeraz s'invita dans mes pensées :

— Ronney ? Tout va bien ?

Il paraissait préoccupé. Je secouai énergiquement la tête.

— Oui. Pour mes lunettes, je dois les récupérer la semaine prochaine, normalement.

— Je te trouve très jolie comme ça, aussi.

Les paroles de mon frère me mirent mal à l'aise. Je baissai les yeux sur mon assiette.

— Arrête, murmurai-je, gênée.

— Si, je t'assure, petite sœur.

Sa main frôla mon visage et je décidai de me lever en évitant soigneusement le regard de Yeraz qui devait trouver la vue de mon frère bien moins bonne que la mienne, finalement.

Madame Torres me rejoignit au buffet où je passai directement au dessert. Profitant du fait que nous nous retrouvions seules toutes les deux, elle s'adressa à moi :

— Bonjour, Ronney. Dis donc, c'est un beau mâle que tu t'es dégotée là.

Mon visage se tourna vers la femme de petite taille à la chevelure grisonnante bombée. Son visage noyé sous une couche de maquillage laissait à peine entrevoir l'expression de son visage. Madame Torres avait une soixantaine d'années et déjà cinq mariages à son actif. Il semblerait que ce soir, cette cougar brillante comme une boule à facette avait jeté son dévolu sur monsieur Khan. Je lui aurais bien mis cette femme dans les pattes pour m'extirper de ses griffes, mais la présence de mon frère rendait les choses difficiles.

— Moi, j'ai toujours dit que tu trouverais chaussure à ton pied. Comme quoi, le physique ne fait pas tout ! Ça va clouer le bec à tous les clients qui pensaient que tu ne serais jamais bonne à marier.

Je lui lançai un regard appuyé. Il me fallut mobiliser toute ma concentration pour ne pas laisser transparaître mon agacement sur mon visage. Elle continua :

— Qu'est-ce que vous aimez faire ensemble ?

La part du moelleux au chocolat arriva un peu brutalement dans mon assiette. La moutarde me montait au nez. Je répondis en articulant chaque mot :

— On baise, madame Torres !

La femme, scandalisée par mes propos, ouvrit la bouche en mettant une main sur sa poitrine comme pour prévenir d'une attaque cardiaque.

— Oui, comme des bêtes. Toute la journée, et c'est le pied !

Je tournai les talons et repartis à ma place en laissant une madame Torres horrifiée sur place.

— Tu vas rater l'anniversaire de Gabriella de peu, dit mon frère lorsque je me rassis.

Je le regardai les yeux ronds, ne comprenant pas ses propos.

— Giovanni vient de me dire pour son voyage d'affaires. Tu l'accompagnes pendant trois jours sur l'île de Los Cabos et tu ne comptais rien nous dire.

Mon frère m'annonçait cette nouvelle dans une vive exclamation. Je vrillai mon regard dans celui de Yeraz. Ma tension monta d'un coup. J'émis un petit rire étrange.

— Non, ce n'est pas dans le programme.

— Ma douce, j'ai besoin de toi. Tu sais bien que je ne parle pas espagnol.

Ne m'appelle pas comme ça ! Pendant que je lui faisais les gros yeux, il m'observait avec un sourire triomphant aux lèvres. Quelle ordure ! Je plantai ma fourchette dans mon moelleux avec un peu trop d'énergie.

— Ronney était ravie de la nouvelle. Partir loin d'ici lui fera le plus grand bien.

Yeraz ne me laissait pas placer un mot. La mine déconfite, j'eus du mal à faire passer mon morceau de gâteau dans ma gorge. Rien que l'idée de passer trois jours avec lui à subir ses remontrances me déprimait déjà.

Ma mère et mon père choisirent ce moment pour venir saluer mon salaud de fiancé. Ils étaient tellement heureux de cette relation et couvraient à chaque fois Yeraz d'éloges quand je passais les voir, seule, au restaurant en dehors de mes heures de travail.

Le jeune homme s'anima au cours de cette conversation en famille, bien plus que durant ces dernières semaines. Je me retrouvai coincée une fois de plus dans ses filets.

La soirée se finit dans les rires et les accolades chaleureuses. J'avais hâte que cette mascarade se termine. J'aurais encore bien des choses à raconter à Bergamote et Alistair demain soir, en haut sur le toit.

Dehors, la brise fraiche s'infiltra en dessous de mes vêtements, m'arrachant un frisson. Enfin seule avec lui, je pouvais me laisser aller.

— Los Cabos ? Yeraz, es-tu vraiment sérieux ?

— Ne commence pas, Ronney. Si j'avais eu le choix, j'aurais choisi quelqu'un d'autre.

Je reculai mes épaules et agitai mes bras dans les airs.

— Mais prends quelqu'un d'autre et fous-moi la paix ! Je ne veux aller nulle part avec toi.

— C'est une île mexicaine. Je dois être accompagné d'une personne qui parle espagnol.

— Paye un interprète !

— Fais ton putain de boulot. Tu viens avec moi et il n'y a rien à discuter.

La colère glaciale dans sa voix me figea sur place.

— Je verrai ça avec Camilia.

Un rire bref, chargé d'amertume, s'échappa de lui.

— Si tu ne viens pas, ce sera Ashley. Crois-moi, le choix de ma mère sera vite fait.

Nous nous affrontâmes un long moment du regard, comme deux cowboys. J'avais de plus en plus froid. Je décidai d'en terminer là pour aujourd'hui. J'enfouis mes mains dans mes poches et m'éloignai de Yeraz pour rentrer à pied. Malheureusement, il me rattrapa et m'agrippa par le bras pour m'obliger à me retourner vers lui. Mes larmes me montèrent aux yeux. Il se recula avec un mouvement de surprise.

— Je suis si fatiguée de me battre avec toi.

Ma voix avait tremblé. Yeraz sembla soudain pris de remords. Son souffle parut un instant se suspendre dans sa gorge.

— Je le suis aussi. C'est toi qui ne veux pas laisser tomber ce poste et je n'ai qu'une parole. Je ne reviens jamais dessus. À demain.

En soupirant à m'en fendre l'âme, je dus me résigner à l'idée de passer un samedi de plus en sa compagnie. Il releva le col de sa veste et déclara avant de partir de son côté :

— Isaac t'attend au coin de la rue. Il te ramènera.

Le timbre de sa voix teinté d'une lueur coupable résonna dans ma tête. Au loin, sa silhouette inquiétante se découpait dans l'obscurité de cette nuit sans lune.

9

Le pub de cette station balnéaire unique en son genre était bondé et rempli d'Américains comme partout ailleurs sur l'île. À Los Cabos, tout le monde parlait anglais. Ni les serveurs ni les employés ne parlaient un seul mot d'espagnol. Une raison de plus d'en vouloir à Yeraz de m'avoir traînée ici. Nous avions atterri il y avait à peine une heure et nous étions déjà sur ce ponton, au bord de la plage. Nous n'avions même pas eu le temps de passer par la chambre d'hôtel. La voiture qui nous attendait en bas du jet privé nous avait directement emmenés à cette adresse.

Le soleil était au Zénith et tapait fort sur ma peau. Je sirotais mon cocktail, appuyée contre la barrière de la terrasse tandis que Yeraz discutait un peu plus loin avec Lucas, l'avocat des Mitaras Almawt que j'avais rencontré le premier jour chez Hamza. Les hommes de main, Miguel et Fares, faisaient aussi partie du voyage et ils ne me lâchaient pas d'une semelle, sauf quand je me rendais aux toilettes. Plantés à l'autre bout de la terrasse, ils surveillaient les environs en revenant toujours sur moi. Je me demandai combien ils étaient payés pour assurer ma sécurité et celle de leur boss, à l'occasion. Soudain, je vis Yeraz, lunettes de soleil sur le visage, s'approcher de moi, accompagné d'un homme de haute taille, à la carrure imposante et aux traits sévères.

— Voici mon assistante, miss Jimenez. Ronney, je te présente monsieur Al Jasser.

Yeraz ne s'attarda pas sur les présentations. Il omit de dévoiler l'activité de cette personne d'une cinquantaine d'années qui ressemblait à un émir arabe. À ses côtés, un homme plus frêle au visage impassible tenait des porte-documents. Lui ne me fut pas présenté. J'imaginai que son rôle devait se résumer à transporter des dossiers toute la journée, dans le silence absolu. Derrière l'émir, deux armures à glace en chemise à fleurs qui assuraient sa sécurité hochèrent la tête. Ils n'avaient pas la mine de touristes ni de pêcheurs du coin. En réalité, aucun des quatre personnages n'avait la tête de l'emploi.

La poignée de main ferme de monsieur Al Jasser se prolongea. Son regard sombre m'étudia jusqu'à ce que je retire ma main.

— Monsieur Khan se passe toujours d'assistants lors de ses voyages d'affaires. Vous devez sûrement être indispensable pour qu'il vous emmène.

Avec un sourire, je m'efforçai d'avoir l'air heureuse de me trouver ici. Yeraz s'avança entre nous pour couper tout début de conversation.

— Miss Jimenez, pouvez-vous nous apporter de quoi boire et nous laisser ensuite ? Monsieur Al Jasser et moi devons nous entretenir un petit moment.

Je pris une grande inspiration et continuai d'afficher un sourire professionnel. J'avertis Yeraz du regard, mais j'ignorai s'il se sentait concerné par cette menace implicite derrière ses lunettes.

Lucas m'avait rejointe au fond du pub où je commençais à déprimer à force d'écouter les histoires de ces milliardaires tout autour de moi.

— Ils en sont où ? lui demandai-je.

Il prit ma question en riant.

— Les affaires peuvent durer un moment. Je vous assure, vous êtes mieux ici que là-bas à écouter leur conversation.

Dans l'encart des fenêtres ouvertes sur la terrasse, je voyais Yeraz en pleine discussion. Pouvait-il me voir de là où il était ? Je tournai ma tête vers Lucas, mais le regardai d'un air absent.

— Je vous trouve beaucoup mieux sans vos lunettes.

Un petit sourire timide se dessina au coin de mes lèvres. Je rougis légèrement.

— Moi aussi, je me trouve mieux comme ça.

— Pas trop dur de quitter Sheryl Valley ?

— Je pense que ça l'a été plus pour ma mère que pour moi. Elle a passé cette dernière semaine à prendre de mes nouvelles comme si je n'allais jamais revenir. C'est bien la première fois.

Nous rîmes ensemble. Lucas éprouvait de la compassion pour moi, il était assez prévenant et ça me faisait du bien.

— Combien de mois vous reste-t-il au service de Yeraz ?

— Beaucoup trop à mon goût, grognai-je à voix basse avant d'avaler une gorgée de ma Tequila Sunrise.

Lucas sortit son téléphone qui venait de biper.

— Merde, plus de batterie !

À cet instant, un flyer au bout de la table attira mon regard. Je le pris. Il s'agissait d'une excursion au rocher d'El Arco uniquement accessible en bateau.

— Ça a l'air sympa, déclarai-je en montrant le papier à Lucas.

— Nous partons après-demain. Pas le temps pour les activités de l'île.

— Et quoi ? Nous allons rester comme ça pendant deux jours ? À boire dans des pubs et à se regarder dans le blanc des yeux en attendant que Yeraz et son émir finissent je ne sais quel transfert d'argent ou bien qu'ils se mettent d'accord sur les futures modalités d'un possible contrat ?

Je discernai une expression amusée sur le visage du jeune homme. Il haussa les épaules.

— Si c'est ce que souhaite le boss. Ça ne sert à rien d'aller contre sa volonté.

Désespérée, je pris mon visage entre mes mains. À l'autre bout du pub, Miguel et Fares étaient distraits par deux femmes qui dansaient langoureusement l'une contre l'autre sous les sifflets des hommes surexcités. Yeraz, lui, était absorbé dans sa discussion et ne prêtait pas attention à Lucas ni à moi.

— Je m'en vais !

— Quoi ? paniqua le jeune homme.

— Je pars faire ce tour de bateau avec du parachute ascensionnel.

Je me levai brusquement et me dépêchai de partir avant de me faire repérer par les gardes du corps de Yeraz ou bien que Lucas ait le temps de les interpeller.

— Ronney, s'il vous plaît, vous ne pouvez pas partir. Nous devons nous conformer au plan.

— C'est hors de question que j'apporte les boissons toute la journée ! Restez si vous voulez, vous ferez le serveur à ma place.

Lucas me suivait en me suppliant de revenir à la raison, mais c'était trop tard.

Sur la plage, j'interceptai un homme trapu, bien en chair qui se présentait comme un guide d'excursion et lui demandai de bien vouloir nous faire la promenade en bateau. Il donna son prix d'une voix forte. Du regard, je sommai Lucas de régler la somme. C'est à contrecœur qu'il obtempéra et décida de me suivre dans cette jolie balade.

Le vent fouettait mon visage sur le rapide. Mon tee-shirt et mon pantalon étaient trempés, mais cette fraîcheur au contact de ma peau était agréable. Nous étions entre l'océan Pacifique et la mer de Cortez. Sur la côte au loin, la nature préservée rendait l'image de cette île unique. Dans les eaux turquoise, des milliers de petits poissons nageaient au milieu des coraux. À travers ce spectacle magnifique, je découvrais pour la première fois un trésor de ce monde.

Lucas m'observait, partagé entre l'inquiétude de désobéir aux ordres et le plaisir d'être ici, à profiter de sa liberté. Il ne devait pas beaucoup s'amuser le reste de l'année, dans sa cage dorée.

Le bateau contourna l'immense rocher percé. C'était un arc en calcaire sculpté avec le temps par l'eau et le vent.

Maître de l'océan, il semblait vouloir nous raconter bien des secrets et des légendes à son propos.

En admiration, je descendis du rapide et foulai la plage que le rocher dominait de toute sa hauteur. La voix de Lucas m'obligea à détourner les yeux de l'énorme caillou.

— As-tu ton téléphone avec toi au cas où Yeraz essaierait de nous joindre ?

— Non, j'ai laissé mes affaires dans la voiture.

Je contemplai la plage sauvage. Il y avait très peu de monde ici.

— Los Cabos est un paradis absolu, nous confia notre guide. Nous n'acceptons qu'un nombre limité de personnes sur cette plage afin de préserver la faune et la flore. Vous verrez, vue du ciel, vous aurez l'impression de toucher du bout des doigts le Paradis.

— Le Paradis, avant de connaître l'Enfer dans quelques heures, c'est bien.

Lucas avait prononcé ces mots sur un ton ironique. Il semblait vivre les derniers instants de sa vie en prenant conscience du danger qui nous attendait à notre retour de cette excursion. Je levai les yeux au ciel, ne prenant pas au sérieux les paroles qui sortaient de sa bouche.

Harnachée au parachute tracté par le rapide, je profitai de la vue splendide sur tout le littoral. J'avais été élevée progressivement dans les airs sans aucune sensation de vertige. L'air brûlant sentait bon le parfum des arbres et des fleurs qui me parvenait depuis l'île. La sensation que je ressentais en plein vol me libérait de tous mes tracas. En bas, Lucas et notre guide paraissaient minuscules. Je rejetai ma tête en arrière et écartai mes bras. J'aurais voulu rester là-haut pour toujours. Ici, j'avais l'impression que rien ni personne ne pouvait m'atteindre.

Soudain, des bruits de moteurs vinrent troubler la tranquillité de ce moment si parfait. Je baissai de nouveau mes yeux et constatai, effarée, que notre rapide était encerclé par trois bateaux avec, à leur bord, des hommes qui hurlaient des ordres à notre guide. Yeraz venait de mettre un terme à notre escapade. Il était l'heure de rendre des comptes au grand manitou.

Personne n'avait parlé sur le chemin du retour. Yeraz m'avait contrainte à monter sur l'un des bateaux avec lui. Je n'avais pas riposté. L'absence de Miguel et Fares parmi les hommes qui étaient venus nous chercher lors de notre excursion n'indiquait rien de bon.

Désormais, seule dans la voiture avec Yeraz, ma gorge se serra un peu plus au point d'altérer ma respiration. Il regardait le paysage défiler à travers sa vitre fermée sans m'accorder la moindre attention. Le chauffeur, visiblement concentré sur la route, n'avait pas jeté un seul regard dans le rétroviseur depuis le début du trajet. Pleine de remords, je regrettai d'avoir embarqué Lucas dans cette folle escapade.

— Où sont Miguel et Fares ?

Ma voix mal assurée trahissait mon inquiétude.

— Virés !

Il s'était exprimé d'une voix nette et mesurée. Le silence retomba, insupportable. La boule au creux de mon estomac s'agrandit.

— Yeraz, ils n'y sont pour rien. Tout est ma faute.

Il tourna sa tête vers moi et enleva ses lunettes. Son regard multidimensionnel, imposant et intimidant, me paralysa complètement. Ses prunelles brûlantes me happèrent entièrement jusqu'à engourdir chacun de mes membres.

— À part si je me trompe, tu ne sais pas nager.

Il me regarda longuement, placide, en attendant ma réponse. Je balbutiai :

— Comment peux-tu savoir ça ?

— C'est ton frère qui me l'a dit l'autre jour, au restaurant. Il m'a aussi demandé de prendre soin de toi.

Je baissai les yeux, consciente de mon comportement irresponsable.

— Nous reparlerons de tout ça à l'hôtel, j'ai des emails à envoyer.

Son extérieur demeurait calme, mais sa voix renfermait un ton menaçant. Quel sort me réservait-il ? Me brûler avec un tisonnier ? Me torturer en me plongeant la tête dans l'eau de la baignoire ? Et Lucas ? Mon Dieu, Lucas.

Nous traversâmes, avec le petit groupe de la sécurité, les jardins luxuriants du Palace aux détails exquis. Il était un peu isolé de la station balnéaire, mais comblait toutes les attentes des clients mêmes les plus exigeants. Tout était immense à l'intérieur de l'établissement en commençant par le hall d'accueil, les couloirs, puis les piscines.

J'étais soulagée de retrouver Lucas… vivant. Son œil au beurre noir et sa lèvre coupée témoignaient d'un passage à tabac sévère. Je m'en voulais tellement.

Nous montâmes au dernier étage du Palace, dans des cabines transparentes avec une vue imprenable sur la mer de Cortez. Ces installations modernes renforcées d'une technologie de pointe donnaient une touche raffinée à ce lieu que j'aurais trouvé enchanteur dans d'autres circonstances.

La suite élégante, étonnamment vaste avec des meubles cossus, donnait un charme à la fois ancien et moderne à la pièce.

Stratégiquement, je me plaçai à côté de la porte, contre le mur, juste à côté d'une commode en chêne sombre. Lucas rentra tête baissée d'un pas hésitant et se plaça près de moi. Yeraz se tourna vers son équipe composée de cinq hommes et leur adressa quelques mots en arabe. Les hommes sortirent de la chambre pour nous laisser seuls. Yeraz enleva ses lunettes et décrocha vers Lucas un regard peu amène.

— As-tu volontairement éteint ton téléphone ?
— Non, boss, la batterie était à plat.

Yeraz se mit à arpenter la pièce d'une démarche rigide. Lucas, quant à lui, gardait toujours la tête tournée vers le sol.

— Je n'ai plus besoin de toi, ici. Tu rentres à Sheryl Valley.

Lucas, accablé par la frustration, hocha la tête en murmurant :

— Oui. Je vous adresse mes plus sincères excuses. Ça ne se reproduira plus.

Yeraz se pinça les lèvres et laissa partir le jeune homme dans un silence lourd. En sortant de la chambre, Lucas me jeta un petit regard désolé avant de baisser à nouveau la tête. Je déglutis. C'était à mon tour. J'aurais voulu à cet instant me séparer de mon corps ou bien tomber dans un profond coma au lieu de devoir affronter cet homme qui se tenait droit devant moi en me fusillant du regard. Appuyée contre le mur, j'étais incapable d'esquisser un seul mouvement.

— Pourquoi passes-tu ton temps à faire le contraire de ce que je te demande ?

Yeraz s'approcha dangereusement de moi. Dans son costume noir, il incarnait à la fois la beauté et l'opulence.

— Je ne savais pas que ça serait aussi grave, murmurai-je apeurée. Je n'ai pas réfléchi sur le coup.

— Cette île regorge de requins et quand je dis « requins », je ne parle pas de l'animal aquatique.

Ses mains allèrent chercher son arme à l'arrière de son pantalon, puis il la posa sur la commode, à côté de moi.

— Je resterai à ma place, la prochaine fois. Je comprends que je t'ai fait perdre ton temps, mais si tu ne m'avais pas emmenée, nous n'en serions pas là !

Je n'avais pas voulu ajouter ces derniers mots à voix haute, mais ça m'avait échappé. Je notai une fugitive expression de surprise sur son visage. Je détournai mon regard de ses prunelles intenses pour le poser sur l'arme. C'est alors qu'une effroyable idée me traversa l'esprit. Il suffisait que je la prenne et que je lui tire dessus en veillant à bien viser. J'expliquerais mon geste par de la légitime défense. Et ensuite ? Qui appellerais-je en premier ? Les secours ou Camilia ? Je serais sûrement mise sous protection judiciaire toute ma vie pour avoir descendu un membre à la tête d'une des plus puissantes mafias au monde. Seigneur ! Ma tête serait mise à prix. Combien pouvait-elle valoir ? Des milliers de dollars ? Des centaines de milliers de dollars ? Je secouai la tête pour empêcher mes pensées de divaguer encore plus loin dans ma réflexion. Je ne sus pas comment, mais Yeraz lut à ce moment dans mon esprit. Il déclara à voix basse :

— Il est toujours chargé et je suis assez proche de toi pour que tu ne rates pas ton tir. Peu de gens ont osé braquer une arme sur moi et ceux qui ont essayé ne sont plus en vie pour en témoigner. Crois-tu vraiment que j'ai peur de la mort alors que je la tutoie depuis mes premiers pas ? Je m'endors et me réveille au creux de ses bras.

— Si tu ne crains pas la mort, de quoi as-tu peur ?

— La peur, ce sont des chaînes qui nous entravent et nous empêchent d'avancer.

— Nous avons tous peur de quelque chose.

Une soudaine expression de fureur crispa ses traits. Je l'examinai d'un regard rempli de crainte et de mépris, puis ajoutai :

— Tu as rassemblé une armée d'hommes pour me retrouver. Qu'as-tu ressenti durant toutes ces heures passées à me rechercher ?

— Une envie de meurtre, riposta Yeraz avec un sourire froid.

Il laissa passer un instant pour s'assurer que j'avais bien compris ses paroles.

— J'en veux au monde entier, Ronney, et tu ne pourras jamais changer ça. Jusqu'ici, j'ai passé mon temps à flirter avec les tentations du Diable et ça me suffisait.

Je vis dans le frémissement de ses lèvres comme une douceur sous la colère. Le voile qui recouvrait ses prunelles venait de se lever pour m'offrir un regard rempli de délicatesse. Mon souffle se coupa. Je refusais de m'avouer que j'étais incontestablement attirée par cet homme tourmenté par ses démons intérieurs et miné par la douleur. À cet instant, son visage était si près du mien que je sentais son souffle me caresser les joues.

— De quoi ai-je peur ? Des vendredis soir, quand tu pars et que je n'ai plus de garde-fou pour m'empêcher de charger cette arme.

Mon cœur battait à tout rompre. Ma respiration se fit plus rapide. Dans ma tête, c'était le chantier. Je laissai Yeraz poser sa joue contre la mienne et respirai son odeur en fermant à demi les paupières. Sa barbe, rasée au raz de sa peau, me picotait. Sans réfléchir, je levai ma main devant moi pour le toucher, mais je ne brassai que de l'air. Quand je rouvris les yeux, il avait disparu, l'arme aussi. Haletante, je me laissai tomber au sol. Il me fallut de longues minutes pour calmer mon pouls, mais aussi pour que ma tête arrête de tourner.

J'ouvris la porte de ma chambre pour la dixième fois et tombai toujours sur deux hommes qui paraissaient débarquer tout droit des films d'espionnage avec des lunettes noires et des oreillettes comme accessoires. Impossible de sortir d'ici. Les deux hommes ne parlaient pas, mais leur posture suffisait à me dissuader de sortir de ma suite. J'avais envoyé plusieurs messages à Yeraz pour lui demander de me laisser me promener dans l'hôtel, mais il ne m'avait pas répondu.

Les minutes m'avaient paru des heures depuis que Yeraz avait quitté ma suite. Je zappai les chaînes de la télévision sans faire attention aux programmes. Les images de notre dernière conversation tournaient en boucle dans ma tête. J'essayai de comprendre comment nous étions arrivés à cette soudaine proximité. Nous avions passé trop de temps ensemble ces dernières semaines, c'était certain. Mes parents n'arrêtaient pas de m'appeler sur mon téléphone, mais je ne répondais pas. Je ne voulais pas qu'ils décèlent la moindre gêne dans ma voix.

Soudain, on tapa à ma porte, je me mis à espérer que ce soit Yeraz. La déception se lut sur mon visage quand je découvris le service d'étage qui m'apportait mon diner.

Plus tard dans la soirée, fatiguée par les émotions de la journée, je glissai doucement dans un sommeil profond.

Des voix envahirent mes rêves et je me retrouvai projetée dans la salle B5 de mon lycée. L'odeur de Javel incrustée sur le sol me montait au nez. Je finissais de ranger mes affaires quand Bryan, un élève de dernière année, et une partie de l'équipe de football entrèrent dans la pièce avec fracas. Ils étaient une dizaine et paraissaient surpris de me trouver seule.

— C'est Ronney la moche, s'écria un des garçons au polo bleu assorti à la couleur de ses yeux.

Je baissai la tête en me dépêchant de fermer mon sac à dos, puis remontai l'allée de la salle à grands pas pour sortir de la classe. L'un des garçons referma la porte violemment avant que je n'aie eu le temps de la franchir. Je me transformai en une créature épouvantée. L'haleine de Bryan sentait l'alcool.

— Hey, Ronney, pourquoi n'essaierais-tu pas de nous faire bander ?

Les larmes aux yeux, j'essayai d'enlever leurs mains dégoûtantes qui se promenaient partout sur moi. Je les suppliai d'arrêter.

— Qui veut voir en dessous de ses vêtements ? beugla Bryan.

— J'espère que le spectacle est moins moche en dessous ! s'exclama un des garçons.

Des cris d'encouragement s'élevèrent tout autour de moi. J'étais au bord du malaise, sur le point de m'évanouir tellement le stress était intense.

— À poil ! À poil ! À poil !

Les rires gras, leurs cris, étaient insupportables.

— Non, arrêtez, suppliai-je en larmes. Enlevez vos mains de moi, enlevez vos mains de moi !

— Ronney ! Ronney, réveille-toi. Ronney !

Je me réveillai brutalement en sanglots, perdue, la sueur perlait sur mon front. Il était là, avec moi. Yeraz me tenait si fort dans ses bras qu'il aurait pu me briser s'il avait encore resserré un peu plus son étreinte. Il me fit asseoir sur ses genoux. Je sentais, à travers sa chemise, son cœur battre à tout rompre. « La mort ? Je m'endors et me réveille au creux de ses bras », c'étaient ses mots. S'y sentait-on aussi bien que je l'étais maintenant ? Si c'était le cas, alors je le comprenais. Les paupières lourdes, je me rendormis contre lui, mais sans aucun rêve ni cauchemar cette fois-ci.

La sonnerie du téléphone de Yeraz retentit avant de s'arrêter. Je mis quelque temps pour me rappeler où j'étais. J'avais la tête posée sur son torse. Les paupières closes, il dormait encore. Je sentais tous ses muscles se soulever à chacune de ses respirations. Sa chemise était déboutonnée. Après quelques secondes d'hésitation, mes doigts effleurèrent sa peau. Il était incroyablement bien bâti.

La sonnerie retentit de nouveau, Yeraz se leva en sursaut en jurant :

— Merde, nous sommes en retard. Fait chier !

Il s'était couché près de moi, tout habillé. Sans mes lunettes ni mes lentilles de contact, j'avais du mal à en voir davantage. Je vis sa silhouette arpenter la pièce et l'écho de sa voix indiquait son degré d'humeur. Je tentai de deviner avec qui il parlait au téléphone.

— Oui, le tournoi *Bisbee black and Blue*. Très bien, nous serons là.

Silence. Yeraz avait dû raccrocher. Sa silhouette s'assit au bord du lit, je le distinguai mieux. Je me redressai et rejetai en arrière les mèches de cheveux devant mon visage.

— Où allons-nous ?
— À la pêche.

Je soulevai un sourcil.

— Je m'attendais à tout sauf à ça.
— C'est une religion sur cette île. On vient du monde entier pour participer à ce tournoi. Il est devenu le concours de pêche le plus richement doté de la planète.

Le ton de sa voix s'était fugacement adouci :

— Ronney, te souviens-tu de ton cauchemar cette nuit ?

Un sentiment de honte m'enveloppa. Je tirai sur la couverture pour la remonter sur moi.

— Tu m'as entendue ? C'est pour ça que tu es venu dans ma chambre ?

Ma voix sonnait creux à mes oreilles.

— J'étais déjà dans ta chambre, sur le fauteuil. J'avais peur que tu te sauves en pleine nuit.

Il marqua une pause avant de poursuivre :

— Tes cris m'ont complètement fait paniquer.

Yeraz se leva, mon malaise devait être perceptible. Finalement, j'étais soulagée de ne pas pouvoir voir grand-chose. Affronter son regard à ce moment m'aurait été insupportable. Je détournai le mien et fixai le vide devant moi pour éviter qu'il accapare la plus grosse blessure de ma vie et qu'il s'en serve contre moi ensuite. Après un moment de silence intolérable, il déclara :

— Je vais prendre une douche et me changer. Je t'attends dans le hall.

J'acquiesçai avec un signe de tête. Il se dirigea vers la porte. Avant de l'ouvrir, il se retourna dans ma direction. Avec une crainte imprécise, il me demanda :

— Est-ce… est-ce qu'ils t'ont…

— Tu vas être en retard, le coupai-je avec anxiété. Tu dois te préparer.

— Dis-moi.

— Non, j'ai réussi à partir. Le lendemain, j'ai arrêté le lycée.

Je sentis son hésitation à me laisser seule ici. En entendant la porte se fermer derrière lui, j'exhalai alors un long soupir et me détendis. Je ne m'étais pas rendu compte que je retenais ma respiration depuis un moment.

Le yacht s'était arrêté au large des côtes. Deux hommes se penchèrent au-dessus de l'eau et se préparèrent à pêcher le marlin. Je trouvais absurde de chasser ce poisson avec un bateau pareil alors que les autres avaient des barques ou des modèles plus adaptés pour le tournoi en question.

J'étais assise sur l'échelle, à l'arrière de la coque, le pantalon remonté jusqu'en haut des chevilles pour pouvoir mettre mes pieds dans l'eau. En face de moi, j'avais l'océan à perte de vue. Je portais mon maillot de bain sous mes vêtements, mais ma pudeur m'empêchait de les enlever. D'ici, j'entendais les rires des femmes invitées par monsieur Al Jasser pour lui tenir compagnie. Elles profitaient du petit bain installé dans le salon du pont avant avec des rails de cocaïne à leur disposition. Non loin de moi, Yeraz et l'émir discutaient sur des banquettes autour d'une table avec alcool et petits fours au menu. Leurs gardes du corps se faisaient discrets et se promenaient un peu partout sur le yacht. De mon côté, j'essayai discrètement d'écouter la conversation entre les deux hommes d'affaires.

— Il suffit de jouer sur le manque d'harmonisation des taux de TVA. Nous devons voir avec ces pays qui n'ont pas de disposition pénale. Certains gouvernements préfèrent fermer les yeux pour acheter la paix sociale.

Al Jasser attendait la réponse de Yeraz qui mettait du temps à venir, puis la voix du jeune homme répondit avec une sorte d'amertume résignée.

— Blanchir cet argent ne sera pas compliqué avec la complicité de nos banquiers, avocats et amis juges.

Yeraz marqua une pause avant de continuer :

— Nous devons infiltrer les nouvelles économies légales notamment dans *les money transfers*.

— Nos partenaires commerciaux sont prêts à vous suivre, monsieur Khan.

Al Jasser se racla la gorge avant de poursuivre comme s'il cherchait ses mots.

— Et que faisons-nous pour la cargaison de drogue bloquée à l'entrée du port de Sheryl Valley ?

Une note de prudence perçait dans la voix de l'émir. Yeraz émit un petit reniflement de mépris.

— Ça ne nous concerne pas ! La mafia sicilienne peut s'en occuper. Pas de trafic d'être humain ni de drogue sur mon territoire. C'est bien clair ?

— Vous êtes l'héritier de l'empire de votre père. Nous agirons comme vous le souhaitez. J'ai appris que Leone et ses hommes vous ont doublé à New York sur l'appel d'offres numéro huit. Où en est cette affaire ?

— Je m'en suis occupée. Leone ne reviendra plus mettre son nez dans nos affaires. Il est…

Yeraz chercha le mot, puis le prononça avec une froideur sans nom :

— Hors circuit.

Al Jasser, visiblement satisfait de la réponse, claqua des mains et répondit avec un petit rire sadique :

— Vous êtes bien le digne héritier de votre père. Buvons un peu pour fêter ça.

Un frisson d'horreur me parcourut le corps. Je déglutis difficilement. La noirceur de Yeraz m'explosait au visage.

En cette soirée festive, des centaines de personnes, puis des milliers, s'amassèrent sur le rivage pour assister au retour des bateaux au port. De gros spots placés sur le pont éclairaient le chemin que les participants devaient emprunter afin que le public puisse admirer les corps des monstres marins. Le port était en ébullition et l'ambiance à la fête.

Al Jasser, du haut de son yacht, brandissait avec deux de ses hommes, cannes à pêche et filets, comme des conquérants. Toute la jetée applaudissait, criait et se bousculait pour admirer les marlins. L'assistance frémissait d'impatience.

À Los Cabos, ce poisson attirait toutes les convoitises, symbole de la haute société sur l'île. Le pêcheur capturant le plus gros marlin se verrait recouvert de millions de dollars dans ce tournoi de pêche sportive. Il y avait beaucoup d'argent en jeu. C'était l'un des moteurs économiques de la basse Californie du Sud le plus rentable. Le ticket d'entrée pour participer à ce concours hors norme s'élevait à soixante-cinq mille dollars par bateau. Les retombées sur l'économie locale étaient vertigineuses.

Al Jasser et son équipe descendirent du yacht, acclamés comme des rocks stars. Des bras vinrent aider l'équipage à soulever la créature, enroulée dans une bâche. Sur le pont, l'émir se tourna vers Yeraz et moi encore installés sur le yacht. Il nous attendait.

— Nous restons là, déclara Yeraz, le regard caché derrière ses lunettes de soleil alors qu'il faisait nuit.

— Très bien, monsieur Khan. Ne vous enfuyez pas avec mon bateau, car je vous retrouverai.

Yeraz éclata de rire et porta une main sur le cœur comme pour exprimer une promesse silencieuse. L'émir me salua d'un signe de tête avant de partir défiler devant une foule enflammée. Était-ce les gains qui le stimulaient dans ce sport ou bien l'adrénaline que lui procurait ce spectacle avant la pesée des poissons ? Quoi qu'il en soit, à cet instant, narcotrafiquants, mafieux, princes, PDG, industriels, redevenaient tous de grands enfants.

Je fixai le large avec une mélancolie pensive. Yeraz passa devant moi, torse nu, pour entrer dans le bain chaud, sur le pont avant. Il s'appuya contre le rebord du jacuzzi et me dévisagea d'un drôle d'air, puis son regard glissa jusqu'à mon pantalon.

— Enlève ça ! m'ordonna-t-il d'une voix à la fois douce et autoritaire.

Je portai à mes lèvres mon verre de vin rouge avant de lever ma tête vers le poste de pilotage, inquiète de savoir si le pilote pouvait nous voir de là-haut. Yeraz devina une fois de plus mes pensées.

— Ne t'en fais pas. Nos employés préfèrent ne rien voir ni rien entendre de ce qui se passe autour d'eux. Je veux que tu viennes me rejoindre.

Je m'approchai de l'eau et posai mon verre sur le bord du bain. Yeraz restait d'un calme désarmant. Ses épaules carrées, robustes, étaient tout en muscle comme si Michel-Ange l'avait taillé lui-même. Il inclina sa tête. Tout semblait m'échapper. Je déboutonnai mon pantalon et le laissai glisser sur mes jambes. Les yeux brillants de Yeraz m'invitèrent à continuer. Le haut de son torse montait et redescendait plus rapidement. Lentement, je retirai mon tee-shirt et révélai dans mon haut de maillot ma poitrine gonflée par l'excitation. Yeraz passa la langue sur ses lèvres en contemplant mon corps.

— Viens-là, murmura-t-il sans me donner le choix de refuser.

Mes pieds entrèrent dans le jacuzzi. Le contact de l'eau chaude sur ma peau était agréable. Tandis que je marchais vers lui, mon souffle devenait de plus en plus court.

Nous n'étions plus qu'à quelques centimètres l'un de l'autre. Ses yeux paraissaient sortir de leurs orbites tellement il se retenait de me sauter dessus. Yeraz m'attira contre lui pour me coller contre son torse, puis il se pencha et écrasa ses lèvres contre les miennes sans prévenir. Prise de court, je refusai d'ouvrir ma bouche, mais son pouce se planta dans mon dos pour me forcer à l'entrouvrir. Sa langue, douce et chaude, chercha la mienne. Il m'embrassait sans me laisser le temps de respirer. Ses muscles puissants se refermèrent sur moi et me retinrent dans une étreinte gorgée d'ardeur et de plaisir charnel. Je ne pouvais pas me dégager. Ses baisers presque douloureux dans leur intensité n'étaient que le reflet d'un désir longtemps refoulé. Personne ne m'avait encore embrassée comme ça auparavant. Personne ? Je n'avais connu que Caleb avant lui. Pas de quoi m'étaler sur une longue liste d'amants.

Malgré l'explosion de sensations dans ma tête, le visage d'Ashley m'apparut, puis celui de la comptable. Je sentis mon esprit revenir petit à petit à la raison et repris laborieusement mon souffle. Sentant cette soudaine distance, Yeraz me libéra de son étau et écarta son visage du mien. De l'eau perlait sur son visage aux traits magnifique. *Il ne pourra jamais être plus beau qu'à cet instant*, pensai-je. Il m'interrogea du regard, les sourcils froncés. Je détournai mes yeux, mais sa main attrapa mon visage et il m'obligea à plonger mes prunelles dans les siennes.

— Je suis désolée. C'est un peu précipité.

— Que se passe-t-il ?

Une soudaine crainte traversa son visage.

— Nous nous déconnectons de la réalité sur cette île. Écoute, il y a tellement de femmes autour de toi, Yeraz. Je ne peux pas me donner comme ça et faire comme si rien ne s'était passé le jour d'après.

Il s'écarta de moi, l'air grave.

— Et tu veux quoi ? Tu t'attendais à quoi ? Prendre du plaisir ne te suffit pas ?

Blessée par ses paroles, je me mis à regarder tout autour de moi. *Idiote de Ronney, tu n'aurais jamais dû l'enlever, bécasse !* Yeraz frappa la surface de l'eau avec sa main, il attendait une réponse ou plutôt, il en exigeait une.

— Non, ça ne me suffit pas, bien sûr que non ! Je travaille avec toi, mais aussi avec toutes ces femmes que tu te tapes. C'est n'importe quoi.

Il me répondit avec une grimace pincée :

— Elles ne comptent pas et pour Ashley, j'ai été clair depuis le début. Les règles ont été établies dès le départ.

— Et quelles sont les règles que tu as établies avec moi ?

Ma voix se brisa. Désormais, c'était lui qui regardait ailleurs.

— Tu m'échangeras avec ton frère quand ton caprice sera passé pour t'excuser d'avoir couché avec sa fiancée ?

Yeraz me fusilla du regard. Prêt à exploser de fureur, il me menaça avec son doigt :

— Tu ne sais rien de cette histoire ! C'est vrai, tu es comme les autres, Ronney, à écouter les commérages et juger les gens sur de simples propos rapportés.

— Ce que je sais, c'est que je ne veux pas espérer. Caleb m'a brisé le cœur et je ne veux plus m'attacher comme ça à quelqu'un. Non, je ne veux pas espérer que tu puisses changer pour moi. Je ne veux pas espérer quoi que ce soit !

J'avais hurlé ces mots. Yeraz pouvait lire à cet instant en moi toute la solitude du monde. Déstabilisé, la mâchoire contractée au possible, il cherchait ses mots. Il ferma ses paupières le plus fort possible. Lorsqu'il les rouvrit, un excès de rage traversa son visage et il articula lentement :

— Ni pour toi ni pour aucune autre, je ne renoncerai un jour à cette vie. Je ne regrette rien, Ronney. Ni crime, ni souffrance, ni chagrin que j'aurais pu causer. Rien !

Un coup de poing dans l'estomac m'aurait fait moins mal. Yeraz sortit de l'eau sans me jeter un regard, puis il ajouta avant de partir le plus loin possible de moi :

— Rhabille-toi ! Nous rentrons à l'hôtel. Demain, nous partons à l'aube.

10

J'avais passé ces dernières heures dans mon lit à broyer du noir puis m'étais levée sans enthousiasme pour venir à la fête d'anniversaire de Carolina.

J'espérais qu'elle était sur le point de se terminer à mon arrivée, mais il restait encore beaucoup de monde dans la salle en cette fin d'après-midi. Mes oncles étaient réunis dehors et débattaient sur le dernier match de baseball. J'eus le droit à un accueil chaleureux sur mon passage.

À l'intérieur, mes tantes s'activaient en cuisine pour satisfaire le reste de ma famille. Sur scène, un petit orchestre jouait la musique traditionnelle de notre pays d'origine, salsa, merengue. Les gens dansaient sur la piste ou bien étaient assis à discuter.

À l'entrée, je déposai sur la table mon paquet cadeau avec les autres avant de me trouver un coin pour faire ce que je faisais de mieux : disparaître. Pas vraiment d'humeur, je n'avais pas la tête à faire semblant aujourd'hui. Sur le trajet du retour, ce matin, Yeraz ne m'avait pas adressé la parole. Son regard perdu derrière ses grosses lunettes de soleil tout le long du voyage m'avait empêché de prendre la température sur son humeur du jour. C'était le premier samedi, depuis ce qui me semblait une éternité, que je passais sans lui. Je ne me rendais pas compte à quel point je m'étais attachée à cet homme, mais hier, il m'avait blessée comme personne d'autre ne l'avait fait auparavant. Je réalisai soudain que je n'avais pas pensé une seule fois à Caleb durant ces trois derniers jours.

— Ma chérie, s'étonna ma mère en me trouvant ici, ne reste pas là, va t'asseoir avec tes cousins. Ton père est resté au restaurant avec Elio.

Elle marqua une pause avant de demander, inquiète :
— Giovanni ne vient pas ?

Je me raclai la gorge en m'efforçant de faire éclore un sourire sur mes lèvres.

— Il est très occupé et doit rattraper un gros retard dans son travail.

Ma mère ne parut pas croire un seul mot de ce que je lui racontais. Elle me gratifia d'un regard peiné avec un sourire qui se voulait réconfortant. Elle n'avait pas besoin à cet instant d'ajouter quoi que ce soit, je lisais en elle comme dans un livre ouvert. *Pauvre chérie, il t'a quittée pour une fille plus jolie, mais ça devait arriver, tu le sais bien.* Ses yeux qui me criaient sa vérité m'exaspéraient au plus haut point. Pour ne plus avoir affaire à cet air rempli de pitié, je décidai d'aller m'asseoir avec Gabriella et les autres. Finalement, je préférais de loin leur compagnie à celle de ma mère.

— Tu es venue alors ? me lança Olivia.

Elle mâchait un chewing-gum tout en me regardant avec méfiance et mépris. Louis apporta sur la table un panier rempli de fruits et une part de gâteau.

— Ton séjour à Los Cabos s'est-il bien passé ? me demanda gentiment Mélissa.

Je frottai nerveusement mes mains sur mes cuisses avant de répondre :

— C'était… court. J'ai passé un bon moment.

Gabriella, en face de moi, caressait le rebord de la table avec ses ongles laqués, taillés en pointe. Elle émit un petit rire en regardant Hailey.

— Je parie que tu as gardé tes vieilles guenilles durant ces deux jours. Pas de short ni de robe. Je me trompe ?

Olivia pouffa de rire. Elle suivait Gabriella avec une telle docilité. Je me mis à éplucher ma clémentine et replongeai dans le silence en faisant mine de n'avoir rien entendu de sa remarque piquante. Sur la piste, Carolina dansait contre Caleb. Bizarrement, cette scène ne me dérangeait pas. Caleb, le regard dans le vide, paraissait un peu plus distant que d'habitude. Commençait-il à en avoir marre d'être aux ordres de sa petite amie ?

Dans cinq minutes, je me lèverais pour partir. Il se faisait déjà tard et je n'avais pas rouvert la bouche depuis que j'étais assise avec eux. Je ne me sentais pas à ma place. L'atmosphère confinée était étouffante. Je voulais m'en aller avant d'être prise pour cible par les reproches et les moqueries de chacun. Heureusement, Carolina était au centre de l'attention. On venait l'embrasser, la complimenter. Tout le monde s'empressait d'afficher les selfies avec elle sur les réseaux sociaux.

— Bon, on le fait ce jeu ? cria Aïdan avec les joues bien rouges.

Mes autres cousins et lui avaient bu beaucoup d'alcool.

— Lequel ? demanda Hailey.
— « Connais-tu » ?
— Ah oui, c'était au tour de Ronney, je crois.
Je me raidis et balbutiai :
— Non, je dois y aller. Je passe mon tour avec plaisir.
Je me levai, mais Aïdan se plaça derrière moi et appuya sur mes épaules pour me rasseoir.
— Allez, c'est seulement dix questions, cousine. Tu as juste à marquer les réponses sur cette feuille. Olivia, tu as la liste des questions pour la donner à Ronney ?
Cette dernière leva les yeux au ciel avant de déclarer sur un ton mauvais :
— Mais personne ne connaîtra les réponses. Cette fille c'est un *OVNI*. Faisons ce jeu avec quelqu'un d'autre de beaucoup plus intéressant.
Louis et les autres protestèrent. Ils voulaient absolument me voir me ridiculiser.
— Caleb, tu nous aideras. Après tout, tu connais Ronney personnellement.
Carolina fusilla Louis du regard. Fier de sa remarque, le jeune homme ajouta :
— Je vais chercher Valentina.
Il se pencha vers moi.
— Ça ne te dérange pas si ta mère joue avec nous ? Elle pourra nous aider plus facilement à trouver les réponses.
Avant que je ne puisse répondre, il disparut dans la foule. C'était trop tard, je ne pouvais plus m'extirper de cette fête. Hailey s'approcha de moi et me tendit un crayon.
— OK, Ronney, voici les questions. Tu mets les réponses sur cette feuille puis tu la retournes. Nous pourrons ainsi vérifier les réponses au fur et à mesure.

Je m'exécutai à contrecœur. Si je voulais partir d'ici au plus vite, autant faire ce jeu ridicule pour enfin avoir la paix.

Mes tantes et ma mère écoutèrent attentivement les dix questions qu'Hailey énumérait. À la fin, ma mère m'adressa un sourire gêné et déclara :
— Ce sont des questions pas vraiment faciles.
— Si Ronney était moins introvertie, ce serait plus simple, dit ma tante Maria pour enlever toute culpabilité naissante chez ma mère.

Je pris une longue inspiration pour calmer ma rancœur et mon esprit. Hailey posa la première question en prenant soin d'articuler chaque mot.
— Quelle est la couleur préférée de Ronney ?

Facile, pensai-je. En fait, non. Tout le monde se plongea dans une profonde réflexion. Ma mère, les yeux fermés, récitait toutes les couleurs à voix haute en les éliminant une par une. Je me retenais de ne pas me taper la tête contre la table. Caleb, lui, paraissait chercher dans ses souvenirs pour trouver la réponse à cette question qui leur paraissait à tous ardue.
— Pourpre ! s'exclama-t-elle, victorieuse.

Pourpre ? Pourquoi pourpre ? Je n'ai jamais porté de pourpre, merde ! Mes tantes hochèrent la tête pour féliciter ma mère d'avoir trouvé ma couleur.

Olivia lança d'une voix lasse :
— Alors Ronney, est-ce ça ?

Ce n'était pas la couleur que j'avais marquée sur la feuille que je tenais dans les mains. J'imaginais déjà la déception de ma mère quand elle découvrirait qu'elle ne connaissait même pas ma couleur préférée. Elle s'en voudrait toute la soirée. Sur un ton gêné, je cherchai mes mots.

— Oui, je n'avais pas pensé en premier à celle-ci, mais c'est vrai que…

— Rouge ! Sa couleur préférée est le rouge.

Je me figeai en entendant la voix qui provenait de derrière moi. Cette intonation, ce timbre et ce parfum faisaient partie de mon quotidien. Je fermai les yeux et me concentrai pour ne pas perdre pied. Mes épaules devinrent plus légères. Pour la première fois, j'étais heureuse qu'il soit là. Autour de la table, l'effet avait été immédiat. Personne n'osait plus bouger.

Yeraz s'assit à mes côtés. Je levai mon visage pour planter mon regard dans le sien. À cet instant, toutes mes pensées m'échappèrent et se désintégrèrent dans ma tête. Ses yeux sombres s'étaient emplis d'un profond mystère, caractéristique de ses secrets bien gardés. Il ne portait pas de costume, juste un pull noir en cachemire avec un col en V et un pantalon de la même couleur.

— Pourpre ou rouge ? s'impatienta Aïdan.

Yeraz détourna ses yeux des miens pour planter son regard dans celui de mon cousin. Ce dernier se cala au fond de son siège avec un air apeuré. Il répéta sa question d'une voix plus douce :

— Alors, cousine ? Ta réponse c'est le rouge ou le pourpre ?

Hailey attrapa la feuille posée sur la table et la retourna.

— Je vais compter les points. Ronney a marqué rouge.

— Bien joué, Giovanni, lança Mélissa.

Je ne pus retenir un petit sourire de satisfaction. La mine embarrassée de ma mère n'arriva pas à m'enlever cette soudaine légèreté qui m'enveloppait. Yeraz ne me regardait pas. Je devinai à son teint qu'il était au plus mal. Quelque chose n'allait pas.

— Dis-moi ce qu'il se passe, murmurai-je.
— Rien. Il ne se passe rien !

Il tourna son visage vers moi. Le souvenir de notre baiser sur le yacht afflua dans mon esprit. Yeraz ne pouvait pas l'avoir déjà oublié. Mes joues s'empourprèrent.

— Attention, celle-là est plus compliquée, continua Hailey. Quel livre lit en ce moment Ronney ?
— Peut-être devrions-nous passer à la prochaine question ? proposai-je, mal à l'aise. Personne ne connaît la réponse.
— Emily Dickinson, déclara Yeraz d'une voix neutre. Il est toujours dans ton sac au cas où tu aurais un peu de temps devant toi dans la journée.

Comment pouvait-il savoir ça ? Je ne sortais cet ouvrage que lorsque j'étais sûre d'être seule. J'ouvris la bouche, mais aucun son ne franchit mes lèvres. Yeraz évitait soigneusement mon regard.

Nous étions à la neuvième question. Personne de ma famille n'avait trouvé une seule bonne réponse. Yeraz, lui, avait jusqu'ici fait un sans-faute. Je connaissais cet homme depuis quelques mois seulement et il en savait plus sur moi que ma propre famille. Je m'efforçais de ne pas hurler les réponses à ma mère. Comment pouvait-elle ne rien savoir sur mes goûts et mes envies ?

— Le parfum préféré de Ronney ?

Tout le monde se regarda avec des yeux ronds. Je ne me rappelais plus ce que j'avais marqué sur la feuille. Je n'étais même pas sûre d'avoir un parfum préféré ou une odeur que j'affectionnais particulièrement. Sûre d'avoir enfin une bonne réponse, ma mère se mit à agiter sa main dans les airs.

— Euh, l'odeur de ta crème pour le visage. Tu sais, tu aimes la sentir chaque fois que tu ouvres ton pot. C'est…

— Muguet, dis-je en hochant la tête.

Hailey, embêtée, tordit sa bouche et souleva ses épaules.

— Tu n'as rien marqué, Ronney.

Effectivement, je me souvenais que rien ne m'était venu à l'esprit pour cette question. Ma mère avait peut-être finalement raison. Yeraz ne l'avait pas contredite cette fois-ci. Il se contenta de se pincer la lèvre, l'air grave. Sa mâchoire se contracta légèrement avant de se relâcher.

— Dernière question. Quel est le parfum préféré de sa glace ?

— Fraise ! cria ma mère en tapant dans ses mains, fière d'elle.

— C'est le parfum de mon frère, maman.

Blasée, j'avais prononcé ces paroles dans un long soupir. Son sourire s'évanouit. J'aurais dû laisser Hailey la contredire, mais son ignorance me blessait tellement. Confuse, elle balbutia :

— Oh, chérie, c'est compliqué de tout retenir entre ton frère et toi.

— Je sais, maman, je sais. Ne t'inquiète pas, ce n'est pas grave.

— Giovanni a presque répondu à toutes les questions, exceptée la neuvième, déclara Mélissa en tapant des mains. Personne dans notre famille n'a eu autant de points que Ronney. Qui l'aurait cru ?

Olivia, Carolina et les autres m'adressèrent de faux sourires de félicitations. Elles semblaient être consumées par une rage noire. Caleb, lui, dévisageait Yeraz d'un œil torve. Pendant un court instant, j'eus l'impression d'être vraiment aux côtés de mon petit ami. Tout se confondait dans ma tête. Je ne savais plus où j'en étais. Gabriella se racla la gorge et demanda d'une voix légèrement hésitante à Yeraz :

— Dites-nous. La question peut vous paraître incongrue, mais nous sommes toutes de grandes romantiques ici, autour de cette table. Quand avez-vous remarqué Ronney pour la première fois ?

Yeraz se redressa, l'attention était revenue sur nous. Cette peste de Gabriella voulait absolument comprendre ce qui encore lui échappait.

— Nous nous sommes rencontrés au studio. Je vous l'ai déjà dit, il me semble.

— Oui, mais ma question est : quand l'avez-vous remarquée ?

Gabriella aurait voulu poser sa question autrement, mais devant Yeraz, ma famille et elle prenaient des pincettes. Sûrement à cause de l'orage qui grondait derrière ses prunelles aux abimes infinis. À cet instant, je voulais fuir en sentant l'atmosphère s'alourdir. Yeraz tripotait nerveusement d'une main l'assiette en plastique en face de lui puis répondit :

— Avez-vous déjà entendu Ronney rire ? Vraiment rire ?

Ma mère, incrédule, regarda mes tantes en levant les sourcils comme si elle ignorait que je pouvais rire, tandis que mes cousins se jetaient des coups d'œil en se renvoyant la question. Yeraz émit un rire mauvais, teinté de reproches, avant de déclarer à voix basse :

— Bien sûr que non. Ça ne m'étonne qu'à moitié.

Il posa son regard sur chacun d'entre eux. Tous se figèrent les uns après les autres. C'est à peine s'ils osaient respirer.

— Jusqu'à présent, continua Yeraz, je pouvais tout m'offrir : voitures, maisons et même, les baisers des femmes sur mes lèvres. Absolument tout, jusqu'à ce que je rencontre Ronney. Elle a un sourire magnétique et un rire délicieux. C'est une mélodie qui peut éclairer les ténèbres et rendre l'enfer plus agréable à vivre. La seule chose que je veux posséder, je ne peux pas l'acheter, car ça n'a pas de prix. C'est juste une douceur de quelques secondes qui se mérite. Quand elle me sourit, je sais que j'ai fait quelque chose de bien dans ma journée. Quand elle rit, je sais que je suis à ce moment quelqu'un de bien.

Tout le monde semblait suspendu aux lèvres de Yeraz, hypnotisé, la respiration coupée.

— Waouh, souffla Mélissa, bouleversée comme les autres. Je n'ai jamais entendu quelque chose d'aussi beau.

La douleur gonflait mon cœur à tel point qu'il me paraissait prêt à exploser. Je luttai pour retenir mes larmes.

— Merci, murmurai-je.

J'aurais certainement éclaté en sanglots si j'avais su ses paroles vraiment sincères. Yeraz jouait un rôle, mais son armure semblait s'être soudain fendue. Il y avait quelque chose de triste dans ce qu'il venait de nous confier, mais dans son désespoir, je sentais pour la première fois l'envie d'être sauvé.

— Je dois y aller, déclara-t-il brusquement avec un sourire froid.

Je l'interrogeai du regard, mais il se leva sans rien ajouter. Ma mère vint l'embrasser avant qu'il quitte la table et le remercia pour sa présence. Il se contenta de hocher la tête sans exprimer la moindre émotion. Ma famille ne releva pas son attitude très distante vis-à-vis d'elle, aujourd'hui.

— Yeraz, attends ! criai-je en lui courant après dans le hall.

Il ralentit sa marche pour m'attendre, mais ne se retourna pas. Je l'attrapai par le bras pour l'obliger à me regarder.

— Dis-moi ce qu'il se passe, bon sang ?

Je jetai un coup d'œil autour de nous pour être sûre que l'on soit bien seuls tous les deux avant de revenir sur lui. En proie à une colère aussi violente que soudaine, il continuait de me fixer. Je retins mon souffle en devinant que je n'allais pas aimer ce qui allait suivre.

— Tes parents n'ont jamais porté plainte pour donner suite à l'accident au lycée !

Je tombai des nues. Pourquoi revenait-il là-dessus ? J'élevai deux mains impuissantes devant moi avant de les laisser retomber.

— Comment peux-tu savoir ça ?

— Oh, arrête, Ronney. Tu sais bien que je peux avoir tous les renseignements que je veux. J'ai juste un coup de fil à passer.

Tout ce que je refoulais depuis des années me remontait à la gorge.

— Pourquoi est-ce si important ? C'est du passé !

Yeraz protesta avec véhémence :

— Ces choses-là ne sont pas du passé, bordel ! Une agression sexuelle ce n'est pas un petit acte sans conséquence que l'on aime se souvenir tout au long de sa vie.

Je serrai les dents pour ne pas laisser voir l'effet de ses paroles sur moi. Je cherchai désespérément quelque chose à ajouter, mais mon esprit tout entier était occupé à empêcher ces images de refaire surface.

— Pourquoi tes parents ne se sont-ils pas battus pour toi ? Pourquoi ne te bats-tu jamais contre les autres ?

— Tu es bien placé pour savoir qu'il n'y a pas de règles partout, déclarai-je à voix basse en détournant les yeux.

Après un long silence, je revins planter mes yeux remplis de larmes dans les siens.

— Bryan et ses amis faisaient partie des élèves les plus populaires de dernière année. Il y avait parmi eux des fils de ministres ou de gros PDG. Que valait la parole d'une gamine comme moi face à eux, Yeraz ? Combien de fois as-tu payé l'administration judiciaire pour obtenir gain de cause ? L'argent à Sheryl Valley achète tout !

Les traits de son visage se relâchèrent un peu. La peine dans ses yeux remplaça la colère.

— Mes parents à cette époque venaient d'ouvrir leur restaurant et les problèmes de santé d'Elio s'aggravaient. Ils ne pouvaient pas se battre contre des magnats de l'industrie, de puissants hommes d'affaires. J'ai quitté le lycée le jour même et n'y suis plus jamais retournée. Ne leur en veux pas d'avoir fait ce choix. C'était la seule chose à faire pour me protéger.

Je m'approchai de lui pour porter une main sur sa joue, mais il tourna sa tête délibérément. Attristée, je croisai les bras sur ma poitrine et le regardai s'en aller. Il n'était venu que pour pointer du doigt le comportement irresponsable de mes parents. Un comble quand on savait de quoi était capable cet homme.

— La question numéro neuf, c'était l'odeur de la pluie, me lança Yeraz sans se retourner. La dixième, c'était pistache. Ton tee-shirt en était recouvert le premier jour où l'on s'est rencontrés.

Alistair et Bergamote étaient déjà sur le toit de la maison de santé. Ils dansaient l'un contre l'autre sur une vieille chanson d'une chanteuse française très connue : Édith Piaf. Contrairement à ce que les gens pensaient, ils n'étaient pas en couple. Ils veillaient chacun sur l'autre, c'était comme ça qu'ils préféraient que l'on parle de leur relation. Pour Bergamote, l'amour ne se limitait pas à aimer chez son partenaire son physique, son humeur ou bien son humour. L'amour, pour elle, c'était de plonger dans l'âme de l'autre pour trouver dans ses défauts toute la beauté qui la rendait parfaite. Ma colocataire aimait me répéter que quand quelqu'un arrivait à aimer vos défauts plus que tout, alors c'était le véritable amour.

Assise sur le muret, je pensai encore à lui. Je l'imaginai en réunion d'affaires avec Hamza. Il se moquait bien de ce que je pouvais faire à cet instant.

L'odeur du rhum me ramena à la réalité. Bergamote me tendait un verre, sourire aux lèvres.

— Notre Ronney a sûrement des choses à nous raconter, mon cher Alistair.

— Ah oui, tu ne nous as encore rien dit sur ton voyage avec ce Yeraz.

Alistair était attifé d'un jeans flottant retenu par des bretelles au-dessus d'un tee-shirt imprimé d'une pin-up. Sa tenue avait de quoi détonner avec la jolie robe bleu clair à plis bien repassée de Bergamote.

— C'était surtout pour les affaires. Los Cabos est remplie de narcotrafiquants et de mafieux extrêmement riches, expliquai-je d'une voix détachée.

J'agitai mon verre de rhum. Mes yeux dans le vide restaient fixés sur le monde invisible que moi seule voyais.

— Et as-tu visité un peu l'île ?

Je relevai mon visage.

— Oui, j'ai fait du parachute ascensionnel et de la pêche.

Alistair s'esclaffa :

— Fantastique ! Ça a dû te changer les idées.

— Tu parles ! grogna Bergamote. Yeraz était là. Se changer les idées de quoi ?

— Nous nous sommes embrassés, lançai-je de but en blanc.

Mes deux compères se figèrent. Alistair attrapa ses bretelles tandis que Bergamote plissait ses yeux comme pour rembobiner mes paroles afin d'être sûre de les avoir bien entendues. Alistair se racla la gorge avant de demander, incrédule :

— Tu as embrassé un pêcheur du coin ?

Bergamote hocha la tête pour soutenir cette question.

— Non, murmurai-je. J'ai embrassé Yeraz ou plutôt, je me suis laissé embrasser.

— Oh, non, souffla Bergamote.

Elle replaça son béret jaune sur l'arrière de sa tête, l'air catastrophé avant de déclarer :

— Ne t'engage pas sur cette pente-là, Ronney. Yeraz est un membre actif de la mafia. Ce n'est pas quelqu'un de bien !

— Il va se servir de toi, renchérit Alistair.

J'essayai de les rassurer :

— Ça n'était qu'un baiser. Il n'y aura jamais rien de plus.

— Retirer le poison des veines est plus compliqué qu'on le pense.

Bergamote avait prononcé ces mots sous forme de boutade, mais le froncement de sourcils soucieux qui barrait son front m'apprenait que ça n'en était pas une.

— Que dois-je faire ? J'ai l'impression de me perdre.

Ma supplique avertit mes deux amis sur mon état émotionnel actuel. J'avais vraiment besoin d'aide, de sortir la tête de l'eau.

— Tu devrais faire une pause, me suggéra Alistair en se grattant le menton d'un air songeur.

Bergamote ajouta :

— Il est temps de prendre quelques jours de vacances bien mérités. Tu dois sortir de ses griffes, Ronney. Tu y verras plus clair après. Préserve-toi.

— Penses-tu qu'il te laissera prendre une semaine de congés ?

Je levai mes épaules puis avalai une longue gorgée de mon verre de rhum avant de répondre à Alistair :

— Ça ne devrait pas lui poser de problème. Yeraz est très occupé en général et ce qui s'est passé sur Los Cabos a moins d'importance pour lui que pour moi.

J'essayai de sourire comme si ce n'était pas si dur d'admettre tout ça.

Soudain, nos regards se tournèrent vers l'immeuble d'en face. Les lumières s'étaient baissées pour annoncer le début de l'entraînement des danseuses. Durant ce cours, je mis Yeraz de côté, dans un coin de ma tête. C'était ça, la magie « Daphné ».

J'arrivai ce lundi matin avec une boule au ventre chez Yeraz. Le chef était en train de déposer les repas dans la cuisine, guidé par Ashley. Quand elle m'aperçut à l'entrée, elle m'indiqua avec son doigt la direction du salon en articulant doucement :

— Timothy a besoin de vous.

Je hochai la tête et partis le rejoindre. Le pauvre était avec son ordinateur portable en train de jongler avec un fichier dans lequel étaient répertoriés les contacts de milliers de personnes. Il parut soulagé de me voir.

— Bonjour, Ronney. Nous devons commencer à envoyer les cartes de vœux pour cette fin d'année. Yeraz souhaite aussi faire le tri dans ce fichier qui n'a pas été mis à jour depuis un moment. Il perd trop de temps dessus à chaque fois.

Timothy s'arrêta soudain de parler et m'observa en biais.

— Pourquoi gardez-vous votre veste ? Et pourquoi me regardez-vous avec ce regard désolé ?

Il se leva brusquement du canapé en mettant ses deux mains devant lui.

— Non, non, non. Je vous interdis de nous dire que vous nous quittez. Je ne peux pas entendre ça, pas maintenant.

— Je ne pars pas, le coupai-je.

Un soupir de soulagement s'échappa de lui.

— Je prends des vacances.

— Quoi ? Vous prenez quoi ?

Mon assistant, choqué, secoua la tête en levant ses sourcils.

— Il n'y a pas de congés dans ce boulot. Nous sommes des esclaves dociles, des paillassons où des bottes couvertes de boue peuvent venir s'essuyer. C'est ça notre job !

— Je suis passée chez Camilia à l'aube. Elle m'accorde une semaine de congés, qui est comprise dans mon contrat.

Timothy posa ses mains sur ses hanches, visiblement surpris par cet aveu.

— J'aurais dû négocier mon contrat moi aussi, murmura-t-il, grognon.

— Je reste à Sheryl Valley. S'il y a quoi que ce soit, je suis joignable. Je n'aime pas l'idée de vous laisser en plan, mais j'ai vraiment besoin de prendre du recul. Ce poste est anxiogène.

À cet instant, Ashley entra dans la pièce de son pas dansant et interrogea Timothy du regard en remarquant l'ambiance étrange entre nous deux.

— Ronney prend une semaine de vacances, lâcha mon assistant vert de jalousie en faisant virevolter sa main dans les airs.

— Merde ! Camilia est-elle…

— Oui, elle est au courant, répondis-je avant même qu'elle finisse de poser sa question.

— Et monsieur Khan ?

Silence.

— Pas encore.

Ma voix chevrota un peu. Ashley resta silencieuse et me dévisagea longuement. Je réprimai une envie de partir en courant de cette maison avant que tout le monde devine qu'il s'était passé quelque chose sur l'île.

— Bien. Comptez-vous lui annoncer maintenant ? Ou le faire par message ?

Elle avait pris un ton indulgent, presque docte.

Je me pinçai les lèvres et me mis à regarder vers le plafond pour réfléchir un instant. Lorsque je reportai de nouveau mon regard sur eux, mon sang se glaça. Ils regardaient tous les deux par-dessus mon épaule, l'air terrifié. Je fermai mes paupières.

— Il est là, c'est ça ?

Le silence répondit à leur place. Je rouvris les yeux et me tournai lentement en direction de l'entrée du séjour. Yeraz se tenait debout, les mains dans les poches, en me fixant d'un regard important. Tiré dans son costume noir à quatre épingles, il dégageait quelque chose de fort. Je me sentis devenir toute petite. Même s'il ne laissait rien transparaître, je savais que son sang-froid se rapprochait dangereusement de la fureur.

— Ma mère vient de m'appeler. Vous prenez des vacances, miss Jimenez ? Pourquoi n'ai-je pas été informé avant elle ?

Sa voix était basse et grave, comme s'il avait hurlé toute la matinée. J'avais du mal à répondre. Une brûlure me remontait dans la poitrine.

— J'ai pris beaucoup de retard au studio. Nous devons absolument boucler cette fin de saison.

Yeraz inclina la tête et révéla un léger sourire sardonique sur les lèvres.

— Vos vacances sont refusées ! Vous les prendrez après le gala si j'en conviens.

Je poussai une exclamation de surprise. Tétanisés, Ashley et Timothy observaient la scène. Yeraz pensait qu'il pouvait faire ce qu'il voulait de moi. Je n'étais pas un pion et je ne travaillais pas pour lui, merde ! Je pris une profonde inspiration et m'adressai à mes assistants d'une voix assez forte pour qu'ils m'entendent :

— Donc, comme je vous l'ai dit, je serai joignable sur mon téléphone.

Ils me regardèrent tous les deux avec de grands yeux, comme si j'étais devenue folle.

— Jimenez, je veux vous voir dans mon bureau, MAIN-TE-NANT !

Je rassemblai mon peu de courage et me dirigeai vers la sortie du séjour, mais au moment de dépasser Yeraz, il me barra la route avec son bras.

— Qu'est-ce que tu fous ? me glissa-t-il à l'oreille, la mâchoire serrée.

— Laisse-moi prendre mes jours de congés.

Mon murmure était teinté de colère.

— Si tu pars maintenant, Ronney, je te le ferai regretter.

Je m'écartai de lui, les traits crispés de dégoût.

— Va te faire soigner !

Il me plaqua contre le mur et leva son doigt menaçant devant lui. Ses prunelles ténébreuses vinrent se planter dans les miennes. Son visage était si proche de moi que je pouvais sentir son haleine parfumée caresser ma peau.

— Ne m'oblige pas à me répéter, Ronney. Je déteste ça.

Il me relâcha brusquement et quitta la pièce. Timothy et Ashley vinrent aussitôt à mes côtés pour s'assurer que j'allais bien.

— C'est la première fois que nous voyons monsieur Khan dans cet état. Il ne fait jamais de scène devant les gens d'habitude. Pourquoi est-il dans un tel état de rage ?

Timothy essayait de comprendre les agissements de son boss tandis qu'Ashley me regardait silencieuse avec un air suspicieux. Son sixième sens lui indiquait sûrement que quelque chose avait dû se passer entre Yeraz et moi à Los Cabos.

— Ferme la porte ! m'intima Yeraz.

À l'autre bout de la pièce, je vis ses yeux luisants et perçants se plisser. Déjà passablement ébranlée par notre altercation dans le séjour quelques minutes plus tôt, je n'avais pas le courage de me battre contre lui maintenant.

— Pourquoi veux-tu partir ?

— Pourquoi veux-tu que je reste ?

Il m'examina attentivement d'un regard indéchiffrable avant de laisser échapper un soupir d'exaspération.

— Je ne sais pas, Ronney. Je ne sais pas, putain !

Quand il détourna enfin son regard de moi, ce fut comme si on enlevait un énorme poids de sur mon ventre.

— Tu n'as pas besoin de moi pour foutre ta vie en l'air.

Ma voix éraillée trahissait ma nervosité, ma peur de le laisser à son sort. Yeraz, contrarié par mes paroles, passa ses mains sur son crâne.

— Écoute, repris-je d'une voix douce pour éviter de le contrarier davantage. J'ai besoin de prendre un peu de distance avec ce boulot, et avec toi. Tu ne comprends pas, ma vie était si simple avant de te rencontrer. Dans quelques mois, tu seras à la tête de la Mitaras Almawt et je ne cautionnerai jamais ton choix.

Yeraz me considérait pensivement.

— Tu te donnes du mal depuis le début pour que je démissionne. Tu t'acharnes contre moi afin que je laisse tomber ce job. Félicitations, je suis à deux doigts de tout plaquer. Alors, pourquoi ai-je l'impression que tu refuses maintenant de me laisser partir ?

Son regard descendit nonchalamment de la racine de mes cheveux à mes converses rouges. Il secoua la tête puis l'ombre d'un sourire effleura ses traits.

— J'aime ton côté simple, sans chichi, avoua-t-il à voix basse. Avec toi, j'ai l'impression d'être quelqu'un de meilleur.

Il traversa la pièce pour venir se poster devant moi.

— Tu dois comprendre, Ronney. Il n'y a rien sur cette Terre qui me fera changer mon destin. Nous sommes là où nous devons être. Il n'y a pas de bon ou de mauvais chemin. Personne ne se lève le matin en réfléchissant à comment foirer sa vie. Je fais des erreurs comme tout le monde et j'apprends de mes erreurs, mais jusqu'ici, personne n'a réussi à me prouver que mon chemin n'était pas le bon.

C'était sa façon à lui de me dire combien nos mondes étaient différents. J'étais incapable de cohabiter avec la mort donc incapable de rester auprès de lui plus longtemps. Ses doigts frôlèrent mon visage et un courant électrique me traversa. Je sentis mon corps se plaquer contre la porte. Ne voulant pas revivre la scène du bateau, je me dégageai avant que les choses dérapent.

— Je dois y aller, soufflai-je.

Yeraz ne répondit pas. J'agrippai la poignée de la porte en évitant de le regarder puis m'enfuis avant qu'il puisse me retenir avec des ordres.

Je passai ma tête dans la cuisine, seul Timothy était présent. En me voyant, il tourna brusquement la tête, faisant mine de contempler d'un air inspiré l'électroménager de la cuisine. Il se doutait de quelque chose, c'était sûr.

— Où est Ashley ?

Mon assistant se racla la gorge, mal à l'aise avant de répondre :

— Partie chercher les journaux.

— OK, faites-moi parvenir l'agenda de monsieur Khan sur ma boite mail, s'il vous plaît. Je réserverai les suites et les restaurants s'il y a des déplacements de prévus. Il faut aussi s'occuper du recrutement des nouveaux gardes du corps. Envoyez-moi les CV, je ferai un premier tri.

Je cherchai quelles autres informations je pouvais lui donner avant mon départ.

— Ronney, ça va aller. Je vous assure.

Timothy m'adressa un sourire et je relâchai la pression qui pesait sur mes épaules.

— Je sais, mais Yeraz est un hyperactif avec une idée à la minute. Il déplace ses rendez-vous en permanence.

— Nous allons gérer. C'est juste l'histoire d'une semaine après tout.

— Merci, prononçai-je avec sincérité.

En franchissant le portail de la résidence, je ressentis un inexplicable soulagement. Avant de rentrer chez moi, je décidai d'aller marcher un peu en ville et de m'arrêter prendre un café dans le centre. Il fallait absolument que j'oublie le regard magnétisant et pénétrant de Yeraz.

11

Au milieu du parc coulait un petit ruisseau. Assise sur le pont en bois, je balançais mes jambes au-dessus de l'eau. La voûte encore céleste disparaissait peu à peu avec la lumière de l'aube, balayant doucement les étoiles scintillantes sur son tapis sombre. Il n'était que sept heures, mais j'avais du mal à dormir. Je n'avais pas eu de nouvelles de Yeraz depuis deux jours, mais sa voix, que j'entendais toujours dans ma tête, continuait de me persécuter, et la vision de son regard assassin sur moi était encore pire.

Je jetai un coup d'œil autour de moi avant d'arrêter mon regard sur le parking, tout au fond. À part de rares joggeurs, rien ne troublait le silence de ce lieu.

Je tentai de me concentrer sur ma lecture. Les poèmes d'Emily Dickinson m'apaisaient l'esprit. Un homme comme Yeraz pouvait-il lire un recueil pareil ? Impossible qu'il ressente la puissance de ces mots ! Impossible qu'il ressente quoi que ce soit, d'ailleurs.

C'est le bruit d'un moteur de voiture au loin, sur le parking, qui me fit relever la tête. Huit heures, la plupart des habitants de Sheryl Valley commençaient leur journée de travail. Je suivis des yeux cette berline noire à la carrosserie brillante. Je ne la voyais pas bien d'ici, elle était trop loin. La seule chose qui m'interpellait était que des voitures comme celle-là ne se garaient pas à Bakery District. Je refermai mon livre et le rangeai dans mon sac. Je devais me rendre chez mon orthodontiste camée avant de rejoindre le chemin du studio.

— Si seulement je pouvais partir loin de cette ville.

Ma voix, que nul ne pouvait entendre, rendit un son étrange. Je mis mon baladeur en route, sur mes oreilles, pour commencer ma journée avec Elvis.

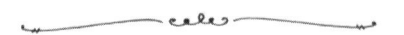

Trois jours que je ne m'étais pas rendue à Asylum. Je commençai à apprécier un peu ma liberté retrouvée. Ma vieille mobylette tremblait et encaissait avec fracas les trous de la chaussée. Je longeai les grands immeubles, passai les feux orange clignotants puis me garai devant le studio avant de retirer mon casque. Mon chignon-patate retombait plus sur un côté, mais ce n'était pas grave, je le referais à l'intérieur du bâtiment.

Au moment de tourner les talons, mon regard fut attiré par une berline de marque Mercedes garée juste en face de l'entrée de l'immeuble. Les vitres de la voiture baissées, je reconnus les deux visages aux airs peu commodes que j'avais vus sur la liste des profils, envoyée par Timothy, le lundi soir sur ma boîte mail. C'était moi-même qui avais retenu leur candidature. L'un avait une grosse barbe et des cheveux longs ramenés en arrière laissant apparaître des tatouages tout le long de son cou. L'autre type, plus mince, les yeux clairs, avait un visage émacié, creusé et des cheveux courts tirant sur le noir grisonnant.

Une colère en moi grimpa en flèche. Avant que je traverse la chaussée pour me défouler sur les hommes de Yeraz, la Mercedes démarra. Je réalisai soudain que c'était cette voiture que j'avais aperçue hier matin, au parc. Je sentis comme une main m'agripper la paroi intérieure de mon estomac. Il me suivait partout. Yeraz me pourchassait. C'était sa façon à lui de me montrer qu'il décidait de tout, de quand commençait une partie et quand elle se terminait.

Je laissai filer devant moi les deux hommes en suivant des yeux leurs feux de position et luttai contre l'émotion de rage qui me serrait la gorge.

En ce début de soirée, une légère pluie tombait, rendant la route glissante. Je n'avais toujours pas digéré la scène de ce matin. L'envie de prendre mon téléphone et d'appeler Yeraz me brûlait les doigts. J'accrochai en vitesse mon antivol à ma mobylette, pressée de partager ma mésaventure avec Alistair et Bergamote. Ils allaient sûrement encore essayer de me persuader de démissionner et dans un sens je savais qu'ils avaient raison. J'étais folle de rester à ce poste.

Je m'arrêtai net sur la première marche, devant l'immeuble. Caleb, assis tout en haut, m'attendait, l'air désolé.

— Bonsoir, Ronney.

Je me mordis la langue. Il avait toujours ce beau visage fin et les cheveux légèrement en bataille.

— Qu'est-ce que tu fais là ? Carolina est-elle au courant ? Je ne veux pas avoir de problèmes.

— Non, ne t'inquiète pas. C'est fini avec Carolina. Peut-on se parler ?

Un sentiment étrange à la fois de peur, de soulagement et de guérison m'envahit à cet instant. Je regardai tout autour de moi, inquiète. J'avais l'impression que Yeraz avait des yeux partout.

— Viens, entrons. Ça sera mieux.

Caleb me suivit sans un mot à l'intérieur de l'immeuble.

Je triai, à l'entrée de l'appartement, les prospects en papier glacé d'agences immobilières et des pizzerias qui proposaient les livraisons à domicile. Je gardai les brochures commerciales pour plus tard. À l'intérieur, des coupons de réduction pourraient nous servir pour les courses.

— J'ai déposé le courrier sur le buffet ! criai-je pour que Bergamote et Alistair m'entendent.

Un doux air de jazz flottait dans l'appartement. Avec un signe de tête, j'invitai Caleb à me suivre dans ma chambre. En passant devant la cuisine, j'aperçus Bergamote qui préparait des quiches pour les donner plus tard aux familles les plus démunies de notre quartier. C'était son rituel du jeudi soir.

Ma colocataire sursauta dans son tablier rose en me voyant. Visiblement, elle ne m'avait pas entendue entrer. Un grand sourire illumina son visage avant de se faner brusquement en apercevant Caleb à mes côtés. Bergamote m'interrogea du regard, le sourire crispé.

— Caleb est juste passé me voir pour me parler de la prochaine réunion de famille.

— Juste ?

Les lèvres pincées, elle hocha la tête et dans un effort ajouta :

— Resterez-vous pour diner ?
— Non, merci. Je ne fais que passer.

Bergamote parut satisfaite de la réponse. Avant de se remettre à sa cuisine, elle m'avertit du regard de ne pas me faire avoir avec cet homme.

— Où est Alistair ?

Bergamote releva ses yeux sur moi avant de répondre :

— C'est jeudi soir. Il est au café du coin, à sa partie de bridge.

Je ne m'attardai pas dans la cuisine et la laissai finir ses plats.

Dans ma chambre, Caleb referma la porte derrière lui. J'enfouis mes mains dans les poches arrière de mon baggy et attendis qu'il prenne la parole. Mal à l'aise, il passa une main dans ses cheveux et les ébouriffa nerveusement.

— Écoute, Ronney. Je n'espère pas que tu me pardonnes pour ce que je t'ai fait. Je sais que Carolina et moi t'avons trahie, mais une partie de moi reste très attachée à toi.

Mon cœur cognait fort, très fort dans ma poitrine. Le moment que j'avais tant attendu, tant espéré était enfin arrivé.

— C'est moi qui l'ai quittée, continua Caleb. Carolina est une jolie fille, mais quand on gratte un peu, on s'aperçoit que ce n'est pas une si belle personne.

J'ouvris la bouche, mais Caleb leva sa main devant lui pour me supplier de le laisser poursuivre.

— Giovanni a l'air d'être quelqu'un de bien. Il y a quelque chose entre vous, ça crève les yeux, mais il semble si autoritaire. J'avoue qu'il peut foutre la trouille à certains moments.

Je baissai les yeux. Comment lui dire qu'il avait raison à propos de Yeraz et qu'il n'était pas mon petit ami en réalité ?

— Penses-tu vraiment que c'est l'homme qu'il te faut ? Qu'il est honnête ? Que ses intentions envers toi sont bonnes ?

Je voulus crier « non » à toutes ses questions, mais aucun son ne franchit mes lèvres. Pire, elles restèrent scellées. Caleb profita de mon étrange silence pour prendre le dessus sur Yeraz.

— Je ne doute pas de ses sentiments pour toi. C'est un homme riche qui pourra t'offrir tout ce que tu désires, mais je te connais, l'argent n'est pas ce qui te fait vibrer.

Je sentis cette sorte de boule se durcir en moi, combinant rancœur et tristesse. Pendant un instant plana un silence contraint, tendu, avant que je me décide à réagir à ses paroles :

— J'avais des rêves et des espoirs pour nous.

Ma voix faible laissait entrevoir toute la douleur que je gardais de notre rupture. Caleb esquissa une moue chagrinée.

— Je t'attendrai, Ronney. Réfléchis à ce que tu veux, à ta relation avec Giovanni. Sache que j'éprouve de profonds regrets.

Le bruit d'une portière qui claqua à l'extérieur attira mon attention. Je gagnai la fenêtre et regardai la rue en contrebas. Dans l'obscurité, les passants n'étaient que des silhouettes sombres. Pas de trace de la berline noire ni de Yeraz.

— Tout va bien ? Tu attends quelqu'un ?

Je me retournai vers Caleb et tentai d'adopter l'attitude la plus décontractée possible.

— Oui, non. Je guette l'arrivée d'Alistair.

Caleb partit s'asseoir à mon bureau et observa ma chambre avec un sourire rêveur.

— Te souviens-tu de cette journée où il avait plu des trombes d'eau ? On était resté à ton appartement, à regarder de vieux films de Charlie Chaplin.

Je hochai la tête, puis partis m'asseoir au bord de mon lit.

— Tu fais ça aussi avec Giovanni ? se hasarda Caleb.

Il m'observait attentivement. Un silence s'étira. Je me redressai.

— Non, nous faisons autre chose.

— Oui, comme partir à Los Cabos. J'imagine que c'est bien mieux que de rester coincée ici, à regarder des films en noir et blanc.

Caleb avait prononcé ces mots avec une once d'amertume dans la voix.

— Il travaille beaucoup, la plupart du temps. Ce n'est pas une relation facile.

C'est une relation toxique, pensai-je au fond de moi. Caleb se leva et vint me rejoindre. Nous étions face à face. J'avais l'impression qu'il pouvait entendre les battements de mon cœur tellement celui-ci tapait fort sous mon tee-shirt. Sa main caressa ma joue puis son visage se rapprocha doucement du mien.

Lorsque nos lèvres se touchèrent, je fermai les yeux pour savourer ce moment. C'est alors que je vis le visage de Yeraz apparaître dans mes pensées. Ses yeux d'un noir profond, les traits de son visage parfait et ce sourire cruel qu'il m'adressait quand je refusais de lui obéir. J'essayai de me concentrer sur Caleb, mais je trouvai ses baisers fades, d'un coup. Ils ne provoquaient plus rien en moi. Il n'y avait plus aucune passion, aucune envie de sentir sa main se poser sur moi. Je réalisai que je ne ressentais plus rien pour lui. J'étais guérie. Je m'étais accrochée pendant des mois à des souvenirs et à de belles illusions. Je m'écartai et plongeai mes yeux dans les siens avant de déclarer à voix basse :

— Je ne peux pas. Tu dois tourner la page.

— Donc, c'est Giovanni ?

Silence. Caleb se recula en se pinçant les lèvres. Ses yeux parcoururent ma chambre avant de revenir sur moi.

— C'est ma faute, j'ai tout foutu en l'air ! Je m'en suis rendu compte à l'instant où je t'ai vue avec Giovanni, la première fois, à cette cousinade. C'est bien fait pour moi !

Caleb leva son visage vers le plafond et ferma ses paupières de toutes ses forces.

— Adieu, Ronney.

Les larmes me montèrent aux yeux à l'idée de devoir laisser partir mon premier amour. J'espérais ne pas le regretter plus tard. J'aurais au moins vécu une vraie histoire avec un homme, une chance inespérée pour une fille comme moi. Pourquoi ce maudit cœur n'écoutait-il pas ma raison ? Ce fut la dernière fois que je voyais Caleb. Le lendemain, il quitterait Sheryl Valley pour s'installer en Europe.

Au moment de me retrouver seule dans ma chambre, une explosion de panique m'envahit. Assise sur le lit, les yeux dans le vide, je ramenai mes genoux sur ma poitrine et serrai mes bras autour d'eux. J'analysai tous les évènements de ma journée sans rien trouver de logique dans son déroulement. Demain matin, j'irais acheter de la peinture pour peindre les murs tristes de cette pièce. Ça me changerait les idées. Je devais absolument m'occuper l'esprit avant de devenir complètement dingue.

Après de longues minutes, prostrée sur mon lit, je sortis de ma chambre. Dans la cuisine, je retrouvai mes deux colocataires qui avaient déjà commencé à manger. Bergamote se gratta le nez et demanda, avec précaution :

— Vas-tu revoir Caleb ?

Je fis non de la tête et commençai à boire ma soupe avec la cuillère.

— Il a laissé passer sa chance ! déclara Alistair de sa voix sévère et moralisatrice. Notre Ronney n'est pas une personne que l'on peut jeter et reprendre comme une vieille chaussette.

Son regard bleu acier se posa sur moi. Je lui adressai un vague sourire. Si seulement les choses pouvaient être plus faciles. Sentant les questions brûler leurs lèvres, je me mis à leur raconter ma conversation avec Caleb. Ils m'écoutèrent attentivement. J'évitai de leur parler de l'épisode de ce matin, celui où j'avais vu les hommes de Yeraz devant le studio d'enregistrement. Ça ne servait à rien de les inquiéter avec cette histoire.

Au moment de débarrasser la table, la sonnerie de mon téléphone retentit. Raidie par le stress en voyant s'afficher le nom d'Ashley sur l'écran, je me figeai sur place. Après quelques secondes d'effroi, je réussis à réagir et décrochai.

— Ronney, vous devez venir immédiatement chez Camilia.

Le ton paniqué d'Ashley me fit comprendre que quelque chose de grave s'était produit.

— Que se passe-t-il ? Ashley, calmez-vous, s'il vous plaît. Parlez plus doucement, je ne comprends rien.

— Nous sommes passés chez madame Khan avec Timothy, il y a à peine vingt minutes, pour lui déposer les plans de la salle avec la décoration pour le gala de Thanksgiving. Elle et ses cinq enfants, dont Yeraz, étaient réunis pour un repas de famille.

— Un repas de famille ?

— C'était plus une sorte de réunion de famille à vrai dire, mais ça a dégénéré lorsque Timothy et moi étions sur le point de partir. Yeraz s'est jeté sur Hadriel, une bagarre a éclaté entre eux. Il est hors de contrôle. Venez, Ronney.

— Pour… pourquoi devrais-je venir ? bafouillai-je. Yeraz est toujours accompagné de ses hommes de main. Ils ne peuvent rien faire ?

— Ils ne bougeront pas le petit doigt. Ronney, ça a dégénéré quand Hadriel a prononcé votre nom. Vous seule, pouvez le calmer. Yeraz est furieux depuis lundi, depuis que…

— J'arrive tout de suite !

Je raccrochai et commandai aussitôt un Uber.

Le trajet jusqu'à Asylum ne m'avait jamais paru aussi long. Décidément, je ne voyais pas la fin de cette journée.

La berline s'arrêta devant la résidence de Camilia. Dans la nuit noire, silencieuse, rien ne laissait penser qu'un drame était en train de se dérouler à l'intérieur de l'immense demeure.

Après quelques pas, j'aperçus Ashley assise dans la véranda. Elle était visiblement seule. En me voyant, elle se leva brusquement et me rejoignit précipitamment.

— Ils sont tous dans le séjour. J'ai prévenu Camilia que vous étiez en route. Timothy vient de partir.

Je m'entendis demander d'une petite voix :

— Yeraz est-il au courant ?

— Oui. J'ai peur pour vous, Ronney. Vous êtes partout. Dans sa colère, dans son regard, dans son esprit. Il devient complètement fou.

Je pris ma tête entre mes mains.

— OK, rentrez chez vous, Ashley. Je m'occupe de lui. Je vous enverrai un message quand tout sera sous contrôle.

Ashley acquiesça. Elle parut hésiter un instant, puis finit par se décider à partir, les larmes aux yeux.

De la vaisselle cassée jonchait le sol. Aaliyah, Ghita et Cyliane étaient toutes les trois retranchées dans un coin du séjour, transformé en état de siège. Camilia se jeta sur moi, visiblement dépassée par la situation. Choquée par la scène qui se déroulait sous mes yeux, je n'entendis pas ce qu'elle me disait. Une espèce de bourdonnement remplissait mes oreilles. Les gardes du corps que j'avais aperçus ce matin étaient debout et barraient le passage à quiconque voulait intervenir. Yeraz, les traits déformés par la rage, asséna Hadriel, déjà à terre, d'un coup de pied violent dans le ventre. Le pauvre homme hurla de douleur. C'est à cet instant que l'ouïe me revint.

— Laisse-le ! hurla sa mère.

Je me précipitai vers Yeraz, mais les deux armoires à glace s'interposèrent. Furieuse, j'en giflai un au visage.

— C'est vous qui l'avez mis dans cet état-là ! Vous êtes venus lui rapporter pour Caleb, c'est ça ?

Le tatoué jeta un coup d'œil à son collègue. Aucun d'eux ne me répondit. Les cris d'Hadriel continuaient de résonner contre les murs. J'attrapai une bouteille de champagne posée sur la table et la jetai en plein visage de l'homme aux joues creusées. Ce dernier se plia en deux en portant ses mains sur son crâne. Je profitai de ce moment pour passer en force et réussis à me glisser juste à temps entre Hadriel et Yeraz avant qu'il lui donne un énième coup de poing.

— Stop !

Yeraz, plongé dans une sorte de transe et en sueur, se figea. Sa chemise était sortie de son pantalon et les manches, retroussées sur ses avant-bras. Ses muscles contractés au maximum faisaient ressortir les veines sous sa peau. Il se recula et essuya sa bouche avec son poignet.

— Dégage d'ici ! me lança-t-il.

— Sinon quoi ?

Ses yeux noirs me dévisagèrent d'un air insolent. La froideur de son ton me surprit. Je rassemblai tout mon courage pour l'affronter. Durant une seconde, j'eus l'impression qu'il baissait sa garde, mais sa mâchoire se contracta de nouveau. Je balayai la pièce des yeux. Camilia et les filles observaient la scène en retenant leur respiration. Je fermai mes paupières avant de les rouvrir quelques instants après. Je connaissais la véritable nature de sa colère sans vraiment la comprendre, mais je devais intervenir au plus vite pour la désamorcer.

— Il ne s'est rien passé avec Caleb !

Yeraz se frotta brutalement les yeux avant de pointer son doigt vers moi.

— Tu es comme les autres, Ronney. Une sacrée salope qui ne pense qu'à l'argent.

J'ouvris la bouche, outrée, déstabilisée par ces propos que je trouvais ultra-violents à mon égard. Bon sang, mais que lui arrivait-il ?

— C'est toi qui es comme les autres ! rétorquai-je hors de moi. Je ne suis pas ta chose. S'il ne s'est rien passé avec Caleb ce soir, c'est uniquement parce que son comportement me dégoûte, tout comme le tien.

Je le poussai violemment, mais me heurtai à un mur de muscle. Cette dispute devant sa famille commençait à devenir franchement embarrassante. Je respirai profondément pour tenter de recouvrer mes esprits puis repris d'une voix plus calme :

— Peut-on finir cette conversation ailleurs ? Je suis épuisée de me battre sans cesse avec toi.

— Épuisée ? Ça fait des jours que tu te prélasses. Tu ne sais pas ce que c'est que la fatigue, Ronney. Tu ne gères rien !

Irritée par ses propos, je levai des mains impuissantes au-dessus de moi.

— Tu as raison, je n'en sais rien. Je rentre chez moi, Yeraz. Fais ce que tu veux, je m'en fous. Ça ne me concerne pas. Va te faire foutre !

Camilia tenta de me retenir, mais je ne voulais pas rester plus longtemps en face de lui. Toutes ces histoires qui n'étaient pas les miennes m'épuisaient. Je savais que je serais convoquée dans les heures ou les jours à venir pour m'expliquer sur la relation que j'entretenais avec son fils. Comment allais-je me justifier ? Moi-même, je n'avais aucune idée de comment qualifier ce lien si étrange avec lui. Il y avait à la fois tout et rien, entre nous.

Isaac m'attendait près de la voiture. La portière grande ouverte, il m'invita à prendre place à l'arrière. Je le regardai d'un air suspicieux puis déclinai poliment :

— Je vais prendre un Uber, merci.

— Miss Jimenez, laissez-moi vous ramener chez vous, j'insiste.

— C'est Yeraz qui vous l'a demandé ?

L'homme acquiesça.

— Je ne veux rien de lui !

— Soyez raisonnable. Dans vingt minutes, vous pourrez être dans votre lit.

Je soupirai. Les mots d'Isaac finirent de me convaincre.

— Depuis combien de temps travaillez-vous pour lui ?

Ma question avait brisé le silence qui régnait depuis plusieurs minutes à l'intérieur de l'habitacle. Isaac me jeta un coup d'œil dans le rétroviseur.

— Longtemps, madame.

Sa réponse évasive indiquait le désir de ne commencer aucune conversation avec moi. Je persistai, car j'avais vraiment besoin de me confier à quelqu'un :

— Je crois qu'il me déteste. Pourtant, il s'entête à vouloir me retenir.

Je regardai le paysage défiler sous mes yeux, à travers la vitre. Isaac avait emprunté un autre chemin pour me ramener.

— Monsieur Khan n'est pas un homme qui fait dans les sentiments. Il n'a pas le temps de vous détester, ni même de vous apprécier.

La mine attristée, je collai mon front sur la vitre. La sensation de fraîcheur me fit le plus grand bien. Isaac se racla la gorge avant de déclarer à voix basse :

— C'est la première fois en huit ans de carrière que je l'ai vu complètement absent mentalement, ces derniers jours.

Je me redressai et regardai de nouveau dans le rétroviseur. Isaac, mal à l'aise de divulguer ces informations, n'osait pas rencontrer mon regard.

— Il a passé son temps à se renseigner pour savoir où vous étiez et ce que vous faisiez.

— Je ne comprends plus rien, murmurai-je.

— Avant de vous rencontrer, monsieur Khan était un homme mort, sans âme. Vous êtes la personne qui lui avez montré qu'il était en vie.

Isaac s'arrêta une seconde avant de reprendre d'une voix étrange :

— Mais est-ce une bonne chose, miss Jimenez ?

Un frisson me parcourut le corps. Lorsque je détournai mes yeux, je reconnus la demeure de Yeraz. Je me redressai brusquement.

— Qu'est-ce que vous faites ?

— Je suis désolé, ce sont les ordres.

— Vous m'avez dit que vous me rameniez chez moi, je vous faisais confiance !

Je me retenais de hurler.

— Comprenez-moi, miss Jimenez, personne ne dit « non » à monsieur Khan.

Il descendit de la voiture, mais je ne l'attendis pas pour ouvrir la portière. Furieuse, je la refermai avec fracas derrière moi et foudroyai Isaac du regard sur mon passage.

Il s'excusa une dernière fois avant que je rentre dans la maison, hors de moi.

La chambre de Yeraz était plongée dans une étrange pénombre. Je croisai mes bras sur ma poitrine pour me rassurer. Rien ne venait troubler le silence de la demeure. Une sorte de brume flottait dans l'air. La clarté de la lune éclairait la pièce et faisait danser sur le sol des ombres aux formes diverses. Je m'avançai doucement vers le grand buffet placé sur le côté du mur. Il était recouvert d'une vitre en verre transparente. En dessous, je distinguai six armes de calibres différents, rangées méticuleusement. Je me demandai alors : combien de temps un homme comme Yeraz pouvait-il rester en vie ? Il devait forcément avoir un tas d'ennemis. Ma gorge se serra à cette pensée. Soudain, des mains se posèrent sur la commode, de part et d'autre de mon corps, m'encerclant tel un étau.

— Tu ne devrais pas admirer ces jouets.

Je fermai à demi les yeux en entendant le murmure de sa voix.

— Et toi, tu ne devrais pas jouer avec ça, répondis-je d'une voix faible.

Yeraz fit coulisser le haut de la vitre transparente pour en sortir un pistolet. Toujours dos à lui, je sentis son corps se rapprocher encore un peu plus près de moi. Il prit mon poignet avant de me mettre l'arme dans la main.

— Non, je n'en veux pas !

Je me débattais, mais Yeraz resserra son étreinte et sa poigne d'acier sur mon poignet.

— C'est plus lourd que tu ne le pensais, je me trompe ? Ne te sens-tu pas plus forte, maintenant ? Ce MAC 50 a presque une âme.

J'essayai de lâcher le pistolet qui paraissait me brûler la paume, mais Yeraz continua de m'obliger à la tenir. Il me plaqua contre la commode pour m'empêcher de bouger et alla chercher des balles avec sa main libre.

— Laisse-moi, tu es cinglé !

Le cœur battant, je me débattais comme je pouvais en criant. Il dirigea mes mains pour ouvrir le chargeur et installa les balles à l'intérieur. L'arme chargée, Yeraz la pointa droit devant nous, en mettant mon doigt sur la détente. Sa joue contre la mienne, je sentais sa barbe caresser ma peau puis ses lèvres s'approchèrent de mon oreille :

— Maintenant, tu sais comment ça marche. Quand tu allumes la mèche, je suis comme cette arme : capable de tout.

Yeraz n'appuya pas sur la détente, mais la menace était claire. Il me relâcha et j'en profitai pour m'écarter le plus loin possible de lui.

Mes genoux tremblaient et menaçaient de s'écrouler à tout moment sous mon poids. Le révolver dans la main, je le pointai vers Yeraz. Une tension grandissante me nouait les muscles du dos. Dans la pénombre, ses yeux brillaient d'un éclat sauvage en me scrutant avec une concentration intense. Je ravalai mes sanglots et me mis à hurler :

— Je pourrais te tuer, là, maintenant et mettre ça sur le compte de la légitime défense !

Yeraz eut un petit sourire diabolique. Il inclina la tête et passa son pouce sur ses lèvres.

— Il faudra que tu trouves autre chose. Je n'ai jamais levé la main sur une femme de toute ma vie, ma famille le sait. Pourquoi ton poignet tremble-t-il ainsi ?

Toujours le bras tendu, je ne me démontai pas.

— Tu as tué des hommes !

— Beaucoup, déclara-t-il sans l'once d'un remords.

Il marchait vers moi sans aucune peur de mourir. Pourquoi ? Je me reculai au fur et à mesure qu'il avançait jusqu'à rencontrer le mur. Un sourire cruel continuait d'éclairer son visage. Piégée, il m'était impossible de reculer davantage. Yeraz se rapprocha suffisamment de moi pour me prendre le bras et le lever en l'air. Il m'arracha le pistolet des mains, puis retira les balles du chargeur pour être sûr de ne blesser personne. Il se pencha ensuite pour planter son regard dans le mien et articula lentement chaque mot :

— Je veux te voir demain à la première heure, ici, à ton poste.

Son regard aurait pu pétrifier n'importe qui à cet instant. L'odeur de sa peau et de son parfum me déstabilisait. Je tressaillis malgré moi. Il posa son arme au creux de mon cou avant de la faire glisser sur mes seins puis jusqu'au bas de mon ventre. Un sentiment à la fois de peur et de désir me paralysa. Les paupières closes, j'essayai de contrôler le rythme de ma respiration. Je sentais le regard de Yeraz sur moi.

Le révolver vint ensuite caresser mon entrejambe. C'était déroutant et excitant à la fois. Je me retins de poser mes mains sur lui. Je refusai de me donner à cet homme, de perdre le contrôle. Tout ça n'était pas sain. Je rouvris les paupières.

— Stop, arrête, réussis-je à prononcer entre deux soupirs.

Yeraz n'insista pas et retira son arme d'entre mes cuisses, les iris brûlants de désir.

— Abandonne-toi à moi, Ronney et nous n'en parlerons plus après.

Je fis non avec la tête.

— Tu aurais pu coucher avec lui, ce soir, mais moi, tu me repousses.

Je savais qu'il faisait référence à Caleb.

— Lui, au moins, il ne m'a jamais traitée de salope !

Yeraz se recula comme si je venais de le gifler. Nous nous affrontâmes un instant du regard. Je vis au fond de ses yeux la fureur nouvelle d'un homme fou de jalousie.

— C'est uniquement ça que tu veux retenir, Ronney ? Un mot prononcé sous le coup de la colère ?

— Tu ne frappes pas les femmes, mais tu les insultes. Penses-tu vraiment que c'est mieux ?

— Certaines aiment ça ! Ça les fait crier mon prénom encore plus fort.

Je grimaçai avant de déclarer :

— Je dois rentrer et toi, tu dois te rendre à ton club.

Yeraz me considéra un moment, le visage fermé.

— Demain, tu reprends le travail ! Ne m'oblige pas à venir te chercher.

J'étais trop dépassée par la situation pour avoir peur. Je battis des paupières puis je me dirigeai vers la porte, chancelante, en sentant le poids de son regard dans mon dos.

12

L'aube arrivait timidement en projetant des faisceaux de lumière diffus à travers les rideaux. Je me levai en rassemblant ma tignasse embroussaillée pour l'attacher. La rancœur que j'éprouvais à l'encontre de Yeraz ne s'était pas dissipée, bien au contraire. Je m'habillai à la diable pour partir aider mes parents au restaurant. Malgré la menace de Yeraz, proférée hier soir, il était hors de question que je vienne travailler ce vendredi. Je n'avais pas envie de le voir.

Le bol d'Alistair dans l'évier indiquait qu'il était déjà sorti faire sa promenade. Bergamote dormait encore. Il faisait beau, ce matin-là, je décidai de me rendre à pied au restaurant.

Ma mère dressait les tables. Un sourire fendit son visage quand elle m'aperçut. L'établissement, vidé de ses clients, était calme et une atmosphère paisible flottait partout à l'intérieur. Ma mère m'accueillit avec une étreinte chaleureuse avant de m'observer attentivement.

— Tu as les traits fatigués.

— Je me suis couchée tard.

Elle m'interrogea d'un regard curieux, mais je préférai changer de sujet. Je dépliai une nappe qui sentait bon la lessive et commençai à recouvrir les tables.

— Elio dort encore ?

— Il se prépare pour son rendez-vous de suivi, à l'hôpital.

— Tout va bien ?

— Oui, son traitement est efficace. Il est en meilleure forme même si les effets secondaires sont virulents. Il est souvent fatigué.

Ma mère, émue de parler de l'état de santé de mon frère, soupira profondément et prit un instant avant de se remettre au travail.

— Carolina et Caleb viennent de se séparer. Ce jeune homme ne sait vraiment pas ce qu'il veut.

Je fis mine de ne pas être au courant de la nouvelle. Ma mère marqua une pause et proposa sur un ton hésitant :

— Tu pourrais peut-être passer voir ta cousine pour la soutenir dans cette dure épreuve ? Après tout, tu es bien placée pour savoir ce qu'elle traverse. Je ne supporte pas de voir ma nièce dans cet état-là.

Une onde de colère et de sombre ressentiment reflua en moi. Je dus lutter de toute mes forces pour la refouler. Ma mère se souciait toujours du bien-être de ces créatures foncièrement mauvaises sans jamais vraiment se soucier du mien. Pourtant, elle aurait pu tout changer de ces années où j'avais été martyrisée par mes cousins. Je me contentai de répondre avec un sourire forcé :

— Carolina est une femme forte. Elle s'en remettra.

— Tu vois, Ronney, le problème c'est que tu ne penses qu'à ta petite personne. La rancune ne mène nulle part.

Dans la vie, il faut passer à autre chose et savoir pardonner. Nous faisons tous des erreurs.

Je la dévisageai, muette de stupeur. La voix d'Elio vint interrompre cette discussion sensible, lourde de rancunes et de non-dits. Mon frère m'embrassa le front et me jeta un regard inquiet.

— Tout va bien, sœurette ?

Je hochai la tête et lui rendis gauchement son sourire. Il était en forme, c'était le principal.

— Veux-tu que je t'accompagne à l'hôpital ?

— Je ne veux pas que tu sois là. Tu sais bien que je préfère être seul pour accueillir les bonnes comme les mauvaises nouvelles.

Mon frère caressa ma joue avec le bout de ses doigts. J'avais tellement d'interrogations au sujet du traitement, de sa maladie, de sa possible rémission, mais il y avait des questions que l'on ne posait pas, de crainte d'entendre la réponse. Pour lui, je pourrais tout donner, jusqu'à ma vie.

— Tu es venue à pied ? Je peux te déposer quelque part si tu veux avant mon rendez-vous ?

— J'ai de la peinture à acheter. Je veux repeindre les murs de ma chambre.

Ma mère sauta sur l'occasion pour m'inciter une fois de plus à prendre soin de moi :

— Tu pourrais en profiter pour passer chez ce très bon coiffeur, sur Manhattan Avenue, juste à côté de Macy's. Tu devrais faire quelque chose à tes cheveux, Ronney. Il paraît qu'il fait des miracles.

— Fous-lui la paix ! intervint mon frère.

Il se tourna vers moi et ajouta avec une sincérité indéniable :

— Tu es jolie.

Ma mère ne répondit rien. Pressée par le temps, elle était déjà en train de dresser une autre table.

Il y avait du monde dans le magasin de bricolage pour un vendredi matin. On me bouscula dans un virage d'une des rangées et je m'excusai comme si j'étais en tort.

Les allées étaient grandes, il y avait tellement de choix en matière de couleurs de peinture que je ne savais plus trop sur laquelle m'arrêter. Des pots ouverts étaient présentés à l'avant des rangées avec la mention « ne pas toucher ». Cette exposition devait nous aider à faire notre choix, mais pour moi c'était encore pire. Ces échantillons de couleurs me donnaient envie de tout acheter.

Des pistolets à peinture à haute puissance étaient en vente un peu partout dans le magasin. C'était le nouvel accessoire incontournable à avoir chez soi. Un animateur en faisait même la démonstration à un stand, au milieu d'un public déjà conquis.

Je ne savais pas depuis combien de temps je déambulais au milieu des rangées. Cette sortie me permettait de me changer les idées. Ça faisait longtemps que je ne m'étais pas sentie aussi légère. Finalement, j'arrêtai mon choix sur deux pots de couleur gris clair que je mis dans le caddie en espérant que ça suffirait. Ma chambre était minuscule, j'avais l'impression que je pourrais repeindre tout l'appartement avec ça.

Je m'apprêtai à faire un dernier tour dans les allées quand une douce voix, féminine, résonna sous les hauts-plafonds du magasin.

— Votre attention, s'il vous plaît. Pour donner suite à un souci de sécurité, votre magasin doit fermer ses portes. Merci de vous diriger sans attendre vers les sorties, sans passer par les caisses.

Un brouhaha de contestation monta partout dans les allées pour crier au scandale. Mécontente, je reposai mes pots de peinture quand la voix se fit de nouveau entendre :

— Miss Jimenez est tenue de rester à l'intérieur du magasin.

Je marquai un temps d'arrêt et fronçai les sourcils en me demandant l'espace d'un instant si tout ceci était une blague, puis me rappelai soudain que beaucoup de gens portaient le même nom que moi à Sheryl Valley. Je repris ma route. La voix résonna une nouvelle fois :

— Ronney Jimenez est tenue de rester dans le magasin.

Merde ! C'était mon prénom. Il n'y avait plus vraiment de doute. Un petit garçon passa devant moi en demandant à son père :

— Papa, c'est qui Ronney Jimenez ?

— Sûrement une femme qui a fait une très, très grosse bêtise. La police va procéder à son arrestation.

Un picotement parcourut ma nuque. J'avais soudain du mal à respirer. C'était impossible que cette Ronney ce soit moi. Il devait forcément s'agir d'une autre personne ou d'une erreur. Je retrouvai mon calme, mais avant que je puisse faire un pas de plus, une voix masculine se fit entendre dans les haut-parleurs. Le ton n'était plus le même.

— Ronney avec deux « n ».

Fait chier ! hurlai-je au fond de moi. Mon sang me monta violemment au visage. Je bouillais de rage. Il était là ! Je voulais fuir, mais Yeraz me rattraperait avant même que je franchisse les portes. Faire un scandale au milieu de la rue n'était pas mon genre.

Le magasin s'était vidé doucement, faisant place au silence. J'avais l'impression d'être dans un de ces films d'horreur où la victime ne s'en sortait pas vivante. Je prêtai l'oreille, mais n'entendis rien. Au fil des secondes qui passaient, les sombres nuées de la terreur m'envahissaient l'esprit. C'est alors qu'une voix basse, légère comme un souffle, me parvint de derrière :

— Je t'avais dit que je viendrai te chercher.

Je me retournai lentement. Mon visage se décomposa. Ses traits parfaits à l'expression vaguement arrogante me déstabilisèrent quelques instants. Yeraz ôta ses lunettes aux verres opaques. Il se tenait bien droit et relevait la tête avec un air de défi tout en me décrochant un de ses faux sourires diplomatiques.

— Tu n'as pas des choses plus importantes à faire que de me traquer comme un animal et de faire évacuer entièrement un magasin juste pour me parler ?

— Juste ? Je t'ai demandé quelque chose hier soir : d'être à ton poste ce matin. C'est toi qui m'obliges à foutre les gens dehors. Je suis heureux de voir que tu te promènes tranquillement.

Sa voix était lourde de menaces non formulées.

— Isaac nous attend dehors.

— Je n'irai nulle part avec toi !

Piqué, il répliqua sèchement :

— En fait, Ronney, je ne te laisse pas le choix.

Il s'avança vers moi et m'attrapa par le bras pour m'obliger à le suivre. Je réussis à me dégager de sa poigne d'acier et saisis un pistolet de peinture que je vidai sur lui. La seconde d'après, son costume ainsi que son visage étaient couverts d'un vert affreux. Yeraz s'immobilisa. Les bras écartés de son corps, il baissa la tête pour évaluer les dégâts avant de relever son visage de *Grinch* sur moi. Ses yeux sortaient de leurs orbites, il ne contenait plus sa fureur.

Oh non, merde. Fous le camp, Ronney. Je rassemblai tout mon courage et me mis à courir de toutes mes forces dans les allées, Yeraz à mes trousses. Je renversai sur mon passage les pots de peinture pour le ralentir. Tout à coup, un bruit sourd m'obligea à me retourner. Yeraz venait de glisser sur le sol. Je ralentis et retins mon fou rire devant cette scène digne des plus grandes cascades. La pause fut malheureusement de courte durée. Je dus me remettre à courir quand il se releva en poussant un cri de rage.

Après plusieurs minutes de course folle dans les rangées du magasin et à bout de souffle, je jetai un regard par-dessus mon épaule. Yeraz avait disparu. Je m'arrêtai pour reprendre ma respiration. Où était-il passé ? Tous les sens en alerte, je me déplaçai à tâtons. Mon cœur battait à tout rompre dans ma poitrine.

Soudain, le manche d'un balai surgit en dessous des étagères et balaya mes jambes pour me faire tomber à la renverse. Yeraz apparut quelques secondes après, au-dessus de moi, avec un pot de peinture à la main. Je poussai sur mes coudes pour me relever, mais il me lança le contenu du récipient avant que je réussisse à me remettre sur pied. Je m'essuyai le visage avec mes mains avant de me relever difficilement. J'étais recouverte de peinture jaune jusqu'à mes converses.

— Tu n'es qu'un sale con ! fulminai-je, hors de moi en trépignant des pieds.

Yeraz saisit un autre pot qui était à sa portée et le jeta aussi sur moi. Sans attendre, je fis de même. Une guerre au corps à corps s'engagea alors entre nous et nous nous affrontâmes un bon moment ainsi. Les récipients volèrent un peu partout. Le sol était une véritable pataugeoire et nous nous écroulâmes tous les deux à terre, à plusieurs reprises.

Je détournai la tête et décidai enfin de le regarder. Yeraz était dans un sale état, tout comme moi. Assis, l'un en face de l'autre, nous étions trop épuisés pour continuer la bataille.

— Nous avons saccagé le magasin. Le propriétaire va être furieux.

Inquiète, je regardai le sol recouvert de peinture. Je culpabilisai d'avoir commencé ce carnage.

— Les dommages et intérêts qui lui seront transmis couvriront les frais et bien plus, ne t'en fais pas pour ça.

— Parfois, j'ai presque l'impression que tu n'es pas une si mauvaise personne, même si…

Je laissai ma phrase en suspens quand ses yeux vinrent se planter dans les miens. Une tristesse mélancolique passa dans son regard, promptement remplacée par une résolution de fer.

— Tu ressembles à Marge Simpson avec ce jaune qui dégouline sur toi.

Je clignai des paupières avec un demi-sourire sur les lèvres. Pour la première fois, je voyais l'enfant en lui. Il ne paraissait plus effrayant dans cet état. Je répondis en faisant mine d'être offensée par sa remarque :

— Et toi, tu ressembles à Stitch, l'animal de compagnie de Lilo, le monstre extraterrestre.

Il eut un frais éclat de rire et je me mis à l'imiter avant de déclarer :

— Je dois rentrer prendre une douche.

J'avais pris ma voix la plus douce pour l'amadouer. Yeraz secoua la tête. Il semblait partagé à l'idée de me laisser partir.

— Tu la prendras chez moi !

Son ton tranchant ne laissait pas de place à la négociation.

— Pourquoi as-tu tellement besoin que je sois là ?

— Je ne sais pas, murmura-t-il sans me regarder. Il y a tellement de fantômes qui m'entourent. Ils s'en vont quand tu es près de moi.

Ses paroles me laissèrent bouche bée.

— Écoute, Ronney. Viens t'installer chez moi, je te promets de te laisser de l'espace et de bien te traiter.

Il hésita un instant avant de poursuivre :

— Pose-moi tes conditions et je les accepterai.

J'étais au pied du mur. Yeraz m'offrait là une opportunité de négocier, chose rare quand on connaissait un peu cet individu. Je sentis sur moi le regard suppliant de Camilia pour me demander d'accepter cette proposition. D'un autre côté, j'avais l'impression que des liens se resserraient autour de mes poignets. Yeraz ne me lâchait pas du regard et tentait d'atteindre mes pensées, mais je les défendais.

— Pourquoi hésites-tu, Ronney ?

Je rejetai ma tête en arrière avant de répondre :

— J'ai l'étrange impression de passer un pacte avec le Diable.

Il sourit et sa beauté s'en trouva confirmée.

— Pourquoi n'essaierais-tu pas ? Il n'y a pas que du mauvais chez lui.

Je secouai la tête.

— Je préfère de loin son rival.

Yeraz poussa un petit soupir méprisant.

— Le vieux monsieur ? Lui, il ne t'apportera rien, juste des illusions. Le Diable est moins silencieux. C'est peut-être un génie du mal, mais il reste un génie. Qu'est-ce que les anges, l'univers ou le vieux monsieur t'ont apporté dans ta vie ? Dis-moi.

Un éclair passa dans ses yeux. Il inclina la tête. Je compris à sa voix qu'il attendait en toute sincérité une réponse de moi.

— L'impression d'être une bonne personne.

Yeraz répondit après un silence de quelques secondes :

— Tu n'as pas une très bonne opinion de moi, je le sais. Pourtant, je ne fais que défendre les intérêts de milliers de personnes. Ce n'est que du business, rien de plus.

Je sentais que ça lui coûtait un effort surhumain de garder une voix posée et égale.

— Ce n'est pas moi qui cohabite avec des fantômes, rétorquai-je acide.

Mécontent, Yeraz tourna la tête. Je regrettai mes paroles.

— D'accord, murmurai-je.

Un long soupir lui souleva la poitrine. Il paraissait soulagé.

— Mais il faudra que tu te livres plus à moi. Je veux apprendre à connaître l'autre Yeraz, celui qui arrive à me faire rire.

Pour la première fois, je vis le haut de ses oreilles rosir. Mal à l'aise, il baissa la tête et fixa le sol.

— Plus d'armes contre moi ni aucune insulte à mon encontre.

— Pour l'arme, j'ai pourtant eu l'impression que tu avais aimé.

Yeraz esquissa un petit sourire, le regard toujours baissé. Mon pouls s'accéléra. Honteuse, je chassai le souvenir de la veille.

— Yeraz, je ne veux plus avoir peur de toi.

Il releva doucement la tête. Son regard noir, intense, vint se planter dans le mien. Je refoulai l'envie soudaine de m'approcher de lui.

— Je ne le veux pas non plus. Ce n'est plus ce que je souhaite.

— Donc, tu ne veux plus que je démissionne ?

Yeraz grimaça. Se confier à quelqu'un paraissait être si difficile pour lui.

— Je ne crois pas. Je n'aurais jamais dû passer tous ces week-ends auprès de toi, Ronney. Tout ce temps... c'est... Maintenant, les choses sont différentes.

Je perçus une certaine douceur dans sa voix teintée de regrets. Nous nous dévisageâmes en silence avant que la sonnerie de mon téléphone vienne troubler cet instant si irréel. Je venais de recevoir un message de Camilia.

— Ta mère veut me voir en fin d'après-midi.

Yeraz, le visage grave, se leva en poussant un soupir.

— Elle veut sûrement savoir s'il y a quelque chose entre nous.

— Est-ce le cas ? me hasardai-je.
— Bien sûr que non !

Cette pensée sembla le réconforter. Prise de honte, je restai clouée au sol. Sans transition, Yeraz m'aida à me relever tout en me disant qu'Isaac était déjà à mon appartement pour prendre mes affaires et qu'il avait encore beaucoup de travail, aujourd'hui. Je décidai de suivre cet homme avec la sensation qu'à cet instant tout m'échappait. C'était fini, je ne pouvais plus faire marche arrière.

Cette douche était immense. J'aurais pu y mettre toute ma famille à l'intérieur et Dieu sait que nous étions nombreux. Yeraz m'avait laissée seule dans ma chambre. Il devait être à cet instant sous une cascade d'eau chaude, tout comme moi. La peinture ne tenait pas sur la peau, heureusement. Un filet d'eau jaune s'écoulait le long de mon corps et continuait son chemin jusqu'à disparaître dans le siphon.

Pensait-il à moi ? J'imaginai des choses qui me firent aussitôt rougir. Furieuse du désir que je sentais monter en moi, je chassai mes pensées brûlantes de mon esprit. *Reprends-toi.* Je coupai l'eau et me dépêchai de sortir de là.

Jamais je ne me serais imaginé parcourir cette pièce recouverte seulement d'une serviette de bain autour de moi. Ma valise minuscule devant l'immense dressing était ridicule. *Va-t'en,* me criait ma conscience.

— Je ne peux pas, murmurai-je. Je ne peux pas tout laisser tomber. Trop de gens comptent sur moi.

Je m'étalai sur le lit. Le matelas paraissait envelopper mon corps tout entier. Je fermai les paupières sans arriver à les rouvrir. Le noir me happa sans prévenir.

Je me réveillai en sursaut. *Merde, mon rendez-vous avec Camilia !* Je ne pouvais pas voir son visage sévère et fermé en train de m'attendre derrière son bureau, mais je l'imaginai sans peine. Je sautai hors du lit en attachant mes cheveux encore mouillés puis enfilai mes vêtements avant de me précipiter dans le couloir pour dégringoler les marches de l'escalier. Ashley apparut dans le hall. Je m'arrêtai net et faillis trébucher sur la dernière marche. Surprise de me voir ici, elle me fixa de ses beaux yeux bleus qui ne cillaient pas.

— Vous n'étiez pas censée être en vacances ?

— Si, je le suis toujours. Il y a juste eu un souci avec Yeraz, et voilà…

Je laissai ma phrase inachevée, mais Ashley avait compris. Elle me tourna le dos et partit en direction de la cuisine. Je décidai de la suivre, sentant qu'elle avait envie de me parler.

Un coup d'œil à la grosse horloge, au-dessus de la porte, m'indiqua qu'il était quatre heures de l'après-midi. J'avais encore une heure devant moi avant mon rendez-vous avec Camilia. Soulagée, je laissai échapper un petit soupir. Je posai mes mains sur l'îlot et pus enfin me concentrer sur Ashley. Son visage pâle et défait me pinça le cœur.

— La semaine prochaine est une semaine importante, déclara-t-elle d'une voix blanche. De nombreux investisseurs du monde entier viendront à Sheryl Valley pour conclure les contrats de l'année prochaine. Monsieur Khan en rencontrera ici, mais aussi chez monsieur Saleh.

Ashley voulait me parler des nombreux entretiens qui m'attendaient les jours prochains. Ce que nous fîmes pendant près d'une demi-heure puis, baissant la voix, elle aborda enfin l'autre sujet :

— Je sais que ça ne me regarde pas, mais y a-t-il quelque chose entre vous et monsieur Khan ?

Même si je m'attendais à cette question, l'entendre tout haut me procura un sentiment étrange. Les paroles de Yeraz me revinrent comme une décharge électrique. Je passai ma langue sur mon appareil dentaire avant de répondre :

— Il n'y a rien du tout, Ashley !

— Pourtant, j'ai l'impression qu'il y a un jeu qui s'est installé entre vous. Je… enfin, monsieur Khan n'est pas quelqu'un qui aime jouer. Pourtant, avec vous, il semble différent.

— Il aime juste me pousser à bout et je réagis à chacune de ses provocations. Ashley, il n'y a rien de plus. Vous savez bien comment il est. Cet homme ne peut pas avoir de relation avec une femme. Je parle d'une relation de couple, de sentiments.

Mon assistante secoua la tête, pas convaincue par mes propos.

— Il a changé ces derniers temps.

Sa voix n'était plus qu'un murmure. Elle poursuivit, les yeux fixés sur ses mains :

— J'imagine que vous vous doutiez de la relation que j'entretenais avec lui. Il y a plusieurs jours de ça, monsieur Khan m'a clairement fait comprendre qu'il n'y aurait plus *jamais* rien entre nous. Il m'a expliqué qu'il s'est tout simplement lassé de moi et qu'il ne veut plus aucune relation… intime. Il a voulu être poli. C'était que du sexe.

Voilà que j'étais devenue soudain experte en relation de couple. J'écoutais Ashley étaler ses sentiments pour cet homme au cœur de pierre. Elle l'aimait, comment pouvait-il en être autrement ?

— Il ne m'a jamais embrassé. Yeraz n'embrasse jamais personne, poursuivit-elle. Je sais que c'est un homme à femmes, qu'il a d'autres aventures à côté, mais je prenais ce qu'il me donnait sans me plaindre en espérant qu'un jour il réaliserait que j'étais importante pour lui. Mais ce jour n'est jamais arrivé. Et puis vous avez débarqué, une nuit, au club.

— Nous ne couchons pas ensemble, Ashley, si c'est ce que vous voulez savoir.

Mon assistante releva la tête et plongea son regard triste dans le mien.

— Il a commencé à visionner ces dessins animés comme un gamin qui découvrait les contes pour enfants. Puis, il s'est mis à rire. Je crois que vous ne réalisez pas ce que veut dire « rire » pour monsieur Khan. J'ai dû attendre trois ans pour entendre ce son si particulier et je vous jalouse d'y être arrivée en seulement quelques semaines.

J'avais la poitrine en feu. Ashley me présentait un tout autre homme, loin de celui qui tenait une perceuse dans la main ou un flingue chargé. Mon assistante continua :

— Je crois que j'ai remarqué son véritable changement un vendredi, en fin d'après-midi. Il m'a demandé où vous étiez passée et je lui ai annoncé que vous étiez partie en week-end. Il a regardé sa montre et a prononcé tout bas : « c'est déjà vendredi ». Depuis ce jour, il déteste tous les vendredis. Il déteste que vous partiez, il déteste ce qu'il déteste ressentir pour vous.

Ashley marqua une pause avant de rajouter, les larmes aux yeux :

— J'aimerais juste comprendre pourquoi.

— Pourquoi quoi ?

— Pourquoi, c'est vous ? Oui, vous êtes différente, mais un homme comme monsieur Khan ne s'arrête qu'à l'apparence physique chez une femme.

J'essayai de mettre de côté la remarque subtile d'Ashley qui me glissait que j'étais moche. L'entendre pour la millième fois ne me touchait plus. Contrairement aux autres, Ashley prenait des gants.

Soudain, la silhouette de Yeraz dans l'encart de la porte me fit sursauter.

— Cooper, laissez-nous !

Mon assistante tressaillit. Les traits de son visage se figèrent et je hochai la tête pour lui indiquer de sortir.

— Nous reparlerons de tout ça plus tard, dis-je sur un ton égal.

La jeune femme s'exécuta et passa devant Yeraz, tête baissée. Ce dernier la suivit d'un regard glacial. Heureusement que ses yeux n'étaient pas des balles. Avait-il entendu notre conversation ? Je priai pour que ça ne soit pas le cas. Yeraz me fixa longuement avant de s'approcher de moi, l'air tracassé. Bouleversée par les paroles d'Ashley, j'essayai de ne rien laisser paraître. Sa peau dégageait une agréable odeur musquée. Je ressentis entre nous cette étrange vibration animée d'oscillations régulières. Son expression était grave.

— Ne lui dis pas que nous nous sommes embrassés. Ma mère a ce don de deviner les choses. Elle lira en toi comme dans un livre ouvert, car tu ne sais pas faire semblant. Tu n'as aucun vice ni aucune méchanceté en toi.

— Je devrais ? demandai-je à voix basse.

Yeraz me regardait désormais avec plus de chagrin que de colère.

— Non, Ronney. J'espère que rien au monde ne noircira ton âme, pas même moi. Évite juste de parler de ce qui s'est passé à Los Cabos.

— Il s'est passé quelque chose à Los Cabos ?

Mon ton ironique l'amusa. Un sourire illumina son visage. Il baissa les yeux, c'est là que je me rendis compte à quel point ses cils étaient longs. Encore un détail sur lequel je m'arrêtai.

— Il aurait pu se passer quelque chose si…

Ses paroles restèrent en suspens puis retombèrent lourdement sur le sol lorsqu'un de ses gardes du corps entra brusquement dans la pièce. C'était le grand barbu, tatoué.

— Le coiffeur, boss.

Le regard de Yeraz se rembrunit. La magie de l'instant s'était envolée. Il ne prit pas la peine de se retourner vers son garde du corps.

— Fouillez-le.

— C'est fait, il n'est pas armé.

— Très bien, installez-le.

L'homme se risqua à me jeter un coup d'œil avant d'obtempérer. Je plissai les yeux et lui envoyai un message rempli de menaces. Effrayé, il détourna le regard et disparut à la hâte. Amusé, Yeraz secoua la tête.

— Ce truc marche vraiment ! m'écriai-je, contente de moi.

Yeraz leva les yeux au ciel

— Rappelle-moi de le virer tout à l'heure. S'ils ont peur de toi, alors ils ne me seront d'aucune utilité.

Je souris et posai mes yeux sur la grosse horloge.

— Je dois partir voir ta mère. Tu m'appelles Isaac, s'il te plaît ?

— J'ai trop peur de ton regard pour refuser.

Je partis d'un rire franc. Yeraz sortit son téléphone de sa poche et composa le numéro d'Isaac.

Je m'immobilisai devant l'entrée du bureau de Camilia. Après avoir pris une profonde inspiration, je frappai à la porte puis l'ouvris en priant pour ressortir vivante de cet endroit.

Elle était installée derrière son bureau et m'invita à m'asseoir avec un énergique mouvement de menton et un sourire aimable. Ses lunettes au bout du nez lui donnaient un air revêche.

— Bonjour, Ronney. Comment ça va depuis hier ?

Je me risquai à répondre :

— Bien… et vous ?

Elle me regarda avec un léger reproche dans les yeux, et peut-être bien que je le méritais. Camilia rompit le silence par une nouvelle question :

— Vous rappelez-vous des termes du contrat ?

Je me vidai de toute mon énergie. Elle se doutait certainement de quelque chose. Je bafouillai :

— Oui, je m'en souviens, mais aucune règle n'a été enfreinte.

Ou presque.

— Vous n'avez donc pas couché avec mon fils ?

Mon visage refléta une stupéfaction sincère. Elle insista :

— Êtes-vous tombée amoureuse de lui ? Ou l'inverse ?
— Non, non !

Choquée par ses questions si directes, j'évitais de la regarder dans les yeux quelques instants avant de revenir sur elle.

— Yeraz et moi n'avons eu aucun rapport intime et il n'y a pas de sentiment, ni de son côté ni du mien.

Camilia m'écoutait avec attention comme pour déceler la plus petite parcelle de mensonge dans mes paroles. Je sentais son regard froid et aigu semblable à des lames d'acier qui me poignardaient longuement.

— Ronney, je ne suis pas stupide. J'ai assisté au spectacle désastreux d'hier soir et j'ai vu cette scène surréaliste entre mon fils et vous.

Elle inspira pour garder son calme. Embarrassée, je sentis mes joues devenir de plus en plus rouges. Je me forçai à regarder bien droit devant moi pour ne pas fixer le sol.

— Nous avons tissé un lien, mais pas comme vous le pensez. Yeraz me fait la plupart du temps confiance. J'arrive à l'amener à se confier à moi. Il a rencontré aussi quelques membres de ma famille donc il voit la vie que nous menons dans les quartiers difficiles. Oui, il y a de l'affection à certains moments quand il ose s'ouvrir à moi. Ce sont des moments rares et j'en profite pour lui parler d'une autre vie qu'il pourrait avoir.

Je m'arrêtai et regardai Camilia avec crainte et respect. Son expression s'adoucit enfin et ses yeux noirs prirent une teinte indescriptible. Il y avait dans toute sa personne un air de distinction naturel.

— Donc, c'est tout ? Il n'y a rien de plus ?

Je serrai les lèvres pour les obliger à rester closes, puis secouai la tête quand soudain la demande de Yeraz me revint.

— Il souhaite que je m'installe chez lui, jusqu'à la fin de mon contrat.

Je tentai un pauvre sourire, honteuse de ma propre voix. Camilia leva un sourcil, attendant que je poursuive.

— Votre fils est quelqu'un avec peu de confiance en lui, même s'il montre le contraire. Il est limite paranoïaque, et a sûrement peur que je transmette des informations sensibles à d'autres personnes. J'ai accepté pour calmer les choses.

Mes paroles avaient une part de vérité. Nous n'allions pas partager le même lit. Yeraz se maîtriserait mieux s'il ne me savait pas trop loin de lui.

Camilia se leva de son fauteuil et vint se camper solidement sur ses jambes, devant son bureau, en me regardant toujours droit dans les yeux. Elle portait un pantalon étroit qui lui moulait les hanches et un haut blanc en dentelle à manches longues. « Superbe » fut le mot qui me vint à cet instant à l'esprit. Au même âge, je ressemblerais à une vieille momie en décomposition avec pour seul objet brillant : mon appareil dentaire. Camilia retira ses grosses lunettes et se pinça l'arête du nez.

— Je suis désolée, Ronney. Toute cette agitation hier soir entre Yeraz et Hadriel m'a fait perdre la tête. Je ne sais pas comment j'ai pu imaginer un seul instant qu'il y avait quelque chose entre mon fils et vous. Yeraz est incapable d'aimer une femme. Je vous trouve très courageuse de vous jeter à corps perdu pour sauver l'âme d'un être aussi sombre. Vous avez aujourd'hui toute ma confiance.

À son ton, je sentais qu'elle me soutenait. Je m'autorisai à respirer de nouveau.

Nous finîmes la discussion sur la compagnie Roskuf, le dossier brûlant du moment qui faisait trembler tous les investisseurs. Je confiai à Camilia mes doutes. Le dossier comptable falsifiait ses chiffres. Je pressentais une fraude pyramidale, un système de Ponzi. Une escroquerie vieille comme le monde.

— Creusez de ce côté. S'il s'avère que vous aviez raison, nous pourrions tout perdre. Les investisseurs se retourneraient contre Yeraz, et je ne donnerai pas cher de sa vie. Seigneur, je ne peux pas le perdre.

La détresse dans la voix de Camilia me retourna l'estomac. L'amour pour son fils était si grand. Rien ne comptait plus pour elle que ses enfants. Absolument rien.

Je quittai la pièce, le cœur lourd de secrets. Je ne lui avais rien dit à propos de notre baiser sur Los Cabos.

Une voix m'interpella alors que je traversais le hall. Je me retournai et esquissai un sourire forcé.

— Peter, bonjour.

— Je suis heureux de constater que vous êtes toujours vivante, miss Jimenez. Comment se passent vos petites vacances dans votre quartier si charmant ?

Je serrai les dents. Son ton ironique teinté de mépris me hérissa le poil. L'assistant de Camilia se tenait droit devant moi, les mains derrière le dos, tout en relevant son menton de façon hautaine.

— Je profite, Peter, merci.

Je me retournai pour partir, mais Peter haussa la voix pour me retenir.

— C'est parfait ! Puisque vous avez du temps devant vous, nous pouvons continuer votre séance de coaching.

Mon visage se déforma au moment où Peter dévoilait la paire de Louboutin cachée derrière son dos.

— Non, j'ai tant à faire, balbutiai-je en reculant.

— J'ai un défi à relever, miss Jimenez ! Ne me rendez pas la tâche plus difficile. Suivez-moi dans le salon, à l'étage. Je suis moi-même un homme très occupé. C'est une chance que je m'occupe de vous. Rappelez-vous : on casse la démarche, on casse la démarche.

Peter se dirigea vers les escaliers en balançant ses hanches de gauche à droite et en répétant ces derniers mots en boucle. Cet homme était capable de me poursuivre dans tout Sheryl Valley pour me mettre ces chaussures aux talons vertigineux aux pieds. Il ne lâcherait rien. Je soupirai profondément, la mine défaite, puis le rejoignis en haut.

13

Le mois qui suivit fut un des plus étranges de toute mon existence. J'habitais chez Yeraz, mais l'avais à peine vu ces dernières semaines. Je dinais seule dans la cuisine, les soirs de semaine. Lorsque j'avais un peu de temps libre, la journée, j'en profitais pour apprendre à connaître le jardinier qui s'appelait Howard. Yeraz était trop occupé avec tous ses rendez-vous en journée et le club à gérer en plus la nuit pour prêter attention à moi. Cette routine me convenait, il me laissait tranquille et je pouvais enquêter discrètement sur ses affaires et approfondir mes recherches sur le dossier Roskuf.

Les week-ends, j'étais libre de vaquer à mes occupations sans personne pour me chaperonner. Ma famille trouvait étrange de ne plus voir Yeraz et commençait à faire courir le bruit d'une supposée rupture. Les rumeurs allaient bon train. J'évitais le sujet lors des rassemblements de famille, ce qui attisait encore plus la curiosité de mes proches. Ma mère ne disait rien, mais les reproches dans ses yeux m'accablaient chaque fois qu'elle posait son regard sur moi.

Nous étions, ce vendredi soir, à deux semaines de la représentation du spectacle de danse de Daphné. Bergamote, Alistair et moi avions décidé de passer la soirée sur le toit de la maison de santé alors que nous n'étions pas samedi. Je restai là, assise, abîmée dans la contemplation de cette nuit étoilée. Yeraz, en déplacement, avait été absent toute la semaine et je n'avais eu aucune nouvelle de lui. J'essayais de ne rien laisser paraître, mais je ne pouvais m'empêcher de m'inquiéter à son sujet.

Les petits plats de Bergamote m'avaient vraiment manqué. Alistair me régalait de tous ses souvenirs amusants de sa jeunesse, lorsqu'il était encore étudiant. J'aimais l'écouter parler. Ici, avec eux, je pouvais être moi-même, je me sentais libre.

Bergamote, d'un air nostalgique, déclara :

— Demain, nous assisterons à un des derniers cours de répétition de Daphné et son groupe. Après le spectacle, les danseuses partiront pour d'autres horizons.

Alistair haussa les épaules.

— Peut-être Paris !

— Ou Londres, déclarai-je avant de finir mon verre de vin.

— Et toi, Ronney ? Quand nous laisseras-tu ?

La voix éteinte de Bergamote était à la fois pleine d'espoir et de tristesse.

— Pourquoi partirais-je, alors que j'ai sous les yeux la vue la plus incroyable du monde ?

Alistair ouvrit la bouche, mais la referma aussitôt lorsque la sonnerie de mon téléphone retentit. Je ne reconnus pas le numéro, et pour cause : c'était Cyliane qui m'appelait sur ma ligne privée. La jeune femme, un brin paniquée, me suppliait de venir lui apporter du matériel électronique oublié chez elle et qui lui manquait pour le tournage de son émission paranormale.

— Ses sœurs ou sa mère ne peuvent-elles pas s'en charger ? demanda Bergamote en me voyant me préparer.
— Camilia et les filles sont, ce soir, dans l'émission de *The Ellen DeGeneres show*. Je n'en ai pas pour longtemps. On se retrouve demain, ici, comme prévu, pour le cours de Daphné.

Je me dirigeai vers l'échelle métallique en laissant mes deux amis sur le toit. Je les enviai de rester quelques minutes de plus à pouvoir contempler Sheryl Valley sous les étoiles.

La maison abandonnée était silencieuse quand la voiture s'arrêta dans l'allée. Je remerciai le chauffeur du Uber et descendis. Cyliane apparut dans l'encart de la porte et se précipita vers moi pour m'aider à sortir le matériel du coffre.

— Tu nous sauves la vie, Ronney ! Sans les caméras infrarouge et les champs magnétiques, il nous est impossible de tourner.

Ses cheveux violets lui tombaient au milieu du dos. Malgré le fait qu'elle soit souvent dans des endroits lugubres, comme cette nuit, elle était toujours parfaitement maquillée et coiffée, tout comme ses sœurs. C'était une aventurière qui assumait son *sex-appeal* et son extravagance. Une Lara Croft des temps modernes, une femme assoiffée de dangers, à la recherche du grand frisson.

— Cyliane ? s'écria une voix sur le perron de la maison. Madison ne viendra pas. Elle s'est foulé la cheville.

C'était Joseph, son assistant et meilleur ami. Un homme d'une vingtaine d'années, enrobé, avec déjà une calvitie apparente. Il portait un jogging et des chaussures usées. Ce duo infernal était toujours ensemble depuis le lycée. Cyliane aimait parler de Joseph comme de son âme-sœur sans aucun sentiment amoureux. Un peu comme Bergamote et Alistair. C'était une relation au-dessus de tout ça.

— Mince ! Impossible de tourner sans elle. On ne pourra pas filmer, enregistrer les PVE, s'occuper des détecteurs et des thermomètres, tout ça à la fois…

Cyliane repoussa sa mèche qui lui tombait sur le visage aux traits parfaits. Une seconde, je crus lire une grande déception dans son regard, mais elle se ressaisit rapidement. Elle eut l'air d'être soudain traversée par une pensée que je n'arrivais pas à deviner. D'un ton parfaitement naturel, elle s'adressa à son ami :

— OK, Joseph. Nous allons faire sans Madison. J'ai peut-être une solution.

L'homme hocha la tête et repartit à l'intérieur de la bâtisse abandonnée. La jeune femme se tourna vers moi.

— Ronney, tu vas venir avec nous. Ne t'inquiète pas, ce sera l'affaire de quelques heures seulement et l'on ne verra pas ton visage lors du tournage.

Je haussai les sourcils, prenant un peu de temps pour réaliser ce qu'elle venait de dire. Sans remarquer que je la dévisageais, Cyliane se mit à parler avec fougue :

— On restera groupé. Surtout, laisse-moi poser les questions aux esprits de la maison. J'ai déjà eu l'impression d'être possédée une fois, mais le prêtre, Juanes, s'est occupé de tout ça.

Les mains chargées de matériel, elle se dirigea vers le perron en poursuivant son monologue :

— Si je lève le ton, c'est normal. Les fantômes aiment être bousculés. Je te préviens que nous filmons dans le noir, alors fais attention à là où tu mets les pieds...

Choquée, je ne bougeai pas. Les informations avaient du mal à affluer vers mon cerveau. Je laissai Cyliane débiter à toute allure son flot de paroles jusqu'à ce qu'elle réalise que je ne la suivais pas.

— Ronney ? Dépêche-toi ! Tu ne vas pas rester plantée là toute la nuit.

J'allais protester, mais la jeune femme me désarma en ajoutant :

— Je te revaudrai ça, tu es une chic fille. Tu ne peux pas savoir à quel point ce tournage est important pour moi. Ce sont les trois ans de ma chaîne, aujourd'hui. Même si j'étais malade et à deux doigts de mourir, je serai là en train de tourner cette émission dans cette maison qui fait partie des demeures les plus hantées du pays.

Je regardai la maison d'un œil inquiet. Cet endroit était une ancienne institution où l'on enfermait des handicapés dans les années 1940. Il était vrai que cette bâtisse foutait la trouille. La lune pleine au-dessus d'elle la rendait encore plus mystérieuse. La demeure tout en pierre n'était pas très grande. Les volets en bois ne tenaient presque plus aux fenêtres. Sur les murs extérieurs, les ronces et le liège semblaient la dévorer petit à petit. Avant que je n'aie eu le temps de faire un pas en arrière, Cyliane m'appela une dernière fois. Je soupirai et me résignai à entrer. Après tout, qu'est-ce qui pouvait bien m'arriver ? Je ne croyais pas au paranormal.

La pièce principale était silencieuse. Cyliane rassemblait ses affaires, tout en affûtant sa concentration tandis que Joseph se déplaçait furtivement, en prélevant des informations avec ses instruments futuristes et installait au passage, sur le sol, des morceaux de scotch de couleurs différentes en fonction de l'endroit. Les deux protagonistes me mirent ensuite dans les mains des interphones en m'expliquant que les phénomènes paranormaux se manifestaient sous forme de traces électromagnétiques restées dans l'atmosphère.
— Crache ton chewing-gum si tu en as un, sinon tu risques de t'étouffer, m'indiqua Cyliane avant de commencer l'exploration.

Nous nous avancions lentement et méticuleusement dans chaque recoin de la maison quand Joseph s'arrêta brusquement en bas des escaliers et se tourna vers nous.
— Vous sentez la chute de température ?
— Carrément, rétorqua Cyliane à voix basse. Ronney ?
La jeune femme braqua sa lumière sur moi. Je levai les sourcils puis balbutiai :
— Il fait souvent froid la nuit, à Sheryl Valley.
Cyliane baissa sa lumière et me fit de gros yeux, pour me demander de faire un effort. Je regardai ma montre. Presque minuit. Qu'est-ce que je foutais ici ?

— Quand je pense que derrière ces murs des gens ont vécu l'enfer, dis Joseph éprouvé. Je sens l'énergie sombre qui se dégage de cet endroit. Et toi ?

Joseph se tourna vers Cyliane qui hocha de la tête avant de répondre :

— J'ai senti comme un souffle tout près de nous.

Je levai discrètement les yeux au ciel.

— Comment allez-vous, Georges ? Nous sommes là pour une raison. Nous voulons savoir si vous vous nourrissez de toute la souffrance dont ces murs ont été témoins.

Georges ? La voix agressive de Joseph me réveilla un peu. Il ajouta :

— Vous aimez effrayer les vagabonds qui viennent se reposer ici. Pourquoi ? Pourquoi aimez-vous faire peur aux gens ?

Le bip d'un des récepteurs s'affola. Cyliane s'écria :

— Cet endroit est terrifiant. Il y a une hausse d'énergie, Jo.

— Oui, je la sens. Allons à la cave, l'endroit servait de laboratoire. L'énergie résiduelle doit y être encore plus forte. Un des gars nous a dit qu'il y avait souvent des apparitions en dessous. Filme avec la caméra infrarouge qui détecte les variations de température.

Cyliane se retourna vers moi avant de se décider à suivre son ami. Je secouai la tête.

— Allez-y. Je vais vous attendre dehors. Je ne me sens pas à ma place, ici.

— Non, nous avons besoin de toi. Ne t'inquiète pas, je n'ai pas choisi un lieu avec des démons. Ce sont juste des esprits.

La jeune femme me disait ça avec un tel naturel.

— Des démons ?

— Oui, ils sont bien plus puissants que les esprits. Ces choses sont capables d'entrer dans nos pensées.

À ce moment, j'eus l'impression de voir une ombre passer derrière Joseph. Je lâchai l'interphone que je tenais dans mes mains et poussai un cri de panique en attrapant Cyliane par le bras.

— Ce n'est rien, Ronney. Calme-toi. Georges veut juste nous faire passer un message.

Au bord de la crise cardiaque, nous entendîmes alors un sifflement très étrange qui nous parvenait depuis l'escalier. J'eus l'impression d'étouffer tellement ma respiration était saccadée.

Soudain, une main toucha mon dos avant d'agripper mon tee-shirt. Je hurlai de peur.

— C'est moi, c'est moi !

Joseph tentait de me calmer, mais je continuai de hurler jusqu'à ce qu'il arrive à allumer une autre lampe.

— Ça va ? me demanda Cyliane, inquiète.

— Non ! grognai-je, tremblante. Je sors de là.

Je me dirigeai vers la sortie, mais Joseph déclara sur un ton gêné :

— La porte ne s'ouvre pas de l'intérieur. Pour sortir, nous n'avons pas d'autre choix que de passer par la cave.

Je me retournai lentement vers les deux protagonistes et plissai mes yeux pour analyser les paroles de Joseph. Sentant la situation s'envenimer, Cyliane décida d'intervenir :

— La cave est juste en dessous des escaliers. Tu seras dehors d'ici quelques minutes.

Elle esquissa un petit sourire qui se voulait rassurant pour tenter de me calmer.

— Très bien, je vous suis, déclarai-je sur un ton peu enthousiaste.

Joseph se racla la gorge.

— N'oublie pas d'enregistrer les PVE. Nous en avons besoin pour le montage de l'émission.

Je fronçai les sourcils et appuyai rageusement sur le bouton du microphone pour le mettre en route. Cyliane reprit le tournage en s'adressant à la caméra.

— OK, maintenant, mon équipe et moi allons faire un tour au sous-sol. Les esprits de cette maison sont plutôt négatifs et agressifs. Nous sommes livrés à nous-mêmes et très nerveux, à l'idée de nous enfoncer un peu plus dans le noir, dans ce lieu dont l'histoire est chargée de phénomènes paranormaux dignes de l'enfer !

Je me retins d'arracher la caméra des mains de Cyliane.

Secouée par cette expérience effrayante, ma tête résonnait encore. Je regardai depuis le perron Cyliane et son ami ranger le matériel dans le van, tout en échangeant sur les différentes possibilités de montage des scènes filmées. Elle était vraiment différente de ses sœurs, mais habitée par la même passion dans ses projets professionnels. Je cherchai mon téléphone dans ma poche, puis m'assis sur les marches de la maison. Toujours aucune nouvelle de Yeraz. J'étais déçue, contrariée et je me détestais de ressentir ces sentiments. Le fait qu'il me manquait me dérangeait profondément. Je tapotai quelques mots sur le clavier avant de lui envoyer :

« Aucune nouvelle de toi depuis des jours. J'espère que tout va bien ».

— Ronney, tu viens ? On te ramène.

Cyliane au loin me faisait signe de venir. Je décidai de rentrer chez moi, auprès d'Alistair et de Bergamote. Rester seule dans l'immense demeure vide de Yeraz ne me disait rien cette nuit, surtout après ce que j'avais vécu ici. J'avais une folle envie de me doucher, de me débarrasser de ces odeurs de poussière et de moisi qui avaient imprégné mes vêtements.

Le van se gara devant l'immeuble. Je sortis du véhicule en souhaitant une bonne nuit à Cyliane et Joseph qui me remercièrent encore une fois, puis je me dirigeai vers l'entrée du bâtiment.

Après une longue douche bien chaude, je m'allongeai sur mon lit qui me paraissait si petit depuis que je ne dormais plus ici. Il n'avait pas répondu à mon dernier message. Les yeux rivés au plafond, je me sentais vide sans savoir pourquoi. Il y avait quelque chose en moi qui me poussait à le rejoindre. D'où venaient nos sentiments ? Jusqu'où prenaient-ils racine ? Ces réflexions me torturaient avec insistance. Épuisée, la fatigue me submergea.

Je dormis mal cette nuit-là. Je tournai et me retournai dans mon lit. *Les rires de Bryan et de ses amis dansaient dans ma tête. Des images horribles s'imposaient à moi. Je sentais leurs mains sur mon corps et toujours cette odeur de Javel écœurante. Des pièces de puzzle s'échappaient de*

leur bouche à la place des mots. J'avais peur. C'est là que je remarquai que je tenais dans mes mains, le pistolet.
— *Ne te sens-tu pas plus forte, maintenant ? me murmura la voix de Yeraz.*

Le bruit du coup de feu me réveilla en sursaut. J'étais en sueur. Je m'assis au bord de mon lit pour me calmer et ne pas fondre en pleurs. Bryan et ses amis ne m'héritaient pas que je verse une seule larme pour eux.

Logan m'accompagna jusqu'à la voiture qui m'attendait devant les studios Red Channel. Isaac me tenait la porte ouverte. Je me retournai vers mon collègue, le sourire aux lèvres. Il observa la berline, l'air surpris puis me regarda de haut en bas. C'était la première fois que je portais une robe en public. Intrigué, tout le personnel m'avait observée bizarrement du coin de l'œil toute la matinée. Bien qu'elle soit longue et sans décolleté, je me sentais nue tellement cette robe, d'un bleu pâle, attirait les regards sur moi. Les gens paraissaient découvrir que Ronney était un être humain.

— Je vois que ton second boulot t'offre quelques avantages malgré le fait que ton patron soit une peau de vache avec toi.

Gênée par cette remarque, je détournai mon regard de Logan et haussai les épaules.

— J'avoue que nous arrivons mieux à communiquer tous les deux depuis quelque temps.

Mes joues se mirent à rougir. Logan claqua dans ses mains et changea de sujet :

— C'était sympa de fêter aujourd'hui le dernier épisode de la première saison des aventures de *Minnie la petite souris*. Je suis vraiment heureux de t'avoir comme partenaire.

— Je trouve que Popo l'Hippo et elle forment une bonne équipe. Ça va me manquer de ne pas venir au studio pendant trois mois, en attendant la saison deux.

Soudain mal à l'aise, Logan prit une profonde respiration avant de bredouiller maladroitement :

— Euh… justement, je me disais que l'on pourrait peut-être se voir de temps en temps… aller boire un verre.

Mon sourire se fana. Où voulait-il en venir ? Je l'interrogeai du regard tout en le fuyant aussi. Ses yeux pleins d'espoir me firent comprendre ce que jamais je n'aurais imaginé un seul instant. Choquée, le front plissé, je n'arrivai pas à articuler quoi que ce soit. Derrière moi, Isaac s'éclaircit la voix comme pour me rappeler que nous n'étions pas seuls.

— Je… euh… Logan, je t'apprécie beaucoup. Tu es quelqu'un de bien, mais ma vie en ce moment est un véritable chantier. Je n'ai pas le temps pour sortir un peu.

— C'est une manière polie de m'éconduire, répondit Logan, déçu.

Il enfouit ses mains dans ses poches et recula. Je tentai de me rattraper gauchement :

— Tu m'as prise de court. Je n'ai pas l'habitude de me faire inviter.

Déstabilisée, je me grattai nerveusement l'arrière du crâne.

— Tu peux y réfléchir.

Je fis oui de la tête pour ne pas le blesser davantage. Satisfait, Logan tourna les talons et repartit en direction du studio.

— Miss Jimenez ? Où souhaitez-vous aller maintenant ?

Je regardai Isaac sans le voir et bégayai :

— J'ai rendez-vous chez mon orthodontiste.

Avant de m'installer dans la voiture, je lui demandai d'une voix presque désespérée :

— Pas de nouvelle de…

Isaac haussa les épaules, l'air désolé.

— Non, miss Jimenez. Monsieur Khan ne nous donne aucune nouvelle lorsqu'il est en déplacement.

Il voulut rajouter quelque chose, mais se ravisa. Je m'assis dans la berline, l'âme en peine. L'angoisse me prenait aux tripes.

Lorsque j'ouvris la porte du cabinet, Wolfe était assise à son bureau et sanglotait, le visage enfoui dans ses bras. J'hésitai à me diriger directement dans la salle d'attente. La pauvre dame ne paraissait pas en état pour poursuivre ses consultations. Je n'étais pas surprise. Elle était soit dans un état dépressif soit dans un état d'hyper activité.

Je refermai fermement la porte derrière moi pour obliger Wolfe à relever la tête. Elle se redressa brusquement de son fauteuil et s'essuya les joues avec le dos de sa main.

— Miss Jimenez ? s'étonna-t-elle.

Je levai les sourcils et répondis calmement :

— Oui, c'est l'heure de mon rendez-vous.

La praticienne fit mine de se recoiffer et tira le premier tiroir de son bureau pour en sortir un flacon rempli de pilules. *Vas-y, prends ta dose, mais évite de me charcuter la bouche après.* Avec un signe de tête, elle m'indiqua que je pouvais aller m'installer, mais je décidai de lui poser ma question maintenant avant de ne plus en avoir le courage :

— Quand allez-vous me retirer mon appareil dentaire ?

Elle sembla analyser ma question quelques instants.

— Bientôt ! Le résultat doit être parfait. Votre dentition demande beaucoup de travail. Vous n'imaginez pas l'ampleur des dégâts quand vous êtes venue me voir la toute première fois.

Ses derniers mots avaient été articulés très calmement. Ses larmes s'estompaient. Les pilules semblaient déjà faire effet.

— Quand vous dites « bientôt », c'est quelques jours, quelques semaines, quelques mois ?

La praticienne se leva et tira sur sa blouse blanche.

— Dès que toutes vos dents seront à leur place. Nous avons arraché quatre molaires il y a quatre mois. Maintenant, il devrait y avoir assez de place à l'intérieur de votre mâchoire.

L'espace d'un instant, la vive douleur que j'avais ressentie lors de cette intervention se raviva. Complètement shootée ce jour-là, Wolfe s'était loupée lors de l'injection de l'anesthésie dans ma gencive.

Une fois de plus, je ne réussis pas à obtenir de date.

Alistair et Bergamote m'accueillirent avec un grand sourire en haut du toit. Comme toujours, j'étais la dernière à arriver. Le tourne-disque répandait dans l'air une chanson de Frank Sinatra.

— Regarde ça, Bergamote ! Notre Ronney s'est enfin décidée à porter la robe que tu lui as cousue.

Embarrassée, je croisai mes bras sur la poitrine. Alistair se précipita vers moi pour m'entraîner au milieu de la terrasse.

— Elle te va bien, Ronney.

Bergamote tourna autour de moi afin d'admirer son travail. Elle avait mis tellement de cœur et d'énergie à coudre cette robe, que j'avais décidé de la porter aujourd'hui pour lui faire plaisir après être restée des mois au fond de mon armoire.

— Une véritable Pin-up ! s'écria Alistair en tenant ses bretelles.

— Arrête, murmurai-je, mal à l'aise, en baissant les yeux.

— Laisse-la donc tranquille, Ali, se fâcha Bergamote.

Elle se tourna vers moi les yeux brillants et ajouta :

— Tu es très élégante, ma Ronney. Tu devrais t'habiller comme ça un peu plus souvent.

Je secouai la tête énergiquement.

— Non, non. J'ai l'impression d'être un aimant vivant qui attire tous les regards sur moi.

Après avoir échangé sur nos journées, j'allais aborder le sujet « Logan », mais me ravisai. Bergamote et Alistair me questionneraient jour et nuit à propos du jeune homme si je leur en parlais maintenant avant de m'inciter à sortir avec lui.

— Je nous ai préparé une bonne pizza, dit ma colocataire en m'invitant à la suivre sur le côté de la terrasse. Nous avons un peu de temps avant que Daphné commence à répéter avec les autres danseuses.

— Sa représentation est dans deux semaines, il me tarde d'y être, déclarai-je tout en prenant place sur le muret.

Alistair me servit un verre de vin et dit :

— Ce sera dur de laisser partir Daphné et sa troupe après sa représentation. J'ai entendu dire que le ballet allait ensuite entamer une tournée dans tout le pays.

Une immense contrariété m'envahit. Je pris une bouchée de ma pizza en imaginant nos prochains rendez-vous, les samedis soir, sans Daphné. Ça ne serait plus pareil.

Bergamote et Alistair étaient en train de faire leur programme pour dimanche quand mon téléphone sonna. En découvrant le nom de Yeraz sur l'écran, je fus prise d'un vertige et mon cœur se mit à battre à cent à l'heure. *Il est toujours vivant,* pensai-je, soulagée. Je répondis avec une voix fragile.

— Ronney, je suis à Sheryl Valley. Je viens de rentrer.

Yeraz parlait avec une certaine retenue, mais son ton trahissait une certaine anxiété.

— D'accord… euh…

Alistair et Bergamote me regardaient d'un air suspicieux. Ils tentaient de deviner qui était mon interlocuteur au bout du fil. Mon changement soudain de comportement avait attiré leur curiosité.

— As-tu des choses à me demander pour lundi ? J'ai validé ton planning, mais je te laisse le vérifier.

Merde, je ne lui avais même pas demandé comment il allait. Mes deux acolytes à côté de moi ne me lâchaient pas du regard.

— Où es-tu ?

Je fermai les yeux. Au son de sa voix, je sentais qu'il s'attendait à me voir chez lui. Prise de court, je répondis maladroitement :

— Dans le centre-ville. Je suis avec mes deux colocataires.

Pourquoi me sentais-je obligée de lui préciser ces informations ?

— Ça ne me dit pas où tu es, Ronney.

Il était calme, mais juste en apparence. Je l'imaginai alors dans son costume noir, assis derrière son bureau, les traits fatigués. Je ne pouvais pas lui dire où j'étais. C'était le seul endroit qui me faisait me sentir bien et que je voulais garder exclusivement pour moi.

— Ronney ? insista mon interlocuteur.

— J'ai juste besoin de ce moment, Yeraz. Je ne peux pas te dire où je suis.

Alistair poussa du coude Bergamote. Tous les deux, bouche bée, affichaient une expression de grande surprise sur le visage.

J'entendis Yeraz soupirer au téléphone

— S'il te plaît, Ronney, souffla-t-il. Juste quelques heures, laisse-moi rejoindre ton monde. Le mien est si... sombre ce soir.

Mon cœur se serra et un trouble s'éleva au plus profond de moi. Comment pouvais-je rester étrangère à quelqu'un qui me demandait de l'aide, même si cette personne était Yeraz ? Il n'y avait pas de mot pour décrire ce que je ressentais à ce moment-là.

— Tu n'aurais pas dû lui donner cette adresse ! s'indigna Alistair en parcourant la terrasse à grands pas, les bras levés vers le ciel.

— Calme-toi. Ronney sait ce qu'elle fait.

— Non, Bergamote. Le fils Khan est un mafieux. Il n'est pas différent des autres et il va venir ici. Nous invitons le loup dans la bergerie !

Postée en retrait, je ne disais rien. Alistair n'avait pas tort. J'avais cédé à Yeraz et je m'en voulais de faire subir la présence de cet homme à mes deux amis. Bergamote essayait d'apaiser Alistair, mais ce dernier ne voulait rien entendre. Il fulminait toujours en faisant de grands gestes.

Soudain le grincement de l'échelle fit taire mon ami. Il vint se placer aux côtés de Bergamote et nous guettâmes l'arrivée de Yeraz, à l'autre bout de la terrasse, en retenant notre souffle. Mon cœur battait à tout rompre et faillit s'arrêter quand il apparut enfin dans son costume sombre. Mes épaules se relâchèrent quand ses yeux trouvèrent les miens. Après avoir perçu comme une hésitation, il me gratifia d'un petit sourire.

Je tournai mon visage vers Bergamote qui hocha la tête avec un regard pétillant de malice. Alistair, lui, boudait toujours. Encouragée par la gaieté de mon amie, je rejoignis Yeraz.

— Bonsoir, murmura-t-il.

Je fus secouée d'un frisson. Mes yeux se posèrent en premier sur ses cheveux courts aux reflets roux puis descendirent sur ses traits réguliers, harmonieux, qui lui conféraient ce genre de beauté si rare. J'inclinai ma tête.

— Où étais-tu ?

Yeraz baissa son visage avant de le relever et de le tourner vers le paysage au loin. Il découvrit un vaste panorama. Une vue sur tout Sheryl Valley qu'il n'aurait jamais pu voir ailleurs qu'ici. Muré dans le silence, il se laissait aller à la contemplation, en proie à cet instant à une profonde mélancolie. Son visage suait la lassitude et l'ennui. Après de longues secondes, il répondit sans me regarder :

— Des affaires importantes à…

Laissant sa phrase inachevée, il continua :

— Cet endroit est si paisible.

Je lui pris le bras et l'entraînai au bord du toit.

Il s'assit sur le muret et je me plaçai debout, en face de lui. Ses yeux s'attardèrent sur moi. Je me rappelai alors que je portais une robe. Mal à l'aise, mes joues se mirent à rosir.

— Tu as l'air différente ce soir, déclara Yeraz à voix basse comme pour ne pas troubler la tranquillité de ce lieu, même si la musique du tourne-disque d'Alistair se réverbérait en échos lointains.

Je battis plusieurs fois des paupières sans arriver à trouver quoi lui répondre. Il tourna son visage vers Bergamote et Alistair qui dansaient un peu plus loin sur une reprise en anglais d'une chanson d'Édith Piaf : *Milord*.

— Belle valse, remarqua-t-il.

— Tu as l'air de t'y connaître.

Yeraz revint sur moi. La main posée sur la nuque, il finit par répondre :

— Dans le milieu où j'ai grandi, il vaut mieux connaître toutes les danses de salon. Ça peut toujours nous servir dans les grandes réceptions.

C'est là que j'aperçus sa peau écorchée sur ses poings. Ils étaient si abîmés. J'ouvris de grands yeux, la gorge nouée, j'étais médusée face à l'image déplorable de ses mains. Je relevai mon visage. Mes prunelles s'accrochèrent aux siennes et s'y crampèrent. Yeraz ouvrit la bouche et ses mots me glacèrent jusqu'au plus profond de ma chair :

— J'avais oublié mon arme dans la voiture. Je déteste terminer mes rendez-vous en me salissant les mains.

J'essayai de respirer normalement sans y parvenir.

— Tu finiras comme les autres gangsters : les pieds sous terre.

Je le regardai, baigné dans le clair de lune. Il paraissait déjà être un fantôme qui viendrait me hanter, même une fois mort. Je me mis à observer chaque millimètre de son visage, de peur de l'oublier un jour.

Yeraz plissa le front.

— Non, moi, je suis l'exception à la règle.

Sa réponse sarcastique et son arrogance sans bornes me firent grincer des dents.

— Aimes-tu réellement cette vie ?

— C'est la vie que j'ai choisie ! me répondit-il sèchement.

— Et tu étais obligé d'infliger ça à cet homme ?

Yeraz me foudroya du regard, il perdait patience.

— Oui, on parle de millions de dollars, Ronney. L'argent dans ce bas monde est le nerf de la guerre. Les affaires sont les affaires !

— Et la richesse mérite-t-elle vraiment un tel enfer sur cette Terre ?

Je le dévisageai, pleine de défiance. Il m'affronta quelques instants d'un regard saturé de souffrance. Cette fois, c'est lui qui baissa le regard avant d'énoncer une vérité indiscutable :

— Tu ne sais rien de moi !

Je hochai la tête. C'était vrai, je jugeai cet homme sans vraiment rien connaître de lui. Je croisai les bras sur ma poitrine et inspirai profondément avant d'avouer à voix basse :

— J'ai eu si peur qu'il te soit arrivé quelque chose. Ne m'en veux pas de m'inquiéter pour toi. Ces dernières heures n'ont pas été faciles pour moi.

Mes paroles si claires de vérité ne semblaient pas l'atteindre. Mon cœur et mon esprit étaient vulnérables en sa présence. Yeraz releva son visage teinté d'une douce griserie. Une lueur trouble et coupable dénaturait son regard si net, si implacable. Sentant qu'il m'avait blessée par son absence et par son long silence, il se racla la gorge comme quelqu'un qui cherchait à gagner du temps, mais du temps, moi, je n'en avais pas. Dans deux mois, il serait libéré des diktats et des décisions de sa mère. Il n'aurait plus de garde-fou pour retenir toutes ses mauvaises intentions, toute cette violence qu'il gardait en lui. Je ne sus pas ce qu'il lut à ce moment au fond de mes prunelles, mais il tressaillit en voyant toute cette détresse qui me hantait.

— Je n'aurais certainement pas oublié cette arme si j'avais été moins occupé à penser à toi. Tu ne sais pas à quel point ta présence m'est nécessaire.

Mon pouls explosa. Une force attractive me poussait à aller dans ses bras, mais mes jambes refusaient de répondre. Quel poids pesait ainsi sur moi ? Celui de l'anxiété ? De la peur ? *Non, de l'amour*, souffla une petite voix dans ma tête. Je choisis l'humour pour répondre à ses paroles, en espérant détendre l'atmosphère qui commençait à devenir un peu trop intime entre nous :

— Eh bien, je pense que tu as de la chance de m'avoir rencontrée.

Yeraz secoua la tête avant de laisser échapper un rire, puis il passa sa langue sur ses lèvres, ce qui eût aussitôt l'effet d'augmenter la température de mon corps de plusieurs degrés.

Le son de l'accordéon de la chanson *Milord* nous parvenait jusqu'ici. Je posai mes mains sur mes hanches et me mis à bouger légèrement mon bassin, de gauche à droite, au rythme de la chanson dont les longues notes tenues et la mélodie se répétaient joyeusement lors du refrain. Yeraz me contemplait et je sentis la pression de ces derniers jours s'échapper petit à petit de lui. Son expression s'était radoucie. Puis, le rythme de la chanson ralentit. L'accordéon laissa place aux notes soutenues et tristes du piano. Je connaissais les paroles par cœur. Les mains toujours posées sur les hanches, je fronçai les sourcils et pointai mon menton vers Yeraz qui, suspicieux, me regardait en biais. Je me mis alors à chanter sur le dernier couplet :

— Mais vous pleurez, Milord ? Ça, j'laurais jamais cru… eh ben, voyons, Milord ! Souriez-moi, Milord !

Yeraz, amusé, secoua la tête puis esquissa un petit sourire au coin des lèvres.

— Mieux qu'ça ! Un p'tit effort !

Cette fois, son sourire s'élargit. Il passa une main sur son visage comme s'il se retenait de prendre un instant pour respirer, pour oublier ses idées noires.

— Voilà, c'est ça ! Allez, riez, Milord ! Allez, chantez, Milord !

Yeraz se redressa et s'approcha de moi. Ses yeux brillaient. Ça y était, tous ses démons s'éloignaient.

— Pa lalalalalala...

Il rapprocha son visage jusqu'à coller doucement son front contre le mien. Lorsque sa main se posa en bas de mon dos pour venir me plaquer contre son corps parfaitement bâti, mon estomac se noua. J'arrêtai de chanter et me laissai entraîner par les mouvements de ses hanches qui suivaient le rythme maintenant relevé de la musique. La voix se mit à chanter de plus en plus fort, de plus en plus vite. Nous étions tellement proches que je sentais ses muscles massifs à travers nos vêtements. Je me laissai emporter dans cette valse folle et tournoyante conduite par Yeraz.

Essoufflée, j'essayai de reprendre ma respiration entre deux éclats de rire.

— Ronney !

Avec sa vivacité primesautière, Bergamote accourrait vers nous :

— Ça commence ! Daphné est là !

Arrivée près de nous, elle salua Yeraz d'un signe de tête. Je sentais qu'elle avait mille et une questions à lui poser, mais ça attendrait, car notre Daphné nationale commençait son cours de danse. Yeraz la salua d'un timide bonjour. Je l'agrippai par le bras pour l'entraîner de l'autre côté de la terrasse.

Alistair l'accueillit l'air renfrogné en reniflant. Yeraz lui tendit la main et après une courte hésitation, mon ami la prit. Cet échange bref chargea l'atmosphère d'électricité. Pour la première fois, je vis la confiance de

Yeraz réduite en miettes. Alistair semblait le mettre en garde avec son regard d'un bleu glacial.

— Un verre de vin, monsieur Khan ? intervint Bergamote, les yeux papillonnants.

Elle semblait à cet instant être redevenue une adolescente, happée par le charisme de cet homme. Yeraz refusa avec courtoisie. Alistair demeura un instant sur la défensive, puis son visage s'éclaira :

— Regardez ! Les filles commencent leur cours.

Yeraz se plaça derrière moi. Ses bras me ramenèrent contre lui. Il me demanda d'une voix douce, à mon oreille :

— Alors c'est là que tu passes tes samedis soir, miss Jimenez ?

Je hochai la tête. J'étais là où je voulais être, lovée dans ses bras, lui qui m'avait tant manqué. L'instant était magique.

La troupe, aux lignes esthétiques, s'éparpillait dans des mouvements aussi gracieux que fracassants. Les danseuses nous donnaient un spectacle magnifique. Soudain, Daphné apparut sur la piste telle une impératrice.

— C'est elle, chuchotai-je à Yeraz. C'est Daphné.

— Tu l'as déjà rencontrée ?

— Non, jamais.

— Alors comment sais-tu qu'elle s'appelle Daphné ?

Je laissai échapper un petit rire.

— Nous ne connaissons pas son prénom, mais Daphné, ça lui va bien.

Je sentis le corps de Yeraz se crisper. Il se retenait de rire, lui aussi.

— OK, je l'avoue, votre Daphné se débrouille plutôt bien.

Les danseuses semblaient flotter dans les airs. Sous un ciel étoilé et sans nuages, Sheryl Valley dansait.

14

Au contact de mes lèvres contre son cou, la respiration de Yeraz s'accéléra. La lumière artificielle de la cheminée empêchait sa chambre d'être plongée dans la plus totale obscurité. Après la séance de répétition des danseuses, en haut du toit, je l'avais suivi naturellement chez lui. Le regard lourd d'Alistair n'avait pas réussi à me faire retrouver la raison.

Debout, au milieu de la pièce, j'inhalai profondément l'essence de son parfum jusqu'à ce qu'il me tourne la tête. Yeraz plongea sa main dans mes cheveux pour les libérer de leur élastique. De son autre main, il fit descendre la fermeture éclair au dos de ma robe avant de la faire glisser jusqu'à mes hanches. Ses doigts vinrent ensuite précipitamment caresser mes seins avec insistance comme s'il s'était retenu depuis déjà trop longtemps. Il m'aida ensuite à déboutonner les boutons de sa chemise avant de plaquer son torse nu contre le mien. Un petit cri s'échappa de moi tant la chaleur de sa peau brûlait la mienne. Ses lèvres remontèrent fougueusement le long de ma gorge et vinrent s'écraser violemment sur les miennes. Haletante, je lui rendis son baiser en tentant de retrouver mon souffle. Ma tête palpitait douloureusement et tout mon corps frémit lorsqu'il glissa ses doigts entre nous pour caresser mon intimité. Yeraz m'empêchait de m'écarter de lui. Son autre main posée au creux de mes reins me tenait fermement. Il était tout en muscle et bien plus fort que je l'imaginais.

Il recula son visage pour me laisser reprendre mon souffle. Deux veines s'étaient gonflées sur son front. Ses yeux brûlants de désir ne me lâchaient pas. Plus dominant que jamais, il m'entraîna contre le mur et enleva ma robe tout en continuant de me regarder droit dans les yeux. Je le suppliai du regard de m'embrasser de nouveau, ce qu'il s'empressa de faire. Plaquée contre la cloison froide, je ne pouvais plus reculer. Avec son genou, Yeraz écarta mes jambes et je sentis son érection contre mon ventre. Ses allées et venues entre mes cuisses faisaient monter en moi une sensation que je ne connaissais pas. Je reculai mon visage pour pouvoir respirer tandis qu'il continuait ses mouvements de bassin. Une vague de plaisir menaçait de déferler en moi.

— Yeraz, soufflai-je, attends… je…

Il n'eut pas l'air surpris de mon état. Ses lèvres descendirent sur mes seins. La sensation exquise de sa langue contre ma peau m'obligea à fermer les yeux et à serrer les paupières. Puis, il releva son visage et avec un murmure empressé, essoufflé à mon oreille, il dit :

— Dis-moi qu'il ne t'a jamais mise dans cet état !

Je savais qu'il parlait de Caleb. Je secouai énergiquement la tête à défaut de pouvoir parler tellement le plaisir me submergeait.

— Cette nuit, tu es à moi !

Sa voix aux intonations rauques, teintée de jalousie, révélait à quel point il était possessif. Yeraz glissa sa main entre mes cuisses pour s'approprier mon intimité. J'étais, à cet instant, totalement à lui.

Il laissa échapper un grognement lorsque mes doigts glissèrent dans son pantalon et se refermèrent sur lui. Excité, la respiration courte, il le déboutonna et m'offrit son membre tendu. Je tirai dessus. Il recommença à m'embrasser, le souffle plus lourd, plus impatient. Soudain, la chose qui montait en moi menaça d'exploser. Je me mis à crier sans me soucier une seconde de savoir si nous étions seuls ou non dans la maison. Yeraz baissa un peu plus son pantalon puis me souleva contre le mur. L'orgasme arriva violemment avec ses premiers coups de reins en moi tandis qu'il resserrait son étreinte pour atteindre à son tour le summum du plaisir avec une série de spasmes.

Me sentant diminuée, il me transporta jusqu'à son lit après s'être à demi rhabillé. Lorsque ma tête toucha l'oreiller, mes paupières s'alourdirent. Je résistai au sommeil pour profiter de cet instant si parfait, avec lui.

— Tu devrais dormir, déclara Yeraz, son visage au-dessus du mien.

Avait-il vu l'affolement dans mes yeux pour se sentir obligé de parler de notre relation ?

— Ronney, il n'y a jamais eu d'attrait sentimental entre les autres femmes et moi. Tu n'auras pas de fleurs sur ta table de chevet, demain, ni de message doux sur l'oreiller à ton réveil.

Je hochai la tête, consciente du message qu'il voulait me faire passer.

— Je sais, soufflai-je en entendant ses paroles criantes de vérité. Je préfère ça aux fausses promesses.

Le point positif quand on a grandi dans ma peau, c'est que rien ne peut nous bercer d'illusions. Je baissai les yeux et me retins de rire.

— Qu'est-ce qui te fait sourire ?

Yeraz s'agenouilla au bord du lit et planta son regard ténébreux dans le mien.

— Quelle ironie, me voilà au même rang qu'Ashley et les autres. Moi qui m'étais juré de te détester jusqu'à la fin de ma vie.

Il émit un petit ronflement ironique avant de répondre :

— Et moi, je m'étais juré de ne te trouver ni attirante ni intéressante jusqu'à la fin de ma vie.

Je laissai échapper un rire. Une curieuse émotion passa sur son visage.

— Donc, tu me trouves attirante ?

L'assurance de Yeraz se fissura.

— Je crois bien.

Il baissa la tête avant de se réfugier dans un silence surnaturel.

— Yeraz ? Qu'y a-t-il ?

Une lame sembla me transpercer. J'avais si peur d'entendre ce qu'il allait me dire.

— Non, je ne te mets pas au même rang qu'Ashley et de toutes ces autres femmes avec qui j'ai pu coucher. C'est la première fois que j'éprouve un respect et une admiration sans réserve pour quelqu'un.

Je crus que mon cœur s'arrêtait de battre. Il marqua de nouveau un silence avant d'ajouter d'une voix douce, mais impérieuse :

— Si je n'avais pas eu la tête ailleurs cette semaine, je n'aurais sûrement pas oublié mon arme et mes poings seraient intacts. Je dois rester prudent chaque heure du jour et de la nuit, mais avec toi dans mes pensées, ce n'est pas aussi facile. Je ne peux pas me permettre de relâcher ma vigilance.

Je baissai mes yeux sur ses mains. Mes doigts vinrent caresser sa peau, comme si j'avais le pouvoir de le guérir, de refermer ses vilaines blessures. Yeraz grimaça légèrement. Une fois recouvré l'usage de la parole, il déclara plus durement :

— J'ai voulu te posséder et j'y suis arrivé, mais ce qui s'est passé ne se reproduira plus, Ronney. Il me fallait ça pour pouvoir te sortir de ma tête.

Je retirai ma main de la sienne et tentai de respirer calmement, les yeux agrandis par l'angoisse. La déception perça dans ma voix :

— Je n'espérais rien. Je ne regrette pas ce qui s'est passé, non, je ne regrette pas de t'avoir rencontré. Et toi ?

L'air courroucé, Yeraz détourna le regard. Il refoulait de toutes ses forces la réponse qui lui montait aux lèvres. Sans prévenir, il se redressa brusquement et enfouit les mains dans ses poches. D'ici, je percevais son torse nu parfaitement dessiné. Je chassai les pensées de mon esprit qui partaient dans la mauvaise direction. Toujours sans me regarder, il répondit :

— Je ne suis pas quelqu'un qui regrette ses actes. Notre collaboration se termine bientôt, je te demande de rester chez moi jusqu'à la fin de celle-ci et après, nous devrons reprendre le cours de nos vies. Je ne peux rien t'offrir de plus.

Je ne supportais plus cette conversation. Impossible d'apaiser les battements furieux de mon cœur. J'avais l'impression de ne rien contrôler. Pourquoi son humeur venait-elle soudain de changer ?

— Je dois partir au club. Tu peux rester ici cette nuit. Demain, tu retrouveras ta chambre.

Yeraz se dirigea à grandes enjambées vers les baies vitrées de sa salle de bain avant de s'arrêter devant. Il se retourna vers moi et m'adressa sur un ton prudent, mais voilé d'une certaine menace :

— Je te demande une dernière chose, Ronney. Le temps qu'il te reste à travailler avec moi, je te conseille de te consacrer entièrement à tes tâches et de ne pas te laisser aller à des sorties inutiles !

— Des sorties inutiles ? m'insurgeai-je, scandalisée par ses propos.

Les draps remontés jusqu'à la poitrine, je croisai les bras d'un geste résolu avant de lever encore le ton :

— Tu te fous de moi ! Je travaille jour et nuit comme une esclave. J'ai même fait des heures supplémentaires avec ta sœur, hier, pour rencontrer ce cinglé de Georges dans cette maison hantée.

Yeraz ferma les paupières et serra l'arête de son nez quelques instants avant de rouvrir les yeux, le regard froid.

— Pour être plus clair, si je te vois avec ce connard de Logan, je m'occupe de lui.

C'était donc ça le problème. J'ouvris la bouche, mais la refermai aussitôt. Son visage prit une expression effrayante et un sourire faux comme le Diable se dessina sur ses lèvres.

— Oui, Ronney, j'ai des yeux et des oreilles partout. Si je veux, je ferme les studios Red Channel en un claquement de doigts. On s'est compris ?

Furieuse, je me relevai en prenant soin de garder la couverture autour de moi. Je voulais déverser un flot d'injures et c'était sûrement ce qu'il attendait, mais au lieu de ça, je partis en trombe de la chambre en claquant la porte derrière moi.

―――⁓―――

Peter attachait méticuleusement mes escarpins pendant que j'essayais tant bien que mal de tenir debout.

— Pourquoi vous acharnez-vous à vouloir m'apprendre à marcher avec ces chaussures ? Cela fait des mois que vous perdez votre temps avec moi.

Peter se redressa et me parcourut d'un regard bref. Il esquissa un geste évasif avant de répondre d'une voix monocorde :

— Comme si j'avais le choix !

Je me pinçai les lèvres, ennuyée. Le pauvre homme était obligé de supporter ces séances avec autant de joie que moi. Nous étions à moins de deux semaines de Thanksgiving, lui comme moi avions d'autres choses plus urgentes à faire. Malheureusement, les filles Khan s'obstinaient à croire que je pourrais, un jour, marcher sur ces échasses.

— Dépêchons-nous avant que monsieur Khan nous surprenne, déclara Peter.

Il attrapa mes mains pour m'aider à avancer au milieu de la pièce. J'avais l'impression que mes jambes allaient céder sous mon poids tant elles étaient arquées. Peter s'éclaircit la gorge.

— Notre seigneur est d'une humeur exécrable depuis ce matin. Je ne l'ai encore jamais vu aussi…

Peter cherchait le mot pour définir le comportement de Yeraz.

— Détestable ? finis-je par lâcher.

— C'est vous qui l'avez dit. Moi, je n'aurais jamais osé.

J'esquissai un petit sourire face à Peter qui dissimulait difficilement le sien. Il me lâcha les mains et s'écarta de moi pour m'observer.

L'assistant de Camilia connaissait Yeraz depuis toujours, il pourrait sûrement répondre à mes questions. J'avais passé tout mon dimanche à me refaire le film de notre soirée de la veille sans toujours rien comprendre à son brusque changement de comportement. Je rassemblai mon courage et demandai d'une voix faussement détachée :

— Yeraz a-t-il déjà eu une liaison ou une relation à long terme avec une femme ?

D'un haussement de sourcils, Peter m'invita à poursuivre. Je bafouillai :

— Peut-être qu'il ne serait pas aussi... si...

— Non ! trancha Peter. Monsieur Khan est un homme à femmes, mais aucune d'entre elles n'a conquis son cœur. C'est un célibataire endurci qui refusera toute relation sérieuse au cours de sa vie.

Il marqua une pause avant d'ajouter d'un air navré :

— Loin de moi l'envie de vous blesser, mais monsieur Khan aime les belles femmes. Je pense que vous pouvez essayer d'être une bonne amie.

— Oui, une bonne amie.

Mes paroles n'étaient qu'un léger murmure. Il émanait de moi une impression de désespoir absolu. Peter, abasourdi, arrêta brusquement d'incliner sa tête d'un sens puis de l'autre et se figea.

— Non, Ronney ! Vous ne pouvez pas, vous ne devez pas tomber amoureuse de cet homme. Il vous détruira.

— Il m'a détruite le jour où il a posé les yeux sur moi.

Le souffle de mes mots resta suspendu dans l'air. Pour la première fois, je lus dans ses petits yeux marron de la compassion à mon égard, mélangée à une terrible tristesse.

— Camilia ne doit rien savoir au sujet de vos sentiments ni monsieur Khan. Il vous reste deux mois. Ne gâchez pas tout, surtout pour lui. Yeraz ne connaît que la violence, le goût du sang, les ténèbres. Il tutoie la mort et le Diable, mais il est effrayé à l'idée d'aimer une femme. Ça le rendrait vulnérable et dans ce milieu, ça ne pardonne pas.

Je lui décrochai un sourire suffisant pour cacher mon désespoir. Peter étouffa un soupir avant de secouer la tête :

— Bon, nous avons encore pas mal de boulot ! Vous allez suivre la ligne droite jusqu'à la fenêtre. Tâchez de ne pas vous écrouler, car je vous assure, Ronney, ce sera encore pire après. Je ne plaisante pas.

J'acquiesçai, puis me retournai en levant ma tête bien droite comme Peter me l'avait appris.

Je me dépêchai d'entrer dans le bureau de Yeraz. Le cours de Peter me valut quelques minutes de retard. Hamza et ses hommes étaient déjà installés dans la pièce, face à lui. Ma soudaine apparition les interrompit dans leurs échanges. Hamza se retourna et son expression se rembrunit aussitôt. Il se pinça les lèvres pour éviter de prononcer des paroles mal placées à mon encontre. Je partis m'asseoir à une place vide, dans un coin de la pièce, en retrait du petit groupe et je sortis rapidement mon bloc-notes. À côté de moi se tenaient les deux gardes du corps de Yeraz : Jessim, l'homme au visage émacié et aux yeux clairs ainsi que Ian, le tatoué aux cheveux longs. Très attentifs à ce qui se passait dans la pièce, rien ne semblait pouvoir les perturber.

Yeraz portait ses grosses lunettes. Pas une seule fois, il tourna son visage vers moi. Assis derrière son bureau, il écoutait attentivement Hamza qui s'exprimait à voix basse afin de me compliquer le travail. Je me forçai à me concentrer pour ne pas être troublée par la présence de Yeraz. Des flashs de notre nuit ensemble me revenaient en rafale. Je fermai les paupières et secouai la tête pour les chasser.

— Miss Jimenez, tout va bien ?

La voix de Jessim me ramena au moment présent. Confuse, je fis oui de la tête avant de me remettre sérieusement au travail. L'attention de Yeraz faiblit l'espace d'un court instant, mais personne ne s'en aperçut.

— Quel est le taux d'intérêt du prêt pour cette entreprise ?

— Un pourcentage de quarante sur un an.

Yeraz parut enchanté de la réponse d'Hamza. L'homme écarta ses mains et ajouta l'air satisfait :

— L'entreprise ne pourra jamais tout rembourser. Maintenant, il suffit d'attendre. Dans quelques mois, l'entrepreneur devra nous céder ses parts.

— Et s'il refuse ?

Tous les visages se tournèrent vers moi. Ma question semblait les étonner. Le petit groupe de personnes se jeta des coups d'œil interloqués avant de détourner leurs regards vers Yeraz qui me répondit d'une voix curieusement lente :

— S'il refuse, il se fera tuer.

Horrifiée, je demeurai bouche bée. Incapable de bouger, je regardai fixement Yeraz. Mon cœur se mit à cogner dans ma poitrine. Pendant ce temps, la réunion continuait comme si de rien n'était. Leurs voix me parvenaient comme un écho lointain.

— Les Yakturas ont profité du tremblement de terre de l'année dernière en Chine pour décrocher des contrats de reconstruction immobilière. Ils ont gagné des millions d'euros.

Yeraz écoutait attentivement Hamza. Il frotta son front et répondit d'un ton bref :

— Les Yakturas font très bien la distinction entre les affaires légales et illégales.

— Nous avons sûrement des choses à apprendre d'eux. Quand je dis « nous », je parle surtout de vous. Dans quelques semaines, vous serez à la tête de la Mitaras Almawt.

— Dites ce que vous avez à dire, Hamza.

Yeraz avait joint ses deux mains sur le bureau et incliné sa tête en attendant la réponse de son interlocuteur. C'est alors qu'un homme d'une cinquantaine d'années au teint cireux et à l'air antipathique s'adressa à Yeraz :

— Vous vous obstinez à miser sur Roskuf. Ce groupe est une bombe à retardement. Leurs actions ne vaudront plus rien, demain, à la bourse. C'est un des pires placements que vous pouvez faire. Pensez à l'empilage et à l'intégration. Avec eux, ces opérations sont impossibles.

Un sourire machiavélique se dessina sur les lèvres de Yeraz.

— Roskuf peut être un joli cadeau empoisonné pour l'un de nos collaborateurs ou un entrepreneur un peu trop gênant. Il suffira de le convaincre alors de mettre tout son argent sur les actions de ce groupe pétrolier au moment voulu. Ne vous en faites pas, j'y travaille.

Un silence lourd prit place dans le bureau puis de petits rires diaboliques montèrent crescendo dans la pièce.

— Yeraz, vous me rassurez ! s'exclama Hamza en secouant la tête. Je ne peux que m'incliner devant cette idée de génie. Vous allez finir par mettre notre milice au chômage avec des plans comme ça.

Yeraz, satisfait, s'affaissa dans son fauteuil. Il paraissait déjà à cet instant le roi au milieu de ses disciples. Hamza demanda prudemment :

— Pour ce *cadeau*, pensez-vous à quelqu'un en particulier ?

Yeraz hocha la tête sans rien ajouter de plus. Le mystère restait entier.

Je tenais la porte en saluant un par un chaque homme qui sortait du bureau. Certains prirent plus de temps à quitter la pièce. Je m'impatientai. Il me fallait absolument avoir une conversation avec Yeraz.

Quand je refermai enfin la porte, je constatai, surprise, que Ian et Jessim étaient toujours là. Je me raclai la gorge :

— Yeraz, pouvons-nous avoir une conversation, maintenant ?

Toujours assis sur son fauteuil, il semblait hésiter. Finalement, avec un geste de la main, il m'invita à m'approcher de lui. Je jetai un coup d'œil à ses deux hommes de main qui restaient figés, la tête haute, telles des statues.

— En privé, précisai-je.

Yeraz, de plus en plus nerveux, se toucha la nuque avec sa main. Ses lunettes noires m'empêchaient de briser la glace entre nous.

— Non, Ronney !

Étonnée, je mis quelques secondes à retrouver la parole.

— Enfin, c'est grotesque ! Je n'ai pas l'intention de te faire la peau.

Ma remarque obligea Jessim et Ian à tourner leur visage vers moi avant de regarder Yeraz. Après un petit signe de la main de leur boss, ils levèrent de nouveau leur tête pour reprendre leur position initiale, mais cette fois-ci, les deux hommes semblaient davantage tendre l'oreille vers nous. Yeraz restait muet.

— Enlève ces foutues lunettes ! m'agaçai-je.

À ma grande surprise, il obtempéra. Ses yeux empreints de sévérité vinrent se planter dans les miens. Il n'y avait plus une seule once de douceur au fond de ses prunelles sombres. Non, il n'y avait plus rien. Avec une admirable maîtrise de lui-même, il restait parfaitement impassible.

— Que veux-tu, Ronney ? J'ai beaucoup de travail. Ne me fais pas perdre mon temps !

Je ravalai de justesse un éclat de colère.

— Je veux savoir où en est l'affaire de… hier soir. Où est passé l'homme avec qui j'ai parlé sur le toit ?

Je priai pour que Yeraz ait compris le sens de ma question. Il s'affala dans son fauteuil et garda le silence un instant en m'observant.

— L'homme sur le toit est reparti à ses activités. Il reste avant tout un homme d'affaires avec peu de temps à accorder aux autres.

Sa voix sonnait faux. Je me rendis compte d'à quel point j'avais été naïve. Pendant que j'essayais de digérer ses paroles, une tempête hurlante était en train de saccager mon esprit. La déception, la colère et les regrets m'assaillirent.

Je tournai mon visage vers ses deux gardes du corps. Ils détournèrent aussitôt leurs yeux de nous, mal à l'aise d'assister à cette conversation. Un bref instant, mon visage s'empourpra. Yeraz feignit de ne rien remarquer. Il sortit un petit papier de la poche intérieure de sa veste et me le tendit. Il y avait une adresse et un nom inscrits dessus.

— Isaac t'attend. Il t'emmènera récupérer une enveloppe que tu devras transmettre ensuite à cette personne.

— Monsieur Clyde ?

C'était le nom inscrit sur le papier. Yeraz hocha la tête.

— Que contient cette enveloppe ?

Ses traits se durcirent. Il releva son menton en proférant un grognement puis, allant directement au fait, il s'exprima sans la moindre hésitation :

— Des photos compromettantes qui pourraient tomber entre les mains de sa femme s'il décidait de continuer à s'occuper de nos affaires.

Mon estomac se noua et un frisson me parcourut. Je reposai le papier sur le bureau et réussis à articuler malgré la boule grandissante dans la gorge :

— Non, je ne veux pas transporter ça ! C'est hors de question que je participe en quoi que ce soit à cette technique d'intimidation.

Ses paupières se plissèrent. Mes paroles ne faisaient qu'accentuer son expression furieuse.

— Tu n'as pas le choix, Ronney !

— Si, j'ai le choix ! Je verrai ça avec Camilia, ripostai-je vigoureusement.

— Pour lui dire quoi ? Que l'on a couché ensemble, cette nuit ?

Mon regard se tourna vers Jessim et Ian qui faisaient semblant de n'avoir rien entendu, mais les traits de leur visage disaient tout le contraire. Ils auraient préféré être n'importe où plutôt qu'ici.

Je reculai, furieuse, en me mordant les lèvres jusqu'au sang.

— Tu as couché avec moi juste pour me faire chanter après ?

— Bien sûr !

Yeraz esquissa un léger mouvement de surprise devant la tristesse éloquente que mes yeux devaient révéler. S'apercevant trop tard des conséquences de ses paroles, il s'empressa d'ajouter d'une voix plus calme :

— Je ne t'ai rien promis, n'oublie pas.

Malgré le fait que le sol se dérobait sous mes pieds, je devais encore faire l'effort de tenir debout.

— Et si je refuse de faire ce que tu me demandes ?

Il me répondit d'un ton indifférent :

— Tu ne pourras plus financer le traitement de ton frère. Si je ne me trompe pas, je crois qu'il est vital pour lui.

Il m'était impossible de dissimuler cette détresse sans nom qui hantait mon regard. Ma propre respiration résonnait dans mes oreilles. Je repris le papier en le pliant dans mon poing.

— Ce sera fait d'ici ce soir, monsieur Khan.

Un voile vint ternir l'éclat de ses iris orageux. Il contracta sa mâchoire et voulut ajouter quelque chose, mais je partis avant qu'il n'ait le temps de le faire.

Après avoir claqué la porte du bureau derrière moi, je m'appuyai contre le mur, la respiration saccadée et me giflai violemment le visage. *Pauvre conne ! Il t'a bien eue.*

15

— Fais encore un pas et je t'explose le crâne, rugis-je d'une voix menaçante.

Les hommes qui m'encerclaient reculèrent prudemment.

— Putain, Ronney, qu'est-ce que tu fous ? vociféra Yeraz, hors de lui.

Il parcourut la pièce à grandes enjambées dans ma direction. Résolue, je pointai l'arme sur lui en ôtant le cran de sûreté. Yeraz se figea, le teint blême. Il cherchait visiblement à comprendre la raison de mon comportement, pourtant celui-ci était plus que justifié.

— Sortez de la pièce ! hurla Yeraz sur ses hommes. C'est entre moi et miss Jimenez.

La dizaine d'hommes présente ne bougea pas. Tous me scrutaient avec des yeux plus menaçants les uns que les autres, prêts à se jeter sur leurs armes.

— Foutez le camp ! tonna Yeraz, les yeux sortis de leurs orbites.

Sept heures auparavant

Je jetai ma serviette dans le lavabo puis m'attachai les cheveux en évitant soigneusement de croiser mon reflet dans le miroir. Les traits tirés sur mon visage témoignaient de la longue semaine passée à travailler au service de Yeraz. Timothy, Ashley et moi n'avions pas dormi depuis deux jours afin de terminer les préparatifs pour le gala de Thanksgiving organisé par les Khan.

Yeraz m'avait évitée soigneusement ces derniers temps et se débrouillait pour être accompagné à chaque fois d'un de mes assistants ou de ses gardes du corps lorsque nous étions amenés à nous croiser. Pour qui me prenait-il ? Je ne comptais pas lui sauter dessus et encore moins le harceler après ce qu'il s'était passé entre nous. Nous étions adultes et je savais faire la part des choses.

— Ronney ? appela Bergamote de l'autre côté de la porte. Il y a quelqu'un pour toi.

Quelqu'un pour moi ? Je fronçai les sourcils et tournai mon visage en direction de la porte.

— Qui est-ce ?

Au fond de moi, je priai pour que ça ne soit pas Logan. Il était tôt pour un samedi matin et nos séances au studio étaient sur pause pour quelques mois.

— Une journaliste, chuchota Bergamote assez fort pour que je l'entende.

Je me précipitai vers la porte et l'ouvris d'un geste brusque. En voyant mon air intrigué sur mon visage, Bergamote ajouta toujours à voix basse :

— Cette dame-là ressemble plus à une avocate qu'à une journaliste, méfie-toi ! J'ai le nez pour sentir les gens à problèmes.

Je hochai la tête, perplexe.

— Très bien, installe-la dans la cuisine, s'il te plaît, j'arrive.

Mes yeux se posèrent en premier sur sa chevelure rousse au carré asymétrique. Sa coupe lui donnait un faux air négligé, mais il n'en était rien. Cette noble femme, d'une quarantaine d'années, avait un teint éclatant et paraissait sortir tout droit d'un de ces magazines de mode dans son tailleur gris, très ajusté, qui lui dessinait parfaitement la taille. Ses yeux bleu acier, si pénétrants, dégageaient une invraisemblable aura d'autorité.

Je me redressai sur ma chaise quand Bergamote nous apporta une tasse de thé. Ma colocataire m'adressa un coup d'œil inquiet, mais je la rassurai avec un sourire. Elle hésita un instant puis sortit finalement de la cuisine pour nous laisser seules.

— Qui êtes-vous ?

Je conservai mon apparence calme, mais ma main agrippait nerveusement le bord de la table.

— Tess Lawrence, journaliste.

Sa voix douce, assurée, était en parfaite harmonie avec son apparence. Elle regarda autour d'elle, intriguée par le décor désuet de l'appartement.

— Que voulez-vous ?

Je pris ma tasse dans mes mains pour m'occuper et faillis me brûler les doigts. La journaliste attrapa son attaché-case posé à côté d'elle et l'ouvrit. Elle s'équipa alors d'un bloc-notes et d'un stylo. Je battis plusieurs fois des paupières.

— Attendez. Que faites-vous ? Pour quel journal travaillez-vous ?

— Depuis combien de temps êtes-vous au service de monsieur Khan ?

— Je ne suis pas d'accord pour répondre à vos questions sans avoir été prévenue au préalable. Et comment avez-vous eu mon adresse ?

Je me levai de table, mais la femme posa son stylo avant de mettre une main devant elle comme pour s'excuser.

— Attendez, miss Jimenez. Laissez-moi juste une chance de vous convaincre de me donner un peu de votre temps pour m'entretenir avec vous.

La journaliste sortit de son attaché-case une carte de visite. Je la saisis, méfiante. Elle travaillait pour le *Daily News*. Je regrettai aussitôt de lui avoir accordé ces quelques minutes de trop. Elle avait directement parlé de Yeraz. Même si cette femme était un requin dans le milieu médiatique, Yeraz n'en ferait qu'une bouchée s'il apprenait qu'elle s'intéressait à lui ou plutôt à ses affaires. Je me pinçai les lèvres et lui redonnai sa carte.

— Je reviens !

Je sortis précipitamment de la cuisine pour rejoindre Bergamote dans le salon.

— Elle travaille pour le *Daily News*. Merde ! Qu'est-ce que cette journaliste peut bien me vouloir ?

Je me frottai le front d'une main en parcourant la pièce de long en large. Bergamote, assise sur le canapé, son cadre tambour de broderie entre les mains, releva la tête. Une prompte réponse lui monta aux lèvres, mais elle répondit par une autre question :

— Es-tu sûre qu'elle ne travaille pas pour le gouvernement ?

— Non, je ne pense pas. Tu la verrais, c'est comme si ses petits yeux étaient à eux seuls un détecteur de mensonges.

Changeant de ton, Bergamote se pencha en avant et demanda d'un air persuasif :

— Tu veux que je m'en occupe ?

Abasourdie, je m'arrêtai de marcher et interrogeai ma colocataire du regard.

— Tu veux que je la fasse disparaître ?

Un faible sourire effleura le coin de ses lèvres peintes de rose.

— Non ! m'exclamai-je. Mais enfin, nous ne sommes pas comme... bref, laisse tomber.

Je secouai la tête et repartis dans la cuisine en me demandant qui des personnes qui entouraient ma vie en ce moment était la plus normale.

En me voyant réapparaître, madame Lawrence me regarda d'un air gentiment condescendant puis exposa la situation d'une voix nette :

— Miss Jimenez, un article va sortir dans les prochaines semaines sur Yeraz Khan et ses liens supposés avec la mafia, après une investigation longue qui a demandé près d'un an d'enquêtes. Vous êtes l'assistante personnelle de monsieur Khan, votre témoignage pourrait nous être utile pour clore tout ceci.

Mon regard vacilla.

— Pourquoi ferais-je ça ?

— Quel est le prix de votre parole, miss Jimenez ? Nous sommes prêts à négocier.

Donc, tout revenait toujours à la même chose : l'argent.

— Elle n'a pas de prix, répondis-je d'une voix glaciale. Merci de claquer la porte derrière vous quand vous partirez.

La journaliste entrouvrit ses lèvres. L'étonnement se reflétait dans ses yeux.

— Vous défendez un criminel. Pourquoi ? Leur argent suffit à acheter votre silence ?

Il n'y avait plus rien d'amical dans le ton de sa voix. Je répondis de la même manière :

— La vie est faite de choix, madame Lawrence. Croyez-moi, je suis impartiale envers les gens avec qui je travaille même si leur mode de vie ne correspond pas au mien, même si je n'approuve pas leurs actes.

— Quitte à fermer les yeux sur ce qui est bien ou mal, miss Jimenez ?

Mes mots restèrent coincés dans ma gorge. La journaliste me décrocha un regard grave.

— Vous êtes née à Sheryl Valley. Cette ville, vous l'aimez, non ? Cet article pourrait faire bouger les choses, envoyer les méchants en prison et obliger le gouvernement à faire leur satané boulot.

J'accueillis la remarque avec un petit rire lugubre.

— C'est justement parce que je suis née ici que je sais que le gouvernement ne sauvera pas votre vie ni la mienne !

La journaliste m'observa pendant un moment sans se donner la peine de cacher son scepticisme, puis d'un geste vif, elle rangea ses affaires dans son sac. À cet instant, j'entendis la porte d'entrée s'ouvrir et la voix d'Alistair résonna dans l'entrée :

— J'ai pris du poisson frais pour midi.

Lorsque Tess Lawrence sortit de la cuisine, elle salua poliment Alistair qui entrait, l'air surpris.

— C'était qui, ça ?

Je haussai les épaules et répondis à voix basse :

— Une journaliste qui enquête sur Yeraz.

Alistair posa les courses sur le bord de l'évier et plissa le front.

— Et ?

J'ai couvert ses crimes. La première réflexion que sa question éveilla dans mon esprit était si affreuse que je la repoussai aussitôt.

— Je lui ai demandé de partir.

Satisfait de ma réponse, Alistair hocha la tête et commença à ranger les courses dans le frigo.

— Tu as bien fait ! Tu viens sûrement de sauver la vie à cette femme, et la nôtre au passage.

Je soupirai en me tenant la tête entre les mains. L'atmosphère me pesait. J'avais besoin d'air frais.

Il était bientôt dix-neuf heures, le restaurant allait ouvrir ses portes. Ma mère faisait un dernier tour de salle pour vérifier que rien ne manquait sur les tables.

De mon côté, je rajoutai des frites dans le plat du buffet pour être sûre qu'il n'en manquerait pas trop vite. L'établissement était encore silencieux. C'était un des moments que j'appréciais particulièrement. Petite fille, j'aimais jouer à cache-cache sous les tables avec Elio ce qui agaçait ma mère et la mettait dans des états de grande nervosité. Pour un enfant, cette salle pouvait devenir un véritable terrain de jeu. Peut-être qu'un jour, ce serait les miens qui joueraient ici ? Je chassai immédiatement cette pensée. Qu'est-ce que je racontais ? Je ne voulais pas mettre au monde des petits êtres qui subiraient ce que j'avais subi au cours de ma vie. Je ne serais jamais en mesure de leur donner cette confiance qui me manquait cruellement, de les protéger du monde extérieur. Je voyais d'ici les remarques déplaisantes auxquelles j'aurais droit quand j'aurais atteint la trentaine. « Ronney et l'horloge biologique » sera sans aucun doute le sujet principal lors des fêtes de famille.

La sonnerie du téléphone me ramena à l'instant présent. Mon père, derrière le comptoir, décrocha. Ses traits se durcirent brusquement ce qui n'indiquait rien de bon. Je passai devant lui pour ranger le plat de frites dans la cuisine, mais ralentis en entendant quelques bribes de sa conversation.

— Oui, Sergio… quoi ? Dans combien de temps ?

Il me lança un regard en coin pour me faire comprendre de m'éloigner. Je partis dans la cuisine et restai près de l'entrée, derrière les portes battantes. Mes sens en surcharge, j'avais une mauvaise intuition.

— Merde ! Ce n'était pas prévu. Les clients vont arriver.

Le ton grave de mon père ne faisait que conforter mes doutes.

— Nous allons fermer ce soir, nous n'avons pas le choix. C'est hors de question que nous recevions nos clients avec cette visite inopinée de la Rosa Negra.

Mon cœur dans ma poitrine ne fit qu'un bond. Le gros John allait venir réclamer son argent aujourd'hui. D'habitude, il faisait irruption aux heures où le restaurant était vide pour ne pas troubler le service. Le différend avec mes parents devait être énorme pour qu'il se pointe à l'improviste.

Quand mon père raccrocha avec mon oncle, je laissai échapper un long soupir avant de me précipiter vers les bacs pour faire mine d'être occupée avec la vaisselle. Mon père entra quelques secondes plus tard en tâchant d'adopter l'air le plus serein possible sur son visage.

— Merci d'être venue nous aider, *hija*, mais tu peux rentrer. Il y a un souci au niveau de la chambre froide. Nous allons fermer, ce soir.

Mon père, mal à l'aise, remonta son jeans. Il resta planté là et attendit que j'enlève mon tablier. Je déclarai à voix basse tout en frottant un plat :

— Ça fait un moment que nous ne sommes pas restés ensemble. Il y a sûrement autre chose à faire.

Mon père jeta un regard nerveux en direction des portes avant de revenir sur moi.

— Pas ce soir. Rentre chez toi, c'est mieux.

Ma mère fit irruption à cet instant dans la cuisine, la mine déconfite. D'une voix blanche, elle appela mon père :

— Miguel, deux hommes sont là et te demandent.

C'était la première fois que je voyais ma mère aussi pâle.

— Le gros John ? m'empressai-je de demander.

Ma mère secoua la tête. Elle avait du mal à parler.

— Non. Je n'ai jamais vu ces hommes auparavant, mais ils n'ont rien à voir avec le gros John et son équipe.

Les épaules de mon père s'affaissèrent. Il se frotta le front pour essayer de réfléchir puis avec un signe de tête, m'ordonna de me cacher au fond de la cuisine. Trop inquiète, je refusai de lui obéir et suivis mes parents dans la salle du restaurant. Ma mère n'était pas du genre à se laisser impressionner par qui que ce soit. Qui étaient ces gens qui avaient réussi à lui faire perdre l'usage de la parole ?

Mon père m'envoya un regard plein de colère quand je pris place à ses côtés, derrière le comptoir, mais je n'y prêtai pas attention. Un homme de grande taille, mince, aux traits sévères se tenait devant nous. Vêtu de noir, il portait un chapeau sur la tête qu'il ne prit pas la peine de retirer. Des cicatrices d'acné creusaient sa peau à certains endroits de son visage. Lorsque son regard se posa sur moi, ses yeux sombres donnèrent l'impression de voir les ténèbres. Un frisson me parcourut le dos. Rien chez cet homme ne semblait penser qu'il venait négocier ou discuter de quoi que ce soit avec nous.

Derrière lui, son garde du corps à la carrure émaciée et habillé de la même façon ne paraissait pas plus commode. Il attendait les ordres de son boss en nous fixant avec de petits yeux menaçants. À côté d'eux, le gros John n'était qu'un petit voyou de seconde zone.

— Monsieur Jimenez, nous sommes là pour redéfinir les règles du contrat et revoir à la hausse le montant que vous nous devrez désormais toutes les deux semaines. Contre cet argent, vous aurez bien sûr notre protection et notre aide si besoin pour certaines tâches.

Mon cœur s'arrêta. Je tournai la tête vers mon père qui tentait de refouler sa colère du mieux qu'il pouvait. Il redressa ses larges épaules et lança d'une voix remplie d'animosité :

— Qui êtes-vous ? Nous ne vous avons jamais vus par ici, avant.

L'homme enleva son chapeau, puis s'essuya le front avant de le replacer sur sa tête. Il croisa ensuite les bras et s'exprima de façon détachée et impersonnelle :

— Vous n'avez pas besoin de savoir mon nom. Comme je viens de vous le dire, je suis là pour régler quelques détails au sujet de votre établissement.

— Nous ne paierons pas ! déclara mon père d'une voix tranchante. Vous n'êtes qu'une bande de sangsues, des parasites de la pire espèce. C'est fini le racket avec mon restaurant. Je refuse d'alimenter votre organisation aux méthodes plus que douteuses.

Ma mère intervint en posant une main sur l'épaule de mon père. Elle était, elle aussi, terrorisée des conséquences que pouvaient avoir ses paroles. L'inconnu se retourna à demi vers son homme de main dont les traits s'étaient figés en un masque impénétrable. Ils s'échangèrent un bref regard puis notre interlocuteur porta de nouveau ses yeux noirs sur mon père. La situation prit un sens terrifiant. Je détestais leur attitude menaçante envers nous.

— Monsieur Jimenez, vous êtes un des gérants qui nous posent le plus de problèmes à Sheryl Valley. Notre ancien collaborateur acceptait votre excès de zèle, mais pas nous ! Vous feriez mieux d'accepter de coopérer sans faire d'histoire.

— Sinon quoi ?

L'homme répondit à mon père par une autre question :

— Êtes-vous sûr de vouloir le savoir ?

Sans attendre de réponse, il leva légèrement sa main en l'air. Son garde du corps sortit alors une arme et la lui confia. Je poussai une exclamation de stupeur. Mon père se mit devant ma mère et moi pour nous protéger. À ce moment, mes yeux se posèrent sur ses doigts refermés sur la crosse du pistolet et mon souffle se coupa. D'un regard immense, je fixai la chevalière que le mafieux portait. C'était un membre de la Mitaras Almawt et son chef s'appelait Yeraz.

Les yeux dans le vague, je balayai l'intérieur du restaurant sans vraiment le voir. Ma tête me tournait et un bourdonnement sourd au creux de mes oreilles m'empêchait d'entendre les hurlements de ma mère et les suppliques de mon père. Mon esprit dérivait, impuissant. Yeraz venait de m'abattre d'une balle en plein cœur. Comment avait-il pu me trahir comme ça ? Rien ne comptait plus pour lui que de régner sur cette ville.

Des coups de feu me ramenèrent brutalement à la réalité. Mon père se jeta sur moi pour me plaquer au sol. Malgré mes mains posées de toutes mes forces sur mes oreilles, j'entendis le tintement des douilles des cartouches vides tomber à terre. Ma mère, allongée à côté de moi, pleurait et criait en demandant au seigneur de nous épargner. Ce furent les secondes les plus longues de ma vie. Mon cœur se brisait un peu plus à chaque coup de feu.

Quand les tirs cessèrent, nous attendîmes un long moment couchés sur le sol, paralysés par la peur. Le silence avait pris place tout autour de nous. Seul le bruit de nos respirations troublait cet instant de quiétude. La voix d'Elio se fit soudain entendre. Il nous appelait, paniqué.

— Restez là ! nous ordonna mon père.

Je pris ma mère dans mes bras. Elle tremblait de peur. Mes mains caressèrent son visage comme si elles avaient le pouvoir de la calmer.

— C'était qui ces gens ? Pourquoi ne m'as-tu pas appelé ? Je serais descendu !

Elio hurlait de rage. Je laissai ma mère et me relevai, chancelante. Mon frère se jeta sur moi pour me prendre dans ses bras. Il me serra si fort que je dus lui demander de me relâcher pour pouvoir respirer.

Je faillis perdre l'équilibre en parcourant le restaurant des yeux. Les murs étaient criblés de balles et les vitres étaient complètement brisées. L'endroit ressemblait à un champ de bataille. Dépité, mon père porta ses mains au-dessus de son crâne et hurla de toutes ses forces. Ma mère et lui venaient, ce soir, de tout perdre. Yeraz leur avait tout pris.

Je fermai les paupières dans une demi-torpeur. Mon cerveau prit un temps fou à se reconnecter à la réalité. Ma mère, encore pétrifiée, se tenait contre mon frère. Lui-même demeurait grave et préoccupé. D'un coup, une idée me frappa, une idée qui suscita en moi un sentiment proche de l'horreur, mais que ma raison approuva. Une Ronney sombre, meurtrie, faisait petit à petit surface. Cette femme dont je ne connaissais même pas l'existence se présenta à moi en me demandant de lui laisser les commandes.

Sans réfléchir, je partis d'un pas précipité vers la sortie. Mon père accourut vers moi pour me retenir juste à temps avant que je franchisse les portes du restaurant. Il me décrocha un regard interrogateur.

— Je vais régler ça, papa ! Donne-moi les clefs de ta voiture.

Mon père accueillit mes paroles avec stupeur.

— Es-tu devenue folle ? Je ne laisserai pas ma fille se faire massacrer. Reste avec nous ! Tes oncles ne vont pas tarder à arriver pour nous aider à remettre de l'ordre.

— M'as-tu entendue ? Laisse-moi passer ! Je pars récupérer ta vie. Il n'y aura pas que nos cœurs qui vont saigner ce soir.

Sentant dans ma voix toute la détermination, il se garda d'insister. À contrecœur, il me tendit ses clefs en me suppliant du regard.

— Ne te mets pas en danger, Ronney. Que comptes-tu faire ? Où comptes-tu aller ?

Tuer Yeraz.

Toujours posté à la porte de l'établissement, mon père me hurlait de revenir, mais je me hâtai vers la voiture, garée au fond du parking.

Le dos courbé, je remontai l'allée de la maison. Je me faufilai à l'intérieur et refermai la porte sans bruit derrière moi. Ashley et Timothy devaient déjà être partis depuis un bon moment. Je travaillais pour Yeraz, je ne risquais pas d'attirer l'attention si l'on me surprenait ici.

Je tendis l'oreille, il n'y avait personne au rez-de-chaussée. Les jambes flageolantes, je me dirigeai à l'étage, dans la chambre de Yeraz, l'estomac en capilotade. Mon pouls battait contre mes tempes, le souffle me manquait.

Dans le couloir, de faibles voix me parvenaient depuis le bureau. Mince ! Yeraz n'était pas seul. Il devait sûrement être en train de savourer le carnage qu'il avait causé au restaurant. Une colère sourde grondait en moi. Avec des pas légers, je continuai mon chemin jusqu'à sa chambre.

Mon cœur battait à tout rompre lorsque je pénétrai à l'intérieur de la pièce. Je plaquai mon corps contre le mur pour remettre mes idées en ordre. *Es-tu sûre de vouloir faire ça ?* Je fermai mes paupières. Des picotements au bout de mes membres me paralysèrent un instant. La sueur perlait sur mon front. Le bruit des coups de feu me revint violemment en mémoire ainsi que les visages terrifiés et consternés de mes parents. Ces hurlements, je ne pourrais jamais les oublier. Déterminée, je rouvris les yeux. Ce soir, c'était fini ! La gentille Ronney n'existait plus. Nous allions enfin jouer à armes égales, c'était le cas de le dire. Je me décollai du mur et partis vers le meuble où était entreposée la collection d'armes à feu de Yeraz.

Je poussai la vitre en verre du meuble avec précaution pour ne pas faire de bruit et me mis à parcourir son artillerie. Je savais exactement ce que je cherchais.

Fascinée, je regardai le MAC 50 sous tous les angles. C'était cette arme que Yeraz m'avait mise dans les mains, la même qu'il avait glissée entre mes cuisses. Je chassai ces pensées déviantes de ma tête. Je voulais que ça soit la dernière chose qu'il verrait dans ce monde.

Après avoir vérifié qu'elle était chargée, je décidai de m'inviter à leur réunion d'affaires. Assoiffée de vengeance, plus rien ne pouvait m'arrêter.

Je pris une grande inspiration et ouvris avec fracas la porte du bureau sans avoir pris la peine de frapper avant. Je dégainai aussitôt mon arme et entrai en action. Comme je l'avais deviné, Yeraz se tenait derrière son bureau. Il leva vers moi d'abord un visage étonné puis se recula sur son fauteuil comme un homme que l'on secouait brutalement. Je relevai l'absence d'Hamza.

Un homme de petite taille avec les cheveux ramenés en arrière bondit sur moi, mais il s'arrêta net quand je braquai mon arme sur lui.

— Fais encore un pas et je t'explose le crâne, rugis-je d'une voix menaçante.

Les hommes qui m'encerclaient reculèrent prudemment.

— Putain, Ronney, qu'est-ce que tu fous ? vociféra Yeraz, hors de lui.

Il parcourut la pièce à grandes enjambées dans ma direction. Résolue, je pointai l'arme sur lui en ôtant le cran de sûreté. Yeraz se figea, le teint blême. Il cherchait visiblement à comprendre la raison de mon comportement, pourtant celui-ci était plus que justifié.

— Sortez de la pièce ! hurla Yeraz sur ses hommes. C'est entre moi et miss Jimenez.

La dizaine d'hommes présente ne bougea pas. Tous me scrutaient avec des yeux plus menaçants les uns que les autres, prêts à se jeter sur leurs armes.

— Foutez le camp ! tonna Yeraz, les yeux sortis de leurs orbites.

Sentant que la situation dégénérait, il bouscula un de ses hommes. Le bras tendu depuis de longues secondes, je commençai à fatiguer, mais ne relâchai pas pour autant mon geste. J'étais prête à tirer sur le premier qui ferait un pas vers moi. Les hommes regagnèrent lentement la sortie à reculons en prenant soin de ne pas me tourner le dos. Leur regard me criait que je ne sortirais pas d'ici vivante, chose que je savais déjà.

Lorsque nous fûmes enfin seuls, Yeraz tourna brusquement la tête vers moi pour me transpercer d'un regard glacial. Les mots jaillirent de ses lèvres en un flot de haine :

— Ça fait deux fois que tu pointes ce flingue sur moi. Je te jure que tu as intérêt à vider ton chargeur et de vérifier ensuite que je sois bien mort, Ronney. Tu te prends pour qui pour venir me braquer chez moi avec mon arme en plus ?

Le canon levé sur lui, je hurlai :

— C'est toi qui es venu me menacer, ce soir, chez mes parents. Tes hommes ont brisé leur vie. Ils ont tiré dans tout le restaurant. Je te déteste.

Ma voix s'enflait à mesure que je parlais. Les muscles du visage de Yeraz se relâchèrent. Il paraissait ne pas comprendre ce que je lui racontais. Une expression de stupeur prit place sur ses traits. Il ferma les yeux et murmura :

— Le plan Kayser.

Je fronçai les sourcils. Que racontait-il ? Yeraz revint planter son regard sévère dans le mien. Il garda le silence quelques instants avant d'ajouter :

— Après une guerre de territoires et un accord passé avec le chef du clan de la Rosa Negra, la Mitaras Almawt a pris le contrôle des restaurants et des clubs de Sheryl Valley.

— Quand avez-vous passé cet accord avec eux ?

Yeraz secoua la tête avant de détourner les yeux.

— Quelle importance, Ronney ?

— Quelle importance ? On vient de nous tirer dessus et tu ne trouves rien de mieux à me répondre !

Je resserrai la main sur mon arme. Yeraz s'abstint de répondre. Il demeurait impassible, dans l'espoir que ma colère se calmerait s'il ne l'alimentait pas de ses provocations.

— Quand as-tu signé cet accord ?

Sur un ton dur et résolu, il répondit enfin :

— Deux semaines après que tu as pris tes fonctions à ce poste d'assistante.

J'eus l'impression qu'une lame brûlante me transperçait. Je suffoquai. J'avais l'impression de tomber d'un immeuble de vingt étages, de plonger un peu plus dans le néant. Les larmes coulaient sur mes joues. Yeraz s'avança vers moi, mais je le tenais en joue avec mon arme.

— C'était une formalité comme une autre pour moi. Je te jure, Ronney, que jamais je n'aurais signé quoi que ce soit à ce jour qui puisse vous mettre, toi ou tes proches, en danger. C'était avant.

— Avant quoi ? criai-je en sanglots. Vous pourrissez la vie des habitants de Sheryl Valley. J'ai failli me prendre une balle dans la tête, ce soir. Qu'aurais-tu fait, Yeraz ?

Une profonde tristesse se peignit sur son visage, ravagé par la douleur. D'une pâleur excessive, il paraissait à cet instant mourir de souffrance. Je ne parvenais pas à lire dans les fonds les plus obscurs de sa pensée. Mes larmes continuaient de couler, je ne pouvais pas les arrêter.

— Je préfèrerais souffrir mille morts plutôt qu'on te fasse du mal.

Il avait articulé chaque mot en insistant sur chacun d'eux. Ma main qui tenait le pistolet se mit à trembler et à se ramollir.

— Je ne referai pas les mêmes choix, aujourd'hui. Tu es la chose que j'ai de plus pure dans ma vie, Ronney.

Je baissai doucement mon arme, le cœur gonflé de douleur et de tristesse.

— Pourtant tu m'as dit le contraire, l'autre jour, rétorquai-je pleine de rancœur.

Yeraz, désemparé, murmura :

— Je sais et j'aurais tellement aimé croire ce que je racontais.

Vidée de toutes mes forces, j'arrivai à peine à prononcer ces mots :

— Je suis épuisée, Yeraz, si fatiguée par cette vie.

Yeraz franchit l'espace qui nous séparait pour presser ses lèvres sur mon front. D'une main, il tint fermement l'arrière de ma tête tandis que l'autre me désarmait.

Je sursautai quand j'entendis la porte s'ouvrir dans un boucan. Yeraz se retourna brusquement. Placé devant moi, il braquait son MAC 50 sur ses hommes.

— Tout va bien, messieurs, rangez vos armes !

Le petit groupe obtempéra après une analyse rapide de la situation. Yeraz fit de même en rangeant son pistolet à l'arrière de son pantalon.

— Soan, préviens Hamza que j'arrive. Je dois régler quelque chose avec lui. Les autres, vous pouvez y aller. Nous continuerons la réunion lundi.

Les hommes saluèrent respectueusement Yeraz avant de quitter la pièce chacun leur tour. J'allais partir moi aussi, mais il me retint.

— Je vais arranger ça, je te le promets.

Il me suppliait du regard de le croire. Je me dégageai de ses bras et répondis d'un ton glaçant :

— Tu as intérêt sinon, tu ne me reverras plus jamais.

Je quittai la pièce après lui avoir lancé un regard chargé de promesses.

16

Plusieurs jours après, j'avais encore du mal à dormir à cause de la violente attaque dont nous avions été victimes, mes parents et moi. Malgré tout ce qui s'était passé, j'étais revenue travailler le lundi auprès de Yeraz. Il avait essayé de me contacter à de nombreuses reprises toute la journée du dimanche, mais je n'avais pas pris la peine de répondre à ses appels ni à ses messages.

J'étais encore bouleversée, traumatisée par les récents évènements survenus quelques jours plus tôt. Je faisais tout pour éviter Yeraz. Il avait beau me convoquer dans son bureau, j'y envoyais Timothy ou Ashley à ma place. Il faisait exprès de multiplier ses déplacements pour se retrouver seul, dans le véhicule, avec moi, mais je le devançais et me rendais par mes propres moyens à ses rendez-vous d'affaires. Chaque jour qui passait, le silence creusait entre nous un trou de plus en plus profond.

Assise dans le fauteuil du salon, tablette à la main, j'écoutais Timothy énumérer les dernières tâches qu'il nous restait à réaliser pour le gala de charité de Thanksgiving qui aurait lieu après-demain. Il était tôt ce matin et mon assistant parcourait énergiquement la pièce tout en lisant ses notes à voix haute :

— ... contacter le service de voiturier, vérifier les assurances...

— C'est fait ! le coupai-je.

— Et les photographes ?

— Ashley est dessus. La presse devra rester à l'entrée, mais nos équipes se chargent de couvrir l'évènement.

Timothy exhala un long soupir avant de venir s'affaler sur le canapé.

— Ronney, vous avez fait un travail d'orfèvre. Où étiez-vous toutes ces années ?

Je soulevai les épaules pour lui dire que je ne le savais pas moi-même. Il ajouta :

— Vous êtes une personne incroyable.

Son sourire se fana et son regard se voila. Mon assistant déclara avec sincérité :

— C'est un honneur de passer ces derniers mois à vos côtés. Vous les avez rendus moins... difficiles à supporter. Bientôt, nos chemins se sépareront, que vais-je regretter le plus ? Sûrement pas ce tyran pour qui nous travaillons. Je vous vois, Ashley et vous, plus que je vois ma propre famille. J'ai toujours rêvé de partir d'ici, de faire enfin quelque chose que j'aime et qui me fasse vibrer, mais aujourd'hui, je vous avoue que j'ai peur de quitter tout ça.

Je hochai tristement la tête. Timothy avait passé tellement de temps au service de Yeraz qu'il en avait développé de manière inconsciente et involontaire le syndrome de Stockholm pour seul instinct de survie. Et si pour moi c'était de même ? Quelle personne normale pouvait rester là à subir des remontrances toute la journée ? Qui se faisait braquer dans un restaurant et revenait travailler pour la personne qui avait commandité tout ça ? Un soudain effroi me parcourut le corps. Étais-je malade, moi aussi ? Étais-je devenue complètement dépendante de Yeraz ? La voix de Timothy me sortit de ma torpeur :

— Heureusement, tout cela se finit bientôt. Avec les références que nous aurons, nous pourrons travailler auprès de n'importe qui. Lorsqu'on a eu monsieur Khan comme patron, plus personne ne peut nous effrayer. Pas vrai ?

Je tentai de sourire, mais mes lèvres refusèrent de m'obéir. Timothy tourna alors sa tête vers l'entrée du séjour et se leva d'un bond du canapé, les traits crispés. Je suivis son regard et vis Yeraz faire irruption dans la pièce, la mine sombre. D'ici, je pouvais apercevoir ses larges cernes qui ombrageaient ses yeux. Il s'adressa à mon assistant sur un ton plein de reproches :

— Je ne vous paye pas pour vous reposer ni pour discuter ! Avez-vous préparé le matériel pour ma réunion de ce matin ?

Timothy allait prendre la parole, mais un geste impérieux de Yeraz le réduisit au silence.

— Rangez-le. Nous sommes attendus, miss Jimenez et moi, chez monsieur Saleh.

Je me levai en le fixant avec méfiance.

— Miss Jimenez, Isaac nous attend, dehors. Dépêchez-vous d'aller le rejoindre !

— Mais…

— Hamza n'a pas beaucoup de temps à nous accorder. Il souhaite s'entretenir avec nous après que je lui ai fait part des changements qui devront être apportés sur l'accord Kayser. Il insiste pour que vous soyez présente.

Je ne pouvais pas refuser de me rendre à ce rendez-vous avec lui. Le restaurant de mes parents était en jeu. Il fallait absolument arrêter cet engrenage dans lequel ils étaient plongés depuis tant d'années.

Je me tournai vers Timothy.

— Je vous rejoins dès que j'ai fini. Vous trouverez la personne à contacter pour les assurances dans la tablette.

Timothy s'exécuta sans perdre de temps. Yeraz m'attendait à l'entrée du séjour avec une posture stricte. Au moment de sortir de la pièce, il se décala pour me laisser passer. Nos regards appuyés se croisèrent. Je refoulai le plus fort possible la sensation étrange que j'éprouvais pour lui.

Yeraz apparut quelques minutes plus tard et s'installa dans la voiture, à côté de moi. La mauvaise humeur se lisait sur son visage. Isaac démarra aussitôt.

Après plusieurs secondes d'un silence insupportable, je tournai ma tête vers lui et demandai d'une voix mal assurée :

— Vas-tu faire annuler l'accord ?

Yeraz secoua la tête, le visage tourné vers sa vitre.

— Ce n'est pas aussi simple, Ronney. Je ne peux pas claquer des doigts et tout effacer comme ça.

— Pourquoi ?

Yeraz tourna son visage vers moi, ses traits accusaient la fatigue. Dans ses prunelles noires se reflétait toute la noirceur de son âme.

— Parce qu'il y a beaucoup d'argent en jeu. La Rosa Negra et la Mitaras Almawt ne sont pas prêtes à lâcher ce genre de marché.

— Mais nous parlons de vies de centaines d'êtres humains.

— Et moi, je te parle de business !

Il détourna les yeux des miens et tira sur sa veste sombre comme pour l'aider à se calmer.

— Ils laisseront le restaurant de tes parents tranquille, mais ça s'arrêtera là !

Je me calai au fond de mon siège et me mis à regarder le paysage défiler sous mes yeux. Yeraz ne comprenait pas que dehors, il y avait plein de Ronney qui aspiraient à une vie calme, sans avoir peur chaque jour de la mafia.

— Les choses changent petit à petit, Ronney. Laisse le temps faire.

Je revins poser mes yeux sur lui.

— Je sais.

Après une courte hésitation, j'ajoutai :

— Il y a des moments où tu me rends heureuse, j'aurais aimé que ça soit toujours le cas.

Son regard changea du tout au tout pour se teinter d'une douceur inattendue. Pour éviter qu'il lise au plus profond de mon cœur, je baissai instinctivement les yeux. Sa main se rapprocha doucement de la mienne pour venir la frôler du bout de ses doigts.

— Puis-je te poser une question ?

Il arrêta son geste et se renfrogna.

— Non !

— Si tu avais été quelqu'un de « normal », sans l'héritage de ton père, qu'aurais-tu voulu faire de ta vie ?

Yeraz laissa échapper un long soupir.

— Alors pour toi, je ne suis pas quelqu'un de normal ?

J'inclinai ma tête de gauche à droite avec une petite grimace. Il eut du mal à contenir son sourire naissant au coin des lèvres avant de reprendre rapidement son sérieux. Les yeux dans le vide et les sourcils froncés, il ouvrit la bouche, mais aucun son n'en sortit. Après quelques instants à chercher ses mots, il me confia douloureusement :

— Je serais propriétaire d'un ranch. J'aime les chevaux. C'est difficile à croire quand on sait que mon père m'obligeait, tout petit, à tirer sur des carcasses d'animaux, à l'abattoir puis plus tard, sur des bestiaux vivants pour, comme il aimait me le rappeler, me forger.

Mon cœur se mit à battre au ralenti. Yeraz venait de me confier un des épisodes les plus durs de sa vie qui l'avait profondément marqué. Il n'avait connu que la violence depuis son enfance. Sa souffrance débordait sur moi. Une peine immense m'enserra la poitrine comme un bandeau d'acier.

— Et ton frère ? murmurai-je.

— Mon père l'a laissé tranquille, ce n'était pas l'aîné de la famille. Ma route à moi était toute tracée.

— Pourquoi ta mère ne t'a-t-elle pas protégé ?

Yeraz marqua une pause. Son regard intense et pénétrant s'accrocha au mien.

— Et la tienne, Ronney ? Pourquoi ne l'a-t-elle pas fait ?

Une fois de plus, il eut le dernier mot.

— Puis-je te poser une question, à mon tour ?

Je hochai la tête.

— M'aurais-tu vraiment tiré dessus, avec mon arme ?

Je me figeai. Sa question me prit de court. J'ouvris la bouche, mais la refermai aussitôt. Mes yeux répondirent à ma place. Yeraz se pinça les lèvres et ferma les paupières, le front plissé.

— Je ne sais pas ce qui est le plus douloureux, Ronney. Recevoir une balle en plein cœur ou bien survivre avec le cœur brisé.

Il avait prononcé ces mots avec un effort immense. Je voulus répondre, mais Isaac nous interrompit.

— Monsieur Khan, vous êtes arrivés.

Yeraz sortit de la voiture sans m'adresser le moindre regard et partit m'ouvrir la portière. Il avait mis ses lunettes noires pour couper toute communication avec moi.

Le majordome annonça notre arrivée avant de nous laisser entrer dans le bureau d'Hamza. Après un rapide coup d'œil à son employé, celui-ci nous laissa seuls avec le maître de maison. Hamza se leva à demi derrière son bureau pour nous saluer puis nous indiqua les deux fauteuils en face de lui.

Nerveuse, je posai mes mains sur mes genoux. Hamza m'observait avec curiosité. Son air antipathique ne quittait pas son visage. Il se tourna ensuite vers Yeraz et lui proposa un cigare qu'il refusa poliment avant de retirer ses lunettes. Calé au fond de son siège, Hamza commença la conversation :

— Comme je vous l'ai dit l'autre jour, Nino est un homme aux idées arrêtées. Modifier les termes du contrat le chiffonne.

— Ce n'est pourtant pas la première fois que nous modifions quelques lignes dans un contrat !

Le ton de Yeraz était glacial.

— Notre entente avec la Rosa Negra et son chef, Nino, est fragile, vous le savez bien. Nous leur avons cédé une grande partie du territoire de la cocaïne dont vous ne vouliez pas entendre parler contre des commerces. Nous avons suivi vos directives et soudain…

Hamza tourna sa tête vers moi avant de revenir sur Yeraz et acheva sa phrase :

— Vous faites marche arrière pour combler les désirs de votre assistante.

Véhément, Yeraz riposta :

— Ne vous aventurez pas sur cette pente, Hamza ! Je connais personnellement l'établissement des parents de miss Jimenez. Je refuse qu'il soit un dommage collatéral à nos affaires. Ce restaurant n'aurait jamais dû faire partie de notre liste.

Hamza porta son cigare à sa bouche avant de s'emparer d'un dossier, posé sur son bureau, qu'il examina scrupuleusement puis ajouta d'une voix calme :

— Tous les établissements commerciaux ainsi que ceux de la restauration font partie de notre liste. Comment pouvait-il en être autrement pour celui de la famille Jimenez ?

Interdite, je regardai longuement Hamza pendant que l'air se chargeait d'électricité.

— Maintenant, ça a changé ! trancha Yeraz d'une voix grave. Il n'y a pas matière à discuter. Débrouillez-vous pour réparer cet incident et enlever ce restaurant de cette putain de liste.

Absorbé dans ses réflexions, Hamza plissa son front puis hocha enfin la tête l'instant d'après.

— Nino et moi nous sommes longuement entretenus à ce sujet. Vous m'avez demandé d'arranger ça, je m'y suis attelé. Finalement, nous sommes arrivés à un accord très correct.

Yeraz joignit ses deux mains sur son torse et invita son interlocuteur à poursuivre. Un faux sourire se dessina alors sur les lèvres d'Hamza.

— Nous avons convenu d'un échange d'employés. Miss Jimenez va désormais travailler au service de Nino.

Je sentis le sang quitter mon visage. L'horreur se lisait sur mes traits. Où étions-nous ? Sur le marché des esclaves ?

— Jamais ! rugit Yeraz, hors de lui.

Il se leva si brutalement de son fauteuil que celui-ci se renversa. Hamza tira sur son cigare avant de hausser le ton :

— Faites attention, jeune homme, la politesse est indispensable, même entre nous ! Surveillez votre comportement quand vous vous adressez à moi. Je n'accepte aucun acte de rébellion au sein de notre famille. Khan, vous avez encore tout à apprendre au sein de la Mitaras Almawt.

Yeraz, furieux, arpentait la pièce tel un lion en cage en fulminant. De mon côté, c'était à peine si j'arrivais à réaliser ce qui était en train de se passer. Le cauchemar continuait. À ce moment, la voix d'Hamza parut me parvenir de très, très loin.

— Les échanges d'employés ont toujours existé dans notre milieu. Ils font partie du business eux aussi. Ce procédé ne te dérangeait pas il y a encore peu de temps. Combien de cuisiniers, de femmes de ménage, de comptables ou d'assistants avons-nous échangé ?

La bile me montait à la gorge. Cette rencontre devenait irréaliste. J'allais être vendue, ou plutôt échangée, comme une vulgaire chaussette. Que pouvais-je faire ? Si je refusais, mes parents seraient plongés à jamais dans cet engrenage sinistre de racket.

— Ronney ?

Je repris mes esprits quand Yeraz posa sa main sur mon épaule.

— Attends-moi dans la voiture.

Sa voix se voulait rassurante. Encore sous le choc, je me levai difficilement. Mes jambes peinaient à me porter. Je quittai le bureau d'Hamza sans lui adresser un mot ni un regard. Mon sort était désormais entre les mains de Yeraz.

Après avoir refermé la porte derrière moi, je soufflai de toutes mes forces l'air contenu dans mes poumons. J'étais au plus mal, ma tête me tournait. À travers les murs, j'entendais des bribes de leur conversation.

— Il n'y aura aucun échange !

Yeraz éclata de colère.

— Vous vous mentez à vous-même depuis des semaines. Vous ne pouvez tenir les rênes du royaume si votre esprit est ailleurs. Votre vie demande des sacrifices et celui-ci en est un !

— Je suis toujours resté le même. J'ai toujours été loyal envers vous et je n'ai jamais reculé face à mes devoirs.

— Vous pourriez tuer un inconnu dans la rue s'il le fallait, mais vous êtes incapable de laisser cette femme partir. Vous vous éloignez de vos principes pour *elle* !

Hamza criait lui aussi. Maintenant, ils se disputaient en arabe jusqu'à cette dernière phrase :

— C'était une erreur de partir à Los Cabos avec votre assistante, je vous avais mis en garde. Quand vous êtes revenu, j'ai tout de suite compris, j'ai tout de suite su. À la seconde où j'ai posé mes yeux sur vous, j'ai su que nous vous avions perdu.

Yeraz monta dans la voiture, le visage impassible.
— Isaac, déposez-nous chez ma mère !
— Chez Camilia ? balbutiai-je, mais ce n'était pas prévu.
Il ne répondit pas. La voiture démarra. J'étais soulagée de quitter cet endroit.

— Comment s'est fini le rendez-vous avec Hamza ? osai-je demander au bout d'un moment.
— Tout est arrangé.
Yeraz m'avait répondu un peu trop rapidement. Quelque chose continuait de le tracasser, mais je n'insistai pas malgré l'envie d'avoir des réponses à mes questions. Il se perdit dans ses pensées, la situation semblait complètement lui échapper.
Le trajet se déroula dans le plus grand silence. Comment avait-il convaincu Hamza de revoir les termes du contrat sans me mêler à tout ça ?

Lorsque nous arrivâmes à destination, je suivis Yeraz, l'esprit toujours engourdi, jusqu'à la porte de la résidence. Avant qu'elle s'ouvre, je pris une grande inspiration et me tournai vers lui.
— Viens avec moi voir le spectacle de Daphné, samedi soir.

Surpris par ma demande inattendue, il me fixa un moment puis se gratta un sourcil avec son doigt avant d'enfouir ses mains dans les poches.

— Impossible. Il y a le gala. Estime-toi heureuse que je t'aie accordé ta soirée en ce jour si important pour notre famille.

— Tu peux bien t'éclipser une heure ou deux ?

Je marquai une pause avant d'avouer d'une voix timide :

— Je t'avais pris une place, il y a déjà un moment. Je ne sais pas pourquoi. C'était avant toute cette histoire.

Yeraz soupira. Cette attention semblait l'avoir touché.

— J'aurais préféré voir Belinda sur scène, crois-moi.

— Belinda ?

Yeraz haussa les épaules d'une façon théâtrale.

— C'est son prénom. Tu as cette fâcheuse habitude de donner des noms d'emprunt aux gens. Moi, au contraire, j'aime tout savoir d'eux.

Au moment où j'allais répliquer, la porte s'ouvrit. Yeraz remit aussitôt son masque en place sur son visage. Un léger sourire apparut sur les lèvres d'Abigaëlle quand elle posa son regard sur moi. En effet, elle me considérait depuis plusieurs semaines d'un œil moins sévère et pour cause : je faisais partie du paysage des Khan, maintenant. Yeraz murmura une vague salutation et entra comme s'il était chez lui.

— Votre mère vous attend dans le petit salon, monsieur Khan. Miss Jimenez, voulez-vous déjeuner en attendant ?

Je fronçai les sourcils et interrogeai Yeraz du regard.

— Écoute, je dois parler à ma mère seul à seul. Abigaëlle va s'occuper de toi.

Je battis des paupières en cherchant mes mots :

— Pourquoi je ne peux pas venir avec toi ? Qu'y a-t-il que tu ne me dis pas ?

Yeraz leva les yeux sur Abigaëlle.

— Préparez le repas de miss Jimenez, je vous prie.

Cette dernière baissa la tête avant de se retirer. Enfin seule, dans le hall, Yeraz s'adressa à moi d'une voix plus douce :

— Fais-moi confiance. Je t'ai dit que j'avais tout arrangé. Pour être honnête, c'est ma mère qui peut nous sortir de ce pétrin. Je n'aurais jamais pensé qu'un jour, je puisse avoir besoin d'elle.

Je hochai la tête et soufflai un merci. Aujourd'hui, Yeraz m'avait choisie et plus rien ne serait comme avant.

Je le regardai s'éloigner sans tenter de le retenir.

La voix de Peter me parvint soudain d'en haut. Il était en train de réprimander des employés. Je décidai d'aller à sa rencontre pour le plaisir de le voir lever les yeux au ciel quand il m'apercevrait. L'assistant de Camilia ne m'impressionnait plus du tout.

Je longeai le couloir qui sentait bon le parfum frais. Cette maison était plus chaleureuse que celle de Yeraz, je m'y sentais bien.

— Je ne comprends pas que les valises n'ont pas été vérifiées à la sortie même de l'aéroport. Camilia vient de perdre presque des dizaines de milliers de dollars de bijoux. Comment est-ce possible ? Vous êtes vraiment des bons à rien ! Des enfants qui…

En me voyant apparaître, Peter s'arrêta de parler et fit exactement ce que j'avais prédit.

— Je n'ai pas le temps pour votre séance de coaching, Ronney. Vous pensez que le monde tourne autour de vous ? Samedi c'est le gala et tout le monde est très occupé, hormis vous bien sûr, qui êtes là à vous promener sans aucune raison.

Je rentrai dans la chambre et adressai un regard compatissant aux deux hommes semblables à des armoires à glace et qui faisaient deux fois ma taille.

— Yeraz est en bas, il s'entretient avec Camilia.

Soudain intéressé, Peter porta son poing fermé à ses lèvres. Je venais d'éveiller son intérêt.

— Ah oui ?

Son regard se porta ensuite sur les deux hommes. Peter leva son menton dans leur direction pour les prendre de haut.

— Vous ne voyez pas que je suis en pleine conversation avec ma Cendrillon du ghetto ? Allez, oust !

Sa main virevolta dans les airs pour chasser ces deux employés qui paraissaient se contenir pour ne pas le réduire en pièces. L'assistant de Camilia les accompagna à la porte et attendit qu'ils soient suffisamment loin pour se tourner vers moi, une étincelle dans les yeux.

— Racontez-moi tout !

Je révélai juste à Peter l'existence du plan Kayser qui liait Yeraz à la Rosa Negra et que pour donner suite à cet arrangement, j'insistais pour que le restaurant de mes parents soit retiré de la liste des commerces à racketter.

— Vous échanger ? Vous ?

Peter, ahuri, se laissa tomber sur une chaise en apprenant la proposition qu'Hamza avait faite à Yeraz.

— Mais vous êtes loin d'être un trophée, ma chère.

Je donnai une petite tape sur son épaule.

— Je suis une très bonne assistante ! ripostai-je.

— OK, trêve de plaisanterie. La Rosa Negra est une organisation très puissante, l'affaire est donc sensible. Pour eux, un accord reste un accord.

— La vie de Yeraz n'est pas en jeu, tout de même ?

Peter recula son visage et m'observa d'un air suspicieux :

— Voyez-vous ça ! Notre Ronney est plus inquiète pour son boss que pour elle-même. Ma chérie, c'est vous qui risquez d'être vendue comme du bétail.

— Échangée !

Je croisai les bras. Peter continua :

— Je ne sais pas lequel d'entre vous est le plus fou. Seriez-vous réellement prête à vous sacrifier pour lui ?

— Je veux juste qu'il ne lui arrive rien !

Peter secoua la tête et changea brutalement de ton. Il était plus sérieux que jamais :

— Il lui arrivera forcément quelque chose un jour, Ronney. Lorsqu'on est à la tête d'une organisation criminelle comme celle-ci, on ne vit pas assez vieux pour regretter quoi que ce soit dans sa vie. Yeraz restera toujours jeune.

Quelque chose se brisa en moi en entendant ces paroles.

— Vous devriez vous préparer à ce jour où il faudra lui dire au revoir, d'une manière ou d'une autre.

Je détournai mon regard pour balayer la pièce des yeux. La douleur dans ma poitrine grandissait. Les paroles de Peter étaient criantes de vérité, mais insupportables à entendre pour moi.

— Bon, Camilia n'a pas besoin de savoir que vous avez outrepassé la règle numéro un, s'exclama-t-il pour changer de sujet. Et qu'en est-il pour la règle numéro deux ?

Prise de court, je revins planter mes yeux dans les siens. Je bégayai quelques mots incompréhensibles avant de terminer ma phrase par :

— C'est sans importance.

Peter ouvrit de grands yeux ronds, il n'en revenait pas. Mes joues s'empourprèrent.

— Jésus ! Et moi qui pensais que plus rien ne pouvait m'étonner dans ce monde.

Il allait ajouter quelque chose, mais Abigaëlle se présenta à l'entrée de la chambre pour m'annoncer que mon déjeuner était prêt. Peter décida de m'accompagner, ce qui me convenait parfaitement. Je n'avais pas envie d'être seule ni de broyer du noir.

———

Je mangeai sans vraiment d'appétit. L'assistant de Camilia, assis en face de moi, passait de nombreux coups de fil. Il râlait au téléphone et se plaignait d'être entouré d'une bande d'incapables. Voir cet homme passer par toutes les émotions possibles avait au moins le mérite de me faire oublier ces derniers jours d'horreurs et de stress intense.

Abigaëlle me demanda si je voulais reprendre un peu de poulet grillé, mais je refusai poliment en ajoutant que le repas était délicieux. Peter darda un œil noir sur l'employée qui quitta la cuisine sans attendre.

— Pourquoi êtes-vous si désagréable avec les gens qui vous entourent ?

Ce dernier haussa les épaules avant de prendre son verre d'eau et d'en boire une longue gorgée puis il répondit d'un ton plein de sarcasme :

— J'attends des employés qu'ils soient irréprochables, même si avec vous, j'ai appris à faire avec.

Je levai les yeux au ciel.

— Vous n'êtes qu'un sale con !

Il éclata d'un petit rire qui s'apparentait à celui d'un cartoon. Je baissai mes yeux sur ma montre, cela faisait presque deux heures que Yeraz s'entretenait avec sa mère. Que pouvaient-ils bien se raconter ? La situation était-elle aussi préoccupante que ça ?

— Ronney, que diriez-vous de reprendre les entraînements de coaching dès lundi ? Ce serait dommage de perdre tout ce que nous avons appris jusqu'ici.

Je me levai et partis chercher la bouteille de vin sur le plan de travail. La suggestion de Peter ne me plaisait guère. En revenant à ma place, il ne me laissa pas l'ignorer.

— Vous devriez y mettre un peu plus de volonté. C'est pour vous que je fais ça. La prochaine étape serait que vous enleviez cet appareil dentaire immonde. Je sens qu'il y a un *petit* potentiel en vous, il faudrait juste que…

— Peter ! Pourriez-vous arrêter de tout critiquer rien qu'une minute ? J'ai l'impression d'être avec mes pestes de cousines. Croyez-moi, si je pouvais enlever ce truc collé sur mes dents, je le ferai. Le problème est que j'ai une orthodontiste camée, la moins chère de Sheryl Valley, je précise, qui visiblement fait traîner les choses pour garder ses patients le plus longtemps possible afin de pouvoir continuer à se payer ses doses.

Peter posa sa tête entre ses mains. Scandalisé par mes paroles, il ne prit pas la peine de répondre au coup de fil qu'il était en train de recevoir.

— Mais c'est horrible. Cette femme est un monstre ! Quel plaisir a-t-elle à laisser les gens défigurés ainsi ? Ronney, vous ne pouviez pas le dire plus tôt ?

Je laissai ma fourchette en suspens devant ma bouche et l'interrogeai du regard, les yeux plissés.

— Qui peut résoudre les problèmes aussi bien que moi ? Ce n'est pas un hasard si je suis l'assistant de Camilia. J'appelle Taylor tout de suite.

— Que… quoi ? Qui est Taylor ?

— Le dentiste de la famille Khan, le meilleur de la Californie.

Paniquée, je posai ma fourchette et mis les mains devant moi pour arrêter Peter qui avait déjà saisi son téléphone.

— Non, arrêtez, je vous en prie. Je n'ai pas les moyens ! Je ne peux pas me payer ses services.

L'assistant de Camilia plissa son nez et d'un revers de la main, me renvoya mes paroles à la figure.

— Je sais que vous me revaudrez ça.

Son petit clin d'œil en disait long. L'expression « vendre son âme au Diable » venait à cet instant de prendre tout son sens.

Lorsque Peter raccrocha avec Taylor, il m'observa un moment silencieusement avant de prendre une grande inspiration et de déclarer d'un ton lent :

— Annulez tous vos prochains rendez-vous chez votre orthodontiste douteuse, Taylor prend le relais. Une visite par semaine et il vous l'enlèvera définitivement juste avant les fêtes de Noël. Ce qui veut dire : dans un mois.

Je restai bouche bée.

— J'avais fini par me faire à l'idée que je vieillirai avec, réussis-je à articuler. Merci.

Il allait répondre quand les voix de Camilia et de Yeraz se firent entendre dans le hall. Je laissai tomber mon dessert et partis les rejoindre avec Peter sur les talons.

Camilia faisait glisser les perles de son collier entre ses doigts tout en fixant son fils d'un regard sévère puis ses yeux se portèrent au-dessus de son épaule. Elle s'arrêta de parler quand elle m'aperçut arriver. Yeraz se retourna pour m'offrir un visage hermétique. Les lèvres pincées et les doigts noués comme des cordes, j'attendais désespérément d'entendre ce qu'il avait à me dire. Camilia s'adressa à son assistant :

— Peter, nous devrions les laisser seuls.

La mère de Yeraz se tourna ensuite vers moi.

— Ronney, je vous attends sur la terrasse du jardin. Nous aurons à parler toutes les deux.

Son regard glacial donnait déjà le ton de notre entretien.

— Suis-je virée ? m'empressai-je de demander à Yeraz.

Le regard indéchiffrable, il répondit à voix basse :

— Tu as toujours ton travail, mais tu ne seras plus à mon service.

Mon souffle devint court. Je cherchai désespérément l'air qui me manquait. Yeraz m'attrapa par les bras.

— Ronney, tu restes dans la famille, ne t'en fais pas. Jamais je ne te laisserai aux mains de quelqu'un d'autre. Pas toi.

Je me concentrai sur son visage crispé par l'angoisse pour respirer de nouveau normalement. Au bout de quelques secondes, les battements de mon cœur se calmèrent. Je passai mes mains dans mon chignon-patate et demandai, la voix chevrotante :

— Alors, qu'est-ce qui a été convenu avec ta mère ?

— L'échange d'employés se fera avec mes sœurs. Leur assistante part travailler pour les filles de Nino. Tu prendras donc sa place dès la semaine prochaine. Si tu veux continuer à travailler après pour elles, au-delà de ce qui était convenu, tu pourras.

Paige allait être sacrifiée à ma place. Je sentis alors une multitude de reproches m'accabler et une grande culpabilité s'empara de moi. Mon regard vint se planter dans celui de Yeraz. Il paraissait mal à l'aise.

— Quoi d'autre ?

Il hésita un instant à me répondre, puis une note de prudence perça dans sa voix :

— J'ai tout raconté à ma mère.

Je haussai les sourcils.

— Tout ?

— Oui, j'étais obligé pour la convaincre d'arranger la situation. Elle sait pour l'attaque au restaurant, ma dispute avec Hamza et…

Yeraz se racla la gorge. Inquiète, je l'invitai à poursuivre. Il détourna alors les yeux.

— Elle sait que nous avons couché ensemble.

Je blêmis. Le silence retomba, insupportable. Rien dans cette journée n'allait bien. Je finis par lâcher d'une voix blanche et avec un sourire forcé :

— OK, je vais devoir aller affronter ta mère qui doit penser maintenant que je suis une fille stupide, aux mœurs légères. Souhaite-moi bonne chance.

Yeraz attrapa ma main et la serra dans la sienne.

— Elle n'est pas furieuse contre toi, au contraire. C'est la première fois qu'elle me voit me soucier et me battre pour quelqu'un. Cet espoir dans ses yeux, ça m'a fait tout drôle.

Je m'approchai de lui et posai une main sur sa joue. Il avait l'air si vulnérable à cet instant. Yeraz ferma les paupières et murmura presque douloureusement :

— Merde, Ronney ! Qu'es-tu en train de faire de moi ?

17

Encore à moitié endormie, j'avais du mal à répondre aux nombreuses questions d'Ashley et de Timothy. Leurs voix résonnaient dans l'immense salle de réception prestigieuse située dans un château en dehors de la ville. L'architecture était époustouflante avec un sublime mariage de marbre et de verre. Il y aurait lors de cette soirée, un éclairage feutré, un orchestre et aussi un défilé impressionnant de gens appartenant à la haute société.

À l'entrée, des portraits de personnalités mythiques ornaient les murs et un tapis rouge montrait le chemin à emprunter aux futurs convives. Dehors, le magnifique jardin à la française sublimait ce lieu unique avec une multitude de fleurs et d'arbres qui parfumaient l'air à chaque brise.

J'observais depuis la terrasse du château cette vaste étendue de verdure qui sommeillait encore aux premières lueurs de l'aube. Brusquement rappelée à la réalité, je répondis à la question d'Ashley :

— Camilia pense que vous vous débrouillez très bien, tous les deux, avec les affaires de Yeraz et que je serai plus utile auprès des filles.

Mon assistante s'accouda sur la rambarde en pierre et tourna sa tête vers moi. J'évitai soigneusement de croiser son regard pour empêcher qu'elle lise toute la peine que j'avais à les quitter. Depuis cette annonce, hier, je me forçais à faire bonne figure.

— Il n'y aura plus personne pour lui tenir tête dans la maison.

Des morceaux de souvenirs me revinrent : ma rencontre avec elle, les heures passées dans les dossiers, nos repas dans la cuisine. Je m'arrachai à la contemplation du jardin et posai mes yeux sur son teint à peine poudré. Aucune mèche rebelle ne dépassait de sa longue chevelure blonde impeccablement coiffée.

— Veillez sur lui, Ashley.

Elle fit une petite grimace comme si je lui demandais l'impossible. Pourtant, je savais que mes deux assistants étaient dévoués à leur travail ainsi qu'à leur boss. Je laissais Yeraz entre de bonnes mains. J'ajoutai :

— Profitez-en pour, je ne sais pas, cacher ses dossiers, renvoyer ses appels. Dites au pressing de teindre ses costumes noirs en bleu ou beige.

Ashley éclata d'un joli rire cristallin.

— Qu'est-ce qui vous fait rire autant ?

Timothy venait de nous rejoindre avec un classeur à la main.

— Ronney me listait les différentes choses à faire pour nous faire virer en même pas une heure.

— La liste doit être longue ! répliqua Timothy dans un long soupir. En revanche, pour garder votre boulot, les filles, il y a une chose que vous pouvez faire, maintenant.

Nous l'interrogeâmes du regard.

— Rappelez le service d'ordre et les femmes de ménage. Ghita a perdu une boucle d'oreille en diamant Golconda et entourée d'un cadre en or blanc quand elle est passée au château, hier.

Ashley émit un petit gémissement agacé.

— Bon sang ! Tous ces bijoux hors de prix sont assurés. Elle n'a qu'à faire marcher sa compagnie d'assurance !

Timothy sortit son téléphone de sa poche et le tendit à Ashley.

— Exactement ! Je te laisse le soin de le lui dire.

Elle lui tira la langue comme seule réponse. Je ris puis, affectueusement, je mis une main sur l'épaule d'Ashley.

— Allons la chercher, cette boucle d'oreille.

Nous entrâmes dans le château. Mes yeux se posèrent sur le lustre, au milieu de la salle. Mon dernier entretien avec Camilia me revint en mémoire. Mon nouveau travail d'assistante serait en tout point différent de celui auprès de son fils. Elle m'avait avertie que ses filles étaient capricieuses avec des emplois du temps compliqués. L'image de marque qu'elles véhiculaient ne devait pas être ternie par des détails. Peter devait par conséquent s'occuper de ma garde-robe durant la semaine. L'idée ne m'enchantait pas, mais je n'étais pas en mesure de négocier quoi que ce soit à ce stade. C'était soit ça ou je perdais mon boulot ce qui voulait dire que je n'aurais plus les moyens de payer le traitement et les soins médicaux d'Elio. Mon existence manquait peut-être de gaieté, mais sûrement pas d'action ni de rebondissement en ce moment.

La chambre était baignée dans une lumière zénithale. À l'extérieur, il faisait un temps splendide en ce début d'après-midi pourtant, au fond de moi, tout était gris. J'avais détesté cet endroit dès le premier jour où j'étais arrivée et aujourd'hui, j'étais triste de devoir le quitter. Je continuai de plier et de ranger mes affaires dans ma valise, la tête ailleurs.

— As-tu besoin d'aide ?

Je me retournai vers l'entrée de la chambre. Yeraz se tenait là. Sa souplesse, sa grâce féline arrivait encore à me surprendre.

— Non, merci. J'ai bientôt fini. Je n'avais pas grand-chose de toute façon.

Je poursuivis d'une voix sans timbre et mécanique tout en rangeant mes affaires :

— J'ai vérifié la cohérence entre les opérations traitées de l'argent gagné et perdu de tes actions. Tout est à jour. Le rendez-vous avec la chargée de communication a été décalé à lundi, car les investisseurs du groupe *Caforlia* ont décidé d'avancer…

— Ronney, m'interrompit Yeraz, le monde continuera de tourner après ton départ alors laisse ça de côté.

Il s'avança vers moi et me donna le dernier tee-shirt qui restait sur le bord du lit.

— Nous serons amenés à beaucoup moins nous voir, mais tu sais où me trouver en cas de besoin.

Sa voix avait baissé d'une octave à la fin de sa phrase. Une soudaine angoisse montait en moi.

— Je ne sais pas ce qui est le pire : travailler avec toi ou être relookée chaque jour par Peter.

Yeraz sourit et dévoila une rangée de dents parfaitement blanches. Je baissai les yeux, impossible de soutenir ce regard qui me brûlait ardemment les prunelles. Tout était intense chez cet homme, de sa voix jusqu'à sa posture.

— Qu'il n'en fasse pas trop, je ne suis pas sûr d'apprécier une autre Ronney.

J'arrêtai de respirer. Mon étonnement était sincère. Comment pouvait-il me trouver jolie ? Je me rappelai tout à coup l'invitation pour le ballet de danse. Je pris, dans la poche arrière de mon pantalon, le carton et le lui tendis :

— Je sais que tu seras très occupé, demain, mais j'aimerais beaucoup que tu sois là.

Après un instant d'hésitation, Yeraz le prit et le glissa dans la poche interne de sa veste.

— Je ferai au mieux.

— Ils t'autoriseront sans doute à garder tes lunettes de soleil à l'intérieur.

Ce sarcasme vint à mes lèvres tout naturellement. Yeraz me jeta un coup d'œil complice. Il se retenait de rire.

— Finalement, tu as gagné, déclarai-je en fermant ma valise. Tu as réussi à te débarrasser de moi en m'éloignant le plus possible de ta vie et de ton quotidien.

D'un regard grave et autoritaire, Yeraz m'invita à poursuivre. Je pivotai sur moi-même pour m'en aller, mais sa main se referma brusquement sur mon bras avant que j'aie le temps de faire un pas.

— Je t'éloigne pour mieux te garder auprès de moi, Ronney.

Il approcha son visage du mien et je ne me dégageai pas. Je voulais qu'il m'embrasse. Ses lèvres se refermèrent délicatement sur les miennes et mon cœur s'arrêta aussitôt de battre. Je sentis son corps se presser contre le mien puis sa langue chaude s'enroula délicatement autour de la mienne. Nos souffles n'étaient pas en accord. Je lui rendais son baiser avec autant de passion. Nous restâmes ainsi à nous embrasser durant un bon moment jusqu'à ce qu'il relâche sa douce étreinte.

Tout s'arrêtait ici, brutalement, inachevé.

———

Le lendemain soir, mon père m'accueillit, débordant de joie. Il courait vers moi en agitant au-dessus de sa tête une grosse enveloppe marron.

Dans le restaurant, toute ma famille était à pied d'œuvre pour remettre l'établissement dans un état correct afin qu'il rouvre le plus vite possible. Mes cousins avaient même mis leur vie entre parenthèses pour nous donner un coup de main.

— Ronney, tu ne devineras jamais ! s'exclama mon père. Le gros John est passé ce matin et il nous a donné ça.

Curieuse, je me dépêchai de poser mon sac derrière le comptoir et pris l'enveloppe que mon père me tendait, le sourire toujours incrusté sur le visage. À l'intérieur, une liasse de billets si énorme qu'il m'était impossible de tout compter. La surprise me coupa le souffle, je blêmis et dus faire un effort pour me ressaisir. Mon père exalta :

— C'est un miracle, n'est-ce pas ? Il est venu nous rendre tout l'argent que lui et sa bande nous ont exhorté toutes ces années. Il a aussi ajouté que le restaurant n'aurait plus à donner une quelconque commission à l'avenir.

Sous le choc, j'étais incapable de répondre quoi que ce soit. J'avais l'impression de sortir d'un long cauchemar. Mes parents pourraient enfin avoir une vie normale. Yeraz avait tenu sa promesse.

Mon père me prit les mains et planta son regard rempli de reconnaissance dans le mien.

— *Hija*, je ne sais pas ce que tu as fait et je crois que je ne veux pas le savoir, mais ta mère et moi te remercions infiniment. Nous sommes si fiers de toi.

Je pris mon père dans mes bras. C'était mieux comme ça. Il n'avait pas besoin de savoir pour Yeraz, pour l'arme que j'avais braquée sur lui ni de l'échange auquel j'avais échappé de peu avec Nino. Non, il devait garder l'image intacte qu'il avait de moi.

À l'arrière de la cuisine, je me servis une part de tarte avec de la salade. Bientôt, je devrais rejoindre Bergamote et Alistair à l'arrêt de bus, à côté de chez nous pour aller voir Daphné et les autres danseuses se produire sur scène. Un moment que j'attendais depuis des mois.

Je n'avais pratiquement rien avalé de la journée. Mon premier rendez-vous chez Taylor, à l'autre bout de la ville, m'avait pris beaucoup de temps. Il avait refait le moulage de mes dents et aussi passé quelques examens complémentaires. Ça me tirait fort sur la mâchoire, ce soir-là, mais peu m'importait. L'espoir d'enlever cet appareil dentaire dans un mois me donnait le courage de supporter la douleur.

— Alors, Ronney, on sort ce soir ?

Merde, cette peste de Gabriella venait d'entrer dans la cuisine, suivie de Carolina. Je fis oui de la tête sans les regarder. Elle posa son seau rempli d'eau à côté de moi et ajouta :

— Nous sommes là à suer pour arranger le restaurant pendant que toi, tu pars t'amuser avec les vieux !

Carolina émit un petit rire mauvais au commentaire de sa cousine, puis avec ses doigts vint se servir directement dans mon plat. Je poussai l'assiette, l'appétit venait subitement de me quitter. Gabriella prit alors la serpillère mouillée dans le seau et me la jeta sur mes vêtements. À son contact, je laissai échapper un petit cri.

— Ça ne va pas ! protestai-je. Je suis trempée.

— Ferme-la ! intervint Carolina d'un ton acerbe. Nous n'avons pas non plus renversé le seau sur toi.

Gabriella renchérit :

— Et puis, ce n'est pas comme si tu étais habillée avec une robe haute couture. Enfin, regarde-toi, ce pantalon trop large est affreux.

Je tentai de m'essuyer un peu, mais sans résultat. J'espérais que mes vêtements sécheraient sur le trajet. Carolina se pencha sur moi.

— Ta mère nous demande de sortir la viande et les desserts pour commencer à préparer le diner.

— Dans la chambre froide, grommelai-je en partant récupérer mon sac sur la table centrale, derrière mes cousines.

— Merci, *ugly* Ronney, répondit Carolina en prenant soin d'articuler chaque mot.

Elles partirent au fond de la cuisine en ricanant comme des hyènes.

— Il faudrait grandir un peu ! murmurai-je pour qu'elles ne m'entendent pas.

J'allais partir, mais une idée me vint en tête. *Non*, me souffla ma bonne conscience. *Vas-y* me dit la mauvaise, *laisse la méchante Ronney se venger*.

Je me tournai pour regarder au fond de la cuisine, vers la chambre froide. Une excitation monta en moi, mon pouls s'accéléra. Je balayai l'endroit des yeux. Il n'y avait personne. Après avoir laissé tomber mon sac à terre, je partis à tâtons au fond de la cuisine. Plus j'approchais de la chambre froide, plus j'entendais clairement le son de leurs voix, leurs rires si insupportables.

Devant les lourdes portes entrouvertes, je pris une grande inspiration et fermai les yeux. Toutes ces moqueries, ces mots, ces persécutions, faisaient monter en moi une colère trop longtemps retenue. Quand je rouvris les paupières, je refermai brutalement les portes sur Gabriella et Carolina. Les rires firent place aux cris.

— Ronney, Ronney, sors-nous de là ! Nous sommes enfermées.

Entendre leurs jérémiades me procura un sentiment de plaisir jamais égalé.

— Ronney, tu nous entends ? Tu es là ?

J'approchai mon visage de la porte et criai :

— Allez tous vous faire foutre !

En sortant de la cuisine, j'affichai un visage faussement innocent en gardant pour moi ce qui venait de se passer. Je franchis les portes du restaurant, un sourire triomphant sur les lèvres.

Nous descendîmes l'allée où se trouvait, plus bas, la plus grande salle de spectacle de Sheryl Valley, en riant à gorge déployée. Alistair et Bergamote n'arrivaient toujours pas à se remettre de l'histoire que je venais de leur raconter dans le bus au sujet de mes deux cousines.

— Bien joué, Ronney ! dit Alistair.

Il remit son chapeau en place et enroula son bras autour de Bergamote qui hocha la tête à défaut d'arriver à parler tellement elle était prise, elle aussi, d'un grand fou rire.

Avant de pénétrer dans la salle, mon téléphone sonna. J'invoquai le ciel en silence : *Seigneur, faites que ce ne sont pas mes parents qui m'appellent au sujet de cette histoire.* Le prénom de Camilia s'affichait à l'écran. Je fronçai les sourcils avant de prendre l'air le plus normal possible.

— Entrez, je vous rejoins, lançai-je à mes deux acolytes.

Ils m'interrogèrent du regard.

— Je dois juste réserver un Uber pour Timothy, mentis-je.

Rassurés, ils m'adressèrent un petit signe de la main puis disparurent à l'intérieur de la salle de spectacle en me laissant dans la nuit tiède.

— Ronney, je suis désolée de vous déranger. Êtes-vous avec Yeraz ?

Camilia parlait fort pour couvrir le bruit qui régnait autour d'elle. La plupart des invités étaient déjà arrivés au château.

— Non, il était prévu qu'il soit à la soirée avec vous. Il me l'a répété tout à l'heure.

Je revis à cet instant l'image de Yeraz en train de ranger le carton d'invitation dans la poche de sa veste. Peut-être avait-il changé d'avis ?

— Il n'est pas là et impossible de le joindre.

— Avez-vous essayé d'appeler ses gardes du corps ou Hamza ?

— Oui, ils me disent qu'ils ne l'ont pas vu non plus, mais leur parole ne vaut pas grand-chose. Dans ce milieu c'est l'omerta qui l'emporte.

J'entendis Camilia soupirer à l'autre bout du fil.

— Je ne vous embête pas plus longtemps. Juste, tenez-moi au courant s'il vous contacte de n'importe quelle manière que ce soit. Ce gala est un des plus importants de l'année.

La colère prenait place dans sa voix. Je répondis :
— N'hésitez pas à me rappeler aussi s'il y a du nouveau de votre côté. Je reste joignable.

Lorsque Camilia raccrocha, je composai le numéro de Yeraz cinq fois, mais sa ligne était éteinte. Je restai un moment devant les portes de la salle dans l'espoir de le voir arriver. Dehors, un vent frais se mit à souffler.

Mon sourire revint sur mon visage, tel un masque, quand je pris place à côté de Bergamote. Le spectacle n'avait pas encore commencé. Je m'appliquai à parler d'un ton indifférent pour que mes deux amis ne se doutent pas que j'étais rongée par l'angoisse.

Je tournai sans cesse ma tête à droite, à gauche puis derrière. Je réfléchissais, je me posais des questions. Heureusement, la représentation allait bientôt commencer et elle m'occuperait l'esprit pendant un bon moment. Mais que me resterait-il après ? Sinon l'inquiétude.

Les lumières baissèrent dans la salle et les voix devinrent des murmures. Un orchestre, situé en bas de la scène, se mit à jouer une mélodie qui me transperça et me fit vibrer dès les premières notes. Le rideau se leva et le ballet apparut. Le décor et les costumes en mettaient plein les yeux, offrant un spectacle à mi-chemin entre la magie et le rêve.

Daphné excellait à chaque pas. Sa peau couleur ébène brillait de millier de petits cristaux sous les lumières des projecteurs, la rendant encore plus éblouissante, plus inaccessible qu'elle l'était déjà.

Tout au long de ce ballet, la musique nous enveloppait, nous caressait ou bien nous bousculait. L'orchestre jouait avec notre ascenseur émotionnel. Les danses qui s'enchaînaient étaient toutes imprégnées d'un caractère féérique. Elles demandaient un effort incroyable que les danseuses arrivaient à faire disparaître sous la plus subtile des grâces. À certains moments, les pieds de Daphné ne touchaient même plus le sol, donnant ainsi l'impression qu'elle se laissait porter par l'air.

Après presque une heure de représentation, le rideau retomba sur le sol. La *standing* ovation qui suivit était plus que méritée. Les yeux rougis par les larmes, j'acclamai ces danseuses aux talents exceptionnels. Je n'avais jamais vu un spectacle aussi beau de toute ma vie. Malheureusement, la réalité me rattrapa trop brutalement quand mes yeux se posèrent sur le fauteuil vide à côté de moi. Il n'était pas venu. Des sentiments contradictoires s'emparèrent de moi : déception, agacement, jalousie, inquiétude. J'imaginais tout et n'importe quoi dans ma tête, mais ce que j'ignorais, c'était qu'en ce moment même, Yeraz venait de déclarer la guerre au chef de la Rosa Negra. Une fusillade sanglante était en train de se dérouler à l'autre bout de Sheryl Valley.

18

Abigaëlle referma la porte derrière moi et avec un signe de tête, elle m'indiqua l'étage. Je partis en direction des escaliers, mais des voix qui provenaient du séjour attirèrent mon attention. Je ralentis le pas et tendis l'oreille. Camilia était apparemment en train de s'entretenir avec un homme et une femme.

— Il n'y a qu'un moyen d'étouffer cette affaire, il faut l'empêcher de parler !

Je ne voyais pas Camilia, mais je percevais dans le son de sa voix un grand agacement.

— Nous sommes en train d'y travailler, affirma la voix féminine.

— Les médias ne parlent que de ça depuis ce week-end et même pas du gala de charité. Ça ternit considérablement notre image !

— C'est juste l'histoire de quelques jours. Croyez-moi, les habitants de Sheryl Valley se moquent bien de ces quelques criminels assassinés en pleine rue, ajouta une voix grave.

Avec autorité, Camilia déclara :

— Faites venir mon fils ! Je me fiche de savoir s'il est occupé ou non.

En entendant des pas arriver dans le hall, je me précipitai à l'étage avant que l'on me surprenne à écouter aux portes.

Je trouvai Peter dans la dernière chambre. Il était en train de suspendre des vêtements à l'entrée du dressing. Quand il m'aperçut, son regard glissa sur moi de haut en bas accompagné d'un soupir mélodramatique.

— Qu'avez-vous cru ? déclarai-je en levant les yeux au ciel. Que j'allais me pointer ici pour mon premier jour en mini-jupe ?

— Ce qui est sûr, c'est que je ne m'attendais pas non plus à vous trouver attifée du costume de Casimir.

— J'adore ce pull jaune à gros poids ! Il me porte toujours chance.

Peter préféra ne pas relever ma remarque et m'invita à me rapprocher de lui avec un signe de main puis déclara en me montrant une des tenues accrochées sur un cintre :

— Vous allez porter ça. Cette combinaison grise à bretelle avec la chemise blanche en dessous est entre la femme d'affaires classe et la secrétaire un peu salope. C'est juste parfait pour vous !

Un long silence s'étira. Je croisai les bras sur ma poitrine et soulevai un sourcil.

— Hors de question.

— Arrêtez un peu vos simagrées, Ronney et enfilez-la. Ce n'est pas un porte-bonheur, mais au moins cette combinaison vous fera passer presque inaperçue lors des sorties avec les filles Khan.

J'inclinai la tête en continuant de fixer Peter. Il leva les mains en l'air.

— OK, bon, c'est vrai que ça sera difficile de passer inaperçue avec votre apparence un peu « bizarre ».

Il commença à énumérer toutes les raisons pour lesquelles je devais porter cette tenue excentrique disco semblable à celle du groupe Abba. Au fur et à mesure qu'il parlait, une idée germa dans mon esprit.

— Très bien ! Je vais la porter.

Peter se figea. Méfiant, il plissa ses petits yeux marron, attendant que je poursuive.

— À une condition.

Il hocha la tête, une grimace sur le visage.

— Vous me parlez de la fusillade de samedi soir.

Soudain très occupé, Peter se mit à ranger le bazar qui encombrait la pièce.

— Ce n'est rien. Les médias adorent s'étaler sur de petites choses sans importance.

— Sans importance ? Il y a eu des morts !

Peter leva les yeux au ciel.

— Les guerres ont toujours fait partie de l'histoire de ce monde. Elle a des aspects bien différents à tous les niveaux, je vous l'accorde, mais les points restent les mêmes : conflits, mutineries, traités.

— Camilia a l'air très remontée. Je l'ai entendue s'entretenir avec des gens en bas.

— Tess Lawrence, une journaliste coriace, doit bientôt sortir un papier sur la Rosa Negra et la Mitaras Almawt. Apparemment, cet article sera une véritable bombe s'il devait être publié.

Je me souvins de la visite de cette femme chez moi. Je blêmis. Quel sort lui réservait-on ? Un frisson me parcourut tout le corps. Peter poursuivit :

— Heureusement, Camilia a des contacts très haut placés. Elle est en ce moment même avec les responsables du *Daily News* ainsi qu'avec son avocat pour trouver un accord avec eux.

Peter frotta son index sur son pouce pour préciser que cette histoire se réglerait avec un accord financier.

— Et Yeraz ? demandai-je.

Je m'efforçai de ne pas perdre le contrôle de ma respiration. Plongée dans une sorte de brouillard depuis que j'avais appris pour la fusillade, j'espérai que Peter me donne enfin de vraies nouvelles à son sujet.

— Son humeur ne doit pas être au plus haut, mais je vous rassure, il n'a pas été blessé dans l'attaque. Ce sont les petits soldats que les chefs de ces organisations envoient aux casse-pipes. Monsieur Khan, monsieur Saleh et les autres donnent les ordres, mais ils ne se salissent que très rarement les mains.

Peter rit jaune, il régnait comme une tension dans l'air. Il me tendit la combinaison et le chemisier avec un air faussement désolé. Je pris la tenue en grognant.

Le séjour donnait l'impression d'être directement dans le jardin à cause de l'immense baie vitrée qui laissait passer une lumière transparente.

Installée autour de la table, je profitai de ce moment de solitude pour échanger avec Timothy et Ashley par visioconférence. Je souris en observant leurs mimiques sur leur visage. Ils se plaignaient de leur dure journée de travail, de l'agitation qui régnait au sein des murs, mais ils trouvaient tout de même le temps de plaisanter ensemble.

Yeraz avait décidé de leur supprimer leur jour de repos dans la semaine. Dorénavant, ils n'auraient que le dimanche.

— Il est d'une humeur massacrante depuis que vous êtes partie, déclara Ashley.

— Oui, à cause de vous, nous ne dormons plus et sommes obligés de nous nourrir que de sandwichs tellement les pauses sont courtes.

Timothy fit mine de se tirer une balle dans la tête. Tous les deux me manquaient.

— Je vous ai gardé une bouteille de vin. Elle est planquée sous l'évier, chuchota Ashley avec un clin d'œil complice.

Je souris.

— C'est avec plaisir que je passerai boire un verre, répondis-je le cœur lourd.

Soudain, j'entendis la porte d'entrée s'ouvrir. Ma pause était finie. Camilia et ses filles revenaient du déjeuner passé en compagnie de Yeraz. La matriarche avait préféré que je reste là. C'était un repas de famille où des choses devaient être dites.

Je saluai rapidement mes deux anciens assistants et me dépêchai d'éteindre la tablette. Camilia, accompagnée de ses filles et d'Hadriel, entra dans le séjour. Peter, qui venait de les rejoindre, me décrocha un regard peu amène. Il tira une chaise à côté de moi et s'assit en me fusillant du regard.

— Super le pull ! me lança Cyliane. Les gros cercles veulent-ils dire quelque chose ?

— Oui, c'est un message pour dire aux extra-terrestres qu'elle est des leurs.

Le ton de Peter était au-delà de la moquerie acerbe. Je serrai la mâchoire et tournai mon visage vers lui.

— Je ne me sentais pas prête ! chuchotai-je.

— Quel est votre but dans la vie, miss Jimenez ? murmura Peter un brin agacé. Rester moche jusqu'à la fin de vos jours ?

— Peut-être !

Blessée, je me renfermai sur moi-même.

— C'est bien dommage, car même avec toute la volonté du monde vous n'y arriveriez pas.

Je revins brusquement sur lui. Cet aveu si inattendu de sa part m'ébranlait. Mal à l'aise, il évita soigneusement de me regarder, mais ajouta à voix basse :

— Je ne peux pas faire de miracle si vous ne mettez pas un peu du vôtre !

Je me pinçai les lèvres et réfléchis un instant avant de répondre :

— Choisissez-moi des vêtements un petit peu moins voyants et je vous promets de faire un effort. Je ne peux pas changer du jour au lendemain.

Quand il plongea son regard dans le mien, je ressentis une étrange empathie à mon égard. Il m'adressa un demi-sourire et hocha la tête.

— Pouvons-nous commencer ? demanda Camilia en consultant sa montre.

Tout le monde autour de la table acquiesça. Je baissai la tête et rivai mes yeux sur les quinze centimètres de talon de Ghita. Elle avait tout mon respect d'arriver à marcher avec ça toute la journée. Peter me donna un petit coup de pied sous la table afin que je me concentre sur la réunion.

— J'aimerais revenir sur le prochain gala de charité qui aura lieu le vingt-trois décembre, le dernier de l'année.

Tyra Bank, la porte-parole et amie de l'association *Fashion for liberty* organisera cet évènement autour de la lutte contre la précarisation des mères isolées dans les quartiers défavorisés de Californie. L'intégralité des dons sera reversée à *Better life* et *One chance*. L'association compte sur nous pour convier un parterre d'invités d'exception pour cette soirée importante.

Camilia se tourna vers moi et ajouta :

— Ronney, j'imagine que cet évènement doit forcément vous tenir à cœur. Vous êtes issue de ces quartiers.

Les hochements de tête compatissants des filles Khan et d'Hadriel m'obligèrent à prendre l'air le plus solennel.

— Oui, en effet, ça pourrait aider beaucoup de familles.

Peter leva discrètement les yeux au ciel. Camilia poursuivit :

— Bien, l'évènement aura lieu à Los Angeles. Au programme : diner, concert et défilé de mode. Aaliyah et Ghita, vous défilerez pour la maison *Victoria's secret* et *Chanel*. Hadriel, *Dolce Gabana* et *Balmain* te veulent absolument.

Camilia marqua une pause et consulta ses notes sur son téléphone avant de poursuivre en levant ses yeux au-dessus de ses lunettes :

— Peter, tu assisteras la direction artistique. Rien ne devra être négligé.

Mon voisin accepta la mission qui lui incombait avec le plus grand sérieux comme si ce gala de charité était devenu la chose la plus importante pour lui. Lorsque Camilia se tourna vers moi, mon cou s'enfonça dans mon pull.

— Ronney, ce soir-là vous devrez veiller à ce que les invités trouvent leur place et qu'aucun *paparazzi* n'entre dans les coulisses. Seuls les photographes avec des badges pourront venir photographier les mannequins avant le défilé.

Je hochai la tête. Elle parlait d'une voix calme, mais empreinte de froideur. Tout le monde autour de la table l'écoutait attentivement et avec respect pendant qu'elle donnait les instructions et les tâches de chacun.

Cyliane demanda au détour de la réunion :

— Yeraz sera-t-il présent ?

Camilia se tut et suivit sa pensée puis son regard se posa par hasard sur le bouquet de roses blanches qui trônait sur la table. Elle s'inquiétait de savoir si la présence de son fils était nécessaire. Finalement, Hadriel répondit à sa place :

— Même si l'ombre de la tragédie de ce week-end se dissipe peu à peu, il vaudrait mieux qu'il ne soit pas présent lors de cette soirée. C'est un gala de charité, il ne doit pas accaparer l'attention de cet évènement important.

Il avait parlé d'un ton aimable, mais dépourvu de chaleur.

Les filles Khan échangèrent leur point de vue avant de se mettre du côté d'Hadriel puis Camilia changea brusquement de sujet pour ne pas s'étendre sur ce point sensible.

— Mon avocat a envoyé un avertissement au *Daily News* pour répondre aux mensonges colportés sur notre famille. J'étais ce matin en entretien avec les dirigeants du journal et l'affaire semble sur le point de se régler.

— Et Tess Lawrence ?

Cette question m'avait brusquement échappé. Camilia me jeta un regard appuyé. Les yeux plissés, elle examinait ma question. Des regards surpris à peine voilés furent échangés tout autour de la table. Peter, la tête baissée, se frottait le front.

— Mutée. Elle sera affectée à un nouveau poste, en Europe.

Camilia marqua une pause puis claqua sa langue contre son palais avant de déclarer :

— Elle a voulu jouer, elle a perdu !

Elle me fixa quelques secondes avant de revenir sur ses enfants. Sur un ton plus léger, elle demanda :

— Chez qui se fera la veillée de Noël, cette année ?

Peter et moi nous séparâmes après la réunion. Il resta avec Camilia tandis que je suivais les filles qui devaient se rendre sur un shooting photo pour faire la prochaine couverture de *Vogue*.

À l'arrière de la voiture, toutes les trois parlaient de leur prochaine destination de vacances tout en restant scotchées sur leur téléphone. Elles étaient en désaccord sur le lieu et la tension commençait à monter d'un cran. Soudain, Cyliane se tourna vers moi :

— Ronney, toi, où partirais-tu ?

Prise de court, je restai muette. À part Los Cabos, je n'avais rien connu d'autre. Si je pouvais, je parcourrais la terre entière. Pour pallier ce problème, je proposai :

— Écrivez chacune trois destinations différentes sur trois bouts de papier et ensuite, faites un tirage au sort. Le hasard choisira pour vous.

Cyliane regarda ses deux sœurs, ses yeux bien ouverts puis elle s'exclama :

— J'adore l'idée !

— Nous pourrions faire ça après le shooting, dit Aaliyah, enchantée elle aussi. Ronney, c'est toi qui tireras le papier.

Je hochai la tête, contente d'avoir pu les aider.

— Tu viendras avec nous ? me demanda Ghita, le regard plein d'espoir.

Je balbutiai quelques mots incompréhensibles pour refuser cette proposition. Cyliane rétorqua avec une grimace :

— Yeraz ne la laissera pas partir de toute façon.

Étonnée, je la fixai avec des yeux ronds. Qu'est-ce que Yeraz venait-il faire là-dedans ? Je ne travaillais plus auprès de lui.

— Ronney est libre ! Yeraz n'a plus son mot à dire, s'exclama Aaliyah.

— Alors pourquoi ses deux hommes de main nous suivent-ils depuis que nous sommes parties de la maison ?

Choquée par les propos de Cyliane, je me retournai brutalement pour regarder dans la vitre teintée arrière du véhicule et découvris avec effroi qu'elle avait raison. Ian et Jessim nous suivaient dans un gros van noir de marque Mercedes. *Pourquoi ?* Ghita sembla lire dans mes pensées.

— Notre grand frère serait-il tombé amoureux ?

Je me retournai, le regard au sol, les joues brûlantes.

— Non. Je… il…

Toutes les trois me regardaient avec de vifs sourires, sans jugement ni méchanceté, au contraire. Je murmurai :

— Enfin, les filles. Regardez-moi, regardez-vous. Nous sommes dans un monde où les hommes comme votre frère ne regardent pas une femme comme moi.

— Nous sommes dans un monde où l'amour est la seule chose qu'on ne peut pas acheter ni contrôler, répondit

Aaliyah. En général, quand deux personnes passent tout leur temps ensemble, c'est ce qui arrive.

— Maintenant, il ne reste plus qu'à le sauver, ajouta Ghita dans un long soupir.

— Marianne m'a dit un jour que les âmes sœurs se rencontraient à n'importe quel moment sur leur chemin de vie et que c'était toujours pour une raison.

— Qui est Marianne ? demanda Aaliyah à Cyliane en remettant ses longs cheveux en place.

— L'esprit que j'ai rencontré dans un bar de *bikers* lors du tournage à…

Ses deux sœurs ne la laissèrent pas finir sa phrase. De vives exclamations et supplications vinrent l'interrompre.

— Tu fais chier, Cyliane, avec tout ça !

Je ne pus m'empêcher de rire à la remarque de Ghita. La tension qui m'habitait depuis que j'étais arrivée ce matin dans la maison de Camilia venait de s'envoler.

Un studio près d'Asylum avait été alloué au magazine pour la séance shooting. Peter m'avait donné un téléphone avec ma nouvelle ligne professionnelle pour permettre de filtrer les appels importants et les demandes de placement de produit pour les filles Khan. Je devais ensuite transmettre toutes les informations à Camilia qui ferait un second tri. Mon téléphone n'arrêtait pas de sonner. Les appels, les messages et les mails arrivaient toutes les deux secondes.

Aaliyah et Ghita se faisaient maquiller et coiffer par une équipe de professionnels pendant que je répondais un peu en retrait à un email d'un grand groupe de yaourts qui voulait qu'une des sœurs Khan devienne l'égérie de la marque.

Je traversai le grand hangar où se croisaient photographes, équipes techniques, professionnels de la mode et de la beauté. Mon nouveau décor de travail était complètement différent de celui dans lequel j'avais évolué avec Yeraz. Cela changeait des costumes noirs et gris des hommes d'affaires que je voyais toute la journée.

Un employé d'une trentaine d'années, blond décoloré, les cheveux courts, était en train de placer les faux cils de Ghita. Je m'éclaircis la voix.

— J'ai eu l'agent immobilier pour la vente de votre maison. Il souhaiterait venir demain avec son équipe pour faire la vidéo de la visite virtuelle pour les futurs acheteurs.

Ghita rouvrit les yeux et cligna des cils pour s'assurer qu'ils tenaient bien.

— OK. Je veux que tu sois présente et que tu m'appelles s'il y a un souci. Je serai à la *baby shower* de mon amie Carla.

À côté, Aaliyah demandait à sa coiffeuse percée de partout, au look punk, de faire monter un peu plus ses cheveux en volume. Une assistante à l'allure très soignée et aux yeux d'un bleu intense presque transparent arriva avec un coffret où plusieurs modèles de colliers se trouvaient à l'intérieur.

— Où est Cyliane ? demandai-je en regardant partout autour de moi.

Ghita grommela :

— Une des photographes a vécu une EMI et a commencé à le raconter à Cyliane qui était complètement fascinée par son histoire. Notre sœur a insisté pour s'entretenir avec elle et faire une interview pour sa chaîne YouTube.

— Une EMI ? répétai-je.

— Expérience de mort imminente, répondit Aaliyah, le nez plongé dans le coffret à bijoux et qui semblait ne pas réussir à choisir ses accessoires.

Elle tourna la tête vers sa sœur.

— Le gros collier en diamant ou le petit à perles ?

Ghita hésitait. Aaliyah se tourna alors vers moi pour me demander mon avis. Sous ses cheveux roses, la coiffeuse jeta un coup d'œil au maquilleur blond d'à côté et l'assistante aux yeux bleus glissa son regard sur mon pull. Je serrai mon carnet de notes et mon téléphone contre ma poitrine pour tenter de le cacher un peu. Je répondis d'une voix mal assurée :

— Vous serez peu habillées sur la photo de couverture. Je trouve votre rouge à lèvres vraiment magnifique. Il vous fait une bouche parfaite. Le maquillage suffit, ce serait dommage de porter le gros collier en diamant. La lumière doit se porter sur vos visages.

Satisfaites, Ghita et Aaliyah hochèrent la tête et s'échangèrent un bref sourire.

— Je ne mettrai pas d'accessoire, indiqua finalement Aaliyah à l'assistante.

J'eus le droit à un regard en biais de sa part avant que je reparte m'asseoir sur un des canapés à l'autre bout du studio pour continuer à répondre aux flots d'appels et de messages qui arrivaient sur mon téléphone. Ces femmes étaient plus demandées que le président des États-Unis lui-même. C'était dingue !

Il était vingt heures passées et nous étions, avec Peter, les seuls employés encore présents chez Camilia. Dans cette chambre où tout étincelait de blancheur, chaque détail était pensé pour être dans l'air du temps : les fauteuils en daim, les fleurs, les cadres, la moquette épaisse et même le parfum d'ambiance. C'était la pièce préférée de Peter.

L'assistant de Camilia, assis confortablement, feuilletait un magazine people à la recherche d'articles sur la famille Khan.

— Je peux retirer ces escarpins de mes pieds ? C'est une torture pour moi.

Les mains posées sur les hanches, j'attendais sa réponse qui ne venait pas. Cela faisait plus d'une demi-heure que je marchais à travers la pièce avec un Peter qui m'aboyait dessus dès que je perdais le rythme de la marche.

— Vous avez voulu garder ce pull horrible qui me fait saigner des yeux à chaque fois qu'ils se posent dessus. Ne comptez pas sur moi pour vous épargner ce soir.

Je levai la tête en direction du plafond.

— Et que comptez-vous faire ? Me laisser toute la nuit debout ? Je dois rentrer me nourrir et dormir.

Peter me répondit d'une voix lasse sans lever les yeux de son magazine.

— J'attends un ami à moi, Zeus. Il me dira ce qui ne va pas dans votre démarche. C'est un homme qui a collaboré avec les plus grands mannequins. Vous verrez, il est assez impressionnant. Évitez juste de le regarder dans les yeux trop longtemps, le stress lui donne de l'urticaire.

Je protestai avec indignation :

— Êtes-vous sérieux ? Je ne vais pas me donner en spectacle auprès de vos amis. Je ne suis pas un animal de foire !

— Surveillez votre langage, jeune fille.

Peter releva enfin sa tête et se redressa pour me faire face.

— Si vous faisiez un effort, vous seriez déjà chez vous à boire votre brique de soupe ! Trois mois que je me tue à la tâche pour vous donner la grâce d'une femme du monde. Vous êtes désespérante.

— Je préférerais encore récurer les toilettes publiques toute la journée plutôt que de porter ce genre de chaussures pour écumer les galas de charité.

Peter leva son doigt devant lui.

— Un jour, Ronney, vous me remercierez. De toute façon, je ne vous donne pas le choix, c'est ça ou vous gardez votre appareil dentaire pour encore des décennies.

J'allais répliquer quand j'entendis la porte de la chambre s'ouvrir. Je tournai à demi la tête et la surprise se peignit soudain sur mon visage.

— Zeus ! s'écria Peter, fou de joie.

Je plissai mes yeux et secouai la tête pour être sûre que je ne rêvais pas. Un nain ! Zeus, l'ami de Peter était un nain. Ses traits austères et son nez un peu tordu lui donnaient l'impression de ne pas être très commode. Il s'approcha de moi, l'air suspicieux, comme si j'étais l'être le plus étrange qu'il avait vu dans sa vie. Ses cheveux auburn étaient attachés avec une queue de cheval qui lui descendait jusqu'au bas du dos.

— Ah oui, quand même, chuchota ce dernier en se tournant vers Peter.

— Je t'avais prévenu, Zeus.

— Bon, la bête n'a pas l'air méchante.

La bête ? Ce nain me traitait comme un animal ! Je sentais la colère me gagner.

— Il y a un problème dans le balancement de son bassin, lui expliqua Peter à voix basse.

Son ami plissa son front avant de m'examiner du regard puis il posa un premier diagnostic :

— De nombreux facteurs peuvent être à l'origine de cela : un problème d'équilibre, manque de vitamines, voire aussi du côté de ses chakras. Elle est peut-être tout simplement frigide, ça ne m'étonnerait pas.

J'hallucinais ! J'ouvris la bouche, mais Peter me coupa la parole :

— Non, de ce côté-là il y a de l'activité. Elle s'est envoyé le fils Khan, le Y.

L'ami de Peter ouvrit de grands yeux scandalisés. Sa bouche formait un rond parfaitement distinct. Impossible de contenir ma colère plus longtemps, je protestai de toutes mes forces :

— Je suis là, OK ? Arrêtez de faire comme si je n'entendais rien ! Vous vous prenez pour qui à la fin ?

Zeus, le regard inquiet, interrogea de nouveau Peter, à voix basse :

— La bête s'énerve-t-elle souvent ? Peut-être que le problème réside là.

J'arrachai le journal people des mains de Peter et le lançai au visage de son ami qui eut juste le temps de se protéger avec ses bras.

— Hey, le nain, je suis Ronney, rugis-je hors de moi. Je suis un être humain !

Je croisai les bras sur ma poitrine et tournai mon visage, la mine boudeuse. Peter se racla la gorge.

— Ronney, arrêtez un peu vos attitudes de diva. Zeus est là pour nous aider. Il n'a que très peu de temps à nous accorder. Nous devons rejoindre notre groupe qui est réuni ce soir au club de sport pour une *Jack off Party*. Zeus organise cet évènement chaque semaine.

Je revins poser mon regard sur eux.

— C'est quoi une *Jack off Party* ?

Peter, mal à l'aise, se mit à regarder ailleurs. Zeus se redressa et bomba son torse en toussant pour gagner du temps. Leur attitude attira ma curiosité. Mes yeux firent des va-et-vient entre les deux hommes. Il était hors de question que je les laisse s'en tirer comme ça. Pas après toutes les vacheries qu'ils m'avaient balancées.

— C'est pour les hommes, trancha Zeus en tirant son jeans vers le haut.

— Un club de rencontre pour célibataires ? insistai-je.

— C'est un club de masturbation, lâcha Peter excédé.

Mon souffle se coupa. Ce n'était pas possible, j'avais dû mal entendre. Choquée, j'essayai d'articuler quelques mots, mais ne réussis qu'à dire :

— Vraiment ?

— Oui, dit Peter. Nous sommes assis en cercle et nous masturbons notre voisin. C'est un excellent exercice de relaxation et de confiance en soi. C'est une activité très bénéfique.

J'avalai ma salive qui s'était accumulée dans ma bouche avant de tordre mon visage de dégoût. Je chassai les images de Peter et de son ami assis en cercle en train de s'adonner à cette pratique surréaliste.

— Mais vous ne pouvez pas faire ça seul, chez vous, comme tout le monde ?

Peter leva les yeux au ciel.

— Croyez-vous vraiment que ce serait la même chose ? Ne soyez pas si offusquée. Ce genre de club existe partout aux États-Unis. Les *Jack off Party* sont des activités très courantes.

— OK, je crois que j'en ai assez entendu pour aujourd'hui.

Sous le choc, je partis m'asseoir sur un fauteuil et tournai mes yeux vers Peter :

— Je peux rentrer ? J'ai vraiment besoin de prendre une longue douche et de sortir l'image horrible de vous et de… en train de… Seigneur !

Peter céda et déclara d'une voix trainante :

— Nous reprendrons l'entraînement demain et je vous interdis de revenir avec ce pull.

Zeus approuva sa remarque avec un hochement de tête puis il invita son ami à partir avec lui.

Avant de sortir de la chambre, Peter rassembla ses affaires et lança à Zeus :

— Mets-moi à côté d'Orlando, tout à l'heure. Depuis le temps que j'en rêve.

Les mots planèrent un instant dans la pièce après leur départ. Je restai là un bon moment, à essayer de remettre mes idées en place. Le traumatisme mettrait plusieurs jours à disparaître. Je venais de vivre la conversation la plus étrange de toute ma vie. Finalement, Cyliane à côté d'eux était la fille la plus terre à terre que je connaissais.

Camilia n'était toujours pas revenue de son interview dans un *talk-show* diffusée sur une grande chaîne nationale, je la verrais demain pour lui parler du voyage que ses filles préparaient.

Dans la cour, j'observai quelques secondes les étoiles dans le ciel. Elles étaient si scintillantes que j'aurais pu me perdre dans cette contemplation du ciel durant des heures.

J'arrivai devant l'immense portail et sortis mon téléphone de mon sac pour commander un Uber avant d'arrêter subitement mon geste quand mes yeux trouvèrent le van des hommes de Yeraz, à peine dissimulé un peu plus loin, dans l'obscurité de la nuit. Mes doigts hésitèrent à valider ma course puis finalement, j'abandonnai l'idée. Je rangeai mon téléphone et partis en direction du véhicule.

La vitre du van se baissa. Jessim, au volant, m'observa un instant d'un air sévère. Après quelques instants de réflexion et sans que j'aie besoin de dire quoi que ce soit, il déverrouilla les portes arrière. Ian, assis à côté de lui, ne l'en dissuada pas. Ils échangèrent un regard ennuyé, puis le van démarra pour m'emmener auprès de l'homme qui accaparait toutes mes pensées.

J'avançai au milieu de la chambre, plongée dans un silence particulier où une atmosphère reposante régnait à l'intérieur. La pleine lune éclairait la pièce d'une lumière blanche, apaisante. Je balayai l'endroit des yeux, la commode en verre où étaient rangées les armes avait disparu.

Je m'assis sur le bord du lit, j'étais exactement là où je voulais être. Je caressai les draps en soie noirs. Des plis se formèrent, donnant l'illusion d'une multitude de vagues dans un océan où je pouvais me noyer. Je posai ensuite mon regard sur la cheminée électrique qui était allumée. Une douleur lancinante se propageait dans ma poitrine depuis ce week-end et n'arrêtait pas de progresser au fil des heures qui passaient. Son absence et son silence m'étaient insupportables.

Je me relevai et partis en direction de la salle de bain. À l'intérieur, j'enlevai mes vêtements puis entrai me blottir sous le pommeau de douche. La sensation de l'eau sur mon corps me procura une sensation de planitude réconfortante après une journée chargée de travail. Je fermai les yeux pour apprécier ce moment.

Le dressing était rempli des costumes de Yeraz. Je caressai les manches de ses chemises qui dépassaient. Tout était soigneusement repassé et rangé dans un ordre strict.

J'enlevai ma serviette autour de moi puis enfilai une de ses chemises blanches qui m'arrivait à mi-cuisse. J'avais l'impression d'avoir un petit bout de lui.

Yeraz allait passer une bonne partie de la nuit au club et pourtant je l'attendais depuis des heures. Je luttai contre le sommeil, mais il finit par me gagner. Allongée sur le lit, mes paupières lourdes se fermèrent et je sombrai dans un profond sommeil.

Une caresse, un souffle, ce contact sur ma peau me réveilla. Il était là, assis au bord du lit et me contemplait avec une telle détresse, une telle souffrance au fond de ses prunelles si noires.

— Tu ne devrais pas être là, Ronney.

Il effleura ma joue du bout de ses doigts. La lumière dans la pièce avait changé, le jour se levait.

— Je n'y arrive pas, Yeraz, murmurai-je comme pour ne pas troubler les dernières minutes de cette nuit. Je sais que je devrais garder mes distances, que le risque est immense, mais ça me fait trop mal.

Aurais-je pu lui dire tout ça si nous avions été ailleurs qu'ici ? Dans cet instant où la nuit avait le pouvoir de délivrer nos mots ? Je ne pensais pas. Tout était réuni pour laisser nos cœurs parler et j'espérais qu'il allait le faire. Il ferma les paupières à demi et répondit :

— Tu es comme les autres femmes, tu en veux toujours plus et je suis incapable de te donner ce que tu désires.

— Suis-je vraiment comme les autres femmes ?

Ma voix mourut dans ma gorge. Yeraz soupira, il n'avait pas la force de détourner le regard. Ses yeux cillèrent.

— J'aurais aimé que tu le sois, ça m'aurait évité bien des problèmes.

— La fusillade ?

Yeraz hocha doucement la tête.

— Entre autres.

— Était-elle vraiment nécessaire ? Toute cette violence, ça ne t'épuise pas ?

— Je serai bientôt à la tête de cet empire, Ronney. Je devais envoyer un message à nos concurrents. Hamza est une personne sage qui aime parler et négocier, pas moi.

Une seconde, son visage changea. J'eus l'impression qu'il allait ajouter quelque chose, mais il s'abstint.

— Il n'y a donc aucun espoir que tu renonces à tout ça ? soufflai-je, redoutant sa réponse.

Il fit non de la tête. Je tournai mon visage sur l'oreiller pour qu'il ne voie pas mes yeux se mouiller. Qu'est-ce que ça faisait mal !

— Ronney, donne-toi une chance de vivre une belle vie, avec quelqu'un qui pourra te rendre heureuse. Tu ne mérites pas ça. Mon empire est un royaume où il n'y a pas la place pour une reine.

Sa main se posa sur ma joue et m'obligea à tourner la tête pour le regarder de nouveau. Les yeux humides, j'essayais de retenir mes larmes. La douleur se peignit sur ses traits.

— Je t'aime, prononçai-je d'une voix à peine audible.

Yeraz ferma les paupières, très fort, comme s'il redoutait ces mots puis il se leva brusquement, se passant une main sur le visage.

— Ne dis pas ça ! Tu ne sais pas ce que tu dis. Je ne serai jamais celui que tu veux que je sois. L'amour et la paix ne m'intéressent pas dans ce monde. Le pouvoir, oui.

Nos mondes étaient si différents, c'était vrai. Il pouvait mourir à tout moment, mais ça lui importait peu. J'étais anéantie à l'idée de devoir le quitter. Pourquoi étais-je tombée amoureuse d'un homme comme lui ? Une part de moi savait qu'arrêter cette relation toxique était la meilleure chose à faire. La voix tremblante d'émotion, je demandai :

— Peux-tu m'accorder ce dernier moment avec toi ? Après, je te laisserai poursuivre ta vie, je te laisserai partir.

Yeraz hésita un instant puis ravala un gémissement de frustration. Il monta sur le lit et posa ses lèvres sur les miennes avec une grande douceur. Tandis qu'il m'embrassait avec désir, son torse puissant vint se plaquer contre moi. Son cœur martelait sa poitrine. Une chaleur se propagea dans mon corps, atténuant un peu ma douleur. Sa main caressa mon cou puis glissa sur mes seins avec une lenteur délibérée avant de venir soulever ma chemise et se glisser en dessous. Je respirai difficilement entre la rudesse de ses baisers et le désir fou qui m'assaillait. J'enroulai mes jambes autour de lui tandis que sa main descendait au creux de mes reins pour me plaquer un peu plus contre lui. Un frisson de volupté me parcourut. Je me cambrai provoquant son empressement. Yeraz commença à se déshabiller tout en détachant très peu ses lèvres des miennes. Je déboutonnai avec son aide ma chemise, puis sa bouche parcourut ma peau jusqu'à se refermer sur mon sein. Un gémissement s'échappa de ma gorge. Je sentais chacun de ses muscles rouler sur ma peau. Il glissa alors une main entre mes cuisses pour me caresser délicatement. Lorsque ses doigts me pénétrèrent, mon corps bascula dans l'extase avec de grands soupirs. Yeraz parcourut ma peau de baisers jusqu'au bas de mon ventre puis sa bouche vint embrasser mon intimité. Le visage rejeté en arrière, je cherchai désespérément mon souffle. Sa langue dans les plis les plus secrets de ma chair me faisait complètement perdre le contrôle de moi-même.

Sentant qu'il allait bientôt m'emmener à l'orgasme, Yeraz se replaça au-dessus de moi et me pénétra d'un lent coup de reins. Contrairement à la dernière fois, ses mouvements étaient appliqués, réguliers et d'une délicatesse rare. Son regard accrocha le mien. Il était si électrique, si sombre, si dominant et à la fois brillant d'adoration. Ivre de plaisir, je l'appelai dans des cris. Yeraz ramena mes mains au-dessus de ma tête et enfouit son visage au creux de mon cou pour respirer l'odeur de ma peau.

Je profitai de chaque seconde qui se faisait plus fiévreuse en sachant qu'après cet instant si précieux tout serait terminé. Yeraz ne reviendrait pas sur sa décision.

19

Je fus soulagée de tomber sur Peter dans une des chambres à l'étage avant que Camilia demande à me voir.

— J'ai besoin d'habits !

Peter se figea quand il se retourna. Décoiffée, mon allure négligée indiquait que je n'étais pas rentrée chez moi cette nuit. La chemise de Yeraz, que je n'avais pas eu le temps d'arranger, retombait sur la combinaison que j'avais portée la veille.

Peter se frotta le front.

— Ronney, vous allez finir par me provoquer une crise cardiaque. Un peu de glamour dans votre vie ne sera pas du luxe !

— Dépêchez-vous de me donner des habits. Camilia va bientôt monter.

— Où voulez-vous que je trouve un pantalon de taille XXL ainsi qu'un haut sorti tout droit d'une boutique de farce et attrape ?

Je le fusillai du regard en le menaçant avec mon doigt.

— Je prendrai ce que vous me donnerez, OK ? Trouvez-moi des vêtements !

Peter me décocha un coup d'œil qui semblait signifier : « j'ai la tenue qu'il vous faut ». Il quitta la chambre et revint quelques minutes plus tard, l'air satisfait. Je me rongeai les ongles, redoutant de découvrir ce qu'il m'avait choisi. Sur le lit, il déposa délicatement un pantalon blanc écru, un peu large, taille haute, au toucher légèrement granuleux avec un ravissant chemisier, ample aussi et arborant un petit nœud noir sur le devant. Mes yeux se posèrent au pied du lit où une paire de ballerines vernies complétait l'élégante tenue.

J'adressai un petit sourire de remerciement à Peter. Il aurait pu en profiter pour me vêtir comme bon lui semblait, mais il avait tenu compte de ma grande pudeur et de mes complexes. Soudain, nous entendîmes au rez-de-chaussée la porte du bureau de Camilia claquer. Le sang quitta mon visage. Je me dépêchai de me déshabiller et d'enfiler ma nouvelle tenue. Peter m'aida avec le chemisier, puis prit les vêtements que j'avais laissés au sol pour les rouler en boule avant de les cacher derrière la porte. J'eus juste le temps de glisser mon pied dans la seconde ballerine lorsque Camilia ouvrit la porte.

Mon cœur battait à tout rompre. Elle baissa son visage pour m'examiner de la tête aux pieds, les yeux au-dessus de ses verres de lunettes. La femme d'affaires essaya de dissimuler son étonnement, mais le frémissement aux commissures de ses lèvres trahissait une certaine satisfaction.

— Vous êtes tout en beauté, Ronney.

Son compliment me mit mal à l'aise. Je m'empourprai avant de réussir à articuler un merci timide.

Sans perdre de temps, elle porta la conversation sur le programme de la journée. Elle voulait que je contacte le service de presse afin de leur transmettre le papier qu'elle avait préparé sur la soirée du vingt-trois décembre. Je devais ensuite faire passer en fin de matinée des entretiens pour trouver la nourrice idéale pour Jalen, la fille d'Aaliyah.

— Sur cette feuille, vous avez les qualités que ma fille demande pour ce poste. Je me suis permis d'en rajouter quelques-unes.

Elle me tendit les notes que je consultai immédiatement. La liste des avantages et des inconvénients était longue. Comment allais-je trouver la nourrice idéale avec autant d'exigence ?

— Il faudra aussi que vous vous rendiez en ville, poursuivit Camilia. Les copines d'Aaliyah débarquent ce soir chez elle. Une nutritionniste vient leur faire un cours de cuisine. Je vous ai transféré le mail avec la liste des courses à faire.

Je hochai la tête, pensant qu'elle arrêterait là, mais elle continua :

— Cyliane vous attend chez elle. Elle a besoin que vous vous rendiez chez son avocat pour récupérer un dossier juridique et que vous le lui rapportiez. C'est pour une future collaboration avec *Netflix*.

Elle se tourna ensuite vers son assistant qu'elle gratifia d'un sourire.

— Bonjour, Peter. Alors, cette *Jack off Party* ?

J'ouvris de grands yeux. Camilia était au courant de ses pratiques étranges et ne semblait pas être choquée le moins du monde, bien au contraire. Peter haussa les épaules et répondit avec un brin de déception dans la voix :

— J'ai connu mieux. J'espérais voir Orlando, mais il était absent.

Camilia lui adressa un regard compréhensif.

— Ce sera pour la prochaine fois.

Je quittai la pièce, gênée. Je n'avais pas envie d'entendre les détails de cette conversation loufoque entre Camilia et lui. Décidément, chaque jour j'avais mon lot de surprises.

Au moment de partir de la maison, Camilia me rattrapa à la porte, le regard implorant.
— Ronney, il y a une urgence. Pouvez-vous passer chez Ghita, s'il vous plaît ? Elle devait se rendre au local il y a une heure pour vérifier les tailles de sa ligne de vêtements, mais personne ne l'a vue. Elle ne répond pas non plus sur son téléphone. Tout le monde la cherche partout.
Son inquiétude était sincère, le ton de sa voix ne permettait pas de s'y méprendre.
— J'y vais tout de suite. Je vous appelle dès que j'ai du nouveau.
— Merci.
Elle ne referma pas la porte tout de suite derrière moi. J'appréhendais cette longue journée de travail et devoir en plus convaincre Ghita de se rendre à ses rendez-vous, rendait les choses encore plus ardues.

Il y avait du monde déjà sur place. Bientôt, ils lanceraient un avis de recherche sur toutes les chaînes d'information du pays pour retrouver Ghita. À l'intérieur, ses amis ainsi que des employés fouillaient tous les recoins de la maison. C'était quoi la prochaine étape ? Faire une battue dans son jardin ?
Soudain, Adèle, la maquilleuse de Ghita que j'avais vue la première fois que j'étais venue ici pour livrer les fleurs

de Yeraz, s'approcha de moi avec un air surpris sur le visage.

— Ronney, je ne vous avais pas reconnue habillée comme ça. Voulez-vous boire quelque chose ?

Sa voix était apprêtée avec une articulation parfaite. Y avait-il des gens naturels à Asylum ?

— Oui, un verre de vin rouge, merci.

Interloquée, Adèle cligna des cils.

— Un verre de vin ? Il est tôt. Êtes-vous sûre ?

Elle tentait de sourire naturellement, mais ça ne lui allait pas.

— Non, vous avez raison. Je vais prendre la bouteille.

La coiffeuse recula ses épaules et regarda autour d'elle. Elle s'humidifia les lèvres et hocha la tête avec toujours ce sourire hypocrite collé sur son visage avant de partir d'un pas pressé chercher ce que je lui avais demandé.

À l'étage, je me dirigeai dans la chambre de Ghita où je tombai sur un homme aimable ayant de peu dépassé la quarantaine, aux cheveux grisonnants. Il me salua et se présenta d'une manière charmante. Fatiguée et exaspérée par toute la cohue qui régnait en bas, j'oubliai son prénom dans la seconde qui suivit. Il appela alors une amie à lui qui sortit de la salle de bain. Cette fille, très jolie, grande et avec une belle chevelure rousse, claqua des mains en déclarant :

— Il n'y a rien non plus, ici. Je vais le dire aux autres.

L'homme me proposa de les suivre au rez-de-chaussée, mais je refusai poliment. Il posa ses yeux sur ma bouteille et demanda d'un air compatissant :

— Sale nuit ?

Je levai la bouteille devant moi et répondis dans un soupir :

— Sale réveil !

Je profitai d'être seule dans la chambre de Ghita, pour enfin me servir un verre. J'espérai oublier la douleur dans ma poitrine. Le brouhaha me parvenait d'en bas, mais je me concentrai sur le silence de la pièce. La chambre faisait pratiquement la taille de l'appartement que j'habitais avec Bergamote et Alistair.

Assise devant la coiffeuse, je me regardai dans le miroir. J'avais une sale mine, celle de tous les jours. Je bus une longue gorgée et fermai les yeux avant de les rouvrir quelques secondes plus tard. Il était temps d'en terminer avec cette histoire de disparition inquiétante.

— Ghita, sortez de ce dressing ou je viens vous chercher en vous tirant par les pieds !

Je n'avais pas besoin de crier, je savais qu'elle m'entendait. Je poursuivis d'un ton éreinté en me resservant un autre verre.

— La vie, c'est dur pour tout le monde ! Il y a des jours où c'est plus difficile que d'autres, je vous l'accorde. Je vous assure qu'aujourd'hui, c'est le cas pour moi. Mon cœur me fait mal à en crever et j'ai failli avoir droit, dès ce matin, aux détails de la soirée de Peter avec son club de branlette.

Un petit rire étouffé me parvint à cet instant du dressing. Je bus une gorgée et poursuivis :

— Je sais qu'à ma pause déjeuner j'aurai le droit à mon entraînement quotidien pour apprendre à marcher sur ces chaussures qui foutent mes chevilles en l'air à chaque fois. En plus de ça, je dois supporter tout au long de la journée les regards curieux sur mon passage des poupées de cire parfaites qui se demandent comment une femme comme moi arrive à se lever chaque matin avec ce visage-là. Ma vie est sens dessus dessous depuis que je suis entrée dans votre famille, il y a déjà quatre mois. Et pourtant, je n'ai jamais autant appris sur moi-même que depuis que je vous connais. Vous m'avez changée, en bien. La semaine dernière, j'ai enfermé mes deux cousines dans la chambre froide du restaurant de mes parents. Elles l'avaient mérité, ce sont deux vraies pestes, je vous assure. Ma mère est furax, elle m'en veut et le reste de ma famille aussi.

Je me levai et m'approchai du dressing à tâtons. Il était un peu plus petit que celui de Yeraz, mais assez grand pour se cacher dedans. Je ne mis pas longtemps à trouver Ghita, cachée derrière ses longues robes de soirée. Dans l'obscurité, j'aperçus son visage, ses grands yeux en forme d'amande et ses longs cheveux qui descendaient en cascade sur ses épaules. Son mascara avait coulé sous ses yeux en laissant la marque du passage de ses larmes sur ses joues.

Je m'assis à côté d'elle et attendis un long moment qu'elle parle.

— J'aimerais partir en vacances, dans un lieu où personne ne me reconnaitrait. Un lieu où aucun de mes gestes ni aucun battement de mes cils ne serait analysé et étalé dans la presse people. J'aspire à une vie simple, mais mon nom ne m'en donne pas le droit.

Ghita marqua une pause, puis continua de se confier :

— Cette nuit, j'ai encore fait une crise d'angoisse. J'ai l'impression d'être prise dans un tourbillon. Ça tourne, ça tourne et ça ne s'arrête jamais. Ma mère a peur chaque jour que mon frère se fasse descendre, mais elle oublie que nos vies sont autant en danger. Des fanatiques sont prêts à tout. Il n'y a pas une seule nuit où je n'ai pas peur pour nous, pour Yeraz. Je ne pourrai même pas te dire la dernière fois où j'ai réussi à m'endormir sans prendre un de ces foutus cachets.

Un silence retomba. Je décidai de prendre la parole :

— Mon petit cousin, Pedro, joue au tennis. Ça fait deux ans qu'il est licencié dans un club. C'est sa passion et ça le rend heureux. Mon oncle, José, a ouvert son commerce de fruits et légumes, il y a presque trois ans. Il arrive à nourrir correctement sa famille grâce à son affaire et ma mère prend des cours de couture dans notre association de quartier. Elle retrouve ses copines, c'est un moment où elle oublie le cancer de mon frère. Une bouffée d'oxygène pour elle.

Je tournai mon visage vers Ghita qui ne comprenait pas où je voulais en venir.

— Connaissez-vous le point commun entre tous ces gens ?

Elle fit non de la tête.

— C'est vous ! Tout a était financé par les actions que vous menez. Chaque gala de charité, chaque don, chaque apparition à la télévision a une conséquence sur nos vies. Vous rendez les gens heureux, Ghita. Voilà ce que vous faites.

Elle éclata en sanglots tout en essayant de parler en même temps. Son dernier mot ne fut qu'un long bredouillement informe noyé dans des hoquets de larmes. Elle enroula son bras autour de moi puis se calma au bout de quelques minutes.

— Merci, Ronney. Je suis désolée pour ce défi pourri lancé à Peter.

— Même avec tout l'or du monde, je ne pourrai jamais acheter votre grâce ni votre élégance. Je vais relever ce défi, mais j'ai bien peur de ne pas pouvoir vous le faire gagner.

— Tu n'as pas besoin de tout ça, Ronney. Ne change pas.

Nous entendîmes soudain des pas dans la chambre. Je reconnus la voix d'Adèle. Elle s'adressait à quelqu'un sur un ton mauvais.

— Tout ça pour se faire remarquer ! Comme si nous n'avions que ça à faire de la chercher partout. Elle doit être en train de se prélasser tranquillement autour d'une piscine dans une villa du coin. Cette salope est bien trop gâtée. Heureusement qu'elle a ses gros seins et son gros cul pour vivre. Sans eux, cette écervelée ne serait rien.

Les pas s'éloignèrent. Ghita s'écarta de moi et avec le revers de sa main, sécha ses larmes.

— Mais pour qui se prend-elle ? m'insurgeai-je, choquée par les propos que je venais d'entendre.

Ghita m'adressa un demi-sourire et leva légèrement ses deux mains pour m'arrêter.

— Ne t'en fais pas, j'ai l'habitude. J'entends ses remarques tout au long de la journée, dès que j'ai le dos tourné.

J'ouvris la bouche, mais aucun son n'en sortit. Je compris à cet instant que l'on pouvait être beau ou moche, c'était pareil pour tout le monde. Ghita vivait à sa manière l'enfer que je vivais au quotidien. Elle n'était pas non plus épargnée par le mépris et le jugement des gens à son égard. Quelque chose en moi changea. Le regard que je posai sur elle n'était plus le même. Je voyais Ghita, je la voyais vraiment pour la première fois.

Les jours passaient sans se ressembler. Je croulais chaque jour sous un énorme travail avec un rythme effréné. Je devais suivre les sœurs Khan sur leur shooting photo, assister aux interviews, gérer les déplacements professionnels, m'occuper des modérateurs, préparer les fêtes de fin d'année. Un groupe d'activiste était également entré en contact avec les filles afin qu'elles puissent porter la cause du combat contre le réchauffement climatique auprès du sénateur Town. Tout ça représentait un travail colossal, mais avait le mérite de m'occuper l'esprit. Penser à Yeraz me faisait énormément souffrir. J'avais tenu ma parole, j'étais sortie de sa vie et lui de la mienne. Pourtant, rien n'arrivait à arrêter l'hémorragie, derrière ma poitrine.

Bergamote et Alistair me voyaient à peine en semaine. Heureusement, nous nous retrouvions chaque samedi soir, sur le toit. Même si Daphné et son ballet étaient partis fouler les planches du pays, d'autres danseuses avaient pris leur place dans la salle de danse.

Ma colocataire faisait tout pour me changer les idées quand nous étions seules, toutes les deux. Elle savait qu'entendre le prénom de Yeraz était douloureux pour moi. Nous n'avions jamais été ensemble, nous ne pouvions donc pas parler de rupture, mais mon chagrin était vrai. Je m'écroulais parfois en pleurs, dans mon lit, tard le soir en espérant que son absence serait moins déchirante le jour d'après, mais ce n'était pas le cas.

J'avais dû annoncer à mes parents ma « fausse » séparation. Ma mère avait mis des jours à s'en remettre.

Mes tantes l'avaient consolée plus que moi, d'ailleurs. Ils ne connaissaient pas Yeraz, seulement Giovanni : l'homme respectable, beau et qui travaillait dans la légalité la plus totale.

Je n'allais plus aux fêtes de famille, je n'étais pas prête à répondre aux questions les plus embarrassantes. Je préférais me plonger à corps perdu dans mon travail, la semaine au service de Camilia et de ses filles et le week-end, au restaurant. Elio était particulièrement attentionné envers moi malgré la fatigue. Les médecins avaient augmenté les doses de son traitement à la suite d'une rechute.

Alistair me répétait qu'il fallait laisser le temps au temps, qu'il ferait son job, mais je ne voulais pas attendre, non ! Je voulais que la douleur disparaisse vite, que mon addiction pour cet homme s'en aille.

Un des jours les plus difficiles de ces trois dernières semaines fut quand Camilia me convoqua dans son bureau pour me parler de la fête d'anniversaire de Yeraz. Si nous savions tous qu'il allait prendre ses fonctions à la tête de la Mitaras Almawt dans quelques semaines, Camilia insistait pour fêter les trente-et-un ans de son fils même si ça lui coûtait beaucoup.

— Je veux lui dire au revoir correctement, m'avait-elle dit dans un murmure, à la fin de notre entretien.

Elle avait fait ce qu'elle avait pu, personne ne pouvait dire le contraire. Avant de quitter son bureau, je lui avais demandé avec hésitation si elle connaissait le parfum préféré de son fils. Elle m'avait répondu sans réfléchir une marque de *Christian Dior*. Je lui avais demandé ensuite quelle était sa glace préférée. Surprise par mes questions, elle m'avait lancé un regard en coin avant de me répondre avec méfiance que son fils n'aimait pas ce genre de dessert, car ses dents avaient toujours été sensibles au froid.

— Pourquoi me demandez-vous ça, Ronney ?
— Pour voir jusqu'où vous connaissez votre fils. J'aurais aimé que la mienne sache, ne serait-ce que ma couleur préférée.

Camilia avait hoché la tête, l'air désolé.

— La sienne c'est le noir, mais je pense que vous vous en doutiez.

Peter avait préparé mes tenues tous les jours, du lundi au vendredi, pendant trois semaines. J'avais pris goût aux petites touches de coquetterie, mais toujours pas de devoir défiler sur des talons aiguilles durant mes pauses déjeuner. Zeus était venu en renfort, j'avais l'impression de me préparer pour les jeux Olympiques tellement les entraînements étaient intensifs.

Puis le jour du gala pour soutenir l'association *Fashion for Liberty* arriva. Un des plus grands évènements de cette fin d'année.

J'arrivai dans le cabinet de Taylor. Nous étions en pleine semaine, mais il s'était, au téléphone, montré si pressé de me voir que ça m'avait semblé bizarre.

— Notre prochain rendez-vous était normalement samedi, lui fis-je remarquer pendant qu'il m'entraînait doucement vers le fauteuil sur lequel je m'allongeai. J'ai énormément de boulot aujourd'hui avec la soirée caritative. Peter va me tuer.

Le visage joufflu et sympathique de Taylor apparut au-dessus de moi. C'était un homme brun à l'allure militaire, mais pas du genre séduisant. Cependant, il avait un charme piquant dû à son sourire chaleureux et à ses yeux bleu pâle.

— Je sais, miss Jimenez. Votre journée est très chargée à cause du gala de ce soir. Je suis désolé de vous avoir demandé de venir ce matin, mais je voulais vous faire la surprise.

Je l'interrogeai du regard. Il poursuivit :

— Ce soir, vous pourrez sourire comme bon vous semblera et dévoiler une rangée de dents parfaite à tous les invités.

Je restai bouche bée. Mon esprit analysa chacun de ses mots pour vérifier que j'avais bien compris ce qu'il venait de me dire.

— Allez-vous me retirer mon appareil dentaire ? demandai-je sans y croire.

Taylor hocha la tête.

— Maintenant ?

Nouveau signe de tête de Taylor.

Je mis mes mains devant la bouche, je n'en revenais pas.

— Allez, miss Jimenez, mettons-nous au travail ! Il est temps de révéler votre véritable sourire aux yeux du monde.

Une femme me bouscula dans le couloir avec une caisse à roulettes et m'adressa aussitôt un geste d'excuse. Une centaine de personnes se croisait dans cet espace étonnant et sophistiqué qui avait été loué pour l'occasion. L'immense hangar au plafond de verre était divisé en différents niveaux ce qui donnait l'impression d'être dans une fourmilière géante.

Dans les coulisses aménagées, je cherchai Peter. Je n'arrivais pas à le joindre, sa ligne était constamment occupée.

— Peter ? demandai-je à un technicien qui s'occupait de l'éclairage.

Il m'indiqua avec son doigt l'aile droite au fond du bâtiment.

L'assistant de Camilia était en train de vérifier des cartons remplis de produits cosmétiques pour en faire l'inventaire.

— Bronzage, OK. Gloss, 150, OK. Laque... merde, il n'y en a pas assez. Il en manque une bonne dizaine. Ils vont m'entendre ces imbéciles !

Peter interrompit brusquement son monologue en me voyant.

— Vous vous foutez de moi, Jimenez ! Où étiez-vous passée ? Croyez-vous vraiment que c'est le meilleur jour pour aller se balader ? Je vous ai appelée un grand nombre de fois.

Il soupira, agacé, puis retourna à sa liste. Je m'avançai vers lui.

— J'ai aussi essayé de vous appeler. J'avais quelque chose à faire, ce matin.

Peter, furieux, releva la tête et s'écria, les dents serrées :

— C'est la dernière fois que je vous couvre auprès de Camilia !

Mon léger sourire sur mes lèvres le mit hors de lui. Il posa une main sur ses hanches et leva son menton vers moi.

— Oh, je vois. Mademoiselle pense qu'elle peut tout se permettre. Vous restez là, à me regarder avec cet air insolent. Ne commencez pas à prendre la grosse tête, Jimenez, je vous préviens !

Tandis que Peter fulminait, prêt à me jeter ses feuilles et son crayon à la figure, j'avais de plus en plus de mal à me retenir de rire. Je décidai d'arrêter de le provoquer plus longtemps et lui adressai mon plus grand sourire en lui révélant une rangée de dents blanches.

L'assistant de Camilia changea brusquement d'expression avant de se figer, estomaqué. Chancelant, il recula en murmurant :

— Seigneur, ce sourire pourrait décimer une armée.

Une certaine émotion traversa ses traits.

— Suis-je pardonnée ?
— Vous l'êtes !

Peter secoua la tête et regarda tout autour de lui pour remettre ses idées en place.

— Maintenant que je suis là, par quoi je commence ?

Mon interlocuteur, encore sous le choc, m'indiqua une chaise.

— Prenez des notes, je vais vous donner les instructions.

Camilia paraissait calme et impassible en apparence, mais en réalité, elle était en proie à une vive agitation intérieure. Comme Peter, il lui avait fallu quelques minutes pour se remettre de mon nouveau sourire qui changeait considérablement mon apparence.

Après avoir vu avec moi le tableau des ordres de passage des mannequins et de ses enfants, elle me glissa avec un petit clin d'œil :

— La nouvelle Ronney me plaît beaucoup.

Je rougis à ces mots. Il me faudrait un peu de temps pour m'habituer à tous ces changements. En revanche, mes baggys et mes larges tee-shirts ne me manquaient pas.

Au fil des heures qui passaient, la tension montait d'un cran chez tout le monde. Les mannequins étaient arrivés et commençaient leurs essayages de tenues pour les ajustements de dernière minute. Il était difficile de se frayer un chemin en coulisse à cause de toute l'agitation qui y régnait.

— Apportez la nourriture et l'alcool ! ordonna Peter à un groupe d'assistants.

— Les mannequins ne sont pas au régime ? demandai-je, surprise par cette décision.

— C'est exact et depuis des mois d'ailleurs ! Mais ce soir, les filles vont porter des robes qui peuvent peser jusqu'à une quinzaine de kilos à cause des pierres, des diamants et d'autres accessoires cousus dessus. Croyez-moi, elles vont avoir besoin de force et d'énergie.

Pendant que je déposais les croquis des visages des mannequins à leur place afin que les maquilleurs s'entraînent dessus avant de travailler sur le modèle, des chanteurs célèbres répétaient sur le podium les performances qu'ils interprèteraient dans quelques heures en direct. Je devais me dépêcher, car il fallait accueillir les sponsors, les journalistes de médias mondiaux et les blogueurs qui allaient arriver.

L'effervescence montait au fil du temps qui s'écoulait. À travers la toiture transparente du hangar, les rayons du soleil disparaissaient petit à petit pour laisser place à la nuit. Le défilé allait bientôt commencer, mais il restait encore une centaine de choses à faire. Le stress était à son comble.

Dans la salle du podium, je vérifiai l'emplacement des célébrités au premier rang. Camilia avait changé certaines personnes de place. Les étiquettes à la main, je me chargeai de cette mission avant que les convives s'installent. Bientôt, toutes ces chaises vides seraient occupées.

En coulisse, les mannequins jouaient le jeu et posaient pour les photographes ce qui avait le don d'agacer Peter. L'équipe de beauté était en place, les modèles devaient commencer à se faire maquiller.

Je bus une gorgée d'eau fraiche à même la bouteille. Ça me fit un bien fou.

— Ronney ! Nous n'avons pas le temps de nous reposer, le défilé commence dans quelques minutes.

Peter claqua des mains pour me presser en poussant un soupir exaspéré.

— Les filles Khan sont-elles prêtes ?

— Oui, répondis-je, elles sont avec Camilia en loge, Hadriel est avec elles. Les filles passent en dernier juste avant la belle Carla qui doit clôturer le défilé avec la robe de *Balmain*.

Je secouai la tête avant de poursuivre sur un ton désapprobateur :

— Mon Dieu, cette robe si courte est scandaleusement transparente.

— Ronney, c'est de la mode. La dentelle est placée au bon endroit, on ne voit strictement rien. Carla ne sera pas nue, c'est juste un effet d'optique. Le mépris que vous avez pour cette robe est juste ahurissant. Cette tenue est une œuvre d'art.

J'évitai de peu un groupe de personnes qui fonçait sur moi. Peter consulta sa montre. Avant qu'il tourne les talons pour repartir au fond des coulisses, je le retins par le bras.

— Yeraz sera-t-il là, ce soir ?

L'assistant de Camilia croisa les bras sur lui et me lança un regard aigu.

— Laissez Yeraz de côté ! J'ai besoin que vous soyez complètement disponible ce soir.

Je lui adressai un regard insistant. Peter leva alors les bras au ciel.

— Non, ce soir il a une réunion importante. Que voudriez-vous qu'il fasse ici ? Camilia a bien essayé de le traîner de force, malgré ce que pensait Hadriel, mais en vain. Maintenant, allez apporter des boissons aux modèles et vérifiez qu'elles se mettent bien en ordre pour défiler.

Je tentai de cacher mon immense déception avec un petit hochement de tête, mais Peter n'était pas dupe.

J'observais au loin Hadriel. Les mains dans les poches, il murmurait à l'oreille d'une mannequin, à la longue chevelure blonde, qui se laissait volontiers séduire. Leur petit jeu de séduction avait débuté il y avait quelques heures déjà. Dans la salle, les invités affluaient tandis que dans les coulisses la pression était à son comble.

Soudain, les cris catastrophés d'un styliste attirèrent à tous notre attention. Peter partit immédiatement à sa rencontre. Je décidai de le suivre.

— Carla vient de faire un malaise, une ambulance est en train de l'emmener à l'hôpital.

L'homme grand et mince aux cheveux décolorés avait un fort accent italien et tenait dans ses mains la robe de chez *Balmain*. Le visage de Peter se vida de son sang. Je le sentis perdre tous ses moyens. Il s'épongea le front nerveusement.

— Non, souffla Peter. Mon Dieu, c'est la catastrophe. La garce !

Sentant tous les regards sur nous, j'improvisai et déclarai d'une voix forte :

— Tout va bien, retournez à votre poste !

Pourquoi avais-je dit ça ? Mon intervention permit cependant à toutes les équipes de reprendre leur travail. Peter nous entraîna en vitesse, le styliste et moi, dans la loge de Camilia.

— Pourquoi n'annulons-nous pas le passage de Carla, tout simplement ? demanda Cyliane, assise sur une chaise.

— C'est une des tenues les plus importantes de la soirée, la pièce maîtresse, répondit Peter, agacé.

— Maman, arrête de marcher comme ça. Tu vas finir par me rendre folle ! s'écria Aaliyah en levant ses mains au-dessus de sa tête.

— Il y a bien une mannequin qui peut défiler à sa place ? Il y a l'embarras du choix, ce soir.

Le styliste étudia la question de Camilia, mais balaya vite cette idée d'un revers de la main.

— Carla fait moins d'un mètre soixante-dix. Cette robe a été quasiment cousue sur elle. Où peut-on trouver une femme de taille moyenne, à la poitrine non retouchée et qui fait du trente-six en pointure ? Dites-moi.

Soudain, tous les visages se tournèrent vers moi. *Putain de merde !* Mon rire trop rapide, trop nerveux, répondit à ma place.

— Ronney peut le faire ! affirma Ghita avec aplomb.

Prise de malaise, je fermai les yeux.

— Non... voyons Ghita, je ne peux pas. Vous avez perdu la tête.

Je ne reconnaissais pas le son de ma voix.

— Ronney a raison, intervint Camilia. Elle a peut-être les mensurations, mais les journaux ne lui feront pas de cadeau en ce qui concerne son physique.

Camilia, moulée dans sa robe bleu marine, se tourna vers moi :

— Loin de moi l'envie de vous blesser, mais je refuse de vous donner en pâture à ces requins de journalistes.

— Ne vous en faites pas, la rassurai-je, ce soir, vos propos sont les bienvenus. Vous pouvez même en rajouter.

Ghita se leva de son fauteuil pour s'adresser à tout le monde :

— Non ! Ronney est une belle femme. Elle a juste besoin qu'on le lui dise. Peter, tu sais faire des miracles, alors ce soir, tu vas faire de Ronney la femme la plus belle de tout Sheryl Valley et même de toute la Californie.

— Oui, enfin bon, il y a des limites, murmura Peter en regardant ailleurs.

Je hochai la tête pour approuver ses paroles. Le styliste s'approcha et tourna autour de moi en m'observant attentivement.

— C'est elle que je veux ! lâcha-t-il d'un coup.

— Non, non, répondis-je, paniquée. Je suis un cas perdu. Mes cheveux sont emmêlés, mes yeux sont cernés.

J'avais beau mettre mes défauts sur la table, personne ne m'écoutait. Ils se disputaient tous entre eux dans la pièce en me laissant à l'écart.

— Mettre Ronney sur scène est un risque, c'est vrai, car elle n'a jamais défilé de sa vie, mais nous n'avons pas d'autre solution pour sauver cette soirée.

La remarque d'Aaliyah poussa Peter dans une profonde réflexion. Je levai la main devant moi comme pour demander la parole puis déclarai sur un ton hésitant :

— Si j'ai mon mot à dire, je pense que c'est une très mauvaise idée. Je veux bien dépanner, mais il y a des limites. Je ne suis pas mannequin. Je joue l'autre rôle, vous savez ? « La fille moche » et je vous avoue que ce soir, je suis bien contente de l'avoir.

Tout le monde fit mine de prendre en compte mes paroles avant de repartir aussitôt dans leur débat houleux comme si je n'étais pas là.

Peter mit fin à la discussion en poussant un grand cri qui écrasa brusquement un silence dans la loge. Je soupirai, soulagée qu'il arrête cette mascarade et sonne la fin de la récréation. L'assistant de Camilia se posta en face de moi et porta une main sur son menton, plus sérieux que jamais. Après une attente interminable, il déclara :

— Il me faut la meilleure équipe de maquilleurs. Pour le coiffeur, je veux Ethan et une tonne de soins. N'oubliez pas la manucure et la prothésiste ainsi que la podologue. Pour les épilations, je veux Charly. Nous avons deux heures devant nous pour transformer Ronney, mieux vaut ne pas traîner.

Camilia et ses filles se précipitèrent vers la porte. La matriarche se tourna vers Peter avant de sortir :

— Il te faut autre chose ?

— De l'alcool, répondis-je à sa place d'une voix chevrotante. Beaucoup d'alcool.

Le temps s'arrêta au moment où je m'assis devant le grand miroir. Un attroupement se forma autour de moi. Tout ce monde savait exactement où se placer et quoi faire. Je n'arrivai pas à suivre leur échange d'informations qui était trop technique pour moi. Je fis machinalement ce que l'on me demandait. Tendre ma main pour poser le vernis, pencher ma tête vers l'arrière ou vers l'avant. Fermer les yeux, les rouvrir. Ghita me servait mes verres de Vodka en prenant soin de vérifier que je ne franchissais pas la limite du raisonnable.

Peter, impitoyable, supervisait les équipes. Les rôles s'étaient inversés, Camilia était aux ordres de Peter et obéissait à la moindre de ses exigences. Mon cerveau était comme déconnecté, j'étais dans un brouillard total sans réaliser ce qui se passait.

Le rideau noir me séparait du podium, derrière moi. Peter me parlait, mais je l'entendais à peine. Mon cœur battait à cent pulsations par minute.

— Je ne peux pas, je vais me ridiculiser, bredouillai-je, tremblante.

Le front soucieux, l'assistant de Camilia, méthodique et précis, passa une dernière fois en revue ma coiffure, mon maquillage et ma tenue si... indécente. Il posa ses mains sur moi et me fixa sans ciller.

— Vous êtes de loin ma plus belle réussite, Ronney. J'ai vu beaucoup de femmes dans ma vie, mais peu qui vous arrivent à la cheville, ce soir. Alors vous allez vous éclater, vous allez bouger vos hanches jusqu'à faire rougir tout Asylum. Ce n'est pas tous les jours qu'on assiste à la naissance d'une étoile.

Je levai mes yeux au-dessus de son épaule. Camilia joignait ses mains sur sa poitrine en approuvant les paroles de Peter. Elle sourit, puis respira à fond comme pour ne pas pleurer. Le regard de ses filles était rempli d'admiration. Ghita s'approcha de moi et posa à terre une paire de chaussures à talons aiguilles ornée de diamants. Elle me les attacha et se releva en posant délicatement sa main sur mes longs cheveux noirs, détachés.

— Ils sont magnifiques, dit-elle, émue.

Peter interrompit le moment émotion.

— Bon, c'est au tour de Ronney de défiler, alors laissons-la se concentrer, merci.

Je me retournai. Une chanteuse commença à chanter, sur le podium, de l'autre côté du rideau. Les verres de Vodka m'avaient un peu détendue, mais une part de moi restait tétanisée, paralysée par la peur. Mon pouls ne ralentissait toujours pas et mes jambes menaçaient de s'écrouler sous mon poids. J'étais sur le point de m'évanouir.

La chanson se termina trop rapidement à mon goût, j'aurais voulu plus de temps. Je fermai les yeux et fis le vide dans mon esprit. J'entendais de très loin les applaudissements de la salle.

— Respire, murmurai-je, respire, respire.

Je pris une profonde inspiration et rouvris les yeux. Le rideau s'écarta et les spots de lumière arrivèrent sur moi. Je levai ma tête et posai une main sur mes hanches avant de partir défiler, portée par les cris d'encouragement, derrière moi.

Ce soir, *ugly* Ronney tira sa dernière révérence pour ce que j'appelai ma renaissance.

20

La Mercedes-Benz G 63 AMG, roulait à toute vitesse dans les rues de la ville. Aaliyah et Ghita, assises à l'arrière du véhicule avec moi, ne semblaient pas inquiètes de la conduite sportive de leur sœur, Cyliane. Les vitres baissées, je laissais le vent fouetter mon visage. L'air frais me faisait du bien. Les filles, elles aussi pas mal imbibées par l'alcool, criaient et riaient à l'intérieur de l'habitacle. Cyliane augmenta le volume de la musique.

— Vous allez réveiller tout Sheryl Valley à hurler comme ça !

— Cyliane, détends-toi et bois avec nous, rétorqua Aaliyah qui se repoudra le nez avant de tapoter ses cheveux.

— Je conduis ! Il faut bien qu'il y en ait une de nous quatre qui soit responsable dans ce groupe.

Nous nous esclaffâmes avant de nous resservir une coupe de champagne.

— À Ronney et son superbe déhanchement qui a fait desserrer bien des cravates ce soir ! beugla Ghita en soulevant sa coupe au-dessus de sa tête.

Je rejetai ma tête en arrière en explosant de rire.

— Peter doit être en train de chercher cette robe partout, explosa Aaliyah, hilare.

Les filles m'avaient embarquée avec elles, directement après le show de ce soir, sans me laisser le temps de me changer. L'assistant de Camilia devait être en ce moment en train de se tirer les cheveux.

— Où allons-nous ? demandai-je en essayant de reprendre mon sérieux.

— Au *Dream Diamond* ! répondit Cyliane, les yeux toujours fixés sur la route.

Je m'arrêtai de rire brusquement. Tout mon corps se raidit.

— Que… quoi ? Je suis peut-être légèrement ivre, mais assez consciente pour savoir qu'il s'agit du club de votre frère. Pourquoi allons-nous là-bas ?

— Pour le faire chier ! crièrent les filles en chœur.

Ghita se pencha vers moi.

— Ronney, Yeraz va bientôt être trop occupé pour se soucier de sa famille. La date de son anniversaire approche et dans deux jours c'est Noël. Nous nous sommes dit que notre petite visite surprise à son club serait son cadeau.

— Mais je suis habillée comme une…

Je laissai ma phrase en suspens.

— Justement, ça sera encore plus marrant ! rétorqua Aaliyah.

Un voiturier récupéra la voiture de Cyliane puis nous nous dirigeâmes vers l'entrée du club plus ou moins en titubant.

Un homme ouvrit les portes. Je le reconnus immédiatement, c'était le même que j'avais vu la première fois que j'avais déboulé ici. Il ne sembla pas me reconnaitre. Pas très heureux de nous voir, il demanda à son collègue de venir le rejoindre pour un « souci ».

— Nous sommes les sœurs du grand manitou ! s'exclama Aaliyah complètement saoule. Nous ne sommes pas un souci, pauvre con !

Le chef de la sécurité, un jeune homme de petite taille avec une coupe de premier de la classe, arriva en renfort.

— Elles sont complètement torchées, lui murmura le portier à l'oreille.

Celui-ci s'éclaircit la voix avant de s'adresser à nous d'une manière très courtoise.

— Mesdames, le club est plein ce soir. Vous et vos amies devriez trouver un autre endroit pour finir la soirée.

— Non ! répondit Ghita. Allez vous faire foutre. Et ne vous avisez pas de nous mettre dehors, car vous risqueriez de le regretter.

Les deux hommes s'échangèrent un regard. Embêté, le chef de la sécurité soupira.

— S'il vous plaît, nous ne voulons pas de scandale. Ne nous obligez pas à appeler votre frère pour régler ce différend...

— On s'en fout ! le coupa Cyliane. Allez, les filles, on y va !

Nous nous mîmes à courir dans le couloir sans regarder derrière nous. Nos rires résonnaient entre les murs. Je vivais les heures les plus excitantes de toute ma vie.

Ghita se pencha au-dessus du bar et commanda un verre de gin. Le serveur plongea quelques secondes les yeux dans son décolleté et déglutit. Elle se tourna vers moi pour me demander ce que je voulais boire.

— Un verre de vin rouge.

— Très classe, observa Ghita. Une vraie femme du monde, Ronney.

Elle se tourna de nouveau vers le serveur.

— Mettez ça sur le compte de mon frère, votre boss !

Je ne pus m'empêcher de sourire devant sa désinvolture. Une part de moi l'admirait.

Je partis rejoindre Cyliane et Aaliyah qui dansaient sur la piste. L'alcool dans le sang me faisait oublier à quel point ma robe était courte, moulante et transparente. Tous ces regards posés sur moi m'auraient fait fuir en temps normal, mais j'étais dans un tout autre état d'esprit pour m'en préoccuper, ce soir.

Au milieu de la foule survoltée, je levai mon visage et regardai au loin la grande baie aux vitres opaques, là où se trouvaient les salons privés de Yeraz. Était-il là ? Me voyait-il ? Rien ne me permettait de le savoir. Mon cœur se souvint de son absence avec une pointe de douleur. Cyliane m'interpella à ce moment. Je détournai mon regard des vitres teintées.

— Ronney, danse ! Ce soir tu n'as pas le droit d'être triste. C'est ta soirée.

Je hochai la tête et me laissai transporter par la musique. Petit à petit, j'oubliai tout et me laissai complètement aller. Je fermai les yeux, levai les bras et bougeai au rythme de la musique. Une sensation de liberté et de plénitude m'envahit tout entière. Quand je rouvris les paupières après un long moment, un cercle s'était formé autour de moi et pour cause : les hommes de sécurité de Yeraz m'entouraient sans laisser personne m'approcher.

Quelqu'un derrière moi vint, avec une veste, recouvrir mes épaules. Je humai la douce fragrance qui se dégageait du vêtement, un parfum que je connaissais. La foule observait la scène à la fois surprise et admirative. Je me retournai. Sans surprise, Yeraz se tenait devant moi. Ses lunettes aux verres foncés m'empêchaient de voir ses yeux. Seuls ses traits dégageaient une certaine admiration. Je me rapprochai au plus près de lui jusqu'à pouvoir poser ma tête contre son torse. À cet instant, je pris conscience de l'état d'épuisement dans lequel je me trouvais. Nous commençâmes à nous balancer doucement, en cadence sur la musique.

— Je ne sais pas qui je dois étriper en premier, mes sœurs ou toi.

Le ton de sa voix était sévère, il luttait pour ne pas laisser éclater sa colère en public. Mes mains caressèrent sa nuque et je sentis soudain sa pression se relâcher. Ses bras m'entourèrent. Je ne voulais être nulle part ailleurs. Ses lèvres s'approchèrent de mon oreille.

— Mes hommes vont te ramener chez toi.

Je relevai brusquement mon visage vers lui, le suppliant du regard pour qu'il change d'avis.

— Non, Ronney, je ne peux pas te laisser ici, habillée comme ça. Les regards des hommes sur toi sont en train de me rendre fou. J'en ai marre de ressentir ce sentiment de jalousie quand je suis avec toi ou même quand je pense à toi. C'était plus simple quand j'ignorais tout de cette émotion, quand je ne te connaissais pas.

Ma main caressa sa joue, je lui souris. Yeraz se figea et le monde entier sembla s'être arrêté autour de lui.

— Tu es si belle. Je pourrai rester là, à te contempler une éternité.

Il baissa sa tête, son front se plissa.

— Je t'aime, Ronney. Je suis tombé amoureux de toi sur Los Cabos. J'ai tout fait pour me convaincre du contraire durant des semaines.

Mon souffle se coupa, mes pas ralentirent. Ses mots venaient de tout foudroyer en moi. Je rapprochai mon visage du sien jusqu'à sentir son souffle sur ma peau.

— Je t'aime aussi, répondis-je le cœur serré. Mon amour te suivra partout où tu iras.

Nos lèvres se frôlèrent puis il m'embrassa d'un long baiser passionné, douloureux, désespéré. Il me pressa contre son torse, oubliant que nous étions au milieu de la foule. Un frisson de désir me transporta. Je m'écartai de lui pour reprendre mon souffle, pour calmer son ardeur pressante. Sa voix baissa d'une octave :

— Monte avec moi. Il faut que je t'enlève cette robe tout de suite.

J'inclinai ma tête et allai lui répondre quand un homme l'interpella :

— Monsieur Khan ?

Yeraz et moi nous tournâmes en direction de la voix. Ses hommes de main ne laissèrent pas passer cet individu trapu à forte corpulence qui insistait pour lui parler.

— Monsieur Khan, Nino vous envoie le bonjour.

Le type dégaina son pistolet plus vite que les hommes de la sécurité. Yeraz me poussa violemment avec sa main, mais c'était trop tard. Deux balles m'arrivèrent en pleine poitrine sans que j'aie eu le temps de comprendre ce qu'il se passait.

Je sentis mes jambes fléchir. Yeraz me rattrapa avant que ma tête touche le sol. L'homme qui venait d'ouvrir le feu tomba lourdement à terre, un peu plus loin, le corps criblé de balles.

Yeraz tourna mon visage vers lui avec sa main ensanglantée et il retira précipitamment ses lunettes. *Mon Dieu, faites qu'il n'ait rien*, pensai-je au fond de moi. Les yeux révulsés, il hurlait de toutes ses forces des ordres à ses hommes avant de revenir sur moi. Je n'avais jamais vu une telle expression de stupeur sur quelqu'un.

— Tiens bon ! Ne ferme pas les yeux, reste avec moi ! Je t'interdis de me quitter. Je t'en supplie, Ronney.

Je n'arrivais plus à respirer. Un goût désagréable de métal imprégnait ma bouche. Je ne sentais plus mon corps. Mon être tout entier semblait vouloir s'échapper vers une force puissante qui m'appelait.

— Je t'interdis de mourir ! cria Yeraz, les yeux pleins de larmes.

Ses traits étaient déformés par la douleur, par la culpabilité, par la peur. Il ne laissa personne nous approcher, pas même ses sœurs. Je me forçai à rester éveillée, mais mes paupières étaient lourdes. Je rassemblai mes dernières forces et lui souris avant d'articuler difficilement, au prix d'un énorme effort :

— Le vieux monsieur, je crois... je crois qu'il est temps que tu t'entretiennes avec lui. Maintenant, c'est entre lui et toi.

Je n'entendis pas sa réponse. Il me plaqua contre lui et tout devint subitement noir. J'arrêtai de lutter, c'était trop difficile. Elio, mes parents. Ma dernière pensée était pour eux. Je me laissai doucement partir, la mort n'était finalement pas très douloureuse, au contraire. Mon cœur s'arrêta, puis mes poumons aussi.

21

Des éclats de voix me parvinrent de loin puis le silence retomba. Des prières, des mots puis le silence. Des disputes, de la musique puis le silence. La sensation d'un souffle sur ma peau, d'un baiser sur mes lèvres, puis plus rien.

<u>*Quelques semaines plus tard*</u>

Bergamote examinait la cicatrice sur ma poitrine avec délicatesse.
— Ça va ? demanda-t-elle, inquiète.
Cet air ne disparaissait jamais de son visage depuis que j'avais quitté l'hôpital.
— Oui, mentis-je encore une fois.
— Tu devrais manger un peu, je t'ai préparé ton sandwich préféré.
Elle se leva et partit en direction du frigo. Mon regard se posa sur les murs de la cuisine. Alistair avait repeint toute la pièce ainsi que le reste de l'appartement. Il était en ce moment même en train de monter les nouveaux rideaux dans le salon. C'était comme ça depuis presque deux mois, depuis ma tentative d'assassinat, au club. Mon colocataire

s'était plongé à corps perdu dans des travaux de rénovation pour oublier la douleur qu'il ressentait à l'idée de peut-être me perdre.

    Le bruit de la perceuse troublait le lourd silence qui régnait dans la cuisine. Bergamote essayait de faire bonne figure, mais c'était dur aussi pour elle. Je savais que beaucoup de gens avaient traversé une période difficile pendant que j'étais plongée dans le coma.

    — C'est l'anniversaire de Yeraz, aujourd'hui, murmurai-je comme si c'était interdit de prononcer son prénom.

    Bergamote resta plantée devant la porte close du frigo, dos face à moi. Elle mit ses mains sur ses hanches et leva sa tête en direction du plafond quelques secondes.

    — Je sais, Ronney. Malheureusement, cet homme a un jour de naissance.

    Sa phrase me fit mal. Je baissai les yeux sur la table. Ma colocataire revint avec une assiette, mais je n'avais pas d'appétit. Je l'avais perdu le jour où j'avais rouvert les yeux dans ma chambre d'hôpital, plusieurs semaines après mon long sommeil.

    Les paroles de mes parents résonnaient encore dans ma tête. Ils avaient tout découvert sur Yeraz. Leur jugement à son encontre avait été sans appel. *Si tu étais morte, je l'aurais tué de mes propres mains,* avait hurlé mon père, fou de rage.

    — Tout le monde le déteste.

    L'émotion criante dans ma voix obligea Bergamote à s'adoucir un peu.

    — Il n'est pas bon pour toi.

    — Je ne peux pas le laisser.

Je relevai mes yeux sur mon amie qui cherchait ses mots.

— Pendant près de six semaines, lorsque tu étais dans le coma, il a mené la vie dure à tes parents. C'est lui qui instaurait les heures de visite, qui acceptait ou refusait les visiteurs. Les hommes de la sécurité fouillaient chaque membre de ta famille à l'entrée de l'hôpital. L'établissement était mieux gardé que la Maison-Blanche elle-même. C'était du délire.

— Il voulait juste me protéger. Je ne suis pas morte, mon assassin a raté son coup.

Bergamote ferma ses paupières comme pour se contenir avant de les rouvrir doucement.

— Non, Ronney. Si tu n'es pas morte, c'est que les médecins tenaient beaucoup trop à leur vie. Cette nuit-là, quand tu es arrivée dans leur service, ils avaient été clairs : ton état était trop grave, tu ne devais pas passer la nuit. Seulement, Yeraz n'était pas de cet avis. Ses hommes et lui ont surveillé les moindres faits et gestes des chirurgiens durant l'opération, sans les quitter une seule fois des yeux. Imagine !

Les paroles de Bergamote ne me surprirent pas. Je poussai mon assiette et détournai mon regard. Elle poursuivit :

— Ce terrible évènement a eu au moins le mérite de faire bouger les choses. Les autorités ont ouvert pour la première fois une enquête sur ces deux organisations criminelles. Ils ont arrêté quelques hommes choisis pour porter le chapeau, mais aucun chef mafieux. Les gros bonnets n'ont pas été inquiétés.

Bergamote marqua une pause avant de reprendre dans un soupir :

— Nino a été retrouvé mort au bord du lac, quelques jours après ta tentative d'assassinat, exécuté d'une balle dans la tête, à bout portant. Tout le monde connaît le nom de son meurtrier, toi aussi. L'histoire ne s'arrête jamais, pas à Sheryl Valley.

Le silence s'étira. J'évitai de croiser le regard de ma colocataire avant de finir par déclarer :

— Je dois lui dire au revoir, je suis désolée.

Lorsque je me levai de table, elle agrippa mon bras.

— Il ne t'a pas choisie, Ronney. Il a choisi les armes et une vie sans toi. C'est quel amour ça ?

— Je sais, murmurai-je.

Les larmes me montaient aux yeux. Je m'efforçai de sourire puis quittai la pièce pour rejoindre Alistair au salon.

— Je vais à l'anniversaire. Veux-tu que je te ramène quelque chose en rentrant ?

En haut de son escabeau, Alistair ne répondit pas. Il faisait mine d'être absorbé par les travaux qu'il était en train de réaliser.

— J'aurai besoin de toi et de Bergamote, tout à l'heure, quand tout sera fini. Ne m'en voulez pas.

Mon colocataire arrêta ce qu'il était en train de faire et descendit de l'escabeau.

— Je veux bien une part de gâteau à la fraise, s'il y en a.

Soulagée, je laissai échapper l'air que je retenais depuis longtemps dans mes poumons. Nous échangeâmes un long regard puis sans crier gare, Alistair se précipita sur moi pour me serrer dans ses bras. Je posai mes mains sur son dos et fermai les yeux, reconnaissante.

— Si mes parents passent…

— Nous leur dirons que tu es partie te promener. Ne t'inquiète pas.

Je descendis de la voiture et restai un petit moment devant la porte d'entrée de la maison de Camilia, à respirer profondément.

Je me dirigeai vers le salon. Des femmes en tenue très moulante passèrent nonchalamment devant moi pour se rendre dans le jardin, là où étaient installés le buffet, les tables et les stands photo. Une décoration digne d'un roi. Camilia et ses enfants avaient fait les choses en grand, comme d'habitude.
Je cherchai Yeraz des yeux en espérant le voir se mélanger à ce monde qui n'était plus le sien depuis si longtemps. De l'autre côté de la baie vitrée, j'aperçus les sœurs Khan qui donnaient le change avec les invités. Jalen, la fille d'Aaliyah, attirait toute l'attention sur elle en se dandinant au milieu de la petite foule et en distribuant des baisers avec sa main potelée. Tout avait l'air presque normal, excepté qu'il manquait le principal intéressé. Comment tous ces gens arrivaient-ils à faire comme si de rien n'était ?
Bergamote avait raison, je n'aurais pas dû venir. C'était encore une nouvelle déception. Je n'étais pas prête à rire de nouveau, pas prête à faire face à Cyliane et à ses questions délurées sur la mort. Je reculai avant que quelqu'un remarque ma présence et fis demi-tour.

L'absence de Camilia à la fête m'obligea à vérifier si elle n'était pas cloitrée dans son bureau, assise derrière son meuble en chêne. Mon intuition fut la bonne. Quand j'apparus dans la pièce, elle passa sa main sur son visage d'un geste brusque, sans retirer ses lunettes pour essuyer ses larmes. Gênée, elle m'invita à m'approcher d'elle.

— Ronney, entrez, je vous en prie. Je suis heureuse que vous ayez pu venir. Comment allez-vous ?

— Ça va, merci.

Un sourire mince et hésitant se dessina sur ses lèvres. Il était évident qu'elle voulait être seule.

— Nous n'avons pas eu l'occasion de nous revoir après cette terrible nuit. J'ai eu tellement peur pour vous. Vos parents m'ont clairement fait comprendre de vous laisser tranquille et je ne leur en veux pas. J'aurais réagi pareil à leur place s'il était arrivé malheur à une de mes filles, même pire.

— Il leur faut un peu de temps pour digérer tout ça.

Je lui adressai à mon tour un sourire, un sourire qui n'en était pas un.

— Il ne viendra pas, dit-elle en devinant mes pensées.

Je hochai la tête et sentis le désespoir m'envahir, anéantissant le peu d'espoir qu'il me restait.

— J'ai échoué, murmurai-je.

Camilia me lança un regard triste à mourir.

— Non, Ronney. Même si nous avons perdu la guerre, nous avons gagné quelques batailles. Vous avez mis un bon coup de pied dans notre quotidien à tous. C'est le temps qui nous a manqué. Ç'a été un plaisir de travailler avec vous.

Il était temps pour moi de partir, de laisser cette famille incroyable qui m'avait tant apportée. Je savais qu'une partie de moi restait ici, la partie la plus importante.

Au moment de m'en aller, Abigaëlle apparut paniquée, le visage blême.

— Madame, monsieur Saleh est ici. Il souhaite s'entretenir avec vous.

Je ravalai ma bile et me tournai vers Camilia. Les sourcils levés, l'air surprise, elle autorisa cette visite impromptue.

Hamza entra dans le bureau, accompagné d'un homme en costume élégant et dont les cheveux étaient plaqués en arrière avec du gel. Il salua poliment Camilia avant de se caler dans un des fauteuils, en face d'elle. Son accompagnateur ouvrit les boutons de sa veste avant de l'imiter. Camilia avait accepté que je reste durant l'entretien. J'étais postée debout, à côté d'elle, dans son camp. Hamza me regardait sans ciller. Pendant un instant, j'eus l'impression qu'il pouvait lire jusqu'au plus profond de mon âme.

— Heureux de vous voir... en vie, miss Jimenez.

Animée par une rage froide qui s'était logée dans ma poitrine, je luttai pour garder mon calme.

— Que voulez-vous ? demanda Camilia sur un ton suspicieux en se passant de politesse.

Elle le défia d'un regard calme et moins qu'amical. Hamza ne parut pas déstabilisé. Il fit un signe de main à l'homme à côté de lui qui sortit de son attaché-case, des papiers.

— Vos actions ! répondit Hamza de sa voix rocailleuse. Vous devez honorer les derniers souhaits de votre défunt mari stipulés dans son testament.

— Mon fils est-il aussi lâche pour envoyer ses émissaires à sa propre fête d'anniversaire ?

— Il est très occupé, madame Khan.

Camilia ravala une réplique mordante et regarda son rival, vibrante de colère.

— Signez ! Nous devons en finir.

La femme d'affaires secoua la tête.

— Vous m'avez déjà tout pris. Allez vous faire voir, vous et tous vos petits soldats. Je ne signerai pas ! Je veux voir mon fils, je ne signerai qu'en sa présence.

Hamza posa alors son regard sur moi. Il m'observa un instant comme pour percer un mystère qui lui échappait. Il se redressa et se frotta le menton.

— J'ai bien peur que ce soit impossible.

Il posa les documents sur la table et sortit ensuite de la poche interne de sa veste, un petit écrin de couleur vert émeraude attaché avec un nœud rouge qu'il tendit à Camilia.

— Qu'est-ce que c'est ? demanda-t-elle, intriguée.

— De la part de votre fils.

Je bloquai ma respiration sans arriver à détourner les yeux de la boîte que Camilia tenait dans sa main. Ses doigts défirent lentement le nœud puis elle porta devant son visage, le petit objet qui n'était autre que la chevalière de Yeraz.

Prise de vertige, je me reculai jusqu'à rencontrer le mur. Camilia retira ses lunettes et ferma les yeux. À cet instant, sa carapace se fendit. Tous mes membres engourdis depuis des semaines, je les sentais soudain revenir à la vie.

— Yeraz Khan laisse tomber ses fonctions et quitte Asylum. Amir, mon neveu, que vous voyez ici à côté de moi, a été choisi pour prendre la place de votre fils dès que vous aurez signé ces documents.

Camilia attrapa le premier stylo qui lui venait et signa tout à une vitesse incroyable.

— Que vous a dit mon fils en renonçant à cet empire ? demanda-t-elle en reposant le crayon.

Hamza, le front plissé, semblait chercher au fond de ses souvenirs.

— Je n'ai pas bien compris. Il m'a parlé d'un pacte fait avec un vieux monsieur. Yeraz est un homme de parole. Tout le monde s'accorde à le dire. Une qualité si rare de nos jours.

Il se leva, salua Camilia avec un profond respect puis quitta la pièce, suivi de son neveu.

Un long silence régnait dans le bureau. Il nous fallut de longues minutes pour réaliser ce qui venait de se passer. Yeraz m'avait choisie et ça changeait tout. Même s'il quittait la ville, le pays, rien d'autre ne comptait. Nous ne nous reverrions sans doute jamais, mais peu importait. Je l'avais guidé vers la lumière, j'y étais arrivée.

Camilia se leva de son fauteuil, esquissa un pas en avant et me serra un long moment dans ses bras.

— Merci, murmura-t-elle en laissant couler ses larmes. Je vous serai à jamais reconnaissante. Merci, Ronney.

Je me reculai et soupirai pour laisser ce nouveau sentiment de sérénité m'habiter.

— Finalement, je crois que je vais aller rejoindre les filles et les autres invités dans le jardin, déclarai-je avec une gaieté dans la voix. Trinquons à l'anniversaire de votre fils et à son nouvel avenir.

22

L'après-midi était lourd, chargé en électricité. Les nuages noirs qui recouvraient le ciel annonçaient l'orage. Sheryl Valley connaissait les heures les plus chaudes de cette saison. Derrière le comptoir, je vérifiai le livre de comptes du restaurant. Une semaine après l'anniversaire de Yeraz et les turbulences émotionnelles vécues ces deux derniers mois, j'essayais de recréer un lien avec ma famille. J'avais décidé de revenir aux fêtes de famille, de reprendre le cours de ma vie là où je l'avais laissé avant ma rencontre avec la famille Khan. Mes parents avaient l'air d'apprécier mes efforts pour revenir à une vie normale. Je savais que le chemin serait long avant qu'ils me fassent de nouveau confiance. Mes cousins évitaient désormais les remarques désobligeantes à mon égard. Ils paraissaient aimer la nouvelle Ronney, plus jolie et surtout, plus sûre d'elle.

Je relevai mon visage vers leur table, au fond du restaurant. Gabriella, Louis et les autres finissaient une partie de cartes animée en cris, en plaintes et en rires. À l'autre bout de la salle, ma mère discutait avec mes tantes. La discussion était très agitée aussi de leur côté, les commérages allaient bon train. C'était un après-midi normal ou presque en apparence, car au fond de moi, je mourais à petit feu de frustration et de tristesse. « Il » était absent de ma vie depuis que je m'étais réveillée sur mon lit d'hôpital. Pas un seul appel ni un seul message de sa part. C'était comme si je ne l'avais jamais rencontré. Yeraz avait complètement disparu de la circulation, sûrement loin, très loin d'ici. J'avais accepté l'idée de ne plus jamais le revoir même si mon cœur continuerait à toute heure du jour et de la nuit de l'aimer.

Camilia avait fait jouer ses relations pour me trouver un poste comme comédienne de doublage pour les studios Disney. Une formidable opportunité pour moi. Dans quelques semaines, je quitterais cette ville pour un nouveau départ. Redoutais-je ce moment ? Bien sûr et pour toujours la même raison : lui.

Je revins à la réalité lorsque mon frère franchit la porte du restaurant suivi de mon père. Tous les deux venaient vers moi, un sourire radieux sur leur visage et un éclat brillant dans les yeux. Je les regardai, suspicieuse. D'où venait leur si bonne humeur ? L'état de mon frère s'était considérablement amélioré, le nouveau traitement y était pour beaucoup. Les médecins ne nous promettaient pas une complète rémission, mais au moins de nombreuses années à vivre. Nous prenions et comptions bien profiter de chaque moment passé avec lui.

Quand ils arrivèrent à ma hauteur, ils s'échangèrent un regard complice.

— Bon, allez-vous vous décider à me dire ce qui peut bien provoquer cet élan de bonheur ? déclarai-je sur un ton impatient.

Elio jeta sur le comptoir le journal avec en gros titre : « *L'homme d'affaires, Bryan Clark ruiné !* » Mon sourire se fana. La photo de Bryan et de ses collaborateurs, qui n'étaient qu'autres que ses camarades de lycée, raviva une douleur et une angoisse indéchiffrable. Ils étaient tous là, tous mes agresseurs. Il n'en manquait aucun. Trop perturbée, je ne parvins pas à me concentrer sur la lecture de l'article du *The Wall Street Journal*.

— Cet enfoiré et ses potes n'ont que ce qu'ils méritent, grogna mon frère entre ses dents.

— Ce Bryan peut bien aller se pendre ou se tirer une balle dans la tête, ça m'est complètement égal, ajouta mon père avec haine. Le principal c'est qu'il y a une justice. La roue finit toujours par tourner.

Les yeux fixés sur la photo, je demandai d'une voix blanche :

— Que s'est-il passé ? Comment est-ce arrivé ?

— Il a tout perdu dans de mauvaises actions. Boum ! Comme ça, du jour au lendemain, se réjouit mon frère.

— Comment s'appelle cette compagnie ? marmonna mon père qui tentait de retrouver le nom de la firme responsable de la ruine financière de Bryan et de ses amis.

Après un court moment de réflexion, il s'exclama :

— Roskuf ! Un immense groupe pétrolier, enfin, ça l'était.

Le temps s'arrêta de tourner autour de moi. Je n'entendis plus rien, même mon cœur avait cessé de fonctionner. Ma vue se troubla. Yeraz les avait tous eus. Son dernier coup de maître dans les affaires. Il préparait ça depuis que nous étions revenus de Los Cabos.

— Ronney, chérie, ça va ?

Je mis du temps à revenir parmi mon frère et mon père.

— C'est le contrecoup de la nouvelle, déclara ma mère qui était venue nous rejoindre.

Je les regardai, tour à tour. Elio et mes parents m'interrogèrent du regard, les sourcils arqués.

— Ronney ? insista ma mère.

D'un geste, je lui imposai le silence.

— Je suis désolée, balbutiai-je. Je ne peux pas.

Je fis le tour du comptoir. Mes yeux s'humidifièrent et ma voix trembla :

— Je vous aime d'une tendresse infinie, mais je ne peux pas vivre sans lui. J'espère que vous aurez un jour la force de me pardonner.

Le visage de mon père se ferma brutalement. Il ne réagit pas à mes propos, mais je compris à l'expression de son visage qu'il désapprouvait ma décision. Mon frère, plus conciliant, m'adressa un petit sourire et m'indiqua la porte avec un signe de tête.

— Va le retrouver, petite sœur. Ça sera dur pour nous, mais nous ne voulons que ton bonheur.

Je tournai mon visage vers mon père, il ne répondit rien. J'étais à cet instant sa plus grande déception. Ma mère me fixa comme si j'avais perdu la tête avant d'implorer mon père du regard de dire quelque chose. Je préférai couper court à la discussion :

— Papa, j'ai besoin de tes clefs de voiture, s'il te plaît.

Il hésita un instant. Au fond de lui, un violent combat intérieur s'engageait. Malgré les exclamations horrifiées de ma mère, il me les tendit. Je reculai doucement pour les observer une dernière fois avant de me mettre à courir vers la sortie.

Dehors, la pluie commençait à tomber. Je pris une profonde inspiration pour respirer son odeur. Je ne fus pas longue à me décider où aller. Camilia et ses enfants n'avaient aucune idée de l'endroit où se trouvait Yeraz. Personne ne le savait. Personne, excepté… Peter.

Le type de l'accueil me surveillait d'un regard en biais. Il ressemblait à un surfeur australien avec ses cheveux blonds décolorés, son teint bronzé et ses yeux d'un bleu transparent. Je ne tenais pas en place et parcourrais l'endroit en consultant ma montre toutes les deux secondes. Soudain, Peter apparut, une serviette enroulée autour de la taille et des claquettes aux pieds.

— Bon sang, Ronney, que faites-vous au club de sport de Zeus ? Vous m'interrompez en plein *Jack off Party*. J'avais enfin réussi à me retrouver à côté d'Orlando.

— Je n'en ai pas pour longtemps. Dites-moi où est Yeraz.

Choqué, Peter se mit à regarder partout autour de lui avant de m'entraîner dans un coin, un peu plus loin.

— Je ne sais pas où il est, chuchota nerveusement l'assistant de Camilia.

Je secouai la tête, déçue de sa réponse.

— Peter, vous savez tout. Aucune information ne vous échappe. Merde, c'est votre marque de fabrique après tout !

Peter passa une main sur son crâne avant de venir planter son regard dans le mien.

— Êtes-vous sûre de vraiment vouloir le savoir, Ronney ? Allez-vous enfin vous battre pour lui ?

Je levai mes mains en l'air en hurlant :

— Ai-je l'air de plaisanter, Peter ? Je viens de planter toute ma famille pour cet homme.

Il esquissa un petit sourire satisfait.

— Vous en avez mis du temps !

Il s'approcha de moi et murmura :

— Je ne sais pas où il se trouve. Monsieur Khan, là-dessus, n'a fait aucune erreur. En revanche…

Tel un agent secret, il jeta un nouveau regard autour de lui avant d'ajouter :

— Il a manqué de vigilance, une seule fois. J'ai la trace d'un numéro. Peut-être qu'avec un peu de chance, cette ligne fonctionne toujours.

Je fermai les yeux, soulagée et reconnaissante.

Le bruit de la pluie résonnait contre l'habitacle de la voiture. Stationnée sur le parking du club de sport, je fixai le numéro sur le bout de papier que Peter m'avait donné. Je venais de raccrocher avec Bergamote et Alistair. Je ne savais pas où me mènerait tout ça, mais j'avais eu besoin de leur dire ce que je ressentais. Comme d'habitude, ils m'avaient comprise. Je les portais dans mon cœur et les porterais toujours à cet endroit. Rien ne changerait ça.

Je rassemblai mon courage et composai le numéro. Mon pouls s'affola aussitôt. La boule au fond de ma gorge grandissait au fur et à mesure des secondes qui passaient. Chaque sonnerie qui retentissait était plus angoissante que la précédente.

La voix du répondeur automatique anéantit tous mes espoirs. Je regardai le ciel à travers le pare-brise et décidai de laisser tout de même un message, la voix remplie d'émotion :

— C'est moi, écoute-moi jusqu'au bout. Il n'y a pas eu d'au revoir entre nous et je le vis très mal, chaque jour. Je vis mal ton absence. Tout le monde me dit que je finirai par guérir avec le temps, que j'ai eu de la chance d'avoir pu aimer autant quelqu'un dans ma vie. Seulement, j'en ai marre d'entendre ça. Je suis malheureuse, inconsolable.

Les mots se bousculaient dans ma bouche sans que je ne puisse les arrêter :

— Il n'y a rien qui puisse me soulager à part toi. J'ai si mal, Yeraz, même quand je dors, j'ai mal. C'est au plus profond de moi. Je ressens cette douleur jusque dans mes entrailles. Ne me laisse pas, je t'en supplie ou je pourrai en mourir. J'ai l'impression de devoir supplier tous les jours mon cœur de continuer à battre. Si je ne suis pas morte, cette nuit-là, au club, c'est pour toi, mais je t'avoue que j'aurais préféré, car personne ne pourrait supporter la douleur que je supporte en ce moment. Je suis au club de Zeus, sur le parking. Je t'attends. Je t'attendrai toute ma vie, s'il le faut.

Je raccrochai et restai assise là, à écouter le bruit sourd de la pluie pendant des heures, jusqu'à ce que la nuit tombe, jusqu'à ce que mes yeux rouges, à force d'avoir trop pleuré, se ferment de fatigue.

Le bruit d'un moteur de voiture me tira de mon sommeil. À moitié endormie, je regardai l'heure sur le tableau de bord. Il était deux heures passées du matin. Dehors, il pleuvait toujours autant. Je mis les mains devant mes yeux pour me protéger de la lumière éblouissante des phares de la voiture d'en face.

Un infime espoir revint en moi. Je descendis du véhicule, les jambes flageolantes. L'eau ruisselait sur mon visage. Je m'approchai de la berline noire, le souffle de plus en plus court.

En ouvrant la portière, je fus surprise de trouver Isaac, seul, au volant. Avec un signe de tête, il m'invita à prendre place à l'arrière.

— Où allons-nous ? osai-je demander quand il démarra.
— Au Texas, miss Jimenez. Je connais quelqu'un qui tient un ranch, dans le coin et qui m'a demandé de passer vous prendre. Vous n'y voyez pas d'inconvénient ?

Je souris et me calai au fond du siège en rejetant ma tête en arrière.

— Non, Isaac. Aucun inconvénient.

Épilogue

Je restais absorbée dans la contemplation de ce paysage à la quiétude sauvage. Cet endroit calme paraissait à l'abri de tout. Il était facile de s'imaginer vivre ici pour le restant de ses jours. Ça faisait trois mois que je me réveillais chaque matin au milieu de cette nature aux allures de Far West et pas un seul jour, je regrettais d'avoir tout quitté pour lui.

Les chevaux galopaient dans les collines au loin, me rappelant à quel point la liberté n'avait pas de prix. Je fermai les yeux pour apprécier les premiers rayons de soleil sur ma peau avant de m'appuyer sur la rambarde en bois de l'enclos.

Je sentis soudain des bras m'étreindre par la taille, puis des baisers parcoururent mon cou.

— Je n'aime pas que tu te lèves avant moi, murmura Yeraz au creux de mon oreille.

Toujours dos à lui, je posai ma main sur sa joue.

— J'aime ce moment de la journée. Celui où l'aube dit au revoir à la nuit.

Yeraz me fit pivoter sur moi-même afin que nos visages se retrouvent l'un en face de l'autre. Il était plus séduisant que jamais dans son jeans et son tee-shirt blanc. Bien différent, il dégageait toujours ce charisme magnétique et son autorité naturelle.

Son nez caressa délicatement le mien, je tressaillis et me rappelai de respirer.

— Je suis heureuse que tu aies appelé ta mère et ton frère pour qu'ils viennent nous voir, dis-je dans un murmure.

Yeraz se recula légèrement et prit ma main dans la sienne. Il la porta à ses lèvres pour embrasser mon alliance.

— Il est temps de me réconcilier avec Hadriel. Le jour où je t'ai épousée, j'ai compris à quel point c'était mal ce que j'avais fait. Mon Dieu, si toi et lui, vous aviez...

Je posai mon doigt sur sa bouche pour le calmer.

— Ça ne serait jamais arrivé, tu le sais.

Yeraz hocha la tête. Sa colère se dissipa.

— Oui, je sais. Et en ce qui concerne ma mère, j'ai surtout l'impression qu'elle a hâte de revoir ma femme.

Je ne pus m'empêcher de rire.

— Je ne me lasserai jamais d'entendre ce mot dans ta bouche, dis-je dans un soupir de tendresse.

— Allons prendre le petit déjeuner, madame Khan.

J'acquiesçai avant de l'embrasser avec désir et amour puis nous partîmes en direction de la maison, nos doigts entrelacés.

Merci à

Tous mes lecteurs sur Wattpad pour vos conseils, vos commentaires, vos messages de soutien. Vous êtes de loin les meilleurs bêta-lecteurs.

Marine Derache, correctrice talentueuse qui est présente depuis le début et qui donne toujours le meilleur d'elle-même. Désolée pour ces fautes qui te font encore t'arracher les cheveux.

À mon orthodontiste camé qui m'a fait garder mon appareil dentaire pendant presque cinq ans et sans qui Ronney n'aurait pas été Ronney.

Printed in Great Britain
by Amazon